明清小品丛刊 · 第二辑

雪庵清史

[明]乐纯 著

汤志波 王晨 校注

上海古籍出版社

图书在版编目（CIP）数据

雪庵清史 /（明）乐纯著；汤志波，王晨校注 . --
上海：上海古籍出版社，2024.9
（明清小品丛刊）
ISBN 978-7-5732-1082-1

Ⅰ.①雪…　Ⅱ.①乐…　②汤…　③王…　Ⅲ.①中国文
学—古典文学—作品综合集—明代　Ⅳ.① I214.82

中国国家版本馆 CIP 数据核字（2024）第 075908 号

明清小品丛刊（第二辑）

雪庵清史

〔明〕乐纯　著

汤志波　　王晨　校注

上海古籍出版社出版发行

（上海市闵行区号景路 159 弄 1-5 号 A 座 5F　邮政编码 201101）

（1）网址：www. guji. com. cn

（2）E-mail：guji1 @ guji. com. cn

（3）易文网网址：www. ewen. co

上海惠敦印务科技有限公司印刷

开本 890×1240　1/32　印张 14.625　插页 2　字数 366,000

2024 年 9 月第 1 版　2024 年 9 月第 1 次印刷

印数：1—2,100

ISBN 978-7-5732-1082-1

I·3817　定价：48.00 元

如有质量问题，请与承印公司联系

出版说明

　　中国古典散文，自先秦发源，中经汉魏六朝、唐宋，发展到明清，已经进入了其终结期。这一时期，尤其是晚明阶段，伴随着时代社会的发展，文坛也出现了新的变化。这一时期的散文园地，虽然没有再出现过像先秦诸子、唐宋八家那样的天才巨子，但也是作者众多、名家辈出；虽然没有再出现过《庄子》《韩非子》一类以思理见胜的议论文，《左传》《史记》一类以叙述见长的史传文，以及韩柳欧苏散文一类文质兼胜的作品，但也有新的开拓和发展，散文的题材更加丰富，形式更加自由，从对政治、历史和社会现实的关注，更多地转向对人生处世、生活情趣的关注，从而形成了又一个以文体为特征命名的发展时期，这就是文学史上习称的明清小品文。

　　小品的名称并不自明清始。"小品"一词，来自佛学，本指佛经的节本。《世说新语·文学》："殷中军（浩）读小品，下二百签，皆是精微。"刘孝标注云："释氏《辨空经》，有详者焉，有略者焉；详者为大品，略者为小品。"可见，"小品"本来是就"大品"相对而言，是篇幅上的区分，而不是题材或体裁的区分。小品一词，后来运用到文学领域，同样也没有严格的明确的定义，凡是短篇杂记一类文章，均可称之为小品。题材的包容和体裁的自由，可以说是小品文的主要特点。准确地说，"小品"是一种"文类"，可以包括许多具体的文

1

体。事实上，在明人的小品文集中，许多文体，如尺牍、游记、日记、序跋，乃至骈文、辞赋、小说等几乎所有的文体，都可以成为"小品"。明人王思任的《谑庵文饭小品》，就包括了几乎所有的散文、韵文的文体。尽管如此，从阅读和研究的习惯来说，小品文还是有比较宽泛的界定，通常所称的小品文，主要还是就文体而言，指篇幅短小、文辞简约、情趣盎然、韵味隽永的散文作品。

小品文作为一种文体的兴盛，在明清时期，主要在晚明阶段。而小品文的渊源，则仍可追溯到先秦时期。《论语》《孟子》《庄子》等书中一些精采的短章片断，可以看作是后世小品文的滥觞。六朝文人的一些书信、笔记之类，如《世说新语》中所记的人物言行，"简约玄淡，真致不穷"（胡应麟《少室山房类稿·读〈世说新语〉》），更是绝佳的小品之作。唐代小品文又有长足发展。柳宗元的"永州八记"，堪称山水小品中的精品。晚唐时期，陆龟蒙、皮日休、罗隐等人的小品文，刺时讽世，尖锐深刻，在衰世的文坛上独树一帜，"正是一塌糊涂的泥塘里的光彩和锋芒"（鲁迅《小品文的危机》）。宋代文化得到空前的发展，出现了不少百科全书式的文化巨人，而其中代表宋代文化最高成就的苏轼，就是一位小品文的巨匠。苏轼自由不羁的性格，多方面的文化素养，使小品文这种文体在他手中运用自如，创作出大量清新俊逸之作，书画题跋这一体裁更是达到了极致。以致明人把他推为小品文的正宗，编有《苏长公小品》。宋代兴起的大量笔记，不少具有很高的文学价值，也为小品文的兴盛起了推波助澜的作用。

把小品文作为一种文体加以定名，并有大量作家以主要精力创作小品文，从而使小品文创作趋于繁荣，还得到晚明阶段。这一阶段，不仅有不少作家把自己的著作径以"小品"命名，如朱国桢的《涌幢小品》、陈继儒的《晚香堂小品》、王思任的《谑庵文饭小品》等；还出现了不少以"小品"为名的选本，如王纳谏编《苏长公小品》、华淑编《闲情小品》、陈天定编《古今小品》、陆云龙编《皇明十六家小品》等。而作为小品文达到鼎盛阶段标志的，还得推当时出现的许多具有很高文学成就的小品文作家，如以袁宗道、袁宏道、袁中道"三袁"和江盈科为代表的"公安派"作家，钟惺、谭元春为代表的"竟陵派"作家，以及同时或稍后的屠隆、汤显祖、张大复、陈继儒、李日华、吴从先、刘侗、张岱等，均有小品文著述传世。晚明小品文的主要特点在于独抒性灵，不拘格套，在艺术上极富创造性。晚明小品虽然在思想内涵和历史深度方面，无法与先秦两汉散文、唐宋散文等相比；但在反映时代思潮、探寻人生真谛方面，同样达到了时代的高度。

晚明小品文的兴盛，是与当时的社会现实、社会风尚和思潮的影响分不开的。晚明个性解放的思潮、市民意识的增强，是晚明小品文兴盛的重要原因。明亡之后，天翻地覆的巨变使社会思潮产生了新的变化，晚明的社会思潮和文学风尚得到了新的审视；同时，随着清王朝专制统治的加强和正统文学思潮的冲击，小品文的创作也趋于衰微。但仍有一部分作家仍然继承了晚明文学的传统，创作出既有晚明文学精神又具时代特色的小品文，如李渔的《闲情偶寄》、张潮的《幽梦影》、余怀的《板桥杂记》、冒襄的《影梅庵忆语》、沈复的《浮生六记》等，或以其潇洒的情趣，或以其真挚的情怀，为后人所激赏。

　　明清小品文不仅是中国古典散文终结期时的遗响，而且也是古典散文向现代散文转换中的重要一环，对后世产生了重要影响。"五四"新文学运动的不少散文作家都喜爱晚明小品，周作人在《中国新文学的源流》一书中甚至认为晚明文学运动与"五四"新文学运动有些相似之处。二十世纪三十年代的中国文坛上，更曾掀起过一阵晚明小品的热潮。以林语堂为代表的作家大力提倡小品与幽默，强调自我，主张闲适，甚至认为"中国现代文学唯一之成功，小品文之成功也"（林语堂《人间世》发刊词）。在当时内忧外患的形势下，林语堂等人的观点无疑是不合时宜的，因而理所当然地受到了鲁迅先生的批评。但鲁迅先生对小品文本身以及晚明文学的代表袁宏道等并不持否定态度，而是认为"小品文大约在将来也可以存在于文坛，只是以'闲适'为主，却稍不够"（《一思而得》）。鲁迅先生是把战斗的小品比作"匕首"与"投枪"，他晚年以主要精力创作杂文，正是重视小品文作用的表现。进入九十年代以后，随着思想的解放和物质生活的改善，文坛上又出现了一阵小品随笔热，明清小品的价值在尘封半个世纪之后重又为人们所发现，并开始得到实事求是的评估。为了使广大读者对明清小品有比较全面的认识，给广大读者提供较好的阅读文本，我们特出版了这套《明清小品丛刊》。

　　本丛刊自出版以来，不断重版，深受广大读者朋友们青睐。有鉴于此，我社特推出第二辑，分别是：明代乐纯《雪庵清史》，王士性《五岳游草》，文震亨、屠隆《长物志　考槃余事》，卫泳《枕中秘》，清代李慈铭《越缦堂游记　越缦堂花历》，西溪山人、个中生

《吴门画舫录　吴门画舫续录》等。所选书目偏向于生活艺术、闲情雅趣和性灵抒发，期望依然能获得大家喜爱，为缓解快节奏下现代人的焦虑、丰富精神生活提供助益。

上海古籍出版社

前　言

　　《雪庵清史》为晚明山人乐纯病中聊以"自医"之作。作者以清雅旷达的笔调将日常所见所思娓娓道来，将种种闲适好玩的事物诉诸笔端。数百年前士人所赏、所作的清供、清课，生动展现了晚明山人的日常审美情趣与精神追求。作者又旨在作"清史"以涤俗，救世人于五浊世中。琐事扰心、形神俱疲时不妨读读本书，有解郁清心之功效。

　　乐纯（生卒年不详），字思白，号雪庵，又号天湖子，福建延平府沙县人，明万历间廪生。善画，兼长音律，喜好诗古文词，通经史、诸子百家，世居于沙县天湖山下杨溪之五曲，构有梅花坞、红雨楼、雪庵、曲房、水竹居、草玄亭、石室等居所。一生未曾仕进，悠游故乡，或访友游玩，或卧榻读书，或课儿弄孙，或品评人事，尽享清福。著有《红雨楼集》，今已不传。

　　《雪庵清史》成书于万历四十二年（1614），分为《清景》《清供》《清课》《清醒》《清福》五卷，分别展现了作者日常所见、所赏、所做、所思、所享之事。卷一《清景》描摹了日常所见的秀丽美景与赏景心事。乐纯雅好修禅问道，佛道典籍多有涉猎。故将道家的五岳十洲、洞天福地置于《清景》卷首，意在表明自己虽未曾尽历，但也心向往之。又列有天湖山、杨花溪、平湖、寒潭、一鉴池、瀑布泉等山水美景，梅花坞、红雨楼、雪庵、雪洞、水竹居、草玄亭、曲房、石室等雅居美景，桃源柳堤、修竹茂林、野花幽鸟、万家烟树、千峰月色、云封古寺、月移花影等山林美景。又列有午夜溪声、木鱼声、读书声、欸乃声等清音及所做的种种雅事：如春日效仿戴颙携双柑斗酒往听黄鹂语；夏日与友人饮酒醉倒在小船上，观流萤闪烁明灭；秋日悠然自得地作诗饮酒于红雨楼中，为风月主人；冬日观天湖山千峰堆玉、万壑铺银。作者认为山间的景致名为第一，故将《清景》列为第一卷。

有此清景，不可无清供之物相伴，故又列《清供》为第二卷。乐纯意颇好古，平日赏玩古鼎、古琴、古剑、古镜、古砚、古墨，对历朝名画法帖也颇有见地。性好书，每得奇书，先睹为快，积书满架，故家有"书床"。耳喜清音，故爱疏钟清磬。鼻喜清香，故作《香品》以抒己见。饮喜清茶，又兼闽地多名茶，故作有《茶品》《茶鼎》《茶灶》《茶瓶》《茶籯》等篇。喜谈佛道，对二氏经典如数家珍。同时，乐纯又受晚明盛行的"三教一家"思想影响，对于儒释道三家持"三教一理"观。日常生活中又有佛像、念珠、木鱼、衲衣、蒲团以供逃禅，箬冠、羽扇、麈尾以供清谈，持竹杖、戴斗笠、着芒鞋、乘竹舆轻舟以访名山。遣兴有诗瓢、酒具、盆花、太湖石，睡卧有湘竹簟、梅花帐、石枕、花茵，悦耳有紫箫、赤笛，爱物有白鹤、野鹿、神骏、蹇驴，也纷纷为之作文成篇。

既有此清供，则每日必有清课，故列《清课》为第三卷。乐纯自言有香癖，日常喜爱种植花草于斋头，焚香煮茗。又兼习静以修心，寻真以体物。每日读书、著书于山间，与二子谈论作文、作诗之法。

独处时可临帖作画，赏鉴摹古，孤寂时便动身访友，入山寻僧。乐纯虔心奉佛，常礼佛翻经，参禅说法，警醒自己戒杀，以放生作佛事。烦闷时便鼓琴、下棋、弋射、投壶、采药、炼丹、调鹤以消遣。遇节日便从俗，如三月三日修禊，七月七日乞巧，九月九日登高。性爱栽花修竹，有兰、梅、莲、菊可赏。山间别无他事，便清谈清歌，枕石漱流，酌月观云。

虽日日与此清景相伴，有清供可玩，清课可作，乐纯仍忧世人沉溺于浊世而不醒，故作《清醒》为第四卷，洞若观火地勾勒出世人种种惹人生厌的行径。如世有轻言强酒者，有临事无智者，有妄随世缘者，有滥交恶友者，有使酒骂座者，有矜夸作态者；或发人覆，或惯讥谑，或开人秘笥，或蹈袭诗文；又有易喜怒忧惧者，有无事忧容者，有诋佛凌僧者，有狎友虐妓者，有不知满足者，有好夺人爱者；或好臧否人文，妄加低昂书画；或好翻乱书籍，借书不还；又有虚荣者爱叙门第，好华饰；又有秽手拭器、歹扇索书、强索爱食、执物穷价、恣唾搅睡等煞风景之人；更有文士不能诗、骚客不会饮、对景无酒、虚度佳节、居无花竹、扇无诗画、涂儿砚、摘花香等煞风景之事。

列《清福》为第五卷，意在能于五浊世中保持清醒，清供伴身而不玩物丧志，则可享清福。乐纯一生虽未平步青云，享受荣华富贵，但幸生于太平之年，不曾经受兵燹战乱之祸，家有薄产，衣食粗足，无琐事扰心，故能尊生闻道，课儿弄孙。作者认为家和之福在于家庭孝友，骨肉无故，得佳儿佳妇，翁婿皆冰清玉润。为人之福在于宅心仁厚，知节不贪，如此便能官私无负。交友之福在于能得心友，尝得无事便能与知己竹窗茶话，时遇故知更是人间幸事。读书之福在于架插万轴，得读奇书，挥笔成章。闲逸之福在于能行胸臆，游名山，薄醉清睡，暑雨乘凉飔，曝背观古帖。口腹之福在于食澹味，开新酿，花开时与友人对酒当歌。甚至于病中成《雪庵清史》一书，亦是病中之福，故集众有福之事写成《清福》一卷。

《雪庵清史》的语言也颇具特色。写景幽美又极富想象力，常有奇妙比喻之语。如卷一《红雨楼》描写红雨楼迷人景色道："晨烟空濛，一抹列嶂，如施华阳宫碧练帐。少焉晴旭暾映，如坐柯枝国水晶瓶中。脱霞吐天末，排列罗刹女王玛瑙石万片。或浓云渐起，红黑相半，又若古里国玳瑁屏风。"令人不觉随着作者的笔触畅想云迹异国，如入画图之中。叙事之语又俏皮幽默，平实近人。如卷二《野鹿》言及所畜之鹿道："时有遗余鹿者，畜之山中。一日采药归，见几案文字残啮殆尽，恨不得一椎敲杀作脯。"卷四《诋佛》谈论诋佛者，愤言道："余无容置喙也，但勿令吃茶。"言情之语又直抒胸臆，真挚动人，如卷二《梅花帐》写梦中见亡兄道："与先兄相持大哭。惊醒，泪盈两颊。屈指二十春矣，今乃相见梅花帐中，哀哀。"

晚明文人追求个性解放、解脱身心的文学风尚和率真、幽静、淡雅的审美情趣，而小品文以不受拘束、形式自由的创作体制，博杂广览的内容含量受到了广大能文之士的喜爱，因而得以蓬勃发展。然而晚明士人虽博学广览，却往往"多而杂，博而浅"。加之受心学的影响，文人多转向心、禅，文风流于空疏浮躁，喜撮集、杂凑、剿袭前人著述，稍加润色即成己书。同时，商业出版业的勃兴也促进了这类杂抄作品的流行。这种割裂剿袭前人之书、撮集成篇的弊病亦可见于《雪庵清史》中。四库馆臣评价《雪庵清史》道："大抵明季山人潦倒恣肆之言，拾屠隆、陈继儒之余慧，自以为雅人深致者也。"纵观本书，多有袭用宋罗大经《鹤林玉露》、明洪应明《菜根谭》、明张大复《闻雁斋笔谈》等书中文句之处。如卷三《习静》一文通篇抄撮洪应明《菜根谭》中的格言警句而成，共集用18句之多，稍加润色，加以总结，便成一篇。又如卷一《雪洞》《平湖》《桑麻深处》等篇剿袭高濂《遵生八笺·四时幽赏录》中的写景之句为已用。卷三《调鹤》《乞巧》《栽花》等篇搜罗相关事典进行艺术性的加工，辑录成篇，等等。但总体来看，本书中也不乏独出机杼之言。作者对天湖山美景的描摹，对儒释道"三教一理"思想的认知，对种种世人丑态的揭示，对山中清福之事的书写，皆让人耳目一新。今人在繁重的学习工作之余，阅读这本四百年前的文人小书，定会向往其中闲逸幽美的生活，产生山林之想，其中的哲理之言也能使人受益良多。

总体而言，《雪庵清史》是一部颇具闽地风情的小品集。从内容上看，卷一《清景》对闽地及其附近美景的描摹极为幽美，又兼语言凝练晓畅，读之令人洗心。卷二《清供》、卷三《清课》所罗列的种种雅物、清事今日看来亦颇为雅致，能让读者深入了解晚明士人的生活情趣。卷四《清醒》中对世人种种丑态的总结以及投枪匕首式的指摘，在当今社会仍有警世的意义。卷五《清福》中所记录的种种凡人清欢，也能使人阅读时心领神会，莞尔一笑。最重要的是，《雪庵清史》所传达的"浣浊"思想，不失为快节奏都市生活中读者的一剂清凉散；且大部分文章篇幅较为短小，杂以作者日常生活琐事，语言生动而有趣味。《雪庵清史》中又有他人文本的嵌套，以"一书而兼多书"，能开阔读者的阅读视野。读者在展阅此书时，亦能在乐纯的阅读世界中自由穿梭，丰富审美体验。

《雪庵清史》今存台北"国图"藏明刻本（以下简称台图本），每卷卷首题"古闽天湖乐纯思白父著，陕瞻余应虬犹龙父订"，前有勿斋刘祖颜《雪庵清史序》、建阳余应虬万历四十二年（1614）《雪庵清史叙》以及乐纯《清史自序》，卷末有刘起汉跋。国家图书馆藏明金陵书林李少泉刻本，版式一致，但较前者增数处讹误，当是翻刻本。另有哈佛大学燕京图书馆藏《刻陈眉公评点雪庵清史》，版式亦同，但多数条评语，或系伪托。《清代禁毁书目》评《雪庵清史》云："其书皆明季纤仄之习，卷二《传奇》一条，卷五《生圣朝》一条，语多偏妄，应请抽毁。"可知此书曾遭抽毁，故流传不广。本书以台图本为底本，校以李少泉刻本及哈佛藏本。注释侧重于古代人名、地名、典故及术语，书中所涉及作者家乡地名及乡友不作考证。不当之处，敬请方家指正。

校注者谨识
二〇二三年五月

目　录

卷一　清景

卷二　清供

卷三　清课

卷四　清醒

卷五　清福

雪庵清史序

　　人生五浊世中^①，心浊则景浊，即供我眼前者皆浊，况日用所课之事，无所不浊。何时能醒？即醒亦浊。故人诧以为世福者，只成得一个浊福而已，不佞甚悯焉。偶得天湖子病中所著《清史》，读之清致泠然，透入肌骨。天下安得有此奇书？昔者瞽史翼经^②，腐史纪载^③，功与天壤不朽。今天湖子偶病成书，可呼为"病史"矣。是书也，言言浣浊，字字濯清，中列许多景致，披之涤肠，玩之洗胃，飀飀乎可以供，可以课，可以醒，真天壤间一大福缠哉！功诚不在瞽史、腐史下。五浊世上，何可少此一种？左太冲有言："非必丝与竹，山水有清音。"^④噫！茫茫世界，岂无知音？吾知天湖子不必付之山水间矣。

　　　　　　　　　　　　　　　　　勿斋刘祖颜序

① 五浊世：即五浊恶世，佛教谓尘世中烦恼痛苦炽盛，充满五种浑浊不净，即劫浊、见浊、烦恼浊、众生浊和命浊。见《阿弥陀经》。

② 瞽（gǔ）史：指《国语》。左丘明作《国语》时已失明。瞽，盲史官。

③ 腐史：指《史记》。汉司马迁曾受腐刑，后人因称其所著《史记》为"腐史"。

④ "左太冲有言"三句：左太冲，即左思，字太冲，西晋临淄（今山东淄博）人。"非必丝与竹"二句出自其《招隐》诗。

雪庵清史叙

　　夫清品，不千古乎哉？世蒸哀梨①，语堪片石②，则清品贵，于是无不家麈谈③、人茶话。自江左以来④，清品之盛无如今日，而清品之弊亦无如今日者。吾侪常持论此道，有寝其皮者，有得其骨者，有游其神者。乃若好事之辈，辟石筑室，觅汉魏以来图书古董以供清玩，日拂笔床，吹茶灶，焚香调鹤，洗砚净几，或自负赏鉴行家，时与友人相戒，作世外语。但只眼未具，因人齿牙；谈宗未透，拾人余唾。虽看遍青山，而俗情未脱矣。是谓寝皮。若夫一具傲骨，绝不喜接俗人，园置一庵，案列内典，日惟持斋诵佛、临帖著书，然不免饤饤宗乘，附为禅秘，撷袭前言，掩为己作。虽神理未参，而气格已不凡矣。是谓得骨。惟夫素心之人，秾华不艳，澹寂不枯，逍遥偃仰，泊然自得，大地眉端，山河瞬盼，有晋人清谭，宋室名理，嵇之懒、陶之趣、白之诗酒、苏之禅学，一彻性宗⑤，万缘都尽。其游清之神乎？

　　吾友天湖氏，以名家子负奇问世，不为世羁。高寄萧条，游神物外。病中以笺笔为药剂，游戏三昧，而情之所之、境之所会，或虚言或实言，或正言或偏言，或浓言或淡言，或尽言或不尽之尽，或解言或不解之解，随方运斤，不可思议。要以成其景、供、课、醒、福，不失清之本色而止。庶几千古之士，得清之神哉！不佞深慨世沉五浊，而一二溷迹清流，寝处皮骨，愈令此道日弊。大雅沦

1

亡，思得一清品浣之，今读天湖《清史》，有不泠泠然冰热肠而涤尘虑者乎？寥寥宇宙，人眼如豆，是必以不佞之言为左券⑥。

时万历甲寅孟冬之吉，潭阳友弟犹龙父余应虬书于南来阁⑦

① 蒸哀梨：谓糟蹋美好事物。相传汉秣陵哀仲家种梨，实大而味美，入口即化。南朝宋刘义庆《世说新语·轻诋》："桓南郡每见人不快，辄嗔云：'君得哀家梨，当复不蒸食不？'"按，佳梨自宜生食，蒸食则破坏其味。

② 片石：石碑，这里指好文章。典出唐张鷟《朝野佥载》："梁庾信从南朝初至北方，文士多轻之。信将《枯树赋》以示之，于后无敢言者。时温子昇作《韩陵山寺碑》，信读而写其本。南人问信曰：'北方文士何如？'信曰：'唯有韩陵山一片石堪共语。'"

③ 麈（zhǔ）谈：执麈尾而清谈。麈，古书指鹿一类动物，其尾可做拂尘，称麈尾。古人清谈时喜执麈尾，相沿成习，为名流雅器，不谈时，亦常执在手。

④ 江左：指东晋。原指长江下游以东地区，东晋及南朝宋、齐、梁、陈各代的基业都在江左，故称。

⑤ "嵇之懒"诸句：分别指嵇康、陶渊明、白居易、苏轼。性宗，佛教语。法性宗的简称，与法相宗同为大乘的两大宗派，以破相显性为宗旨。

⑥ 左券：凭据。

⑦ 犹龙父：即余应虬，字犹龙，别号陟瞻。余象斗侄，明万历间建阳人。业书坊，《雪庵清史》即由其刊刻。

清史自序

《清史》者何？天湖子病中所作，以寄病语也。寄病语矣，而必以"清"目者何？盖天湖病夫世之吞火者，而欲饮之以冰也。《史》五卷，一曰景，一曰供，一曰课，一曰醒，一曰福。天湖子，生天湖山下、杨花溪中①，虽未得尽历五岳十洲、洞天福地②，溪上有梅花坞、红雨楼、雪庵、雪洞。水竹与居，草玄为亭，一曲房，一石室。时而游水阁，登溪桥，入平湖，临寒潭，则见一鉴池边，修竹茂林，瀑布泉际，野花幽鸟，源头植桃千树，堤上栽柳万株，可乐桑麻深处，何有城市山林。时而阴，则万家烟树，云封古寺；时而晴，则千峰月色，月移花影。每好夜景，时或雨来，午夜闻溪声，江天览雪霁，令人心事顿如清风明月，功名富贵一似秋水芦花。故月到中秋，何如霜夜；月中箫管，何如林端飞雪。

余常观海日风潮，归来舟中，凉雨一洒，便觉冷然。又闻隔寺木鱼音隐隐，隔岸欸乃声四发，因忆读书松下，芰荷风来，远望残汀落雁，近睹暮鸟巢林。闻夕阳蝉噪，啼鹃流莺，哀猿唳鹤，与夫叶底之流萤，泠泠清清。此时景致，名为第一，故列《清景》于首，为一卷。

天湖子性好古，有古鼎古琴，古镜古剑，古砚古墨，名帖名画。书床头有花笺以寄友，有疏钟、清磬以节和，有胆瓶、笔床、铁如意以供事。性爱香，有博山炉以爇香品。性爱茶，有茶鼎、茶灶、茶瓶、茶籯以品茶。性爱书，案头有《弥陀》《般若》《金刚》《楞严》《圆觉》《法华》《清静》《黄庭》《道德》《南华》《离骚》《太玄》③，陶渊明、白香山、苏东坡集④，唐诗，济南、弇州、太函,《藏书》《焚书》及传奇数十卷而已⑤。性爱逃禅，有佛像念珠、木鱼衲衣、蒲团禅榻。性爱清谈，有麈尾、箬冠、羽扇。性爱游名山，有竹杖药篮、斗笠芒鞋、竹舆轻舟。欲讲黄白，则有石屏、丹鼎。欲诗酒，则有诗瓢、酒具。欲使令，则有得意花、知文僮。欲梦华胥⑥，则有湘竹簟、梅花帐、石枕、花茵。欲发幽思，则有盆花、太湖石。欲闻人籁，则有紫箫、赤笛。欲观物遣兴，则有白鹤、野鹿、神骏、蹇驴。盖有清景，不可无此清供，故列《清供》于《清景》之后，为二卷。

天湖子居山中，日所有事，则焚香煮茗，习静寻真，读书著书，论文作诗。或临帖作画，或赏鉴摹古。或奉佛，则寻僧参禅说法。或作佛事，则翻经忏悔，放生戒杀。或觅友，则镌篆寄声，鼓琴围棋，习射投壶，清谈清歌。或采药炼丹，或钓弋调鹤，或携妓，或修禊、乞巧、登高。或栽花修竹，或听泉拂石，或护兰寻梅，或爱莲赏菊，或漱流扫花，或酌月观云，皆其所有事也。有此清课，方不负彼清供，故列《清课》于《清供》之后，为三卷。

天湖子病世之醉者未醒，往往轻言强酒，临事无智，妄随世缘，滥交骂坐，矜夸作态，发人覆，惯讥谑。不开人秘笥，便蹈袭诗文。喜不当喜，怒不当怒，忧不当忧，惧不当惧。无事常带忧容，所喜唯携俗友。诋佛凌僧，狎友虐妓，心不知足，好夺人爱。妄臧否人文，爱低昂书画。岂特叙门第、好华饰，亦且易咒誓、好言贫。不唯翻乱书籍，亦且借书不还。与之交接则苛礼，与之对局则争道。此等人，对景何能有酒，佳节必知虚度。居无花竹，扇无诗画，所必至也。诗不会诗，饮不善饮，不亦宜乎？且也茶无火候，间断妙谈，日唯肉食是甘，即作旁客亦促。秽手可拭器，歹扇索人书。索食穷价，彼以为常。方且唾之恣、睡之搅，又何怪几砚之涂、花香之摘，怜之悯之，提而醒之，庶不污此清景、负此清供、虚此清课也。故列《课》后为四卷。

天湖子生于隆、壮于万⑥，年将半百，世值圣明，际此大有之年，以享至清之福，则惟尊生闻道，课儿弄孙而已。然必家庭孝友，骨肉无故，方可称为佳儿佳妇，冰清玉润。虽然，受福之本，在宅心厚。心厚便能忍耐，能知节，能不贪。不贪，即衣食粗足可也。粗足，故能官私无负；无负，故能尝得无事。无事，则可觅一心友，作知己谈，为竹窗茶话；无事，则架插万轴，得读奇书，为文章，行胸臆，始得游名山。不然，何由遇故知，而与之澹味小饮，开新酿、报花开哉！盖对酒当歌，人生几何，是景中送酒，尽可称福。即婢仆拙，得佳梦，何可易得。则暑雨乘凉飔，曝背观古帖，暮雪围炉，获未见物者，亦可与薄醉清睡，远归病起，同为人生之清福乎？故福中多作求福语，列之《清醒》后，为五卷者。以醒后方能自求多福，即得福亦能自保也。

噫！人历了许多清景，其福尽大，然当景而不醒，虽福，及以成其流连佚游之祸。人得了许多清供，其福不小，然贪着而不醒，虽福，适以启杀身危亲之隙。人作了许多清课，其福非轻，然系恋而不醒，虽福，反以来玩物丧志之讥。由此言之，则清景、清供、清课，必得清醒，而始称福也。此天湖子所以列清景、清供、清课、清醒于清福之首也。

然书以病成，病以书起，又安知天湖子之病非福，而天湖子病福非药耶？语人以病为福，人必不信，试语以此书为药，人其将吐去也乎哉！《书》曰："若药不瞑眩，厥疾不瘳。"此《清史》之所为作也。

门人洪谟书

① 天湖山：在今福建建瓯西北十公里。　杨花溪：又称杨溪、阳溪。上游为源于天湖山的屈溪和源于青州镇坂山村的南坪溪，流经阳溪村，在杨口（即洋口仔）注入沙溪，全长约十公里。

② 五岳：此谓道教五座仙山，即东岳广桑山、南岳长离山、西岳丽农山、北岳广野山、中岳昆仑山。　十洲：道教称大海中神仙居住的十处名山胜境。亦泛指仙境。《海内十洲记》："汉武帝既闻王母说八方巨海之中有祖洲、瀛洲、玄洲、炎洲、长洲、元洲、流洲、生洲、凤麟洲、聚窟洲。有此十洲，乃人迹所稀绝处。"　洞天福地：道教对神仙及道士所居的十大洞天、三十六小洞天、七十二福地的合称。后泛指名山胜境。

③ 《弥陀》：即《阿弥陀经》，经文中劝人专念阿弥陀佛名号以往生净土的方便法门，是净土宗主要经典之一。　《般若》：即《般若波罗蜜多心经》，大乘佛法教义之总纲，其内容简洁概要，简称《心经》。　《金刚》：即《金刚经》，全称《能断金刚般若波罗蜜多经》，以金刚比喻智慧能断烦恼，故名。主张"无相""无住"之空观思想，是禅宗之重要经典。　《楞严》：即《楞严经》，全称《大佛顶如来密因修证了义诸菩萨万行首楞严经》。　《圆觉》：即《圆觉经》，全称《大方广圆觉修多罗了义经》。　《法华》：即《法华经》，全称《妙法莲华经》，相传为释迦牟尼佛晚年在王舍城灵鹫山所说，为大乘佛教初期经典之一。　《清静》：即《清静经》，全称《太上老君说常清静经》，作者

不详，一说葛玄。《黄庭》：即《黄庭经》，又名《老子黄庭经》，道教养生修仙专著。《道德》：即《道德经》，分为《德经》《道经》上下两篇。《南华》：《南华经》，即《庄子》。汉代以后，道家尊庄子为南华真人，因此《庄子》亦称《南华经》。《离骚》：《楚辞》篇名。战国楚人屈原所作，也代指《楚辞》。《太玄》：即《太玄经》，西汉扬雄著。内容是儒、道、阴阳三家学说的混合体，以"玄"为中心思想。

④ 陶渊明：一名潜，字元亮，世称靖节先生。晋浔阳柴桑（今江西九江）人，曾为彭泽令，因不能"为五斗米折腰"，弃官归隐，以诗酒自娱。有《陶渊明集》。　白香山：即白居易，字乐天，晚年号香山居士。诗歌以通俗易懂、雅俗共赏著称。有《白氏长庆集》。　苏东坡：即苏轼，字子瞻，号东坡居士，北宋眉州眉山（今四川眉山）人。其文章纵横奔放，诗飘逸不群，词开豪放一派，书画亦有名。著有《东坡全集》《东坡乐府》等。

⑤ 济南：即李攀龙，字于鳞，号沧溟。明济南府历城（今山东济南）人。承李梦阳、何景明等前七子遗说，主张复古，为"后七子"领袖，著有《沧溟集》。　弇州：即王世贞，字元美，号凤洲，又号弇州山人。明苏州府太仓（今江苏太仓）人。诗文与李攀龙齐名，同为"后七子"领袖。提倡"文必秦汉，诗必盛唐"。著有《弇州山人四部稿》《弇州山人续稿》等。　太函：即汪道昆，字伯玉，号太函，明徽州府歙县（今安徽歙县）人。著有《太函集》及杂剧《大雅堂乐府》等。

⑥ 隆：隆庆，明穆宗年号（1567—1572）。　万：万历，明神宗年号（1573—1620）。

卷一

清　景

五　岳

以余观于汉曼倩所撰《五岳真形》①，噫嘻，异哉！其东岳泰山，罗浮、括苍为佐命，蒙山、东山为佐理，是成兴公得道之所也。乃云其神姓崴，其讳曰崇。泰山君尝服青袍②，戴苍碧七称之冠，佩通阳太朔之印，乘青龙，领仙官玉女九万人，以治世界人民官职、贵贱死生之事焉。

其南岳衡山，霍山、潜山为储副，天台、句曲为佐理，是太处真人得道之所也。乃云其神姓崇，其讳曰嘗。衡山君尝服朱光之袍，戴九丹日精之冠，佩夜光天真之印，乘赤龙，领仙官玉女三万人，以主世界星象分野、水族鱼龙之属焉③。

其中岳嵩山，少室、武当为佐命，太和、陆浑为佐理，是寇谦真人得道之所也。乃云其神姓恽，其讳曰奠。嵩山君尝服黄素之袍，戴黄玉太乙之冠，佩神宗阳和之印，乘黄龙，领仙官玉女一十二万人，以主世界土地山川、牛羊食稻之种焉。

其西岳华山，地肺、女几为佐命，西域、青城、峨眉、嶓冢、西玄、戎山、吴山为佐理，是黄卢真人得道之所也。乃云其神姓姜，其讳为垒。华山君身服白素之袍，冠太初九流之冠，佩开天通真之印，乘白龙，领仙官玉女七万人，以主世界金银铜铁、羽翼飞禽之类焉。

其北岳恒山，河逢、抱犊为佐命，玄陇、崆峒、阳洛为佐理，是长桑公得道之所也。乃云其神姓晨，其讳曰学。恒山君尝服玄流之袍，冠太真冥灵之冠，佩长津悟真之印，乘黑龙，领仙官玉女五万人，以主江河淮济④、四足负荷之物焉。

　　甚至人有东岳形，神安命延，存身长久，入山履川，百芝自聚。人有南岳形，五瘟不加⑤，辟除火光，谋恶我者，反还自伤。人有中岳形，所向惟利，致财巨亿，愿愿剋合，不劳身力。人有西岳形，消辟五兵，入刃不伤，山川名神，尊奉司迎。人有北岳形，入水却灾，百毒灭伏，役使蛟龙，长享福禄。人有五岳形，横天纵地，弥纶四方⑥，见我欢悦，人神攸同。呜乎，异哉！或曰：东岳在东海中广桑山，南岳在南海中长离山，西岳在西海中丽农山，北岳在北海中广野山，中岳昆仑山在九海中，为天地心。呜乎，又异哉！

① 曼倩：即西汉东方朔，字曼倩，以诙谐滑稽著称。《五岳真形》：即托名东方朔的《五岳真形图序》。

② 君：神祇的尊称。

③ 分野：古代天文学说。把十二星次的位置和地上州、国的位置相对应，以天象的变异来比附州国的吉凶。

④ 江河淮济：即长江、黄河、淮河、济水。

⑤ 五瘟：道教中有五瘟使者，司瘟疫。

⑥ 弥纶：包罗。

十　　洲

读秃翁《四海说》[①]，知世人之所见小哉！其云正西无海也，正北无海也，正南无海也，西北、西南以至东北皆无海。则所谓海者，仅仅正东与东南角一带耳。而曼倩所纪《十洲》，又云玄洲在北海中[②]，瀛洲、穆洲、祖洲在东海，凤麟、聚窟、生洲在西海中，炎洲在南海中，元洲、长洲又在大海中。此何说也？岂列子所谓渤海之东[③]，不知几亿万里，有大壑，中有山，一曰岱舆，二曰方壶，三曰员峤，四曰瀛洲，五曰蓬莱者耶？则元美所记方壶[④]、钟山又在北海，扶桑、蓬莱、沃焦又在东海，连石在东南，方丈、员峤、岱舆又在大海，酆都山在九垒之下[⑤]。此又何说也？倘九洲之外，复有九洲耶？此知世人所见者小也，况四海之外哉？况欲睹其中神芝瑶草、丹砂仙药、珍禽异兽、金堂玉室、霞编云笈哉？此毋论下土尸秽之士，不得穷源索流，便疑忽荒茫昧，一切亡有。即有之，亦神仙之所居，上帝之所理也。世有果能醇白斋洁，虔皈大道，即此玄心灵骨，便是饭胡麻、啖石髓[⑥]，虽谓十洲俱在东海，俱在南海，俱在西海，俱在北海，亦在海内，亦在海外，亦在彼中，亦在现前，俱无不可，奚必拘拘东西南北之辨，为秦皇、汉武辈问津？

① 秃翁：即明代思想家李贽。字宏甫，号卓吾，又号秃翁。《四海说》：即
　　《焚书》卷四《四海》篇。

② 《十洲》：全名《海内十洲记》，旧题东方朔所撰。据此书载，海中有祖、瀛、玄、炎、长、元、流、生、凤麟、聚窟十洲和沧海、昆仑、蓬莱等仙岛，皆为神仙栖息之地。

③ 列子：名御寇，道家代表人物，著有《列子》。"渤海之东"诸句见《列子·汤问篇》。

④ 元美：即王世贞，字元美。见《清史自序》注。"方壶"诸句见《弇州山人四部稿》卷一百七十二。

⑤ 九垒：道教将大地分为九层，称九垒。

⑥ 胡麻：即芝麻。相传汉张骞得其种于西域，故名。相传食之可成仙。　石髓：即石钟乳。道家传说食之可长生不老。

洞　天

　　自琼都命浅①，金箓道微②，尝叹烟驾不逢③，羽人长往。每欲扪仙山、遇上真，尘萦俗累，复泪吾和。彼浮丘公、王子晋何人哉④？凤笙悠悠，千载无响，即抱向平志者⑤，亦忧其人。岂仙都灵区隐閟地下，孔穴钩连，不易披豁乎？则十大洞天⑥，若王屋、委羽、西城、西玄、青城、赤城、罗浮、句曲、林屋、括苍，乃俱现在人世，即吾乡武夷，为三十六洞天第十五⑦，藩篱间物也，仅一至焉。复何冀霍童霍林、泰山蓬玄、衡山朱陵、华山总真、恒山总玄、嵩山司真哉？不然者，即峨眉虚陵太妙，庐山洞虚咏真，孰非名人之所发祥，高士之所栖托？况四明之丹山赤水有刘、樊故处⑧，会稽之极玄阳明有夏禹探书乎⑨？奈何不于方白德玄窥太上之现坛⑩，天宝极玄觅洪崖之所居⑪，而后问傅天师于好生上元⑫，探石室仙坛于天柱司玄也？乃仅于丁未访武夷君升真化玄⑬，虽曰夙心遂矣，冥骨甘矣，则鬼谷山贵玄司真、华盖山容城太玉、玉笥山太秀法乐，皆可游也。

吾将访葛仙翁于长耀宝光⑭，于是若太上宝玄、若秀乐长真、若勾漏山玉阙宝圭之石室丹井、若九疑山湘真太虚、若洞阳山洞阳隐观，寻吴孟于玄真太元⑮，搜秘史于大酉妙华，斯为快乎？昔者褚伯玉、沈休文尝居于剡之金庭崇妙⑯，邈哉斯人，而今邈矣。惟是丹霞之上，麻姑可逢⑰；祈仙之中，黄帝可觅。第恐青田大鹤，叶天师故居无存⑱；大涤玄盖，天柱观旧迹斯在⑲。安得越上元之朱鹅太生，谒茅君于艮常方会⑳，过白马玄光，问桃源故处，登金华洞元，观黄初平赤松观㉑，以极于紫玄洞盟焉？呜乎！往迹已矣，洞天犹然。岳灵作镇，仙官窟宅。吾亦何人，躬能必遍，每以是临霞永慨，抚膺增嗟。然预为此约，非谓山灵笑人，欲使异日者，向平有知，是必责券。

① 琼都：即仙都。

② 金箓：代指道教。

③ 烟驾：相传神仙以云雾为车，这里代指仙人。

④ 浮丘公：传说中黄帝时仙人。　王子晋：即王子乔，周灵王太子。《列仙传》言其被浮丘公接引仙去。

⑤ 向平：字子平，东汉高士。隐居不仕，子女婚嫁既毕，遂漫游五岳名山，

后不知所终。事见《后汉书·逸民传》。

⑥ 十大洞天：道教认为上天派真仙直接掌管的十大圣地。唐末五代杜光庭《洞天福地岳渎名山记》载十大洞天分别为：王屋洞小有清虚天、委羽洞大有虚明天、西城洞太玄总真天、西玄洞三玄极真天、青城洞宝仙九室天、赤城洞上玉清平天、罗浮洞朱明曜真天、句曲洞金坛华阳天、林屋洞左神幽墟天、括苍洞成德忆真天。

⑦ 三十六洞天：仅次于十大洞天的三十六处重要的道教山岳道场，包括衡山朱陵洞天、华山总真洞天、常山（即恒山）总玄洞天、嵩山司真洞天、峨眉山虚陵太妙洞天、庐山洞虚咏真洞天、四明山丹山赤水洞天、会稽山极玄阳明洞天、太白山玄德洞天、西山天宝极玄洞天、大围山好生上元洞天、潜山天柱司玄洞天、武夷山升真化玄洞天等。

⑧ 刘、樊：指东吴刘纲与其妻樊夫人，两人一同修道成仙。事见东晋葛洪《神仙传·樊夫人》。

⑨ 夏禹探书：汉袁康、吴平《越绝书》载夏禹曾于会稽覆釜山求得金简玉字之书。

⑩ 太上之现坛：指太白星君曾降圣现身于太白山中，古人在此设坛建太白祠。

⑪ 洪崖：即黄帝臣子伶伦，传说帝尧时已三千岁，仙号洪崖。

⑫ 傅天师：即傅待仙，居大围山好生上元洞，相传于唐肃宗乾元三年（760）得道。

⑬ 丁未：万历三十五年（1607）。 武夷君：武夷山仙人。

⑭ 葛仙翁：指葛洪，字稚川，自号抱朴子。晋句容（今江苏句容）人，好神仙导养之法。著有《抱朴子》。

⑮ 吴孟：当为吴猛。字世云，晋豫章分宁（今江西南昌）人。世称大洞真君。

⑯ 褚伯玉：字元璩，南朝隐士。于西白山上精研道学，传法授艺。齐高帝征

召不就。 沈休文：即沈约，字休文。历仕宋、齐、梁三朝。博通群籍，善为文。

⑰ 麻姑：传说中女仙，手指纤细似鸟爪。

⑱ 叶天师：即叶法善，字道元，号罗浮真人。唐朝符箓派茅山宗天师，曾在青田山修道，畜有大鹤。

⑲ 天柱观：位于今浙江省杭州市余杭区西南。北宋大中祥符五年（1012）改名洞霄宫。

⑳ 茅君：指传说中在句容句曲山修道成仙的茅盈、茅固、茅衷三兄弟。

㉑ 黄初平：即晋代黄大仙，号赤松子。有叱石成羊的传说。

福　　地

　　在昔所称金堂玉室、云窗雾栋、璚花瑶草、芝童毛女者①，宁洞天哉？则七十二福地②，仙踪名迹，至今犹存。说者谓仙真以福地重矣，故若地肺石磕、峤岭白溪、海中玉瑠、东海青屿，皆仙境也。

　　即崆峒山之黄帝迹，郁木坑之子云居③；谢允武当七十二洞④，岳州君山青草湖中。廖君出于桂源⑤，司马托于灵墟⑥。沃州天姥，刘阮路迷⑦；若耶巫山，神女出没⑧。东白清远，交州安山，苏耽上升马岭⑨，旌阳斩蜃鹅阳⑩。洞真坛洞宫，招仙观灵源，于陶山得贞白⑪，于烂柯见仙棋⑫。张道灵显化龙虎⑬，施真君寄迹灵应⑭。勒溪白水，金精阁皂，丰城之始丰，洪州之逍遥。东白钵池，丹徒论山⑮，毛公坛洞庭湖中⑯，刘根宅包山坛内。九华窦君⑰，唐州桐柏，平都阴君^⑱，绿罗章观，吊庄周抱椟^⑲，怀罗真大面^⑳。虎溪方真人修道^㉑，何论都昌元辰；马蹄王先生洞渊^㉒，即如德山善卷^㉓。鸡笼玉峰，商谷则四皓隐地^㉔；阳羡长白，中条则侯仙升处^㉕。寿州霍山，武陵云山，魏徵上升则四明山^㉖，子晋仙去则缑氏巅^㉗。至于文君相如，乃在临邛白鹤^㉘；欲求丹书秘简，可于少室翠微。又若明州大隐，杭州白鹿，大若岩《真诰》，会真处嵊山，西白天印，云中金城，仙岩三皇，东海沃壤。其中仙踪名迹，不可殚述。念之令人凡心顿除，形骨欲脱。

吁嗟！丈夫生世上，当修真炼性，以合自然，如子晋、苏耽、魏、刘、许、廖诸真；次当寡欲清心，以还造化，如庄周、四皓辈；又次当垂空文以命不朽，如司马相如诸名世者。苟识此意，则名山福地尽在目前，将谓福地重仙真耶？仙真重福地耶？

① 芝童：仙童。　毛女：传说中的仙女，字玉姜，住华阴山中，形体生毛，自言秦始皇宫人，流亡入山，食松叶，遂不饥寒。事见《列仙传》。

② 七十二福地：道教认为神仙所居的七十二个受福胜地。包括崆峒山、郁木坑、武当山、君山、桂源、灵墟、沃洲、天姥岑、若耶溪、巫山等。

③ 子云：指萧子云，字景齐。南齐宗室，相传曾举家隐居郁木坑。

④ 谢允：字道通，号谢罗仙。精道学，东晋时仕罗邑宰，后辞官入道武当山。

⑤ 廖君：或指廖冲，字清虚，梁武帝时名士，后辞官修道。相传白日升天而去。

⑥ 司马：指司马承祯，字子微，号白云。唐代道士。晚居王屋山，著有《上清天地宫府图经》等。

⑦ 刘阮路迷：东汉时刘晨、阮肇于天台山采药迷路，遇二仙女，结为夫妇。

半年后归家，子孙已过七代。事见刘义庆《幽明录》。

⑧ 神女：战国楚宋玉《高唐赋》记楚怀王游高唐，梦与巫山之女相会。后人为之塑像立庙，称为巫山神女。

⑨ 苏耽：汉文帝时得道成仙，后乘白马回山中，百姓为之立祠，名山为马岭山。

⑩ 旌阳：指晋仙人许逊。曾任蜀旌阳县令，故称。相传曾于湖南斩杀蜃精，为民除害。　鹅阳：即鹅羊山，在今湖南长沙，道教七十二福地之一。

⑪ 贞白：即陶弘景，字通明，谥号贞白先生。南朝齐梁时人，创立茅山派。

⑫ 烂柯：晋王质石室山中遇仙人弈棋，观弈罢，斧柯已烂。见《述异记》。

⑬ 张道灵：即张道陵，字辅汉，东汉时创五斗米道。相传曾于江西云锦山炼神丹，丹成而龙虎现。

⑭ 施真君：指唐代高道施肩吾，字东斋，号栖真子，睦州分水（今浙江桐庐）人。曾于灵应山隐居。

⑮ 丹徒：指仙人王子乔，曾于钵池山炼丹。

⑯ 毛公：即刘根，字君安，西汉成帝时人，冬夏不衣，身生绿毛，故号毛公。传说于洞庭湖得道。

⑰ 窦君：指窦伯玉，字子明。西汉时为陵阳县令，人称“陵阳子明”。九华山属陵阳县，相传窦君曾于此山钓龙成仙。

⑱ 阴君：即阴长生，汉代道士。相传在世一百七十年，后于平都山白日升天。

⑲ 庄周：战国时宋蒙人。曾拒绝楚威王厚币礼聘。　抱犊：指抱犊山，梁陶弘景《真诰》载庄子曾隐居此山。

⑳ 罗真：即罗真人罗公远，唐代道士。常往来青城、罗川等道教名山之间，玄宗曾两度召见。有《真龙虎九仙经注》。

㉑ 方真人：或是南朝梁时方谦之，冀州赵郡（今属河北）人，入天目山修道。

㉒ 王先生：指王纂，相传西晋末年得太上道君授二经，以救万民于疫毒。

㉓ 善卷：传说中人物。耕于德山下，尧、舜曾拜其为师。

㉔ 四皓：指汉初商山四个隐士。名东园公、绮里季、夏黄公、角里先生。四人须眉皆白，故称四皓。

㉕ 侯仙：或指侯道华，唐代芮城人，中条山道静院道士，师事周悟仙。

㉖ 魏徵：字玄成，唐太宗时谏臣，少时曾为道士。

㉗ 子晋：即王子乔。好吹笙作凤凰鸣，为浮丘公引往嵩山修炼。三十余年后，于缑（gōu）氏山顶乘白鹤仙去。

㉘ 临邛白鹤：卓文君寡居，司马相如以琴挑之，文君夜奔相如。后因家贫返临邛，相如卖酒，文君当垆。相传临邛白鹤驿为文君当垆处。

天 湖 山

天湖跨剑州之西北七十里[①]，山高境绝，灵窟所钟。其下杨花溪[②]，则余庐在焉。从花溪望在屋上，白云迷封，非晴霁不见山末。余每登琼山[③]，望天湖十二峰，变幻云际，令人徘徊不忍去。诸峰萦回环拱，白烟凉草，离离蒹葭。奇峦怪石，若釜，若玦，若连华，若飞鸥，若狻猊[④]，不可胜纪。西望吕峰，灏气漭瀁[⑤]，与幼山鼎踞。极北之麓，莲岳森森鳄立，瀑布飞泻，惊风骤雨。远而银台，近而素练，盖奇观也。至若白鹤、金凤跨其东壁，出没云端，相为争胜。南瞰龙湖溪光，一抹隐隐，山藏古寺，岚深烟霭，藤树葱蒨，石桥浮梁如带，涧石喷沫相戛作金玉声。山川之美，使人听睹不暇。

噫！一山亘六十余里，溪流湾抱，环聚千家。中间篱落村墟，复溪蓁瀑，如入画图。

虽然，此特自花溪仰挹其胜耳。然山中之灵隩不具论，论其最奇有二：一顶，一井。顶曰"无生"，纵横二百武许[6]，绝无草生，若新发于耕，传佛尝戏锡于此。井曰"佛泉"，下通万丈之剑潭，剑水清浊，井亦如之，此为尤异。余往岁复同吉州刘四拙、又拙及洪明之、余自甫、张仲化往游，登无生绝顶，青天几可摩，白云出足下。俯瞰群峰，如食前之豆，剑水蜿蛇其下，霏烟暖睫，松涛鼓飓，疑雨疑霆，潇然凌虚之度，如玉宇上游。即庐山之栖贤[7]，迨不是过。道人汲佛泉酌客，比时趺跏禅榻，与四拙、明之披剥内典[8]，证无生源头，了然自得，几欲祝发被缁[9]。斯时也，尘心固且绝无，道念亦复何在？又何论等荣名于蜗角[10]，不自吓以腐鼠耶[11]？不佞山水情深，世缘福浅，少了向子事[12]，当左手携琴书，右手持蒲团，老此间矣。无生、佛泉，实闻此语。

① 剑州：五代南唐保大六年（948）升延平军置，治所在剑浦。辖境相当今福建南平、沙县等地。

② 杨花溪：又称杨溪、阳溪。见《清史自序》注。

③ 琼山：在今福建德化县城西南，上有石堂、石灶、石鼎。相传秦汉间有隐士居此修炼。

④ 狻猊（suān ní）：传说中的猛兽，一说即狮子。

⑤ 漭瀁（mǎng yǎng）：广大貌。

⑥ 武：古以六尺为步，半步为武。

⑦ 栖贤：即栖贤寺，南齐参军张希之首建，庐山五大丛林之一。

⑧ 内典：即佛经。

⑨ 祝发被缁：剃去头发，披上僧衣，指出家为僧。祝发，断发。缁，指黑色僧服。被，同"披"。

⑩ 蜗角：指无谓的斗争。典出《庄子·则阳》，蜗牛两角的两个小国触氏、蛮氏时常争地而战，伏尸数万。

⑪ 腐鼠：典出《庄子·秋水》，惠子为梁相，恐庄子取其相位。庄子以捕食腐鼠的鹓鸟生怕被鸱雏夺食，来讽刺惠子的鼠目寸光。

⑫ 向子：即向平，见本卷《洞天》注。

杨 花 溪

自厥祖华八公耽岚溪烟峤之胜①，遂结茅于杨花溪之五曲，夹岸皆杨柳桃梅、芙蓉蘋蓼之属，如绣平田十里。回溪九曲，石桥浮梁如带，万山环拱，峰岛交织，或隐或闪。三五村墟，梅坞竹屋、桑麻篱落间，犬声如豹，可以避世如桃源。余尝散步花溪，侧目八景，有天湖霁雪、文笔凌霄、三台环翠、四洞栖云、古寺晴岚、梅坞夜月、九曲秋烟、六桥春色。

溪上湖山高悬，轶云蔽日，积雪初晴，万壑堆玉，独孤峰照影，银山一抹，是为"天湖霁雪"。琼山峭削，青碧间呈，明霞掩映，如画如绮，矫矫冲霄，居然不律，是为"文笔凌霄"。玉屏列嶂，台峰崔嵬，春景霏微，苍翠竞秀，阴晴显晦，辰昏含吐，若云兴霞蔚而山翠欲滴，是为"三台环翠"。桃夭金龟，乃有四洞，奇岩虚宠，浮云泛空，游曳石壶，变幻万状，杳然出岫之无心，令人怡悦，是为"四洞栖云"。山寺日高，钟声入林，深岚回合，浮屠插空，寻释子谈禅演偈，宁知五浊世界[2]，是为"古寺晴岚"。一区花坞，玉树浮烟，日大崦嵫，孤松挂月，独坐危楼，四窗含虚，银光环抱，似空水浸琉璃，是为"梅坞夜月"。清溪潆回，吐纳云雾，红蓼白蘋与垂杨绿玉注泻波光，溪烟蔼蔼，若聚若散，使人窥深悸魂，识澄练之在目，是为"九曲秋烟"。石拱板桥，游人过客，断断续续，截雾横烟，长堤一望，若汉使之乘槎[3]，而花柳撩人，入我衣袂，是为"六桥春色"。

故春来景物鲜妍，鹅黄鸭绿，浮沉照耀，其水五色。我极幽胜，则袭馨撷奇，踏青逶迤，乐鱼出水，飘蕊雪飞。摩诘辋川[4]，想复如是。夏来石寒水青，松密竹阴，仙洞宏敞，涧壑藏云。我涤炎蒸，则濯缨涟漪，披襟函风，曲池窈窕，南轩清凉。楚襄兰台[5]，当不远让。秋来金飙扫林，蓊郁洞开，枯藤筛月，古寺栖烟。我澹神思，则携琴端居，挈茗汲流，景物萧旷，露滴高梧。庾公西楼[6]，同此清绝。冬来梅山清影，六花盈尺，雪庵四眺，虚室生白[7]。我极怀远，则踏雪寻芳，围炉吟啸，山泉漱月，静夜有声。子猷山阴[8]，无有异兴。此皆篱落溪山，几窗云雾，时与景会，乐因奇生。坐笑此间，作诗饮酒，以㧑息景光，婆娑岁月。然江山是而齿发非，又可嗟矣，不知天地生吾有意无？

---

① 烟峤：雾气迷蒙的山岭。

② 五浊世界：即五浊恶世，见《雪庵清史序》注。

③ 汉使之乘槎：典出《博物志》，传说天河与海通，乘槎浮海至天河，可见牛郎织女。后人讹传汉使张骞曾乘槎至天河。槎，木筏。

④ 摩诘辋川：唐王维，字摩诘，曾置别业于辋川，与友人赋诗相酬以为乐。辋川，在今陕西蓝田县南。

⑤ 楚襄兰台：楚国宫台，故址在今湖北钟祥市东。相传楚襄王曾与宋玉同游兰台。

⑥ 庾公西楼：晋庾亮曾任江荆豫三州刺史，于武昌建楼，与僚吏登楼赏月，谈咏竟夕。事见《世说新语·容止》。

⑦ 虚室生白：心无杂念，便可悟道。这里形容清澈明朗之境。典出《庄子·人间世》："瞻彼阕者，虚室生白，吉祥止止。"

⑧ 子猷山阴：晋王徽之，字子猷，居山阴。曾乘兴于雪夜访友戴安道，连夜赶路，待到其门，忽然兴尽，不入而返。事见《世说新语·任诞》。

梅 花 坞

　　天湖子泡沫尘坌①，世缘都尽，承先大父片园如掌，曰"梅花坞"。坞距竹庐五百武，前通玉口之胜，后接龙江之隈。左跨天湖，右挹莲崿，坞中巨陂水汇，两岸傍山麓，谷口古松夹道，颜曰"花溪小隐"。开门穿竹径，入一小桥，垂垂欲堕。度桥为半月冈，冈下笼筤万个②，中构小轩，时作竹窗茶话，曰"水竹居"。隔陂之浒，望红雨楼，八窗玲珑，丹垩嵌空③，如入兜罗世界④。楼中无所有，惟茶铛酒白、笔床禅榻及图书佛藏而已。列植柽柳槐梧⑤、梅桃李杏、荼蘼蓣蓼、玉兰金菊、玫瑰水仙如屏障。陂之背为大士阁，阁后凿一小池如鉴，夏初白衣出水，与白鹅相映，可临池。旁皆山石，蹲踞交加，玉梅穿绕石鳞间，正正邪邪，错出万状。梅开时花飞如雪，乃筑雪庵。庵左为草玄亭，时或于此摹帖草书。拆入编篱为园，历十余磴而上为东皋⑥，待月亭在焉。环亭老柏怪松，绿阴笼影，黄鸟献歌，新月初引，禅房磬声答响，亦自清绝。

噫！自经兵燹⑦，存者无几。先君葺之，不佞更辟之⑧，窗不加丹，墙不加琢，一庵一楼，栖息自娱。或韵人高士，开扉而入，作世外语而出，不者，接踵不一见矣。昔白香山自幼迨老⑨，凡所止⑩，必覆篑土为台⑪，聚拳石为山，环斗水为池，其喜山水病癖如此。不佞壮志未酬，敢耽花鸟，亦以世缘碌碌，恐或香山笑人。

① 天湖子：作者自号。　尘坌（bèn）：尘俗之人。

② 筼筜（yún dāng）：竹子。

③ 丹垩：油漆粉刷。丹，红漆。垩，白土。

④ 兜罗：兜罗绵。原是佛经中对草木花絮的泛称，古人用以喻云或雪，此处指刷白的窗子如云似雪。

⑤ 柽（chēng）柳：木名。也称观音柳、西河柳等。

⑥ 磴（dèng）：石台阶。

⑦ 兵燹（xiǎn）：因战争而造成的焚烧破坏。

⑧ 不佞：不才，对自己的谦称。

⑨ 白香山：即白居易，晚号香山居士。见《清史自序》注。

⑩ 止：居住。

⑪ 篑：盛土的竹具。

红 雨 楼

花坞山池中横一小岛，架楼三楹，春来花落如红雨，四望景物，皆可模拟。晨烟空濛，一抹列嶂，如施华阳宫碧练帐①。少焉晴旭暾映，如坐柯枝国水晶瓶中②。脱霞吐天末，排列罗刹女王玛瑙石万片③。或浓云渐起，红黑相半，又若古里国玳瑁屏风④。绕楼泉声，其巉穴滋潊，如马季常弄笛⑤；其溜沫澌泠，如华周妇号哭⑥。其穿巇壑，过兀嵝，坠庨窌，入嵽窅，如剑门道上三郎郎当⑦。石壁峭立，时雨初霁，夕阳返照，苍碧欲滴，如唐公主翡翠襦⑧。其磊块万状，起伏草间，又如王仙子之羊⑨、李将军之虎⑩，令人登眺之顷，应接不暇。

顾幸泉石间无俗客相挠，偶观王长公与吴峻伯戏言志⑪，则兹楼也，若足终身。峻伯曰："宦辙不必中土，即滇、蜀、闽、广悉历，饱其山川风物，最后须坐尚书省押尺一，乃告老耳。"长公曰："吾念不及此。愿得二顷陂，环植花卉竹树，陂中养鱼数千头，中架高阁三间，其下左室贮书籍及金石古文，右室尽贮美酒。旁一小室，具茶灶鬵釜，兼畜鲑脯瓜菜，阁上一榻两几，读书小倦，即呼酒数行，醉辄假息。岛傍维两蜻蜓艇，客有问奇善觞咏者，以一艇载之来，一艇网鱼佐酒，不问朝夕。饮倦则相对隐几，兴尽便复载去。若俗客见挠者，虽叫呼竟日，了不酬应，以此终身足矣。"峻伯问："谁可当俗客？"长公曰："坐尚书省押尺一者，公即是也。"众大噱笑⑫。

　　虽然，余犹念一曲房，一竹榻，一茶灶，一炉烟，一古琴，一麈尾，一溪云，一潭月，一庭花，一林雪，一文僮，一爱妾，逍遥三十年；一芒鞋，一斗笠，一竹杖，一破衲，到处名山，随缘福地，也不枉了眼耳鼻舌身意。严君平有言⑬："经有五，涉其四；州有九，游其八。"欲类此子矣。

① 华阳宫：道教建筑群，位于济南市华山南麓。金兴定四年（1220），由全真教宗师丘处机的弟子陈志渊所拓建。

② 柯枝国：印度古国名，出产水晶瓶。《明史·柯枝传》载："柯枝，或言即古盘盘国。宋、梁、隋、唐皆入贡。"

③ 罗刹：佛经里的罗刹国即今斯里兰卡，盛产宝石。

④ 古里国：印度古国名，明永乐间入贡，郑和数次出使其国。

⑤ 马季常：马融，字季常，东汉通儒，善吹笛弹琴，有《长笛赋》。

⑥ 华周妇：华周、杞梁为春秋时齐国大夫，齐庄公四年，齐袭莒，华周与杞梁进抵莒郊，被俘杀。二人妻子向城哭夫，城为之崩。

⑦ "如剑门道"句：剑门道即剑阁道，三郎指唐玄宗。化用唐玄宗窜蜀之事。

⑧ 唐公主翡翠襦：或指唐安乐公主翡翠鸟羽装饰的"百鸟裙"。

⑨ 王仙子之羊：用黄初平叱石为羊之典。王初平即黄初平。

⑩ 李将军之虎：指汉代李广射石虎之事。典出《史记·李广列传》："广出猎，见草中石，以为虎而射之，中石没镞。"

⑪ 王长公：即王世贞，见本卷《十洲》注。　吴峻伯：即吴维岳，字峻伯，浙江湖州府孝丰（今浙江安吉）人。嘉靖十七年（1538）进士。与俞允文、卢

柟、李先芳、欧大任合称"广五子"。

⑫ "峻伯曰"诸句：事见明王世贞《弇州山人续稿》卷二百零四《殷无美》。尺
一，天子的诏书。古时诏板长一尺一寸，故称。隐几，伏靠在几案上。

⑬ 严君平：名遵，字君平，西汉蜀郡成都人。隐居不仕，晚年周游五岳名山。

雪　庵

苏子得废园于东坡之胁，筑垣作室，名其正曰"雪堂"。堂以大雪中作，因绘雪于四壁，起居偃仰，环顾睥睨，无非雪者。苏子居之，时或隐几而瞑，栩栩然若以为真卧于雪中也①。天湖子山园隔池之浒为大士阁，阁后玉树蒙茸，花落缤纷，亦复如是。遂构三楹之室，颜曰"雪庵"。庵前杂列怪石数十辈，蹲踞谽谺②，与窗棂相掩映。花盛，跨石赏之，如携世外佳人，泠然欲绝。

时有客问曰："苏子绘雪于堂，天湖子以雪名庵，宜乎？"余曰："宜。"是庵之中，冬宜飞霰，回风飘逐，如群鹭翩跹；夜宜明月，晶莹澄澈，如琼台堆玉。宜煮茗，一瓯春雪胜醍醐③；宜焚香，一炷暖烟春生室。宜携尊，尊开东阁；宜入梦，梦绕罗浮④；宜咏诗，诗成白雪。至于青实如豆⑤，倾筐塈取，则六花乌有，反不如四壁长存。余恶知绘者非真，香者非幻，香者非真，绘者非幻？乃客则以为爱梅也。噫，之二物又奚辨？而不见六花芬飞，俄消春水，雪以贞梅乎？又不见湘梅陆离，俄落江城，梅以傲雪乎？夫万物一雪也，天地一庵也，则雪与美，绘与名，余与苏，宜也乎哉？不宜也

乎哉？于是次雪堂之歌，而客为和。

① "苏子"诸句：事见宋苏轼《东坡志林》。

② 爻谽（xiā hān）：同"谽爻"，山石险峻貌。

③ 醍醐：比喻美酒。"一瓯春雪胜醍醐"，语出宋罗大经《茶声》诗。

④ 罗浮：即罗浮梦，唐柳宗元《龙城录》载隋人赵师雄游广东罗浮山，傍晚在
林中酒店旁遇一美人，遂饮酒交谈，醒后发现睡在梅花树下。

⑤ 青实：指青梅的果实。

雪　洞

碾庭前隙地，沃以饭渖①，雨渍苔生，绿阴两片。取藤萝根瘞
墙下②，洒鱼腥水于墙上③，腥至藤蔓，翠藓骈织，月色盈临，浑如
水府④。仍就屋后即石成基，凭林卷洞，伏暑宴息其中。竹影入帘，
蕉阴荫槛，取蒲团一卧，不知身在冰壶鲛室。初入体凉，再入心冷，
深入毛骨俱寒。一片冰心，如履清凉国土。

① 饭渖（shěn）：淘米水。

② 瘞（yì）：埋。

③ 鱼腥水：以鱼肠、鱼鳞发酵成水，可以给花卉施肥。

④ 水府：传说中水神或龙王居住的地方。

水 竹 居

月冈之上皆竹，月冈之下皆水。岁月浸淫，室圮竹瘁①，乃为培根芟荟②，辟兹小轩。闃邃幽阒③，尘俗不飞。不逾年，修篁蒨蔚，波光潋滟。风则筼筜玲琅，琤琤琤琤，若宫商停耳；雨则凤尾扶疏，青葱苍翠，若璆琳寓目④。暑就之，见绿阴冉冉，亢阳翔舞不敢下⑤；秋来芙蓉红蓼，照泻清波，下上相接。可荫座，可祛烦，可戛玉歌，可枕流玩，可披襟涤。噫！留连景光，不觉竹影与水声相乱，使人低回其下，怀想古人。昔子猷暂寄便种⑥，子瞻不可居无⑦，二公雅有此癖，不佞何人，亦以纸窗竹屋，灯火青荧，时于此间，少作茶话⑧。

① 圮（pǐ）：毁坏，坍塌。 瘁：枯槁。

② 芟（shān）荟：除去繁茂的杂草。芟，除草。荟，草木茂盛貌。

③ 幽阒（qù）：幽静，静寂。

④ 璆（qiú）琳：泛指美玉。

⑤ 亢阳：极盛之阳气，这里指炽烈阳光。

⑥ "昔子猷"句：事见《世说新语·任诞》："王子猷尝暂寄人空宅，住便令种竹，或问：'暂住何烦尔？'王啸咏良久，直指竹曰：'何可一日无此君？'"子猷，即王徽之，见本卷《杨花溪》注。

⑦ "子瞻"句：见宋苏轼《於潜僧绿筠轩》："可使食无肉，不可使居无竹。无肉

令人瘦，无竹令人俗。"

⑧ "纸窗竹屋"四句：化用自苏轼《与毛维瞻书》。

草 玄 亭

　　亭倚半月冈，望玉屏峰如几案间物，先君宾吾公尝著书于此 ^①，有《玄亭笔乘》。每鸟啼花落，欣然有会于心，便遣小奴挈罂樽 ^②，酤白酒，釂一黎花瓷盏 ^③，时取诗卷，快读一遍以咽之。或纵步长林丰草间，坐弄流泉，漱齿濯足。既归竹窗下，随意弄笔，草书数幅。梅柳五花，了无尘梦。亭后有古松数株，尝欲效张功甫 ^④，悬铁絙空中，而羁之松身，月夜与客登临，飘摇云表，如挟飞仙。待月亭即其处。每喜诵《休休亭》诗曰 ^⑤："休休休，莫莫莫。一局棋，一炉药。白日偏催快活人，黄金难买堪骑鹤。"

① 宾吾公：乐纯父乐杰。

② 挈（qiè）：手提。　罂樽：罂木制成的酒杯。

③ 釂（jiào）：形容饮尽杯中酒。

④ 张功甫：名镃，字功甫，号约斋，南宋临安（今杭州）人。曾在南湖园作驾霄亭于四古松间，以巨铁悬之半空而羁之松身。当风月清夜，与客登临。

⑤ 《休休亭》诗：又名《耐辱居士歌》。休休亭，唐司空图晚年隐居时于中条山王官谷所建之亭。

曲　房

古来证道之士①，多槁居杜门②，故能化市廛为净土，回苦海为福田。余初不谓然，每征逐世纷，驰情酣畅，几至沦落市廛，失足苦海。乃始忏悔，辄作嵇书③，跳而逃之雪庵，闭关掩息。无奈剥啄声频④，遂于庵后丛竹中筑小室一椽，屈曲深邃，四周竹树蒙茸，不复人觅，盖泠然幽绝也。房中茶灶禅床外，不过水瓶一器、古砚一块、管城子数枝⑤。余尝居此，下楗面壁，作一苦行头陀⑥，离诸问答，神理自解。几欲焚笔研，证维摩。谁谓曲房无功？昔唐子西性不耐杂⑦，乃于屋后作轩，人事之所不及，宾客从游之所不至，往往独坐于此，解衣盘礴⑧，含毫赋诗，以寄其适。庶几千古同调。

① 证道：悟道。

② 槁：羸瘦，憔悴。　杜门：闭门。

③ 嵇书：指魏晋时嵇康所作《与山巨源绝交书》，此处代指绝交书。

④ 剥啄：敲门声。这里指有客至门。

⑤ 管城子：笔的别称。唐韩愈作寓言《毛颖传》，以笔拟人，说毛笔被封在管城。后人遂称笔为管城子。

⑥ 头陀：僧人。

⑦ 唐子西：即唐庚，字子西，北宋眉州丹棱（今四川眉山）人。绍圣元年进

士。因与苏轼同乡，又都被贬过惠州，且善诗文，时有"小东坡"之称。

⑧ 盘礴：箕踞，伸开两腿坐。

石　室

余将置茶园于武夷之曲①，岁以轻舟采茶其间。适入潭溪，遇鹿散朱山人，语予曰："仆今者已隐武夷，觅一奇洞不可得，将凿石为之。"予笑曰："所恶于室者，为其凿也。奇不在石，在居石室者耳。独不见虎啸高岩，重负泗泉之筑②；凝翠深洞，讵堪见罗之题③。惟于幽岩之下，构室三楹，后有清泉，前有曲沼。四周高墙，墙外栽竹，竹外种茶，室中置禅床茶臼、经卷琴书，招山家拾茶者三四灶，列居其侧，觅名僧韵士，联为诗社，时相唱和。凡四山之云堂石室，何非吾有乎？但须留蒲团片地，吾将偕冰雪、九如、犹龙辈④，一曲一庵，结社而老焉。"

虽然，生我者天湖，息我者武夷，游我者天下之名山，葬我者不知何处之福地也。尝笑李和尚作塔屋⑤，以娱老厝骸⑥。嗟乎！汾阳之宅为寺⑦，马燧之第为园⑧。和尚既已有会，何其不达？随缘石室，可以娱老；到处黄土，皆可埋人。何必塔屋？何必非塔屋？何必石室？何必非石室？

① 武夷：福建名山。相传有汉武夷君居此，故名。

② 泗泉：或指余泗泉，明建阳著名刻书家。曾刊刻小说《新锲晋代许旌阳得道

擒蛟铁树记》《锲五代萨真人得道咒枣记》及类书《锲旁注事类捷录》等，现存三十多种。

③ 见罗：指李材，字孟诚，号见罗，丰城段潭（今属江西）人。明嘉靖四十一年（1562）进士，聚徒讲学，人称见罗先生。

④ 冰雪：即释如德，号冰雪道人。辑有《雅俗通用释门疏式》十卷。　九如：即叶华，字茂原，号九如居士，明万历年间人。辑有散曲集《太平清调迦陵音》。　犹龙：即余应虬，字犹龙。见《雪庵清史叙》注。

⑤ 李和尚：指李贽，晚年于湖北麻城龙湖芝佛院落发为僧。其《焚书》卷四《又告》："今卓吾和尚为塔屋于兹院之山，以为他年归成之所。" 塔屋：安葬僧人的建筑物。

⑥ 厝（cuò）骸：安放骸骨。

⑦ 汾阳之宅：唐汾阳王郭子仪在长安的府邸，后于其旧址上建法雄寺。唐张籍感慨世事变迁，作有《法雄寺东楼》诗："汾阳旧宅今为寺，犹有当年歌舞楼。四十年来车马散，古槐深巷暮蝉愁。"

⑧ 马燧之第：指唐名将马燧之宅。燧死，其子马畅将园中大杏赠给宦官窦文场，文场以进德宗。德宗以为未尝见，颇怪畅，派宦官往封其树。畅惧，因献其宅，废为奉诚园。事见唐李肇《唐国史补》。

水　　阁附序

太史溪之南曰魁阁，傍山临水，风景最胜。壬寅暮春①，邑侯龙浦杨公宴集于斯，谓自子安后②，无有为湖山宠藉者，因命不佞序之，式昭乐事云。

史城佳丽，景畅蓬壶③。魁阁崔嵬，光昭闾阖④。耸霄汉而翻云雾，望气色而傍斗牛。斜倚危岑，横临巨浸，峰屈揖而第五，邑翘首而唯南。飞桷凌虚，雕甍凝翠。象悬极之北，秀毓阴之精。景际文明，时逢上巳。德侯星莅，诗客云从。花信流莺，直泛维舟之浦；春光媚柳，还同载酒之园。恩瀸迹凝，化濡民跃。山中草木知春，阁外风烟敛霁。丹楼得月，恍如剡水之滨⑤；碧条栖云，别似枫江之曲。于焉感慨，遽尔思惟，风景不殊，升沉在目。追豫章之绝学，道脉中天；诵护国之疏言，忠贞赏日。宁陈了斋之《遵尧》可录⑥，抑李忠定之遇佛尤奇⑦。惟是栽之加培，用能魁马发轫。披琅瑞而校籍，侍宝幄以幡经。雾满杨溪，玄豹山间偕日月；云飞翰苑，紫龙天外借风雷。平原旷而远山青，回溪幽而芳草绿。周遭水石，孤云野鹤之巢；上下江流，词客游人之泪。

繁华若梦，乐事如沤。两岸轻鸥，一汀新鹭。鸣榔鼓枻，敲残隔浦之云；席雾飘烟，浓抹晚峰之色。披重巘，把浮屠，散歌咏于碧云，寄啸傲于璃谷。盼豸角之孤峭⑧，望凤岗于翠微。风送碧沙鸥，十里溪流声寂寂；烟连飞钓艇，七峰山色景苍苍。轻烟漱洞天之流，垂柳绿瀛洲之景。雪中画角，坞上梅开。月里鸣筎，云间雁落。能使西山雾雪，东岳含烟。驾凤桥以高飞，登雁塔而远眺。性天昼永，故山三月鸟啼初；兴国林空，斜照半溪僧饭后。山川之胜概不改，新亭之风景何常。

纯草泽迂夫，蓬枢么品，自愧玄之尚白，敢望眼底垂青。玉门之杂吹非竽，梦连魏阙⑨；郢路之飞声无调，羞向楚囚⑩。所赖玄牝凝神⑪，虚舟应物，追太史之高洁⑫，俯魁阁之洪荒。勿谓磨蝎宫身⑬，秋水尚藏三尺剑；谁云雕虫殚技，锦囊时检《六韬》书⑭。呜乎！大块流磷，人生过客，洪都已矣⑮，盛会难期。佩杨氏之畏知，存心不惑⑯；仰乐令之名教，乐地有余⑰。此何人斯，实临流而有感；后有作者，想怀古于兹言。

诗曰：史溪三月春光暮，槛外落花等闲度。青山碧树还相看，对酒临江堪作赋。古阁萧萧水上头，沙城春色满江楼。醉来极目中原尽，独抱风流万古愁。

① 壬寅：万历三十年（1602）。

② 子安：即王勃，字子安，唐绛州龙门（今山西河津）人。善写诗作赋，与杨炯、卢照邻、骆宾王合称"初唐四杰"。有《滕王阁序》传世。

③ 蓬壶：即蓬莱，传说为仙人居所。

④ 阊阖：天门。

⑤ 剡（shàn）水：即剡溪，曹娥江的上游，在今浙江嵊州市南。晋王子猷雪夜访戴安道所在地。

⑥ 陈了斋：即陈瓘，字莹中，号了斋，宋剑州沙县（今福建沙县）人。通《易经》，善书法，著有《四明尊尧集》。

⑦ 李忠定：即李纲，南宋首任宰相，卒谥"忠定"。曾被贬为沙县管库，见一僧人凭虚渡水，知为异人，向其询问将来事。僧人口占四句偈语："青着立，糠去米。那时节，再光辉。"后复被起用。相传李纲所遇僧人为定光佛化身。

⑧ 豸（zhì）角：獬豸的角。獬豸，古代传说中的神兽，生一角，能辨曲直。

⑨ "玉门"二句：用南郭先生于齐王宫中滥竽充数之典，这里指宴会上的乐声美妙。魏阙，古时宫门上巍然高出的观楼，后代指朝廷。

⑩ "郢路"二句：指楚国郢都人善歌，若路上传唱的歌声不合调，连囚徒都感到羞愧。

⑪ 玄牝：语出《老子》，指衍生万物的本源。

⑫ 太史：即司马迁，字子长，汉夏阳（今陕西韩城）人。继父职任太史令，完成《史记》，后世称为"史圣"。

⑬ 磨蝎宫身：意指遭际坎坷。磨蝎为星宿名，星相家认为，身与命居于此宫之人，一生的磨难会有很多。

⑭ 《六韬》：道家兵书。又称《太公兵法》，旧题周初吕尚所著。

⑮ 洪都：今南昌，王勃曾在此作著名的《滕王阁序》。这里借指当时的宴集盛会。

⑯ "佩杨氏"二句：典出《后汉书·杨震传》：杨震做东莱太守，路过昌邑，昌邑令王密谒见，夜里怀揣金十斤送给杨震，谓夜里无人知道，杨震说："天知，神知，我知，子知。何谓无知！"王密惭愧地走了。

⑰ "仰乐令"二句：《世说新语·德行》："王平子、胡毋彦国诸人，皆以任放为达，或有裸体者。乐广笑曰：'名教中自有乐地，何为乃尔也？'"乐令，即乐广，字彦辅，西晋名士。因曾任尚书令，被后人称为"乐令"。

溪　桥

　　花溪之六曲，一石桥如虹，曰"龙应"，距思如、思齐、闻箫馆百武许。春日卖酒初熟，令苍头持酒瓢①、诗筒、棋琴各一具至桥上，则与山僧对弈，棋声水声，掤搏相应。弈罢拾堕樵煮酒，醉来席地鸣琴，高山流水[2]，遥有赏音。已而月出，临溪四望，意态纵横，更呼觞酌月，景妙趣来，辄写怀数律置筒中。歌狂舞起，月落山笼，不谓人世也。噫，不溪何景？不月何趣？不饮不诗，溪月何为？乞得闲身半日游，正缘天地爱吾作诗饮酒。自是靡月不桥，靡桥不饮，靡饮不诗，因和东坡蕲水词于亭云[3]。

① 苍头：指仆人。汉时奴仆以深青色布包头，故称。

② 高山流水：知音相互欣赏。典出《列子·汤问》："伯牙善鼓琴，钟子期善听。伯牙鼓琴，志在高山。钟子期曰：'善哉！峨峨兮若泰山！'志在流水，钟子期曰：'善哉！洋洋兮若江河！'"

③ 蕲（qí）水词：即苏轼《浣溪沙·游蕲水清泉寺》："山下兰芽短浸溪，松间沙路净无泥，萧萧暮雨子规啼。谁道人生无再少？门前流水尚能西。休将白发唱黄鸡。"

平　　湖

龙湖距花溪五里许，先君子于西庵之傍构草屋，读书其间。田可种，溪可渔，有舟通江，有驴代力。日长闲旷，则挟书藉草，横琴听泉。春夏之交，笋蕨方荟，鹅鸭满溪，鲂鱼正美[1]，白酒初熟，与僧观泉既倦，引酌投壶[2]，据古槐树下，见湖草呈翠，群鹭浮沤。尝念"草长平湖白鹭飞"之句[3]，令人幽赏不浅。

① 鲂鱼：鳊鱼。

② 投壶：古人宴会时的游戏。宾主依次投矢壶中，中多者为胜，负者饮。

③ "草长"句：语出宋徐元杰《湖上》："花开红树乱莺啼，草长平湖白鹭飞。"

寒　潭

　　从花溪之九曲①，隔篁麓，闻水声，如鸣佩环，心乐之。芟丛取道②，石门谽谺。下见小潭，深沉莫测。蛟龙隐伏，临之心惊。因念应龙乘风云、作雷雨③，退必蟠蛰以全其力，将在斯乎？君子役机智，运神思，退必宴息，以全其性。则登涉之趣，亦君子息机也④，潜龙哉。

　　近岸卷石底以出，如平台，携榼坐台上⑤，竹树环翠，藤萝摇缀，日光筛影，潭中尺鱼百许头，往来倏忽，似与游人偕乐。正欲觅句，黄鹂穿织柳中，嘤嘤成韵，堪作诗肠鼓吹⑥。久之，骨冷心恬，不复知有武陵深处⑦。

① 九曲：指溪流之曲折处。

② 芟丛：割除杂草。

③ 应龙：传说龙五百年为角龙，又千年为应龙。

④ 息机：息灭机心，守拙应世。

⑤ 榼（kē）：古代盛酒的器具。

⑥ 诗肠鼓吹：特指听到黄鹂鸣声，可以引起诗兴。鼓吹，乐器合奏。

⑦ 武陵深处：指世外桃源。晋陶潜《桃花源记》中虚构的与世隔绝的乐土，言其地人人丰衣足食，怡然自乐，不知世间有祸乱忧患。

一 鉴 池①

则有池号"一鉴"，山泉所汇，晶莹澄彻。每临池上，恍游鉴中。时见蜃气楼台②，时见金盘浴海，时见银河倒影，时见蛟腾大壑，种种奇幻，不可殚述。或茂林郁菁，危榭巉岩，天娇斐郁，凝烟吐蔼，其蜃气楼台者耶？或婵娟皎洁，涵虚抱影，微飙鼓浪，素魄摇漾，其金盘浴海者耶？或同云飞霰，林岫浩然，玉飞竞落，佳气芬列，其银河倒影者耶？或湖山过雨，林铺湿翠，长虹亘天，烘云照日，其蛟龙大壑者耶？临波四望，意态纵横，何羡习郁高阳③，徒资酣畅。噫！霍光睡莲五色罗列鸳鸯④，晋公破却千家荆棘蔷薇⑤。余无此愿，所志不存。

① 鉴：镜子。

② 蜃气楼台：海面风平浪静时，远处出现由折射光所形成的城郭楼宇等幻象。古人常误以为由蜃所吐之气而成。

③ 习郁：字文通，东汉襄阳人。初任侍中，后封襄阳侯。曾仿照范蠡养鱼之法，在白马山下筑土堤，引泉水建池养鱼，池中筑一钓台，时人称为"习家池"。 高阳：西晋山简镇守襄阳，常在此饮酒，醉后呼高阳酒徒，因此习家池又称高阳池。

④ "霍光"句：汉刘歆《西京杂记》载："霍光园中凿大池，植五色睡莲，养鸳
　鸯三十六对，望之烂若披锦。"霍光，字子孟，汉宣帝时秉政二十年，族党
　满朝，权倾内外。

⑤ "晋公"句：唐孟棨《本事诗·怨愤》载裴度曾于兴化坊奢靡修建兴化园亭，
　时值贾岛落第怨愤，题诗亭内曰："破却千家作一池，不栽桃李种蔷薇。
　蔷薇花落秋风后，荆棘满庭君始知。"晋公，即裴度，曾平定淮西之乱，
　功封晋国公，世称"裴晋公"。

瀑 布 泉

　　余登庐山①，香炉横蹙②，九江却转③，瀑布天落，半与银河争
流。南望衡岳④，芙蓉竦特⑤，飞泉注泻如一幅绢，腾虹奔电，漺射
万壑⑥，此宇宙之奇诡也。名迹不再，则吾欲高睨人寰，觅此旷观，
了不可得。尝跨蹇驴入前村⑦，望百丈漈⑧，石岗连壁，一派流泉直
注山下。其喷也珠，其泻也练，其响也琴，令人临流永慨，入耳增
叹。因铲苔，读先大父琼山公所题"山漈岩峣四望悬，银台飞洒玉山
巅。昼间忽见星河落，晴际何来霜雪连。石壁长鸣巫峡雨，珠帘半
挂武陵川。停杯一笑岚烟白，匹练吴门此地传⑨"，诵之洒洒，可洗
二十五前尘土肠胃。

① 庐山：在今江西九江市南。
② 香炉：即香炉峰，在庐山西北部，奇峰突起，状如香炉，故名。

③ 九江：长江水系的九条河，各说不同。

④ 衡岳：即南岳衡山，在今湖南省衡阳市南岳区。

⑤ 芙蓉：即芙蓉峰，衡山主峰名。北魏郦道元《水经注》卷三十八《湘水》："芙蓉峰最为竦杰，自远望之，苍苍隐天。"

⑥ 漎（cōng）：急流。

⑦ 蹇驴：跛足驽弱的驴子。蹇，跛。

⑧ 百丈漈（jì）：指瀑布流泉。

⑨ 吴门：指苏州。苏州为吴国都城，称吴门。所产丝绸闻名天下，故诗中及此。

桃　　源

　　若稽祖龙吞七雄①，坑豪俊，煎熬生人，若坠大火，三坟五典②，散为寒灰。思欲凌云气、求神仙、登封泰山，风雨暴作。虽五松受职③，草木有知，而万象乖、舆情背。绮皓不得不遁山④，鲁连不得不蹈海⑤。自是有避世桃源，武陵遗迹，花藏仙蹊，水引渔者。春风不知从来，落英何许流出？令千载下，问津无路。故太白有"夹岸桃花锦浪生"⑥，退之有"种桃到处惟开花，川原远近蒸红霞"⑦，子瞻有"戏将桃核裹红泥，石间散掷如风雨。坐令空山作锦绣，倚天照海光无数"⑧。恨九还未转，白鹤来迟⑨，使秦人着鞭先往桃源之水⑩，有负夙愿。

① 祖龙：秦始皇别称。语出《史记·秦始皇本纪》："有人持璧遮使者曰：'为

吾遗滈池君。'因言曰：'明年祖龙死。'"

② 三坟五典：古书名。语出《左传·昭公十二年》："是能读《三坟》《五典》《八索》《九丘》。"后人附会三坟为伏羲、神农、黄帝之书，五典为少昊、颛顼、高辛、尧、舜之书。

③ 五松受职：据《史记·秦始皇本纪》，秦始皇登泰山，曾避雨于松树下，以护驾有功，因封此树为五大夫。

④ 绮皓：即秦末隐士绮里季。

⑤ 鲁连：即鲁仲连，战国时齐国人。曾言如秦称帝，他蹈东海而死也不愿臣服于秦。

⑥ "夹岸"句：语出唐李白《鹦鹉洲》。

⑦ "种桃"二句：语出唐韩愈《桃源图》。

⑧ "戏将"四句：语出宋苏轼《和蔡景繁海州石室》。

⑨ "恨九还"二句：指修道不成。九还，犹九转，道家修炼之道。白鹤，或是指丁令威化白鹤之事。

⑩ "使秦人"句：典出晋陶潜《桃花源记》："自云先世避秦时乱，率妻子邑人来此绝境，不复出焉，遂与外人间隔。"

柳　堤

　　花柳撩人，鹅黄鸭绿，依依一望，潇洒长堤。若截雾横烟，欹风障雨，爱其分绿影红，终自牵愁惹恨。风流意态，尽入盼中，春色萧骚①，授我衣袂间矣。三眠舞足，雪浪翻飞，上下随风，沾泥逐水。缭绕歌楼，飘扑僧舍，岂特可入诗料？要知色身幻景，是即风中柳絮。豪举离尊，当为高唱"渭城朝雨"②。

① 萧骚：潇洒俊俏。
② 渭城朝雨：语出唐王维《送元二使安西》："渭城朝雨浥轻尘，客舍青青柳色新。"

修 竹 茂 林

剑潭之南，岩曰天花，密竹轶云，长林蔽日，浅翠娇青，笼烟惹湿。上人洁泉构数椽其间，以竹树为篱，不复葺垣。中有一泓流水，其清可漱齿，曲可以流觞，而浮翠可以玩目。余偕黄鹤皋、王梅泉访之，洁泉曰："吾日三竿而起，令头陀焚香放鹤，拂笔床，吹茶灶，烹茗一啜，散步林中，坐石长啸，泉声沥沥相答。或山窗下，吾开卷而骄阳穿条，则箔篁之影若入而青葱者；吾弹琴而薰风微来，则松雪之韵若鼓而琮琤者。吾放歌，而声泻于修篁凤尾之间①，使之嘹呖物外②，爽人精魄；吾寄目，而离披蒨郁之状，使人神涤意闲，涓洁飞动。至于花辰月夕、雪夜风朝，吾不能忘林竹以为友，又不欲效张牧之蔽竹窥客③，或韵人高士，便呼船载之，把臂入林。而吾酿足于泉，笋足于竹，蔬果足于园，谈禅说偈、趺跏木榻足于竹之荫，而客未尝不怡情饮、得意吟，又何羡乎白莲之社、虎蹊之啸④？"梅泉拊掌曰："上人其极竹林之致哉！"于是鹤皋记之，而不佞为之图。

① 修篁凤尾：皆指竹。

② 嘹呖：形容声音响亮凄清。

③ 张牧之：宋朝隐士。隐于竹溪，不喜与世接。客来，蔽竹窥之，或韵人佳士，则呼船载之，或自刺舟与语。

④ 白莲之社：即白莲社。东晋时，僧慧远等十八人结社于庐山东林寺，同修净土宗。并于道场前掘池植白莲，因号"白莲社"。 虎蹊之啸：相传慧远居庐山东林寺，送客从不过虎溪。陶渊明与道士陆修静来访，三人交谈甚为投机，相送不觉过虎溪，闻虎啸声，乃相视大笑。

野花幽鸟

先大父琼山公笃嗜山水，尝跨驴入龙慈山庄，环以丛竹，引泉绕舍，招农人居之。见野花芳翠，幽鸟鸣春，辄登眺歌咏，溢月忘返。时抱焦桐①，向松阴石上，一抚萧然。远望花村茅屋，傍午鸣鸡，伐木丁丁，樵歌相答。经丘寻壑，不知身入画图。小仆往来溪上，夏月系柳阴中，卧吹长笛，冬则载酒寻梅方山下，意豁如也。尝有诗云："家在杨花九曲溪，看山随处杖青藜②。无端古寺提壶落③，几度空山谢豹啼④。半世浮生真梦蝶，百年究竟是醯鸡⑤。松醪饮罢浑无事，一叶扁舟系日西。"风致故自悠然。

① 焦桐：指琴。东汉蔡邕曾用烧焦之桐木造琴，因以代称。

② 青藜：指拐杖。

③ 提壶：鸟名，亦作"提胡芦"，即鹈鹕。

④ 谢豹：鸟名，即子规。

⑤ 醯（xī）鸡：即蠛蠓，酒瓮中生的一种小虫，喻见闻狭窄的小人物。

城 市 山 林

苏汉英于沙城西山之曲①，构小有山房。入园窈窕幽径，绿玉万竿，中汇涧水为曲池，环池竹树云石。折而西为伴鹤斋，斋头明窗净几，罗列图史琴樽，自娱而已。其后平冈逶迤，古松鳞鬣②，松下皆灌丛杂木，茑萝骈织，亭榭翼然。望七峰拱翠如罍，十里平流如带。其四旁奇胜、杖屦可经者，春有瀛洲绣谷，夏有洞天漱流，秋有西山月，冬有吕峰雪。余时居伴鹤斋，见二鹤矫矞轩翔③，命取鱼饲之，遂喈喈依人④。夜半鹤唳清远，恍如宿花坞。闻哀猿啼啸，嘹呖警霜，初不辨其为城市、为山林也。今年过其处，小饮半酣，群儿以丝竹次第而至。歌罢，复演《黄粱梦记》数出⑤，直令人悲欲绝、人快欲狂。酒竟香销，歌吹杂作，恍惚疑梦，便觉城市味多，山林气少。

① 苏汉英：名元俊，字汉英，号太初，别署不二道人。明万历间福建莆田人。《沙县志》卷十二《流寓》载其生而英慧，五岁能日诵诗书千余言，八岁能遍记古今典故。就试太学，辄冠军。因科举不第，寄情山水，遍游燕赵吴越。著有《小有初稿》《吕真人黄粱梦境记》。

② 鳞鬣（liè）：原指龙的鳞片和鬣毛，比喻松树的树皮和松针。

③ 矫翥（zhù）轩翔：形容二鹤高飞的优美身姿。

④ 唂唂（gū gū）：象声词，形容鹤的叫声。

⑤ 《黄粱梦记》：指苏汉英所作《吕真人黄粱梦境记》。写吕洞宾久困功名，于华山酒肆遇钟离云房，共炊黄粱。洞宾方午睡，钟离导入梦中，度其悟道成仙。

桑 麻 深 处

　　洋尾离花蹊东北五里而近，余族分派于此①，始祖宋丞相公衮公及谏议大夫师淑公两祠在焉。祠前后皆树以桑麻，盖有蚕绩艰难之思云。每春间从奠，见祠宇稍圮，恻然动念。昔渊明谓："同源分派，人易世疏。慨然寤叹，念兹厥初。"②老苏亦云："服始乎衰，而至于缌，而至于无服。无服则亲尽，亲尽则情尽，情尽则喜不庆，忧不吊。喜不庆，忧不吊，则涂人也。吾所以相视如涂人者，其初兄弟也。兄弟，其初一人之身也。"③今洋尾之派与吾乡邑中之派，及大田渡头、马铺、叶龛之派，分自宋末，世远情疏，不有祠墓，几作涂人。以故二公之祠，惟子孙科第荣显者新之，余皆不甚欣感疏也。今自叔祖小洲公修葺之后，又复颓坏，岂无破天网者出？是日散步南冈，见郊外田畴，风摇碧浪，雨过绿云，仓庚鸣梭于柳外，布谷唤雨于桑间，村村挝鼓赛神④，家家缲车煮茧。因思王建诗云"已闻邻里催织作，去与谁人身上着"之句⑤。罗绮遍身，可不念此辛苦？

① 分派：形容子孙分支繁衍。

② "同源分派"四句：见晋陶渊明《赠长沙公》。

③ "服始乎衰(cuī)"诸句：见宋苏洵《苏氏族谱引》。服始于衰，服制起始于丧服所使用布料的粗细不同。衰，通"缞"，是五服中最重的丧服，服期为三年。缌，即缌麻，丧服名。五服中最轻的一种。用六百缕细麻布制成孝服，服丧三月。凡疏远亲属都服缌麻。无服，指"五服"之外没有任何服丧关系的人。涂人，即路人，陌生人。

④ 挝(zhuā)：敲打，击。　赛神：设祭还愿酬神，于春、秋二季举行。

⑤ "因思王建"二句：见唐王建《簇蚕词》。王建，字仲初，唐颍川(今河南许昌)人。

万家烟树

剑城南玄妙观之后，层崖石磴，数仞而上为玉皇阁。飞轩凭虚，松门积翠，后拥九峰，前交二水，若天开图画然。丙午暮春①，友人张台衡相招，偕吴象波、黄悦吾、蔡兰居、朱子瑜携棋先往。时正江云春树，煦日熙融，一至阁上，雉雊春阳②，鸠呼朝雨。半局残棋，昏明易色，雷电交作，四楚蒙幕如夜，暗风吹雨，烟雾溟濛。此时胸中绝无天青日朗境界，吾其风波之民与③？顷之，悬景少开，兀峰出角，见一抹万家，烟横树色。指遥青而染黛者问之，则曰某楼某阁、某寺某观，而烟笼其上矣；指远白而曳练者问之，则曰某园某渚、某沼某洲，而烟横其下矣。翠树欲流，浅深间布，心目竞观，神情爽涤。起视草间返照，雨珠颗颗，心甚乐之。夫晷不数刻④，而阴晴顿易，乃知人情反覆，世态险夷，何以异是？可怜重畜日⑤，纷息于雷雨之下。

① 丙午：万历三十四年（1606）。　暮春：农历三月。
② 雉雊：雉鸣叫。雉，俗称野鸡。
③ 风波之民：为世俗非誉左右的人，言其心性如水遇风起波一样不定。语出《庄子·天地》："天下之非誉，无益损焉，是谓全德之人哉！我之谓风波之民。"
④ 晷：指时间。
⑤ 重畜日：指与友人重聚的珍贵日子。

千 峰 月 色

寓七峰斋头，月夜荷香。林伯珪、伯玉携歌儿玉容佐饮①，竹肉递陈②，玄言霏屑③，兴故不浅。顷闻塔寺禅诵声甚肃，伯玉往听之，余亦出户，见万里澄空，千峰开霁，遂与伯玉登青云楼。尔时山色如黛，风气如秋，浓阴如幕，烟如缕，笛响如鹤唳，经飔如唔咿声④，伯玉温言如春絮，冷语如寒冰。余谓此景不应虚掷，伯玉曰："不应虚掷，当作何观？"忽玉容至，索诗，勉应之，而伯珪复令携楮来，大呼曰："红粉丛中，得兄点缀数言，遂称不朽矣！"

今年与刘四拙、又拙夜酌楼中，追话前事，宛如梦境。又拙曰：

"后之视今，亦犹今之视昔，但恐云楼传舍⑤，使后人复念后人耳。"言之黯然。前万历戊申之中秋，后甲寅之孟夏⑥。

① 歌儿：歌童。

② 竹肉：器乐与歌唱。竹，管乐；肉，歌喉。

③ 玄言：清谈之语。　霏屑：像玉屑一样纷纷洒落，指言谈美妙，滔滔不绝。

④ 经呗：即经呗，诵经声。　唔咿：犹咿唔，象声词，形容读书的声音。

⑤ 云楼传（zhuàn）舍：居高楼，住旅舍，形容世事易变。传舍，旅馆。

⑥ "前万历"二句：前后分别指万历三十六年（1608）八月、万历四十二年（1614）四月。

云封古寺

　　南来古寺，乃犹龙尊人泗泉公筑以奉沉香大士者①。大士自海南来，余为名其寺曰"南来"。每思大士，周王瑕时以闻思修入三摩地②，大慈大悲，证果如来。退处菩萨之名，愿以普度阎浮众生③，尔复显灵海南。丙午夏，琼黎采矿者掘大泽得沉香④，大合抱，长八尺余。闽贾鬻以百金，刻大士像，如天灵寺毗卢式⑤。像成庄严，竦人敬畏，非直海以南惟一，实天以下无双。琼之善男女礼拜者，绕佛足不忍去。于是郡人谋祝之，贾惧，以闻于兵使者及司理⑥，皆闽人，遂得直⑦。遣报泗泉公，公举家斋沐焚香，愿奉大士，至当筑兜罗宝阁贮之。

乃以丁未二月朔，自海南航海，渡三山峡，倏怪籁崩涛，雷电
交作。海天蒙幕如夜。舟人惊狂，见海雾中火光如焰，久之乃息。
岂圣相光临，神龙朝护耶？一日，祥光一道，闪闪在天半，霞花云
烂若华盖。五月抵剑州⑧，波涛人立，舟子见巨鳞如金色，亦奇矣。
以六月初八入书林仙亭中，亭亦公筑奉佛处，乃重冈之上，有奇石
甘泉，怪松老柏。三峰峙其前，白塔护其后。左通环溪之流，右踞
嶂山之胜。遂于亭后筑寺一座，凡禅堂香积，画栋雕梁，宝幢华盖，
盘结工巧，真一灵隐道场哉！

　虽然，大士自迦毗成道⑨，补陀显化⑩，有真身，有化身，乃有
像身。如《莲华》所载⑪，华严甘露，七宝林中，光藏法王，白衣自
在，慈悲灵感。西来大圣，清净宝海，天香妙香，广月宫中，藏主
敬信，晶日八难。西天洋海，清净座立。清凉宝海，广庆惠德华严
海众；吉祥林中，海月僧伽宝陀大悲。凡十九度生，随时立号，名
为真身，不以香刻为存亡，如佛、菩萨、辟支、梵王、帝释、天身、
天大将军、毗沙门、小王身、长者、居士、宰身、婆罗门、比丘、
比丘尼、优婆塞、优婆夷、天龙、夜叉、乾闼婆、阿修罗、迦楼罗、
紧那罗、摩睺罗迦等。凡三十二变，随物现形，名为化身，不以香
刻为真似。犹龙曰："像身得非幻与？"曰："不然。大士心珠朗彻，
破暗灭冥。能通三界为一界，声响悉闻；合亿身为一身，爬搔必切。
若非真身，安能显化？故无真身、无化身、无幻身。譬如月止一轮，
潭潭皆月；香无二性，鼎鼎皆香。沉香之刻，正真化传神，启兹像
教。尊翁此举，岂不功德无量？但吾辈各具佛性，能作是观，耳亦
能见，目亦能闻。"是日天气溟濛，相与往扣禅关，云横谷口，不知

寺在何处。噫嘻，异哉！

① 犹龙尊人泗泉公：明万历间福建刻书家余应虬（字犹龙）的父亲余彰德（字泗泉）。 沉香大士：指沉香佛像。

② "每思"二句：指佛在周昭王二十四年诞生。周王瑕，即周昭王姬瑕。三摩地，指达到静谧的境界。

③ 阎浮：梵语"阎浮提"的省称，指人世间。

④ "丙午"二句：万历三十四年（1606）海南琼州黎族人挖掘出沉香木。

⑤ 毗卢：指毗卢遮那佛。密宗称之为"大日如来"。

⑥ 司理：刑狱官。

⑦ 直：通"值"，价格。

⑧ 剑州：见本卷《天湖山》注。

⑨ 迦毗：即迦毗罗卫城，相传为佛教始祖释迦牟尼的故乡。

⑩ 补陀：即普陀山，在今浙江舟山。

⑪ 《莲华》：即《妙法莲华经》。

月 移 花 影

偶于待月亭赞《阿弥陀经疏钞》①，哺酌白酒数杯，梦入舍卫国②。栏楯玲珑，金沙布地，周遭有七宝池，杂以鹦鹉、孔雀，飞舞蹁跹之状，能出妙音。余遂稽首瞿昙③，起与舍利弗大阿罗汉演偈④。余谓："迷尘锁月，苦海无津，顾不知作何慈悲，能醒此尘迷，渡此苦海？"罗汉曰："世自不尘，尘自不了；海自不苦，苦自无边。"旁一开士咄咄云⑤："不了是世，无边是海。"瞿然觉来，玉梅暗香，新月沁人，开窗迓之⑥，花影璀璨，入我床头。因笑世何尝尘？海何尝苦？

① 《阿弥陀经疏钞》：明云栖袾宏撰，仿效唐澄观《华严经随疏演义钞》，就鸠摩罗什译《阿弥陀经》作疏，更自制钞以训释之。

② 舍卫国：相传释迦牟尼曾居此二十五年。这里指佛国。

③ 瞿昙：代指佛。释迦牟尼本迦毗罗卫国净饭王之子，姓瞿昙，字悉达多。

④ 舍利弗：佛十大弟子之一。意译为鹙鹭子。　大阿罗汉：指断尽变易生死之大菩萨。释迦牟尼的弟子中称阿罗汉的有舍利弗等十六人。

⑤ 开士：菩萨能开导众生，故称开士。后来作为对僧人的敬称。

⑥ 迓(yà)：迎接。

午夜溪声

　　溪源洞在剑州之西北，山回水曲，倾崖返杆。其中峭壁巉岩，隐天蔽日，水流交冲，崩涛赑怒①。溪云涧气往来，常若雾露沾人，石崖临危，窥深悸魄。转一湾，则见山穷水绝，如是者九，乃抵洞口。巨石陡立，如猛兽奇鬼，森然欲搏人。稍折，为凌虚桥，桥下石当中流，岋嶫相倚②，空中多窍，与风水相吞吐，噌呓铿鞳之声③，时与钟磬答响。渡桥，茂林石径，寿木垂萝之处，院据其上游。时友人李天根、王含美、儿子鼎先登院，余偕逸轩上人坐桥上，听水声，因念苏公"但向空山石壁下，受此有声无用之清流"，"不须写入薰风弦，纵有此声无此耳"④。我辈岂无耳哉？

道人迓余入，见叠壁层峦，复溪丛瀑，回合如云窝。独左插一奇岩曰"凤冠"，可千仞。欲登，道人止之饭。已而含美、鼎儿从上殿来，夸胜不已。道人曰："此间些儿奇，胜凤冠耳。"遂攀援而上，踌趾相错。含美益贾勇相翼⑤，真如鹤皋云，"登一步，想一步"，最险处有鸟引猿扶，奇哉！睹剑城在膝下，二水蜿蜒如带，冠上石滑腻，各题数咏。下临无底，水声震撼。立之心冰，不敢久瞰。是夜月出林梢，溪声聒耳，不忍就寝，因各咏诗。

① 赑（bì）怒：形容气势壮大。

② 岋嶪（è yè）：高耸貌。

③ 噌吰镗鞳（chēng hóng tāng tà）：皆指钟鼓声。此处形容水浪拍击的声响。

④ "因念苏公"诸句：见宋苏轼《东阳水乐亭》。受此，苏集作"爱此"。薰风弦，《南风》之曲。《孔子家语·辩乐解》："昔者舜弹五弦之琴，造《南风》之诗，其诗曰：'南风之薰兮，可以解吾民之愠兮。南风之时兮，可以阜吾民之财兮。'"

⑤ 贾（gǔ）勇：本义是说自己尚有多余的勇力可以出售，即勇力有余。此指鼓足勇气。

江天雪霁

　　癸卯仲冬入秣陵①，舟次湖口②，玉花搅空，林岫皓然③。予与友人喜之，徙倚航窗下，沽酒分韵。夜来冱云驳尽④，月影悬钩，雪光射人如银界。明辰开霁，林泉爽美。江空漠漠，风度银梭。遐眺湖天，晴山四白，碧流一色，若另在一世界者。遂舍舟登岸，见群峰积玉，片野铺银，云天浩渺，树卷霏烟，篱落村庄，影寒玉瓦。板桥过客游人，车翻缟带；前村樵歌冻磬，渔钓冰簑。松寺磬声，隐隐清绝。此时万里如洗，涵虚朗彻，如入镜中。觉我五脏出濯，肌骨寒沁，定身周目，若琼宫玉宇上游，而不知此身之在尘世也。归来鼓棹，还疑梦中，顾盼倚樯，宛若空外。呼童取雪烹茶，因理前韵，遣此雅怀。客非韵士之俦与⑤？奚其嘿矣。

①　癸卯仲冬：万历三十一年（1603）十一月。　秣陵：南京。

②　次：止，停留。　湖口：指彭蠡（鄱阳）湖之口。

③　林岫：山林。岫，峰峦。

④　冱（hù）云：冻云。

⑤　韵士：雅士。　俦：同类。

夜　景

　　王摩诘夜登华子冈 ①，辋水涟漪，与月上下，寒山远火，明灭林外。深巷寒犬，吠声如豹。村墟夜春 ②，复与疏钟相间。此时独坐，僮仆嘿然。苏子瞻元丰二年中秋后一日 ③，天雨开霁，林间月出，可数毫发。遂同参寥出雷峰 ④，度南屏 ⑤，上风篁岭 ⑥，自普宁凡经佛寺十五 ⑦，皆寂不闻人声。道旁庐舍，或灯火隐显，草木深郁，流水止激悲鸣，殆非人间之境。

　　余喜夜游，最爱其描写幽绝。每月夜同亮于叔祖挐小舟，渡城头，欸乃窃发，溪声答响，泊舟酌石头听之。久之雾下，正欲返浦，溪干有吟咏来者，叔祖曰："月夜行吟，可呼偕饮。"起视四向无人，顷之，剥啄数步，隐隐云："黯淡悲风入急滩，长年不见焰口餐 ⑧。只令一片无情月，独照孤魂夜夜寒。"捉舟从之，惟有空江翠滴，为之骨发冷然。

---

① 王摩诘：即王维，见本卷《杨花溪》注。　华子冈：王维辋川别业附近的景点。裴迪《华子冈》与王维《山中与裴秀才迪书》皆描写了华子冈的美景。

② 夜春：夜间用杵臼捣去谷物的皮壳。

③ 苏子瞻：即苏轼。下文行迹非苏轼所历，实出自宋秦观《龙井题名记》。

④ 参寥：即宋僧人道潜，别号参寥子。浙江於潜（今浙江临安）人，苏轼与之交厚。　雷峰：山名，在今浙江杭州西湖旁。传说昔有道人雷就居此，故

称雷峰。

⑤　南屏：山名，在今浙江杭州市南，是西湖胜景之一。

⑥　凤篁岭：在今浙江杭州市西南。岭高峻，多种竹，故名。

⑦　普宁：寺名，位于今杭州市余杭区。

⑧　焰口餐：超度饿鬼所施之食。

夜　雨

余尝客于三元酿云窝①，云情暖靆②，石础流滋，狂飙忽卷，珠雨琳璃。黄昏孤灯明灭，山房清旷，撑颐解寐，意自悠然。夜半松涛惊飔，蕉园鸣琅，篑坎之声③，疏密间发，心乐之。既而叫号声发于溪上，哀吁不已。问而知为航木绝缆求援者，与崩垣败屋、鸟喧猿啸声，噌杂相应。倏尔愁生，嘹呓展转④，不能成寐。此乐中愁、愁中乐，怦怦交集，意不克禁，遂吟数律，以写幽怀云：

急雨送黄昏，凄凄欲断魂。虚舟随涨水，宿鸟骇荒园。窗湿风声断，灯残诗思烦。泠然发深省，北岭复哀猿。

别作还乡梦，愁来觉费情。床头琴是水，笔底绪如旌。人为伤春老，才因涉世名。不堪花叶滴，复令客心惊。

如丝夜未休，蕉叶鼓飔飔。空翠幽棜滴，清霜古瓦流。潮声来枕上，花信渡楼头。明日阴晴否？浮生一海鸥。

山房入夜阑，趺坐一蒲团。客梦三春度，溪声六月寒。窝深云自酿，雨骤水皆滩。愁乐皆迷妄，禅心寂寂看。

① 三元：今福建省三明市三元区。

② 靉靆（ài dài）：云盛貌。

③ 窾（kuǎn）坎：象声词，形容击物声。

④ 喑（án）呓：梦中语声。

清 风 明 月

　　秋气渐肃，时坐红雨楼中，望池上芙蓉烂开，与万竿绿玉映影清波。间以蝉声凄咽，意不自禁。正握笔赋怀人，适明之偕尔中侄至，意遂豁然。亟呼童网鱼开酿，饮至月来松际，风动微波，飘飘乎若泛槎渡月然。因念东坡"江山风月，本无常主，闲者便是主人"①，今夕何夕，得领风月，未审明朝可闲，复作主人否？昔谢譓入室许清风②，对饮惟明月，虽有雅度，不无褊衷③。何如昙秀鹅城清风，鹤岭明月，人人送与④。虽然青莲乃谓"不用一钱买"⑤，坡公亦谓"取无穷"、"用不竭"⑥，何哉？尧夫"料得少人知"者⑦，盖此等清景，一岁中不可多得，得矣而或牵累病苦，虽欲常赏，其将能乎？是夜风清月朗，与明之、尔中作诗饮酒，为风月主人。

① "江山风月"三句：语出宋苏轼《临皋闲题》。

② 谢譓（huì）：南朝齐人，不随意交接宾客，有时独饮而醉，曾曰："入吾室者但有清风，对吾饮者唯当明月。"

③ 褊衷：褊狭。

④ "何如"三句：事见《东坡志林·昙秀相别》："昙秀来惠州见予，将去，予曰：'山中见公还，必求一物，何以与之？'秀曰：'鹅城清风，鹤岭明月，人人送与，只恐它无着处。'"昙秀，宋朝僧人，苏轼好友。

⑤ 不用一钱买：语出唐李白《襄阳歌》："清风朗月不用一钱买，玉山自倒非人推。"

⑥ 取无穷、用不竭：语出宋苏轼《赤壁赋》："惟江上之清风与山间之明月，耳得之而为声，目遇之而成色，取之无禁，用之不竭，是造物者之无尽藏也。"

⑦ "料得少人知"句：语出宋邵雍《清夜吟》："月到天心处，风来水面时。一般清意味，料得少人知。"邵雍，字尧夫，北宋理学家。

秋水芦花

忆昔浪迹武夷之滨，被衲持钵，作发僧行径，以鸡盟当檀越①，以枯管当筇杖②，以饭颗当祇园③，以岩云野鹤当伴侣，以背锦奚奴当行脚头陀④，往探六六奇峰⑤，三三曲水⑥，每至一奇一曲，辄引满狂呼，扣舷写臆。仙仙乎若从幔亭君于云中凭虚御风⑦，脱躧人寰耳。

复过考亭讲学故址⑧，堂构聿新，令人有仰止之思。独玉蟾仙翁一庵圮坏⑨，低回久之。是日宿虎啸岩，觅丽空和尚，月色如昼。夜半钟磬之声泠然袭人，余起跏坐，呼丽空证无生诀，不免泥絮天花⑩，反不如城皋一沙弥，稍得谛解。

夫武夷、支提为吾闽胜地⑪，仙区佛隩，悉为馋髡俗羽所踞，

51

成一秽场，大可慨惜。至天游、折笋诸峰，又为纨绮驵侩题咏壁间^⑫，都可抹杀。独有晋安诸君子数律^⑬，差可为溪山吐气耳。虽然，山好无穷，脚力有限，惟余耽胜，虽攀萝蹑磴，穷极幽奇，然纪游篇什，愧非鸿笔。何以仰答山灵？秋风解缆，极目苇芦，白露横江，情景凄绝。俄复孤雁惊飞，秋色远近，风蓬蓬而雨沥沥，耳洒洒而心于于。泊舟卧听，沽酒呼卢，使我把真机究竟，一切蝇头蜗角^⑭，都是秋水芦花。

① 鸡盟：指友人。典出晋周处《风土记》："越俗性率朴，初与人交有礼，封土坛，祭以犬鸡。" 檀越：施主，梵语音译。

② 筇（qióng）杖：筇竹杖。

③ 饭颗：即饭颗山，相传是唐代长安附近的一座山。 祇园：又称祇园精舍，释迦牟尼在舍卫国讲经说法的主要地点。

④ 背锦奚奴：背锦囊的奴仆。 行脚头陀：乞食游方的行脚僧人。

⑤ 六六奇峰：即武夷山三十六奇峰。

⑥ 三三曲水：即武夷山九曲溪。

⑦ 幔亭君：指道教仙人武夷君，为地官。

⑧ 考亭：在今福建省南平市建阳区西南。唐末黄端建，南宋朱熹晚年居此，建竹林精舍讲学。

⑨ 玉蟾仙翁：即葛长庚，又名白玉蟾，字白叟，号海琼子，南宋道士。祖籍福建闽清，学道于武夷山。

⑩ 泥絮天花：指沉浸佛理却不得开悟。

⑪ 支提：支提山，位于今福建省宁德市蕉城区，佛教名山。永乐时被御赐"天

下第一山"称号。

⑫　纨绮：贵族子弟。　驵侩（zǎng kuài）：市侩。

⑬　晋安诸君子：指晋安诗派，又称闽中诗派。由林鸿为首的"闽中十子"组成。

⑭　蝇头蜗角：比喻微小的名利。

中 秋 月

　　月可玩，玩月，古也。谢之赋、鲍之诗、朓之庭、亮之楼①，皆玩也。噫！月之为玩，冬则繁霜侵人，人不便月；夏则蒸云蔽月，月不便人。是皆害乎玩。维秋之为气也，后夏先冬，天凉风气肃，月之次八也。季始孟终，魄满兔儿肥。况长空纤翳不生②，白月朗然独出，飘飘桂华之浮香，泠泠素娥之欲下。是夜也，或贵客尊官，侯鲭珍异③，巨儒鸿士，辖日豆云，谈天雕龙，咳唾珠玉。或骚人墨客，五陵侠少，探丸蹴踘，醉踢侠邪，回盼娟家，流连卜夜④。或卫玠英姿⑤，王褒俊才⑥，连镳分席⑦，把臂结交，高标远韵，玉瓒黄流⑧。又或贵倨王孙，旖旎姣士，倚醉吴姬，微歌楚曲。间有芳闺佳冶，婉娈多姿，把杯触怀，望月长叹。而席门穷巷，亦炊玉焚桂，横睨酒楼，浩歌燕市，莫不睹景开怀，千金买笑。何但李谪仙之问、欧阳詹之序⑨？

①　谢之赋：指南朝宋谢庄《月赋》。　鲍之诗：指南朝宋鲍照《玩月城西门廨中》。　朓之庭：指南齐谢朓任宣城太守时所建"谢公楼"。李白《宣州谢朓

楼饯别校书叔云》"俱怀逸兴壮思飞，欲上青天览明月"为咏月名句。　亮之楼：指晋时庾亮之楼，见本卷《杨花溪》注。

② 纤翳（yì）：微小的障蔽，指浮云。

③ 侯鲭（qīng）：精美的肉食。鲭，鱼和肉合煮的菜。

④ 卜夜："卜昼卜夜"之省称，形容昼夜尽情作乐。

⑤ 卫玠：字叔宝，晋安邑（今山西夏县北）人。风姿俊秀，有玉人之称。据说卫玠避乱移家建业时，时人听闻其名，围观如堵，卫玠不久便因劳累而死。时人谓"看杀卫玠"。

⑥ 王褒：字子渊，琅邪临沂（今山东临沂）人。北朝著名文学家，有《王司空集》。

⑦ 连镳：谓骑马同行。

⑧ 玉瓒黄流：语出《诗经·大雅·旱麓》，泛指酒盏与美酒。

⑨ 李谪仙之问：指唐李白《把酒问月》。　欧阳詹之序：指唐欧阳詹《玩月诗序》。

霜　月

往与蔡龙皋读书性天峰顶，抱影寒窗，霜夜不寐，徘徊松竹下。四山月白，露堕冰柯，相与咏李白《静夜思》，便觉泠然。顷之，寒风稍冽，予欲就寝，而龙皋复强予坐蒲团，从松端看月。因呼廖绳卿、吴仲度偕坐。移时，绳卿不耐深语，遂卧。余三人徙倚庭中，漫数乐志。

仲度言："汗血腾空，绝迹千里，入雠秘史①，出拥吴姬。一坐书省，毕志归田。赖披丝竹，娱此桑榆②。得了是愿，差足赏心。"龙皋曰："吾之志则不然。半职何嫌，尊倨何羡？形骸或枯，微言不绝。了此蠹鱼③，峨眉寄迹④。一悟无生，归彼乐国。堁坌煎烁⑤，所志不在。"时已夜中，毡衣生湿，余笑曰："霜飔入轩，灯魂未灭。金马西方⑥，了不可得。头陀解事，煮茗佐谈，竟此夜乐，吾志毕矣。"三人笑剧，头陀跃起，烹茗焚香，揽衣默坐，启扉而视，霜月灼灼。

① 雠（chóu）：校对文字。

② 桑榆：这里喻晚年。

③ 蠹鱼：书虫名，此处指读书生涯。

④ 峨眉：山名，此处借指出家或隐居。

⑤ 堁坌（kè bèn）：尘土，尘埃。 煎烁：比喻折磨。

⑥ 金马：指朝廷或帝都。

月中箫管

昔子瞻在徐州①，同王子立、子敏、张师厚②，月夜饮酒杏花下。时二王方年少，善吹洞箫。明年，子瞻谪黄州，对月独饮，有诗云："去年花落在徐州，对月酣歌达清夜。今日黄州见花发，小院闲门风露下。"③盖忆与二王饮时，风景不常如此。余少时馆剑州学圃山房，与黄鹤皋、官龙池、王梅泉饮至夜分，月色如银，忽闻梅山寺箫管数声，遂步访黄见庭。见庭亦未寝，煮茗听箫，亦自幽畅。今诸君皆化为异物④，后过学圃，黄镇南出鹤皋诗稿索序。追念畴昔，不觉惘惘。镇南，鹤皋子，有父风。

① 子瞻：即苏轼，见《清史自序》注。
② 王子立、子敏：苏轼弟子，其中王子立为苏辙女婿。　张师厚：宋眉州人（今属四川），元丰二年（1079）曾拜谒苏轼，得其举荐后赴京殿试。
③ "去年"四句：语出宋苏轼《次韵前篇》。
④ 异物：指友人已逝世。

林　雪

香雪飞玉，冻合铜瓶。雪庵之四山皆林，四林皆雪。登楼眺望，见絮起风中①，千峰堆玉；鸦翻城角，万壑铺银。无树飘花，片片绘子瞻之壁②；不妆散粉，点点糁原宪之羹③。初而飞霰入林，俄听辣辣还密密；既乃回风拆竹，惊看正正复邪邪。屋张融之舟，游情访戴④；尘范史之甑，砺志卧袁⑤。谁令孙康映来⑥，虚室生白；而使子卿啮着⑦，皎日增光。喜坐春风中，红炉一点；愧察秋毫末，见睍曰消⑧。党姬故解烹茶⑨，敲石无火；玉郎即思披氅⑩，质典多鹴。织两鬓之丝，文成云锦；飞覆体之絮，玉蔽长空。使我毡衣生寒，冷眼顿快。因念范宽居山⑪，虽雪月之际，必徘徊凝览，以发奇思，每好画冒雪出云之势。俄而友人相觅，亟呼松醪饮之，拥炉煨芋，欣然一饱。随作雪景一幅，以寄僧赏。

① 絮起风中：化用"谢道韫咏雪"之典。谢安雪日举行家庭集会，问在座儿女何以喻雪，侄女谢道韫以柳絮喻雪获谢安赞赏。事见《世说新语·言语》。

② 子瞻之壁：即苏轼的超然台壁，有咏雪名篇《雪后书北台壁二首》。

③ 糁：混入。 原宪之羹：原宪的羹汤。原宪，字子思，孔子弟子，生活清苦却能安贫乐道。

④ "屋张融"二句：张融，字思光，南朝齐吴郡吴县（今江苏苏州）人。曾因居无住所而举家住在岸边的一只小船上。访戴，指王子猷雪夜访戴安道。

⑤ "尘范史"二句：范史，即范冉，字史云，东汉名士。曾遭党锢之祸，贫困失所，蒸饭的甑中都落满了灰尘，他却怡然自得。卧袁，东汉名臣袁安曾客居洛阳，大雪积地尺余，人皆除雪外出乞食，独袁安认为此时人皆饥寒，不宜求人而独卧家中。事见《后汉书·袁安传》。

⑥ 孙康：晋京兆（今洛阳）人。因家贫无以购置灯油，曾映雪读书。

⑦ 子卿：即苏武，字子卿，汉京兆杜陵（今西安）人。武帝时出使匈奴被留，降，啮雪吃草籽，在北海牧羊十九年，最终得以归国。

⑧ 见晛曰消：雪见到阳光而消融。语出《诗经·小雅·角弓》。晛，日气。

⑨ "党姬"句：宋时学士陶穀，曾买得党进家的歌姬。遇雪天取雪烹茶，便问此姬："党太尉家不懂得这个吧？"歌姬答："他是粗人，哪里懂得这些风雅事，冬日只知在销金暖帐里听歌姬吟唱，品尝羊羔美酒罢了。"陶听后觉得惭愧。

⑩ 玉郎：或指东晋王恭。《世说新语·企羡》："孟昶未达时，家在京口。尝见王

恭乘高舆，被鹤氅裘。于时微雪，昶于篱间窥之，叹曰：'此真神仙中人。'"苏轼《雪诗八首》中有"闲来披氅学王恭"之语。

⑪ 范宽：北宋画家范中正，字仲立，性情豁达，故人呼范宽。善作山水画，初师李成、荆浩，既而叹曰："师人不如师造化。"因迁居终南、太华山，观览风月阴霁的微妙变化，故善画雪景，自成一家。

海　日

鼓山离会城五十里而近①，带江襟海，高如日观。丁酉秋②，同蔡龙皋、徐兴公、李天根往游，五鼓起视，海日将升。紫雾氤氲，金霞闪映。隐隐红光渐烁，倏忽间如血荡盆，变幻百出。洪涛奔湃，疑天欲流。顷而金轮浴海，火镜亘天，丹焰流光，炫眸夺目。斯时启明在东，晶丸灿烂，众星明没，不敢为颜。回就卧所，树喧宿鸟，大地云开。下瞰会城，环堵百雉矣③，杯水长江矣，咫田千顷矣，蚁垤层台矣④，蜂巢万灶矣。醯鸡往来，蠛蠓纷藉，则苍赤累累矣，顿觉有沧桑异代之感。因为之赋，其辞曰：

天胡令阳侯而上升兮⑤，极东溟之洪茫。孰令浴濛汜而改色兮⑥，郁崎嶬于上方⑦。胡为簸大圆之元精，作寒暑与晦明。回龟鸟于两至，栖悲谷以成暝。跳穹窿以高步，涉浩荡而下征。吁嗟哉！日体圆，径千里，若炽坚金，若流速矢。土石迩之必焚，龙鱼近之皆靡。何海水之相荡，而不澎湃沸渭以四起。凌铄薄激，如爨巨镬⑧。魆不可探，呀焉若天地之有龂腭⑨。当夫初升，漏光逬射。晶荧正烁，前摧后涌。划砾礲礧，沫飞电以惊急，卷海涛而迭跞。故其所以中天者，扫八纮之鸿洞^⑩，耀震旦之暗昒^⑪。发朗照于遐区，皎太空之璀丽。迨夫祝融正驾^⑫，中黄摛辔，映赤羽而金流，射炎精而丹炽。苍螭栖彩于乔柯，雄霓纷飞于碣石。峙海国之东隅，矗浮屠于南廓。以故冯夷击鼓^⑬，灵蜃扇奇。若楼阁缤纷，填城溢郭，跨五虎之嵯峨^⑭，孰不蹴搏而岦岌。及其渐没也，哄阗澶漫，谷呀巘断，莲崿倒影，马江腾沸。试蹑级而盱眺，极凝霞之余夕。飞沫电以急奔，下长坂而挥霍。阳精西流，火轮转毂。人或越月而逾时，曷胜朝吁而暮息。挹扶桑之剩辉^⑮，览羲辔之渐铄^⑯。使夸父逐之不得^⑰，阳公挥之无及^⑱。恨不挂青莲之长绳^⑲，系西飞之白日。

① 鼓山：在今福建福州市东南。山巅有巨石如鼓，相传每风雨大作便发出声响，故名。　会城：省城。这里指福州。

② 丁酉：万历二十五年（1597）。

③ 雉：古代城墙长三丈高一丈为一雉。

④ 蚁垤（dié）：蚁穴外隆起的小土堆。

⑤ 阳侯：传说中的波涛之神。

⑥ 濛汜（sì）：传说太阳所入之地。

⑦ 崎嶬（yǐ）：险峻貌。

⑧ 爨（cuàn）：烧火做饭。　镬（huò）：锅。

⑨ 龈腭：牙床和腭。泛指口腔。

⑩ 八纮（hóng）：大地的极限，犹八极。泛指天下。　鸿洞（jiǒng）：远大。

⑪ 暗昒（hū）：指天将亮未亮之时。

⑫ 祝融：帝喾时的火官，后尊为火神。

⑬ 冯夷：传说中的黄河之神，泛指水神。

⑭ 五虎：位于福建福州市闽侯县。五座主峰巍峨高耸，形似五虎盘踞。

⑮ 扶桑：神树名，传说日出其下。此处代指太阳。

⑯ 览：同"揽"，执持。　羲辔：羲和的缰绳。羲和为神话中太阳的御者。

⑰ 夸父：古代神话人物。相传与日逐走，道渴而死。

⑱ 阳公：即鲁阳公。《淮南子·览冥训》："鲁阳公与韩构难，战酣，日暮，援戈而挥之，日为之反三舍。"

⑲ 青莲之长绳：语出李白《拟古》其三："长绳难系日，自古共悲辛。"

风　潮

　　秋日渡马江①，过金刚腿②，石尤陡作③，辰潮浪翻。舟子扬帆逆而走，友人色动，即出镇，风益厉，樯桅有声欲拆。舟师乃卸帆舣瓮崎中④，雨随作，飞入篷窗，衣箪尽湿。前望烟雾四蔽，诸岛一灭，白浪汹涌，反若雪山。余大诧其奇，亟呼酒咽之。望艅艎四五从浪中来，大者如凫，小者如叶，皆倾欹侧漾，不溺如线。少焉潮退，风亦随息。

　　友人究潮之义，在《山海经》则谓海鳅出入⑤；在浮屠书则谓神龙变化⑥；在《庄》谓泄尾闾⑦；在《列》谓入虚室⑧；《淮南》谓沃之焦石⑨；《海峤志》谓水随月盈亏⑩；《高丽经》谓潮为天地至信⑪；海贾谓潮生东南；窦氏记谓潮虚于午；燕公谓潮生于子⑫；王充《论衡》谓水为天地血脉^⑬；余安道谓月之所临^⑭，则水往从；卢肇《潮赋》谓水激日而潮生^⑮，月离日而潮大。是皆有见，安从折衷？然余之所信者，理而已。

夫地之有潮，天之有日月，日月经天而水行地，宜其水之不相及也。故邵子曰："海潮者，天地之一息也。所以应月者，从其类也。"^⑯然而海水潮汐之候，每应月之所临，月近则潮小，月远则潮大。气升地沉，则水溢而生潮；气缩地浮，则水退而为汐。故月临卯酉，则潮长于东西；月临子午，则潮平于南北。盖自朔以往之昼，月行速渐东而至于渐迟，潮亦应之，以迟于夜，迭差而入于昼；自望以往之夜，月行速渐西而至于渐迟，潮亦应之，以迟于昼，渐差而入于夜。朔望前后，日月交感，其精魄倍于他时，故潮于朔望之前后，亦倍于他时。春夏之际，阳气散为万物之腴，故差小；秋冬之间，阴气聚归四海之腹，故差大。子之前，日下而阴滋，故铄于水而不甚振，则昼微；子之后，日上而阳随，故逼为潮而莫肯衰，则夜大。若夫秋中而阴壮，亦犹春半而阳肥。故八月群阴既盛，水势自漫，此所以生于中秋为尤大。

噫！余所信者理，论其理如此而已。彼夫容成叩玄^⑰，阴阳已测；周旦致晷^⑱，周髀作则^⑲。裨灶穷象^⑳，子云推幽^㉑，张衡铸仪^㉒，淳风定式^㉓，孰不穷海运，稽日域？乃卢肇按浑天以作赋，合《周易》以画图，吾安知激日之说，非《山海经》、诸子之见云？语未竟，晚潮复作，遂枕藉舟中，以听夫风潮之鼓飔。

① 马江：又称马头江，即今福建闽江下游。

② 金刚腿：闽江七景之一，在今闽江下游闽安镇对岸，有一形如巨人腿脚的大石条，从山麓一直伸到江面。半山岩壁上刻"金刚濯足"四字。

③ 石尤：逆风。传说有一石姓女子嫁与一尤姓男子为妻，尤郎经商不归，石氏忧思而死。临死前发下誓愿："死后将化为大风，为天下女子阻挡她们的丈夫远行。"

④ 舣（yǐ）：船拢岸。

⑤《山海经》：作者不详，约战国至汉代间成书，保存有不少神话传说和史地材料。　海鳅：即露脊鲸。

⑥ 浮屠书：泛指佛教著作。

⑦《庄》：即《庄子》。其《秋水篇》载："天下之水，莫大于海，万川归之，不知何时止而不盈；尾闾泄之，不知何时已而不虚。"尾闾，传说海水归宿之处。

⑧《列》：即《列子》，道教典籍。旧题战国时人列御寇所作。

⑨《淮南》：即《淮南子》，汉淮南王刘安等撰。　沃之焦石：即沃焦，传说中东海南部的大石山，海水倾泻到上面便会被吸收烘干。

⑩《海峤志》：又名《海涛志》，唐窦叔蒙研究海洋潮汐的著作。

⑪《高丽经》：即《宣和奉使高丽图经》，北宋宣和年间徐兢所撰出使高丽的见闻录。其《海道一》载："潮汐往来，应期不爽，为天地之至信。"

⑫ "海贾"三句：语出宋余靖《海潮图序》。窦氏，即窦叔蒙，唐浙东人，著有《海涛志》。燕公，即燕肃，字穆之，北宋嵩山（今河南禹州）人，著有《海潮论》。

⑬ 王充：字仲任，东汉思想家。《论衡》卷二十五《祀义篇》："山，犹人之有骨节也；水，犹人之有血脉也。"

⑭ 余安道：即北宋余靖，本名余希古，字安道，作有《海潮图序》。

⑮《潮赋》：即唐代卢肇所作《海潮赋》，云："日激水而潮生，月离日而潮大。"

⑯ "故邵子曰"诸句：邵子，即邵雍，见本卷《清风明月》注。引文出自其《皇极经世·观物外篇》。

⑰ 容成：相传为黄帝之臣，最早发明历法。

⑱ 周旦：即周公姬旦，周文王子。据《周礼》记载，周公在洛阳垒土圭，立木表测量日影。

⑲ 周髀：我国古代一种天体学说，阐明其观点的著作有《周髀算经》二卷。髀，股。立八尺之表为股，表影为勾。

⑳ 裨（bì）灶：春秋时郑大夫，精于天文占候之术。

㉑ 子云：即扬雄，字子云，曾仿《易经》作《太玄》，将玄作为最高范畴以构筑宇宙生成图式。

㉒ 张衡：字平子，东汉太史令，掌管天文历法，曾作浑天仪，又作测定地震的候风地动仪。

㉓ 淳风：即唐代太史令李淳风，新编《麟德历》，并在其所著的《乙巳占》中，首次将风划为八个等级。

凉雨洒孤舟

　　天湖潆绕皆大溪，间有佳山水，如玉口龙湖、高砂山市、石墓丛林、渔溪晒网、杨口归航、龙江渡月，皆足极人登眺。秋来溪上，晚花含翠，鸥鹭惊呼，古木带烟，孤峰浓抹。远望浮屠①，隐隐天外。溪头欸乃与樵歌牧笛②，不绝如缕。遂棹小舠，出玉口，泛渔溪，沽酒听渔，诗兴勃发。忽过一番凉雨，疏疏密密，大是快人。陈履吉谓凉雨洒孤舟③，此景寻诗，多有佳句，盖深尝其况也。既而长林倒照，清风徐来，蹩而按之，不觉悲大块之流磷④，眇吾生于一粟。矧风尘落魄，岐路多舛，群溺迷津，孰超觉海。大都天地为庐，借我一宿，浅水菰苇之浒，不知谁是主人。

① 浮屠：佛塔。

② 欸乃：行船摇橹声。

③ 陈履吉：陈益祥，字履吉，明万历间福建侯官人，有《采芝集》。

④ 大块：大自然。

隐隐木鱼音

余尝乘一小舟，置试卷、茶灶、酒脯其中，随意所到，或探奇览胜，觅友寻僧，每经月余而返。一日舟过潭云，宿叶九如澹斋①。斋头花缤纷，榭错列，旃檀古木②，绿阴盘郁，时作么尼扒挞尼声。檀子从风，客至长疑雨也。澹斋之左为金粟庵，磬韵悠然，直入书幌。既而衲子翻经，隐隐木鱼音，和《摩诃》彻天杪③。尔时云封户外，月映千山，因与九如寻澹然佳趣。

嗟乎！澹，空体也。惟澹自无欲，自明志，自不厌，非释子所谓"一切五蕴皆空"者哉④？空体即澹体，得吾澹体，何浓非澹；失吾澹体，何澹非浓。了得此观，庶可目听鱼音，耳看月色。耳见目闻，总归寂灭。九如合下即了⑤。时丁未孟冬也。

① 叶九如：即叶华，字茂原，号九如居士。见本卷《石室》注。

② 旃（zhān）檀：又名白檀，檀香醇和。

③ 《摩诃》：即《摩诃般若波罗蜜多心经》，佛教经典。 天杪（miǎo）：天际。

④ 五蕴：佛教语。即色（形相）、受（情欲）、想（意念）、行（行为）、识（心灵）。蕴，积聚、和合。

⑤ 合下：即时。

读 书 声

倪文节公云："松声、涧声、山禽声、夜虫声、鹤声、琴声、棋子落声、雨滴阶声、雪洒窗声、煎茶声，皆声之至清者也，而读书声为最。"① 虽然，世宁无勤于声者，虽读犹弗读也。又宁无寂于声者，虽弗读犹读也。不佞性既畏人，人亦见畏。山房之间，杜门却扫②，人事都尽。良宵燕坐③，篝灯煮茗，陈编展诵，声出金石。既而宿鸟归巢，疏钟远度，帘际香销，松梢月上。竹风一阵，飘来茶灶清烟；鸟语数声，和此书窗朗诵。直令心骨俱冷，体气欲仙。第心眼不快，胆力微豪，天不幸生愧彼李秃④。则谁如去象以存意，去意以存神。

① "倪文节"诸句：见宋倪思《经鉏堂杂志》。倪思，字正甫，宋湖州归安人。

历任著作郎、中书舍人、权吏部侍郎等职，卒谥"文节"。

② 杜门却扫：关门谢客，不再扫除门径迎客。

③ 燕坐：安坐，闲坐。

④ 李秃：即李贽，号秃翁，故称。见本卷《十洲》注。

欸 乃 声^①

秋高风急，云烟惨黛，乘扁舟渡芦花浅水，看山泉澎湃，林树飘丹，不觉临流击楫^②，怀古浩歌，声腾万顷之波，响遏千山之色。停舟江浒，晚景欲夕，长林返照，水绿山青。忽听欸乃数声，和惊鸿嘹呖、渔笛欷歔^③，令人有潇湘巫峡之想。

① 欸乃：见本卷《凉雨洒孤舟》注。

② 击楫：击桨。

③ 嘹呖：声音凄清而响亮。 欷歔：这里指笛声呜咽。

松 下 风

莲岳据花溪之北，萃葎巑岏^①，即羊肠、孟门不啻焉^②。每蹭踏而上，崭崪斗甚^③，则腰舆行^④，抵岳绝顶，搔首问天，飘飘乎若坐万丈莲花上乎？仰瞰天湖，东跨天外，插翼不可到。其下琼山、天马、三台、羊岐诸峰，如豆登⑤，如钟釜，岂白帝之所觞百神者耶⑥？西望幼山宣奇，吕峰显怪；南俯龙湖在膝下，汇水涟漪；北有七峰豸角，虎踞龙蟠；翔凤东塔，隐隐入画图。倚栏观瀑，如万马争奔下坂，水声震撼，久之魂怖。遂登绝巇，过其所为佛龛者，洞插天之半，草出人之三。中有石罅如室，五丁巧凿⑦，万壑松涛，乔柯飞颖⑧，风来鼓飔，谡谡有秋江八月声。迢递幽岩之下，披襟当之，不知是羲皇上人⑨。因忆鲜于伯机尝于废圃得怪松一株，移置斋所，呼为"支离叟"，朝夕乘风其下⑩。陶通明特爱松风，每经涧谷，必坐卧松下不忍去⑪。使二君当此，其欣赏得无叫绝？

① 巑岏（cuán wán）：山高耸尖锐貌。

② 羊肠：古山名，在今山西静乐县西。《吕氏春秋·有始》《淮南子·地形训》以此山为九名山之一。　孟门：古山名，在今陕西宜川东北、山西吉县西。绵亘黄河两岸，又称"龙门上口"。　不啻：不如，比不上。

③ 崭崒（chán zú）：陡峭高峻。

④ 腰舆：用手挽的轿子。高仅及腰，故名。

⑤ 豆登：古代盛器，也用作祭器。

⑥ 白帝：古代神话中五天帝之一，主西方之神。

⑦ 五丁：传说中的五个力士。相传秦惠王欲伐蜀，但不识道路，便造五只石牛，将金子置于石牛尾巴下，扬言石牛能屙金。蜀王信以为真，派五丁把石牛拉回国。事见《水经注·沔水》。

⑧ 乔柯飞颖：形容高大的松树枝头松针在风中摇动。乔柯，高枝。颖，指松针。

⑨ 羲皇上人：羲皇指伏羲氏，古人想象羲皇之世其民皆恬静闲适。

⑩ "因忆"诸句：事见明陈继儒《致富奇书》。鲜于伯机，即鲜于枢，字伯机，
　　元代书法家，诗人。

⑪ "陶通明"诸句：事见宋李昉《事类备要》。陶通明，即陶弘景，见本卷《福
　　地》注。

芰 荷 风

　　盛暑持蒲榻铺竹下，卧读《骚经》①，树影筛风，浓阴蔽日，丛
竹蝉声，远远相续，蘧然入梦。醒来命取楂栉发②，汲石涧流泉，
烹云芽一啜③，觉两腋生风。徐步草玄亭，芰荷出水，风送清香，
鱼喜冷泉，凌波跳掷。因陟东皋之上④，四望溪山鼍画，平野苍翠，
激气发于林瀑，好风送之水涯。手挥麈尾，清兴洒然。不待法雨凉
云⑤，使人火宅之念都冷⑥。

① 《骚经》：即《离骚》。

② 楂（zhèn）：这里指用楂木做的梳子。　栉（zhì）：梳头。

③ 云芽：云雾茶。

④ 东皋：泛指田野或高地。

⑤ 法雨：指佛法，佛法普度众生，如春雨泽被万物。

⑥ 火宅之念：尘俗的想法。火宅，佛家比喻充满烦恼的尘世，谓人有情爱纠
　　缠，犹如居住在火宅之中。

残 汀 落 雁

　　孤帆落照中，见青山映带①，征鸿回渚，争栖竞啄。宿水鸣云，声凄夜月，呖呖嘹嘹，秋飙萧瑟，听之黯然。遂使一夜西风，寒生露白。嗟嗟！塞雁悲鸣，独有孤舟客最闻也，我则何心?

① 映带：互相映衬。

暮 鸟 巢 林

　　山间艳阳时，有弇止轮半规倒照①，涧练添白，峦蕊重青②，蒨葱地符③，金碧相映。屋畔古松，巢鸲鹆其上④，日暮归林，争枝纷噪。鸟且倦飞知还，人可久没声利，会么? 一片白云横谷口，几多归鸟尽迷巢。

① 弇（yǎn）：覆盖，遮蔽。　半规：半圆形，代指太阳。

② 蕊（ruì）：草初生貌。

③ 地符：大地的符瑞。

④ 鸲鹆（qú yù）：鸟名，即八哥。

69

啼鹃流莺

庚戌暮春①，送友人林伯珪、伯玉还莆②。长亭垂柳，不忍攀折，见黄鸟争枝，乱花飞雨，红销玉碎，片片似对骚人泣别。颜面相看，为之黯然。少焉，舟子催装，遂咏阳城之曲③，把酒吞声，杜鹃啼血，真不减阳关第四声也④。

嗟乎，柳绾离愁，鸟添别恨，谁谓花鸟无情？

① 庚戌：万历三十八年（1610）。

② 林伯珪，福建莆田人，万历间曾与柯士璜等结颐社。

③ 阳城之曲：指《阳关曲》，据唐王维《送元二使安西》谱写，为送别之曲。

④ 阳关第四声：唐白居易《对酒》诗有"听唱《阳关》第四声"之句，并注明"第四声"即"劝君更尽一杯酒"句。宋苏轼据以考证《阳关三叠》的唱法是首句不叠，后三句叠唱，故第四声为"劝君更尽一杯酒"句。事见《东坡志林》。

哀猿唳鹤

渡杨口三里许，为石墨寺，在万山深处。一泓涧水，四周削壁，石磴渐岩，丛木蓊郁，老猿穴其中。南冈之旁，先茔在焉①。方竹万个，石儿草茵，堪为盘礴。外有古松屈曲，高拂云巅，野鹤时栖其顶。余性懒绝，与友人读书僧舍，或跰蹩鉴泉②，扶拽蹂磴；或流觞涧沚，藉草竹坞；或箕踞松下③，垂钓矶头。以故登眺之日常过半，其与笔研为邻者，仅十之二三耳。每晴初霜旦，林寒涧肃，常有高猿长啸，属引清远。风声鹤唳，嘹呖警霜，闻之令人凄绝。

① 先茔（yíng）：先人的墓冢。

② 跰蹩（pián bì）：漫步。

③ 箕踞（jī jù）：随意张开两腿坐着，形似簸箕。

叶 底 流 萤

以《月令》所载①，温风至，腐草化为萤。一日舟过三元里，日色将晡，野服登岸，遇友人李惟素、邓以烈，把臂入云窝②。高斋清供，秘笈梵书，瓶花纸帐，种种清绝，遂作夜话。翌日，惟中、须砥、茂受辈，把酒倾欢，淋漓卜夜。余不胜杯杓，逃入舟中。见萤火流光，点缀明灭，如火齐暗投，枯草藏烟。俯仰间，觉有二天星斗。

① 《月令》：《礼记》篇名。记述农历十二个月的时令、礼仪及相关物候。

② 云窝：书斋雅称。

夕阳蝉噪

长儿世鼎，尝同苏稚英、洪小酉、李虚室读书瀛洲阁。阁外万绿阴中，小亭避暑，八闼洞开①，几簟皆绿。雨过蝉声，风来花气，令人自醉。余时泊舟阁下，每闻蝉噪，辄为心怆，不有诗歌压之，情何能已？尝咏虞伯施"垂緌饮清露，流响出疏桐。居高声自远，非是藉秋风"②及《若耶溪赋》"蝉噪林逾静，鸟鸣山更幽"③，二诗敌此岑寂。

① 闼（tà）：小门。
② 虞伯施：即虞世南，字伯施。唐越州余姚鸣鹤（今属浙江慈溪）人。官至秘书监，能文辞，工书法，卒谥文懿。下引诗出自其《蝉》。
③ 《若耶溪赋》：即南朝梁诗人王籍《入若耶溪》。

卷二

清 供

古　鼎

人生不能离世，便当涉世。既与世涉，便当铭彝鼎而被弦歌[①]，何可弃周鼎而宝康瓠[②]？丈夫生不五鼎食，死则五鼎烹[③]，有味乎其言也。乃毛遂客耳，至楚，便使赵重九鼎[④]；武王迁鼎，义士犹或非之[⑤]。伊尹负之以王[⑥]，下惠爱之以信[⑦]。壮哉斯人，王侯无权矣。后世如萧何自表己功，鼎曰"纪功"[⑧]；魏武策勋，鼎列征伐战阵之能，铸赐太子，则列古来孝子姓名曰"孝鼎"[⑨]。盖古用止烹饪后，稍置之宗庙，列之堂序，以示重器，故贵大。今所贵者，取其拱把为书斋焚香之玩耳[⑩]。文色秀细，形制精雅，动以百金，酬之无吝。人之所好，古今殊途，况其他乎？

余名长儿曰"世鼎"，字曰"公铼"。鼎乎，其为宗庙堂序中之重器，惟尔，其为书斋焚香之玩，以悦今人目鼻之资。惟尔，顾名思义，庶无负乃父一片热心肠耳。

① 铭彝鼎：指建功立业。彝鼎，泛指古代青铜礼器，上多刻有人物功绩。

被弦歌：流传于弦歌之中。指为官之美名。

② "弃周鼎"句：语出贾谊《吊屈原赋》："斡弃周鼎，宝康瓠兮。"周鼎，传国玉器，指杰出之士。康瓠，应为康瓠，破裂的瓦壶，指庸才。

③ "丈夫"二句：语出《汉书·主父偃传》："丈夫生不五鼎食，死则五鼎烹耳。"五鼎食，古祭礼中卿大夫用五鼎盛羊、豕、肤、鱼、腊。这里代指高官厚

禄的生活。五鼎烹，酷刑，用鼎镬烹煮罪人。

④ "乃毛遂"三句：事见《史记·平原君传》。秦围赵都邯郸，赵使平原君赴楚求救，食客毛遂自愿同往，说服楚王救赵。平原君赞曰："毛先生一至楚而使赵重于九鼎大吕。"

⑤ "武王"二句：《左传·桓公二年》："武王克商，迁九鼎于雒邑，义士犹或非之。"迁鼎，喻迁都。

⑥ 伊尹：即伊挚，曾辅佐汤伐夏桀。《史记·殷本纪》载其"负鼎俎，以滋味说汤，致于王道"。

⑦ 下惠：即春秋时期鲁国大夫展禽，因封地在柳下，谥惠，故称柳下惠。齐国攻鲁，求其岑鼎。鲁侯请柳下惠献伪鼎请盟，其以"君以鼎为国，信者亦臣之国"婉拒。见《国语·鲁语》。

⑧ "萧何"二句：萧何，曾任沛县县吏。辅佐刘邦称帝，为西汉开国功臣，定律令典制。铸鼎纪功之事，见南朝虞荔《鼎录》。

⑨ "魏武"诸句：《鼎录》载："魏武帝铸一鼎于白鹿山，高一丈，纪征伐战阵之能，古文篆书，四足。更作鼎于太子，名曰孝鼎，画刻古来孝子姓名，小篆书。"

⑩ 拱把：指径围大如两手合围者。

古　琴

不知声音者，终身为胧朦①。山房置古琴一枚，质虽非紫琼、绿绮②，响不亚焦尾、号钟③。置之石床，快作数弄，深山无人，水流花开，清绝泠绝。琴乎！余于汝不负矣。洛中董氏得雷威琴一[④]，中题云："山虚水深，万籁萧萧。古无人踪，维石嶕峣。"[⑤] 又隐朱书云："洛水多清泚，崧高有白云。圣朝容隐逸，时得咏南薰。"[⑥] 雷之作琴不皆桐，但遇大风雪，便酤饮，着篛笠入峨眉山深松中，听其声连延悠扬者，伐以为琴，号曰"松雪"，为天下珍重。夫琴，木才数尺，丝不盈十，中函太冶、燮宣二气，声音之道，乃至于此。妙矣哉！妙矣哉！如雷威者，真得琴中趣者也。乃陶公则云："但得琴中趣，何烦指上音。"[⑦] 似琴又不在音，但得意便了耳。噫，世不乏胧朦，会此意者几人？坡公不云"若言琴上有琴声，放在匣中何不鸣。若言声在指头上，何不于君指上听"[⑧]？试请大众参来，余不惜携琴作供。

① 声音：这里指音乐。　胧朦：喻俗子。

② 紫琼：即紫色的玉，古人多截紫竹为箫笛，美称紫竹为紫玉，故名。　绿绮：古琴名，相传为汉司马相如所有。

③ 焦尾：即焦尾琴。《后汉书·蔡邕传》载，吴人有焚烧桐木来做饭者，蔡邕闻火烈之声，知其良木，制为琴，果然音色极美，而其尾犹焦。后指名贵之琴。　号钟：古琴名，相传为齐桓公所有。音色洪亮，犹如钟声激荡，号角长鸣，令人震耳欲聋。

④ 雷威：唐代制琴家，蜀郡（今四川成都）人。蜀中雷氏世代制琴，推雷威琴为首。

⑤ "山虚"四句：见唐宋之问《题雷琴》其一。嶕峣，高耸貌。

⑥ "洛水"四句：见唐宋之问《题雷琴》其二。南薰，指《南风歌》，见卷一《午

夜溪声》注。

⑦ "但得"二句：《晋书·陶潜传》作："但识琴中趣，何劳弦上声。"

⑧ "若言"四句：见宋苏轼《琴诗》。

古　剑

　　性近刚烈，多取愆尤①。毋乃我延津龙泉、太阿作怪耶②？昔津边居民有梦二龙化为人者，虽然，二龙决不化为人，即化为人，人必不识。世无雷公③，谁是知己？故宁伏匿我延津，时现彩光烛天、波涛涌沸而已。然世无雷公，二龙又未必不化为人也。江上丈人非乎？鄙哉子胥，百金之剑，孰与粟五万石，爵执珪④？子胥千载人杰，尚不知吴子⑤，恶知丈人？镂剑之赐，宜其及矣。

　　余读《吴越春秋》⑥，始见子胥乃一寡识之人。夫伯嚭之奸⑦，与之共事，彼时吾已愿了志遂，飘然仗剑遁去，上矣；次则请上方剑，斩佞臣头；次则与时上下，埋光吴庭。胥皆不能，此天道也。夫吾欲报吾父，而使人以鱼肠剑进其父⑧，是胥之赐剑，非嚭也，吴子恐其复进鱼肠剑我矣。如此之识，恶足语干将、镆铘之器⑨？余尝语儿子："丈夫立志当如虞公剑⑩，指日不退；识智当如穆王剑⑪，切玉如泥。遇利害事，按剑而决；不负初心，挂剑而去。"故余平生心事，青天白日，虽二龙未必相化，而龙泉、太阿是必知我者。古剑一枚，聊取自况，敢曰说剑，愈增愆尤。

① 愆尤：过失，罪咎。

② "毋乃"句：晋时丰城县令雷焕得到龙泉、太阿两把宝剑，其一赠张华。张华身死，其剑下落不明。后雷焕的儿子持另一把剑经过延平津时，剑忽然跃入水中会合，化为二龙而去。

③ 雷公：即雷焕，晋豫章（今江西南昌）人，字孔章。传说雷焕善观天象，武帝时，斗牛间有紫气，雷焕望气得知丰城有宝剑，遂获龙泉、太阿。

④ "江上丈人"五句：伍子胥受谗害从楚国出逃过江，江上渔父渡江，伍子胥解剑泪赠，言值百金。渔父不受，曰："楚国之法，得伍胥者赐粟五万石，爵执珪，岂徒百金剑邪！"执珪，以手执珪而朝，后指封爵。

⑤ 吴子：指吴王阖闾。伍子胥奔吴攻楚，助阖闾夺取王位，然终被疏远，赐剑自尽。

⑥ 《吴越春秋》：东汉赵晔撰，今本十卷。记载了吴国自太伯到夫差，越国自无余到勾践期间的史事。

⑦ 伯嚭（pǐ）：春秋晚期楚国人，吴王夫差时任太宰，为一己私利与越国相通，谗言陷害伍子胥，最终使得吴国在吴越之战中战败。

⑧ 鱼肠剑：伍子胥知公子光欲杀吴王僚，乃进专诸于公子光。专诸置匕首于鱼腹中，刺杀吴王僚，公子光遂自立为王，是为阖闾。

⑨ 干将、镆铘：据《吴越春秋》载，此二剑为干将、莫邪夫妇为吴王阖闾所铸。镆铘，同"莫邪"。

⑩ 虞公剑：宋谢维新《事类备要》载："虞公与夏战，日欲落。公以剑指日，日退不落。"虞公，春秋时期姬姓诸侯，周朝皇室后裔。

⑪ 穆王剑：即昆吾剑。相传周穆王伐西戎，西戎献昆吾剑，用之削玉如切泥。穆王，周昭王之子，名满。

古　镜

　　目短于自见，故自见以镜。今人遇古镜，不啻瑜贵龟镜有万倍于此者①，竟束之高阁，岂其不欲自见，亦唯畏其扮磨。夫作镜者，扮之以玄锡②，磨之以白旃③，始可照眉须而烛毫发。矧万倍于此者，宜何如？余谓镜以见形，犹时发光怪，故古有龙镜，移铸江心，祈雨必应。古有铁镜，能照数人，各自见影。古有石镜，其白如月，照人则寒。古夷则镜，堕井能诉，欲见人间④。古照心镜，女子邪淫，心动胆张⑤。古见字镜，览成相字，遂登台衡⑥。彼见心者，能使心如明镜，触物朗然。多问虞其重劳，此自车胤之浅；明镜不疲屡照，始见袁羊之高⑦。水镜先生⑧，惟其识大；藻镜不遗⑨，实由学多。若花文款识，纯素光泽，色如黑漆，鉎有水银者，皆今人所贵以见形者也。夫见形孰如见心？能自见心，虽目短可也。且心长目自不短，则今人之所珍贵，宜在此不在彼。

① 龟镜：此指镜子。

② 玄锡：一说为"铅"，一说为水银和锡化合而成的液体，今称锡汞合剂，作抛光之用。

③ 白旃：白色粗毛织物。旃，同"毡"。

④ "古夷则镜"三句：事见唐谷神子《博异志》。天宝中陈仲躬居洛阳清化里，宅中有一井常有人溺亡。一日井中水干，一名自称敬元颖的女子拜见陈仲

躬，令其淘井，于井中得一古镜，即夷则镜。

⑤ "古照心镜"三句：汉刘歆《西京杂记》载："有方镜，广四尺，高五尺九寸……以手掩心而照之，则知病之所在，见肠胃五脏。"相传秦始皇常用此镜照宫人，有二心之人照镜时胆张心动，便杀之。

⑥ "古见字镜"三句：五代王仁裕《开元天宝遗事》载，宋璟尚未中进士时，一日照镜，镜影成"相"字，便苦修为相之道，后果然进士及第，做了宰相。台衡，宰辅大臣。

⑦ "多问"四句：《世说新语·言语》载，晋孝武帝将要给大臣讲解《孝经》，车胤想请教谢安、谢石两兄弟，又怕烦劳他们，袁羊则说："何尝见明镜废于屡照，清流惮于惠风？"车胤，字武子，少家贫而囊萤夜读，以博学著名。官至吏部尚书。袁羊，即袁乔，字彦升，小字羊。历任尚书郎、广陵相，随从桓温平蜀，封湘西伯。

⑧ 水镜先生：指司马徽，字德操，东汉末年隐士，精通奇门、兵法、经学。有知人之明，向刘备推荐了诸葛亮、庞统等人，世称"水镜先生"。

⑨ 藻镜：同藻鉴，鉴定品评人物。

古　砚

东坡云："我生无田食破砚，尔来砚枯磨不出。"① 此老岂有磨不出之理。如真磨不出，安得破砚食？然无田者多，致食者亦多，生食破砚者几人？可叹世人不愁磨不出，但愁砚不佳。故得一歙石②，则曰此"龙尾"，此"金星"，此"罗文"，此"娥眉"；得一端石③，则

曰此"子石"，此"鸲鹆"，此"绿绦"；得一古石，则曰此"帝鸿"，此
"铜雀"，此"洮玉"。不知砚之佳者，但能发墨，不能发肠，至肠不
能发，则为枯肠。如具一副枯肠，虽佳砚何益？

余有古砚一枚，殊发墨。俄尔失去，如失一手。未数月，得自
卖饼者，曰："余以饼易之他人。"计饼受直，复相追随几案间，喜不
可言。先是，求书者以失砚辞去，至是稍稍应人。孰谓砚之佳者磨
不出耶？然磨得出时，又须佳砚。方信捧以贵妃④，封即墨侯⑤，不
为过也。惟士无田，以此为田，彼安事笔砚者，其商贾矣乎？

① "我生"二句：见宋苏轼《次韵孔毅甫久旱已而甚雨》三首其一。
② 歙（shè）石：古代四大名砚之一，源于今安徽南部的古歙州，故名。
③ 端石：产自今广东肇庆东郊端溪一带，唐宋以来皆采作砚材，为四大名砚
　之一。
④ 捧以贵妃：宋谢维新《事类备要》载："（李白）曾用龙巾拭吐，御手调羹，
　力士脱靴，贵妃捧砚。"
⑤ 即墨侯：砚的别名。唐文嵩曾以砚拟人作《即墨侯石虚中传》，称砚姓石，
　名虚中，字居默，封"即墨侯"。

古　　墨

幼年有楯上磨墨作檄文志气，近如冯盛"天峰煤和针鱼脑，入
金溪子手中，录《离骚》古本"足矣，断不能作卢杞日持绫文刺三百，

为名利奴的形状^①。又喜书，虽未佳，颇可自娱，断不落吕行甫辈啜墨的行藏^②。山房置墨，辄用辄求，乃坡公佳墨七千枚，犹求取不已，尚笑他人子不磨墨，墨将磨子^③。此与李公择见墨即夺、悬墨满堂者^④，同为通人一蔽也^⑤。

近得古墨数枚，虽非汉之隃糜^⑥、铜台之石墨^⑦、仲将之一点如漆^⑧、廷珪之三年不浸^⑨，然纹如履皮，磨之有油晕，殊可珍也。计一两可染三万笔，则可供余数年用，无忧矣。而君实谓茶与墨正相反^⑩，余谓墨与纨绔儿正相反。山谷云："睥睨纨绔儿，可饮三斗墨。"^⑪坡公又谓茶与墨同德掺，余谓墨与庄、屈、左、马同德掺，遂得至今不朽。余兹之论，非敢如司马寅称肉食者无墨^⑫，亦惟见墨松使者能磨人^⑬。

① "近如冯盛"诸句：事见唐冯贽《云仙杂记》：卢杞与冯盛相遇，冯盛携墨一枚，卢杞携名剌三百枚，卢杞笑冯盛，盛指卢杞为名利奴。天峰煤、针鱼脑，古代制墨的名贵原料。冯盛，生平不详。卢杞，字子良，唐滑州人，德宗时为相。绫文剌，用绫做的名帖，用于干谒权贵。

② 吕行甫：名希彦，字行甫，宋枢密使吕公弼之子。生平嗜好藏墨却不善书写，便不时磨墨小啜一番，士大夫戏之为"墨颠"。

③ "乃坡公"诸句：事见宋胡仔《苕溪渔隐丛话》。"七千"当作"七十"。

④ 李公择：名常，字公择，宋南康建昌（今江西永修）人。神宗、哲宗两朝累官至御史中丞，与东坡友谊颇深。宋苏轼《书李公择墨蔽》："李公择见墨辄夺，相知间抄取殆遍。"

⑤ 通人：通达的人。

⑥ 隃糜（yú mí）：汉置县名，在今陕西千阳东。以产墨著称，后世因借指墨或墨迹。

⑦ 铜台：三国魏曹操在邺城建铜雀台，曹植作《铜雀台赋》，闻名一时。后用铜雀台遗址掘取之古瓦研制砚台。

⑧ 仲将：三国魏书法家韦诞，字仲将，善制墨，制成之墨"百年如石，一点如漆"。

⑨ 廷珪：即南唐墨官李廷珪，曾改进原先捣松、调胶等法，其墨可藏五六十年，入水三年不坏。

⑩ 君实：即司马光，字君实。宋苏轼《东坡志林》载："司马温公曰：'茶与墨正相反，茶欲白，墨欲黑；茶欲重，墨欲轻；茶欲新，墨欲陈。'"

⑪ "山谷"三句：见宋黄庭坚《次韵杨明叔见饯十首》其一。山谷，即黄庭坚，字鲁直，号山谷道人。

⑫ 肉食者无墨：语出《左传·哀公十三年》。墨，指气色晦暗。

⑬ 墨松使者：墨的雅称。唐冯贽《云仙杂记》："玄宗御案墨曰龙香剂。一日，见墨上有小道士如蝇而行。上叱之，即呼万岁，曰：'臣即墨之精，墨松使者也。'"

名　帖

东坡"家藏古今帖，墨色照箱笤"①，余怀此癖，但得名人片纸只字，时一展观，便觉欣然。乃千古之妙，无过钟王②，钟王之妙者，《宣示》《乐毅》《兰亭》而已③。《宣示》三叠渡江，卒入敬仁之棺④；

《兰亭》万金巧构，终殉昭陵之葬⑤。《乐毅》摹本耳，安乐变乱，竟贻老妪灶火之辱⑥。惜哉妙迹，无有存者。

今论其品，则真书古雅，道和神明，元常第一。真行妍美，粉黛无施，逸少第一。章草古逸，极致高深，伯度第一⑦。章则劲骨天纵，草则变化无方，伯英第一⑧。备精诸体，尽善尽美，惟右军独，次唯大令⑨。乃唐太宗之独推右军也，曰元常"体古而不今，字长而逾制"，献之"字势疏瘦，如隆冬枯树；笔纵拘束，若严家饿隶。唯有逸少，烟霏露结，状若断而还连；凤翥龙翔，势如斜而反直"⑩。不知右军内擫，森严有法；大令外拓，散朗多姿。各从其好，外人那知。宋、齐之际，时重大令，而羊敬元为大令门人⑪，妙得其法。时人语曰："买王得羊，不失所望。"中睿之季，时重河南⑫。薛少保为河南甥⑬，妙得其法。时人又为之语曰："买褚得薛，不落时节。"遐哉若人，于令邈矣。

今论其帖，《阁帖》为祖，《绛帖》次之，《临江》次之，《潭》又次之，《武冈》又次之，《大观》尤妙，《阁帖》真书⑭。自元常《宣示》外，独有王世将、僧虔四疏启⑮；行草自二王外，独有皇象、索靖及《亮白》一纸耳⑯。他若颜鲁公《家庙碑》⑰，骨露筋藏，诚为名家。东坡擘窠大书⑱，源自鲁公，而微敧近碑侧记，真行出入徐浩、李邕⑲，行草稍自结构，虽有"墨猪"之诮，最为淳古。山谷、元章姿态有余⑳，仪度不足。元自赵吴兴外㉑，鲜于伯机声价几与之齐㉒。外如邓文原、巎巎子山、虞伯生、鲜于必仁、揭曼硕父子、张伯雨、柯敬仲、倪元镇辈㉓，皆有晋人意。然神采奕奕射人，终愧大雅。

我国朝名家，元美尝论之矣㉔：祝希哲为第一，文徵明次之，次王雅宜，次宋仲温、仲珩，次陆子渊、丰道生，次沈华亭、徐元玉，次李贞伯、吴原博㉕。京兆风骨烂漫，天真纵逸，直足上配吴兴；待诏小楷精工，老自成家，不妨称为双璧。唯是古之名人，野鹤可以换鹅，墨猪可以换羊，其一段跨踷满志之态，真令人不自爱其鹅羊也。更有好事人，敲门求醉帖。余不能写成帖字婢羊欣，亦不欲作萧诚诈为古帖以戏人㉖，第恐细看未必佳，李邕以古今见别耳。长叹之极，捧腹绝倒。

① "家藏"二句：见宋苏轼《虔州吕倚承事，年三十八，读书作诗不已，好收古今帖，贫甚，至食不足》诗。箱笪，竹子编成的筐。

② 钟王：三国魏钟繇与晋王羲之皆善书，世合称钟王。钟繇字元常，王羲之字逸少，世称王右军。

③ 《宣示》：即《宣示表》，三国魏钟繇书。 《乐毅》：即《乐毅论》。魏夏侯玄作，晋王羲之书。被誉为王羲之正书第一。 《兰亭》：即《兰亭集序》，晋王羲之书。被誉为天下第一行书。

④ 敬仁：即王修，字敬仁，晋书法家。南朝王僧虔《书隶》载，《宣示表》为王导所爱，丧乱中将此表置衣带内过江。过江后借住在王羲之处，羲之将此表借给王修。修死后，此表随葬棺中。

⑤ 昭陵：唐太宗李世民之墓。相传唐太宗死后将《兰亭集序》随葬。

⑥ "乐毅"三句：相传《乐毅论》为太平公主所得，后于战乱中被咸阳老妇所窃，惊惧追捕而投于灶火。

⑦ 伯度：即杜度，字伯度，汉章帝时为齐相，善章草，书体微瘦有骨力。

⑧ 伯英：即张芝，字伯英，东汉书法家。善草书，尤长章草。三国魏韦诞称

之为"草圣"。

⑨ 大令：即王献之，字子敬，王羲之第七子。官至中书令，后族弟王珉代其
为中书令。世称献之为大令，王珉为小令。

⑩ "体古"诸句：见唐李世民《王羲之传论》。

⑪ 羊敬元：即羊欣，字敬元，得王献之传授书法，尤其擅长隶书。

⑫ "中睿"二句：指唐中宗李显、唐睿宗李旦时期，推重褚遂良书法。河南，
即褚遂良，封河南郡公。

⑬ 薛少保：即薛稷，字嗣通，官至太子少保，世称"薛少保"。以擅书名于时，
曾精勤临仿褚遂良书法。

⑭ "今论"诸句：《阁帖》，《淳化阁帖》的省称。宋太宗淳化三年（992）出秘阁
所藏历代法书，命翰林侍书王著临摹刻板。《绛帖》，北宋潘师旦以《淳化阁
帖》为底本摹刻于绛州，又称《潘驸马帖》。《临江》，宋元祐间，刘次庄以家
藏《淳化阁帖》十卷重摹刻于临江戏鱼堂，亦名《戏鱼堂帖》。《潭》，即《潭
帖》，宋《淳化阁帖》的翻刻本。宋庆历中刘沆帅潭州，命释希白摹刻。《武
冈》，即《武冈帖》。由湖南武冈军据《绛帖》重摹上石。《大观》，宋徽宗大观
初以《淳化帖》板多损裂，且王著标题多误，因出墨迹，更定汇次，命蔡京
署题，刻石太清楼下，名为《大观太清楼帖》。

⑮ 王世将：即王廙（yì），字世将，晋琅邪临沂人，王导从弟。其草书为世所
传。　僧虔：即王僧虔，南朝齐琅邪临沂人。王导五世孙，官至尚书令。
擅长隶书。

⑯ 皇象：字休明，师杜度，尤其擅长草书，时人称之"书圣"。　索靖：字幼
安，尤善章草。　《亮白》：即晋王献之所书《亮白帖》。

⑰ 颜鲁公：即颜真卿，字清臣。为刑部尚书时封鲁郡公，世称颜鲁公，其书

称颜体。 《家庙碑》：即《颜氏家庙碑》，建中元年颜真卿建庙而刻立。

⑱ 擘窠（bò kē）：指大字。

⑲ 徐浩：字季海，八体皆备，尤善草隶。 李邕：字泰和，善行书。

⑳ 山谷：即黄庭坚，善书真行草，以真体为第一。 元章：即米芾，字元章。
其书法得王献之笔意，与苏轼、黄庭坚、蔡襄并称"宋朝四大书法家"。

㉑ 赵吴兴：即赵孟頫，字子昂，号松雪道人，元吴兴（今浙江湖州）人，故又
称"赵吴兴"。

㉒ 鲜于伯机：即鲜于枢，见卷一《松下风》注。

㉓ 邓文原：字善之，擅长行、草书，传世书迹有《临急就章卷》等。与赵孟頫、
鲜于枢并称"元初三大书法家"。 巎巎子山：即康里巎巎，字子山，元顺
帝时为翰林学士承旨，善行、草。 虞伯生：即虞集，字伯生，号道园。
官至翰林学士兼国子祭酒。"元儒四家"之一，书法、篆印皆称大家。 鲜于
必仁：字去矜，号苦斋。 揭曼硕：即揭傒斯，字曼硕，号贞文。 张伯
雨：即张雨，字伯雨，号句曲外史。 柯敬仲：即柯九思，字敬仲，号丹
丘，元台州仙居人。博学能诗文，善书，四体八法俱能起雅去俗。素有诗、
书、画三绝之称。 倪元镇：即倪瓒，字元镇，号云林，元常州无锡（今江
苏无锡）人。善书画，喜画山水，以幽远简淡为宗。与黄公望、王蒙、吴镇
并称"元末四大家"。

㉔ 元美：即王世贞，字元美。见《清史自序》注。王世贞论述见《弇州山人续
稿》卷一百六十三《三吴墨妙》。

㉕ 祝希哲诸句：祝希哲，即祝允明，字希哲，号枝山。明长洲（今苏州）人。
博学善文，工书，其狂草下笔纵横，于似无规则中见功力。文徵明，初名
壁，以字行，后更字徵仲，号衡山居士。明长洲人。工行、草，尤精小楷。

王雅宜，即王宠，字履仁、履吉，号雅宜山人，明长洲人。书善小楷，行草尤为精妙。宋仲温，即宋克，字仲温，号南宫生，明长洲人。以善书名。仲珩，即宋璲，字仲珩。宋濂次子，前人评其小篆为"国朝第一"。陆子渊，即陆深，字子渊，号俨山，明松江上海人。其书法遒劲有法，如铁画银钩。丰道生，即丰坊，字人叔，后更名道生，书法五体并能，尤善草书。沈华亭，即沈度，字民则，号自乐，明华亭人，与弟沈粲皆擅长书法。徐元玉，即徐有贞，字元玉，明武宗时官至兵部尚书兼华盖殿大学士。书法古雅雄健，名重当时。李贞伯，即李应祯，名甡，字贞伯，以字行。明长洲人。成化间以善书选为中书舍人，仕至南京太仆寺少卿。吴原博，即吴宽，字原博，号匏庵。明弘治间官至礼部尚书，工行书。

㉖ "余不能"二句：南朝梁袁昂《古今书评》："羊欣书如大家婢为夫人，虽处其位，而举止羞涩，终不似真。"后因称刻意摹仿而不能神似者为婢作夫人。唐封演《封氏闻见记》载，萧诚仿造王羲之古帖给李邕看，李邕称善。萧诚以实相告，李邕改口称"细看，亦未能全好"。萧诚，梁武帝之后。

名　画

　　画有三品，曰神、曰妙、曰能。乃朱景真于三品之外①，更增逸品。余雅有斯癖，力不能致，每于好事家得览一二佳者，便觉神超形越。尝观蔡绦所记御府丹青②，其最高远者，以曹不兴《玄女授黄帝兵符图》为第一③，曹髦《卞庄子刺虎图》第二④，谢雉《列女贞节图》第三⑤。自余始数顾、陆、僧繇⑥，如顾长康《古贤图》，戴遂《破琴图》《黄龙负舟图》⑦，皆神绝，不可一二纪次。又如郑法士、展子虔《北齐后主幸晋阳宫图》《文书法从图》⑧，大率奇特。而元美又谓画之有顾、陆、张、吴⑨，犹书之有钟、张、羲、献⑩。后人又称曹、卫、顾、陆⑪，亦犹书之钟、皇、张、索耳⑫。总之，当以顾、陆为圣，道子为神也。

昔刘褒画《云汉图》，见者热；画《北风图》，见者寒⑬。不兴误点成蝇，权疑为真⑭。僧繇画龙，点睛破壁飞去⑮。吴道子于殿内画五龙，鳞甲飞动，每欲大雨，即生烟雾⑯。王维为岐王画石，信笔涂抹，致自天然，一日风雷大作，拔石飞去。至宪宗朝，高丽言某年月日，神嵩山上飞一奇石，下有王维字，知是中国物，遣使献还⑰。呜乎，诸如此类，妙矣！神矣！而姚最乃独推尊顾痴⑱，谓其如负日月，似得神明，分庭抗礼，未见其人。而张彦远又极羡服道子⑲，谓为古今独步，前无顾、陆，后无来者。人假天造，英灵不穷，风须云鬓，数尺飞动。噫！典刑当首虎头，精神故推道子。卫协调古⑳，探微功新，谓之"四圣"。元美不已，知言哉！

亦惟是古之作者，了不可见，怀想往迹，为之慨然。又况人物自顾、陆、展、郑㉑，以至僧繇、道子，为一变哉！乃山水则大小李一变也㉒，荆、关、董、巨又一变也㉓，李成、范宽一变也㉔，刘、李、马、夏又一变也㉕，大痴、黄鹤其又一变者也㉖。子昂近宋㉗，故人物为胜；启南近元㉘，故山水为尤。二子可谓具体而微。大小米、高彦敬以简略取韵㉙，倪瓒以稚弱取姿㉚，宜登逸品，未是当家。花鸟以徐熙为神㉛，黄筌为妙㉜，居采次之㉝，宣和帝又次之㉞。南渡以前，李伯时其选也㉟；南渡以后，李唐、刘松年、马远、夏圭四家㊱，俱登祇奉，各著艺声。至元四大家，则赵雪松孟頫、梅道人吴镇仲圭、大痴老人黄公望子久、黄鹤山樵王蒙叔明也㊲。他若高彦敬、倪元镇、方方壶㊳，品之逸者也；盛懋、钱选其次也㊴。我明善丹青者，何啻数百家，然最驰名者，不过十之一耳，故若戴进、边景昭、林良、吕纪、夏㫬、沈周、文徵明、唐白虎、吴魏辈㊵，神者、妙者、能者、逸者，夫岂无人？第恨作者不赏，赏者不作，为是鞅鞅耳。

① 朱景真：即朱景玄，唐吴郡（今江苏苏州）人。历翰林学士，官至太子谕德。编撰有《唐朝名画录》。

② 蔡绦：字约之，蔡京季子。著有《西清诗话》《铁围山丛谈》等。

③ 曹不兴：亦名弗兴，三国吴吴兴（今浙江湖州）人，被称为"佛画之祖"。与东晋顾恺之、南朝宋陆探微、南朝梁张僧繇并称"六朝四大家"。

④ 曹髦：字彦士，沛国谯县（今安徽亳州）人，魏文帝曹丕之孙，曹魏第四位皇帝。精通绘画，唐张彦远《历代名画记》目为中品。

⑤ 谢雉：当为谢稚，陈郡阳夏（今河南太康）人，初为东晋司徒主簿，入宋为宁朔将军。善画，工人物，多作贤母、孝子、节妇、烈女图。

⑥ 顾、陆、僧繇：指顾恺之、陆探微、张僧繇。顾恺之，字长康，小字虎头。晋晋陵无锡（今江苏无锡）人。博学有才气，尝为桓温及殷仲堪参军。尤善绘画，谢安等深器重之。时称恺之有三绝：才绝、画绝、痴绝。陆探微，南朝宋吴郡（今江苏苏州）人。南朝宋明帝时常在侍从，以善画得名，尤擅人物。张僧繇，南朝梁吴人，天监中为武陵王国侍郎，在宫廷秘阁中掌管画事，善画山水、人物肖像。

⑦ 戴逵：字安道，晋谯郡铚县（今安徽濉溪）人，雕塑家、画家，善铸佛像。

⑧ 郑法士：北周末隋初画家，师法张僧繇，善画人物。 展子虔：隋画家。历北齐北周，至隋为朝散大夫。善画台阁人马，尤工写远近山水，人誉为"有咫尺千里之趣"。 北齐后主：即高纬，字仁纲，北齐第五位皇帝。

⑨ 元美：即王世贞。 吴：指吴道子，唐代著名画家，尤擅长道释人物及山水，有"画圣"之称。

⑩ 钟、张、羲、献：指钟繇、张芝、王羲之、王献之。

⑪ 曹、卫、顾、陆：指曹不兴、卫协、顾恺之、陆探微。

⑫ 钟、皇、张、索：指钟繇、皇象、张芝、索靖。

⑬ "昔刘褒"四句：事见晋张华《博物志》。刘褒，汉桓帝时官至蜀郡太守，善画。

⑭ "不兴"二句：《三国志》载："曹不兴善画，(孙)权使画屏风。误落笔点素，因就以作蝇。既进御，权以为生蝇，举手弹之。"

⑮ "僧繇"二句：事见唐张彦远《历代名画记》。

⑯ "吴道子"四句：事见唐朱景玄《唐朝名画录》。

⑰ "王维"诸句：事见元伊世珍《琅嬛记》。

⑱ 姚最：南北朝时期著名绘画批评家，承谢赫《古画品录》作《续画品录》。 顾痴：指顾恺之。

⑲ 张彦远：字爱宾，唐中书令张嘉贞玄孙。擅长书画，精于鉴赏，著有《历代名画记》《法书要录》等。

⑳ 卫协：西晋画家。师法曹不兴，工人物，尤善道释像。名作有《七佛图》等。

㉑ 展、郑：指展子虔、郑法士。

㉒ 大小李：指李思训、李昭道父子。

㉓ 荆、关、董、巨：指荆浩、关仝、董源、巨然。

㉔ 李成：字咸熙，五代人。善画山水，画平远寒林尤工，其法用淡墨拖抹，人称其惜墨如金。 范宽：见卷一《林雪》注。

㉕ 刘、李、马、夏：指刘松年、李唐、马远、夏圭。

㉖ 大痴：指黄公望，字子久，号大痴道人，元平江常熟人。善画山水，有《富春山居图》等。 黄鹤：指王蒙，字叔明，赵孟頫之甥。元湖州人。能文善画，山水师法巨然，与倪瓒齐名，元末隐居黄鹤山，因号"黄鹤山樵"。

㉗ 子昂：即赵孟頫。见本卷《名帖》注。

㉘ 启南：即沈周，字启南，号石田。明苏州府长洲（今江苏苏州）人。工书画，山水花卉，无不精妙。明王穉登《丹青志》列其画为神品，称当代第一。

㉙ 大小米：指米芾、米友仁父子。 高彦敬：即高克恭，字彦敬，号房山。画山水专取写意气韵，亦擅长墨竹，造诣精绝。

㉚ 倪瓒：见本卷《名帖》注。

㉛ 徐熙：五代南唐钟陵（今江西进贤）人。善写生，长于花果虫鸟。落墨自然，不以傅色晕淡细碎为功，对后世花鸟画影响颇大。

㉜ 黄筌：字要叔，五代西蜀宫廷画家。擅画花、竹、翎毛、佛道、人物和山水。

㉝ 居采：即黄居采，字伯鸾，黄筌子。工花竹禽鸟，兼擅奇石山景。

㉞ 宣和帝：指宋徽宗赵佶，善画花鸟。

㉟ 李伯时：北宋李公麟，字伯时，号龙眠居士。擅人物鞍马，尤工山水佛像。被称为宋画第一。

㊱ 李唐：字晞古，宋徽宗时入画院。高宗时授成忠郎、画院待诏。善画人物山水，尤以画牛著称。与刘松年、马远、夏圭合称南渡以后的四大画家。 刘松年：号清波，历南宋孝宗、光宗、宁宗三朝，工山水人物。 马

远：字钦山，又字遥父。居于钱塘。善画山水、人物、花鸟。时宋已南渡，故所绘多剩水残山，时称“马半边”“马一角”。　夏圭：字禹玉，南宋宁宗时为画院待诏。善画人物，尤擅山水。

㊲ 吴镇仲圭：即吴镇，字仲圭，号梅花道人。善画山水花竹。

㊳ 方方壶：即方从义，字无隅，号方壶，元贵溪人。上清宫道士，擅长水墨云水。

㊴ 盛懋：字子昭，善人物、山水、花鸟。　钱选：字舜举，号玉潭。与赵孟頫等合称“吴兴八俊”。

㊵ 戴进：明画家。字文进，号静庵、玉泉山人。善山水、人物、花鸟、虫草。其画在明代中叶影响甚大，为“浙派”鼻祖。　边景昭：字文进，明代“院体派”花鸟画的鼻祖。　林良：字以善，明代院体花鸟画的代表人物，也是明代水墨写意画派的开创者。　吕纪：字廷振，号乐愚，明弘治间宫廷画师，善画花鸟。　夏昶（chǎng）：字仲昭，明正统中官至太常寺卿，画竹高手，有“夏卿一个竹，西凉十锭金”之誉。　唐白虎：即唐寅，字伯虎。画长于山水，兼精人物。　吴魏：或指吴伟，字次翁，号小仙。明画院待诏，擅人物山水。

书　床①

性好积书，满床生涯，每得奇书，不即登床②，读已始快。天恨生我眼，一经校阅，遂即了了。尝叹后生少年得一奇书，不知何语，以为难读，便束书床，尘埃堆积，永不一披。即有稍知读书者，亦坐此弊，为之太息。幸儿子辈皆能读余所校书，他日以书床付之，知不作如是观也。君实有言："积书以遗子孙，子孙未必能读。"③念此老言，颇可散怀，故余之生涯，"寂寂寞寞杨子居，年年岁岁一床书"④。

① 书床：即书架。

② 登床：指将书放上书架。

③ "君实"三句：君实，司马光字。引文出自司马光《家训》："积金以遗子孙，子孙未必能守；积书以遗子孙，子孙未必能读；不如积阴德于冥冥之中，以为子孙长久之计。"

④ "寂寂"二句：见唐卢照邻《长安古意》。

花　笺

薛涛①，蜀妓也，乃以所作小笺，至令名与此笺不朽。彼没世不称者，丈夫谓何？宁不愧死无地。李三郎赏牡丹，以金花笺赐李白，令进新词②，则李公之名，又在词而不在笺矣。王右军守会稽，谢公求笺纸，库中有九万，悉与之。又桓温求侧理纸，库中五十万尽付之③。此岂唉名客哉④？而鲁直乃谓"计此风神，必有岩壑之姿"⑤，无怪坡公笑也⑥。书生见五十万笺纸，足了一生，举以与人，直骇为异。而右军清风高致，可诵可传，千载下馥馥出入人齿牙，宁独以五十万笺哉？不朽者，名偶于花笺有触。

① 薛涛：字洪度，唐代女诗人。本良家女，随父入蜀，后为乐妓。善制诗笺，尺寸较小，染演作十色，时人称之为"薛涛笺"。

② "李三郎"诸句：事见宋阮阅《诗话总龟》。李三郎，即唐玄宗李隆基，唐睿宗李旦第三子，故又称李三郎。

③ "王右军"诸句：事见宋李昉《太平御览》。王右军，即王羲之，见本卷《名帖》注。谢公，即谢安，字安石。桓温，字元子，晋谯国龙亢人。官至大司马，录尚书事。侧理纸，晋代名纸，因所用原料为水苔，故称"苔纸"，因纸上有纹理，又称"侧理纸"。

④ 啖名客：贪求名声之人。

⑤ "计此风神"二句：语出宋黄庭坚《山谷题右军砚胪图后》。鲁直，黄庭坚字。见本卷《古墨》注。

⑥ 坡公笑：指苏轼在《书黄鲁直画跋后三首》中不同意黄庭坚"有岩壑之姿"的评价。

疏　钟

"夜半钟声到客船"①，此时果令人幽绝。然丈夫謦欬当若洪钟②，待问当若撞钟，功名当若景钟，清越当若石钟。故寸莛非撞钟之物③，自鸣岂蜀山之福④？噫！必有阇黎饭后之钟，始有后来碧纱之笼。若王播者，可谓得木兰院钟力矣⑤。山房蓄一钟，每撞于清晨良宵之下，令闻者知身世无几，悟劳扰非是。或时用以节歌，又令人朝夕薰心，动念和平。李秃谓：有杂念⑥，一击遂忘；有愁思，一撞便废。知音哉！乃世之扰扰匆匆者，反怒其惊我眠，如此人，便当以钟棰棰去。

① "夜半"句：语出唐张继《枫桥夜泊》。

② 磬欬（qǐng kài）：咳嗽。

③ "故寸莛（tíng）"句：语出汉东方朔《答客难》。指用草茎去敲钟，不能使钟发出应有的声音。莛，草茎。

④ "自鸣"句：唐虞世南《北堂书钞》载，三国魏时，殿前的钟突然无故大响，人们皆为之惊骇。张华认为这是蜀地铜山山崩的感应。不久地方官奏报，果如张华所说。

⑤ "必有阇黎"四句：五代王定保《唐摭言》载，唐朝宰相王播少年孤贫，客居扬州惠明寺木兰院，随僧食斋饭。日久众僧厌恶，故意斋饭过后才敲钟，王播闻钟来进斋饭却扑了个空。多年后身居高位的王播故地重游，发现自己昔日写在墙壁上的诗都被众僧蒙上了碧纱。一时感慨，作诗道："上堂已了各西东，惭愧阇黎饭后钟。二十年来尘扑面，如今始得碧纱笼。"

⑥ 李秃：即李贽，号秃翁。见卷一《十洲》注。李贽此语见《焚书》卷四《早晚钟鼓》。

清　磬

李建勋蓄一玉磬，客有谈及猥俗者，急起击磬，曰："聊代清耳。"① 余谓猥俗者，不过求田问舍辈耳 ②，果是求田问舍之人，又未可尽非也。尝观作达者，岂不亦豪？一旦饥寒逼身，便出此等下万万。盖清原自浊来，何必太为分别。所恶于此辈者，谓其不知足也。余乡有一富者，悭吝甚至。一日踵门遇犬，便揭裤受咬。或怪之，曰："脚伤何妨，且自能好。裤一咬破，即费吾布。"吁！如此人，便当唾绝，何烦清耳。余山房之磬，虽非绿玉、沉明[3]，清轻之韵，尽可节清歌清俗耳，岂令建勋独清哉！

① "李建勋"四句：事见宋文莹《玉壶清话》。李建勋，字致尧，广陵（今江苏扬州）人。唐宗室，为南唐大臣。

② 求田问舍：谓专营家产而无远大志向。

③ 沉明：传说颛顼有沉明之磬，以羽毛拂之，声震百里。见王嘉《拾遗记》。

胆　　瓶

　　洪小酉绿玉山房[1]，竹窗之下，见瓶中插玉梅、瑞香数枝，瓶制如悬胆鹅颈，青翠细润，古色苍然，真可谓花之金屋也。时或茗碗炉薰，摊书坐玩，觉香气馥馥，侵人肌骨。夜来香魂月魄，竟夜争清，尤令人忘寐。因思爱护名花，非独石公有癖[2]。陈君有言："凡一草一花，遇人赏鉴者，其色泽便觉倍常。人能怜花，花自快人，非有两意，但惜无真爱花者耳。"[3]茗赏未已，高谈转清，小酉请作下赏，花神知我，当不相恼。

① 洪小西：作者友人，生平不详。

② 石公：即袁宏道，字中郎，号石公。明荆州府公安（今属湖北）人，与袁宗
　　道、袁中道并称"公安三袁"。喜插花，著有《瓶史》。

③ "陈君有言"诸句：陈君，陈继儒。此段文字又见于《小窗幽记》。

笔　床①

　　有友好读书而难下笔，人问之，则曰："笔睡未醒。"余笑：待
得笔醒日，又是公睡时。乃少不解事，时时弄笔不得休，使之不安
于床，劳之已甚。枯管有灵，是必咒我。宁使其咒我，终不欲其睡
未醒也。汉有笔床，好事者雕以黄金，饰以和玉，缀以隋珠②，文
以翡翠。如此笔床，又安得醒日耶？近友人颇学下笔，又溺胡床③，
乃诣斋头曰："君言验矣。"虽然，更有一话：下笔欲醒，笔醒则文
活，作文欲活则笔贵。羲之之扈斑、献之之裘钟④，非直为观美，
亦欲于床上人得力耳。

① 笔床：卧置毛笔的器具。

② 隋珠：隋侯之珠，古代与和氏璧并称的稀世珍宝。借指珍珠。

③ 胡床：可以折叠的轻便坐具，又称交椅。

④ 扈斑：相传为晋王羲之巧石笔架之名。　裘钟：相传为晋王献之斑竹笔筒
　　之名。

博 山 炉

古无香炉，乃丁谖象海中博山作九层炉①。香之有炉，自谖始
也。吴会之人好香②，家置一炉，真似日用可废，而此炉不可已也。
其嗜之若此。彼亦知天地一炉乎？因思贾生"天地为炉"句③，每叹
以彼红炉点雪之见④，竟作寒炉一夜灰⑤，似天地陶冶，有所未尽，
使其隐于锻炉，犹得自乐。不然，日对风炉，如陆羽付天下事一杯
茶⑥，亦无所不可，而至恋恋以长沙淹也，盖亦吴会之于博山炉也。
可发一叹。

① "乃丁谖"句：据汉刘歆《西京杂记》载，长安巧工丁谖仿照海上仙山博山的
   样子制作了九层香炉，在上面雕刻奇禽怪兽，人称博山炉。

② 吴会：吴郡和会稽郡的合称。唐以后俗称平江府（今江苏苏州）为吴会。此
   处指苏州。

③ 贾生：即贾谊，汉雒阳（今河南洛阳）人。世称贾太傅，又称贾生。　天地
   为炉：语出贾谊《鵩鸟赋》："天地为炉兮造化为工，阴阳为炭兮万物为铜。"

④ 红炉点雪：烧得火红的炉子上着一点雪，立刻融化。比喻一经点拨，立刻
   悟解，极为聪慧。

⑤ 寒炉一夜灰：炉火烧残，一夜拨尽寒灰，形容穷愁潦倒。

⑥ "日对风炉"二句：风炉，煮茶烫酒的小炉子。陆羽，或名疾，字鸿渐，唐
   复州竟陵（今湖北天门）人。以嗜茶闻名，著有《茶经》，后世尊为"茶圣"。

铁 如 意[①]

自古英雄豪杰，立事成功，皆从群魔中做出。佛高一尺，魔高一丈。佛左右有四大天王、八金刚[②]，各执刀剑宝杵拥护，无非为魔。人生安得如意？山中无事，正好执铁如意，爬背痒。看古书无如念头纷纷，读书为睡魔夺去。作文文魔，作诗诗魔，饮酒酒魔，皆为所苦。亦常用老僧不答法镇之，不知有佛必有魔，又无所用吾镇，而后乃今纵英杰笑我，吾将以铁如意碎此念头矣。

① 铁如意：铁制的爪杖。

② 四大天王：佛经中的护世四天王。东方持国天王，身白色，持琵琶。南方增长天王，身青色，执宝剑。西方广目天王，身红色，执羂索。北方多闻天王，身绿色，执宝叉。 八金刚：八大金刚明王，即金刚手菩萨、妙吉祥菩萨、虚空藏菩萨、慈氏菩萨、观自在菩萨、地藏菩萨、除盖障菩萨和普贤菩萨。

香 品

凡物之廉者，不有所爱，一有所爱，便贪着系恋，不得解脱。故眼耳鼻舌身意，惟鼻最廉，而爱最难割。空斋萧寒，赖有清香作伴，非能效踪梅询，妄希季和 ①，亦唯深山高居，香炉自不可缺。无奈岁久年长，佳品易乏，安得异品如沉光、精祇，明庭、瑞麟，金碑、涂魂者，又安得奇品如百濯、龙涎、鸡舌、刀圭？第一者即沉、香、脑、麝四合 ②，加以棋楠、罗合、榧子、滴乳、蠡甲、炼蔗浆，合之为九味香，亦品之中者也。不然，则如宗茂深之小宗香 ③，韦、武之斗香 ④，李璟之九十二种香 ⑤，种种佳品，不可易致。山林唯四和香，以荔枝壳、甘蔗滓、干柏叶、黄连和焚，亦自烟来扑鼻。或松球枣核，无所不可。此亦山林之清品也，亦不可以久。复取老松柏之根枝叶实，共捣治之，斫风防麝和之，每焚一丸，足助清苦。山谷云："不念真富贵，自薰知见香。" ⑥乃缙绅如彭孙者，为李宪濯足，曰："太尉足何香也？" ⑦奴辈之谄，不过念此富贵耳。此其品亦可不臭否？

① "非能"二句：宋欧阳修《归田录》载："(梅询)性喜焚香，其在官舍，每晨起将视事，必焚香两炉，以公服罩之，撮其袖以出，坐定撒开两袖，郁然满室浓香。"梅询，字昌言，北宋宣州宣城人。累迁翰林侍读学士、知审官院。季和，唐欧阳询《艺文类聚》引《襄阳记》载："刘季和性爱香，尝上厕还，过香炉上，主簿张坦曰：'人名公作俗人，不虚也。'季和曰：'荀令君至人家，坐处三日香，为我如何令君？而恶我爱好也。'"

② 沉、香、脑、麝：即四大名香沉香、檀香、龙脑香、麝香。

③ 小宗香：南朝画家宗炳之孙宗茂深嗜香。时人称宗炳大宗，宗茂深小宗，故称宗茂深所制之香为小宗香。

④ 韦、武之斗香：事见宋陶谷《清异录》："中宗朝，宗纪韦、武间为雅会，各携名香，比试优劣，名曰斗香。惟韦温挟椒涂所赐常获魁。"韦、武为两大

权贵家族。

⑤ 李璟：字伯玉，五代南唐国主。保大七年（949）曾举办品香大会，共集香
　九十二种之多。

⑥ "不念"二句：见宋黄庭坚《贾天锡惠宝薰乞诗予以兵卫森画戟燕寝凝清香十
　字作诗报之》。《豫章黄先生文集》作："当念真富贵，自薰知见香。"

⑦ "乃缙绅"诸句：事出宋苏轼《仇池笔记》，北宋哲宗元祐年间，太监李宪深
　得皇帝宠幸。其部将彭孙极尽巴结逢迎之事，甚至于为李宪捧臭脚。

茶　品

　　夫轻身换骨、消渴涤烦，茶荈之功①，至妙至神。昔在有唐，
吾闽茗事未兴，草木仙骨，尚阙其灵。五代之季，闽属南唐，诸县
采茶北苑②，初造研膏，继造"蜡面"。既而又制佳者，曰"京挺"。
迨宋，乃有一种丛生石崖，枝叶尤茂。至道初，有诏奉造，别号
"石乳"，他种又号"的乳"、"白乳"，此四种出，而"蜡面"斯下矣。
　　于是各有所出，其品各异。剑南有蒙顶石花，湖州有顾渚紫笋，
东川有神泉、小团、昌明、兽目，硖州有碧间、明月、芳蕊、茱萸
寮，夔州有香山，江陵有楠木，湖南有衡山，岳州有浥湖之含膏冷，
婺州之东白，睦州之鸠坑，洪州西山之白露，寿州霍山之黄芽，蕲
州有蕲门团黄，绵州之松岭，雅州之露芽，南康之云居，宣城之阳
坡横纹，饶池之仙芝、福合、禄合、运合、庆合，蜀州之雀舌、鸟
觜、麦颗、片甲、蝉翼，潭州有独行灵草，彭州有仙崖石花，临江

有玉津，袁州有金片，龙安有骑火，涪州有宾化，最后福州有柏岩、方山生芽，建安有青凤髓、石岩白，建州有北苑先春龙焙。

真宗咸平中，丁谓为福建漕③，监御茶，进龙凤团，而福建之茶始入茶录。仁宗庆历中，蔡襄为漕④，始改造小龙团以进，而龙凤遂次。神宗元丰间，贾青为福建转运使⑤，取小龙团之精者为密云龙，其品又加小团之上。哲宗绍圣中，又改为瑞云翔龙。至徽宗大观初，亲制《茶论》二十篇⑥，以白茶为第一。既而又制三色细芽，自细芽出，而瑞云又下矣。宣和庚子，漕臣郑可简始创为根丝冰芽⑦，盖将已拣熟芽再令剔去，止取其心一缕，用珍器贮清泉渍之，光莹如银丝然。又制方寸新銙，号"龙团胜雪"，盖茶之品，至胜雪极矣。断崖缺石之上，木秀云腴，往往于此露灵。倘微丁、蔡来自吾闽，则种种佳品，几于委翳消腐耳。虽然，患无佳品，其品果佳，即微丁、蔡来自吾闽，则露芽真笋，岂终于委翳消腐乎？吾闽之能轻身换骨、消渴涤烦者，宁独一茶？兹将发其灵矣。

① 荼荈（chuǎn）：即茶茗。

② 北苑：古代产茶地。在今福建建瓯市东北凤凰山。

③ 丁谓：字谓之，后改字公言，宋长洲（今苏州）人，淳化三年（992）进士。因曾封晋公，故亦称丁晋公。

④ 蔡襄：字君谟，宋兴化军仙游（今福建仙游）人，天圣八年（1030）进士。尝知福、泉、杭三州府事，累官至端明殿学士。在建州时，蔡襄在大龙凤团茶的基础上加工改制成小龙团。

⑤ 贾青：字春卿，宋韩城（今属陕西）人，丞相贾昌朝之子。神宗元丰二年

（1079）任福建转运使。

⑥ 《茶论》：宋徽宗赵佶著。成书于大观元年（1107），故后人称之为《大观茶论》。全书共二十篇，对北宋时期蒸青团茶的产地、采制、烹试、品质、斗茶风尚等均有详细记述。

⑦ 郑可简：宋宣和年间任福建路漕运使，曾到建安北苑督造贡茶。事见宋洪迈《容斋随笔》。

茶　鼎

丹山碧水之乡，月涧云龛之品，涤烦消渴，功诚不在芝术下①。然不有以泛乳花，浮云脚，则草堂暮云阴，松窗残雪明，何以勺之野语清？噫，鼎之有功于茶，大矣哉！故日休有"立作菌蠢势，煎为潺湲声"②，禹锡有"骤雨松风入鼎来，白云满碗花徘徊"③，居仁有"浮花原属三昧手，竹斋自试鱼眼汤"④，仲淹有"鼎磨云外首山铜，瓶携江上中泠水"⑤，郇侯有"旋沫翻成碧玉池，添酥散出琉璃眼"⑥，景纶有"待得声闻俱寂后，一瓯春雪胜醍醐"⑦。噫，鼎之有功于茶，大矣哉！虽然，吾犹有取卢仝"柴门反关无俗客，纱帽笼头自煎吃"⑧，杨万里"老夫平生爱煮茗，十年烧穿折脚鼎"⑨。如二君者，差可不负此鼎耳。

① 芝术：灵芝与白术。

② 日休：皮日休，字逸少，后改袭美。唐襄阳人。曾隐居鹿门山，自号鹿门子。

"立作"二句，见其《茶鼎》诗。

③ 禹锡：刘禹锡，字梦得，唐洛阳人。贞元九年（793）进士，登博学宏辞科，官至集贤殿学士，出任苏州刺史。"骤雨"二句，见其《西山兰若试茶歌》。

④ 居仁：即吕本中，字居仁，号东莱，宋寿州（今安徽寿县）人。宋高宗绍兴六年（1136）赐进士出身，官至中书舍人。"浮花"二句，见其《茶诗》。

⑤ 仲淹：即范仲淹，字希文。宋苏州吴县人，官至陕西四路安抚使，参知政事。"鼎磨"二句，见其《和章岷从事斗茶歌》。

⑥ 邺侯：即李泌，字长源。唐天宝中，以翰林供奉东宫，历仕唐玄宗、肃宗、代宗、德宗四朝，封邺侯。"旋沫"二句，见其《赋茶》。

⑦ 景纶：即罗大经，字景纶，号儒林，又号鹤林。南宋理学家，理宗宝庆二年（1226）进士。后因遭弹劾罢官，绝意仕途，闭门读书，著有《鹤林玉露》一书。"待得"二句，见其《鹤林玉露》卷三。

⑧ 卢仝：号玉川子。家贫好读书，初隐少室山，不求仕进。甘露之变，为宦官所杀。"柴门"二句，见其《走笔谢孟谏议寄新茶》。

⑨ 杨万里：字廷秀，号诚斋。以"诚斋体"自成一家，与陆游、范成大、尤袤并称"南宋四大家"。"老夫"二句，见其《谢木舍人送讲筵茶》。

茶　灶

　　吴僧文了善烹茶，游荆南，高保勉子季兴延置茶灶于紫云庵，日试其艺，奉授"华亭水大师"，目曰"乳妖"①。陆鲁望嗜茶荈②，置小园于顾渚山下③，每携茶灶、钓具于舟中，岁取租茶，自判品第。尝和皮袭美《茶灶诗》云："无突抱轻岚，有烟应初旭。盈锅玉泉沸，满甑云芽熟。奇香笼春桂，嫩色凌秋菊。炀者若吾徒，年年看不足。"④

① "吴僧"诸句：事见宋陶谷《清异录》。荆南，五代时十国之一。季兴，即高季兴，字贻孙，本名季昌。五代陕州硖石（今河南三门峡）人。后梁开平元年（907）因军功任荆南节度使，建南平国。

② 陆鲁望：即陆龟蒙，字鲁望。唐长洲（今苏州）人，隐居松江甫里，性嗜茶。 荈：采摘时间较晚的老茶。

③ 顾渚山：位于今浙江省湖州市长兴县城西北，唐代中期以贡品紫笋茶、金沙泉而闻名于世。

④ 皮袭美：即皮日休，见本卷《茶鼎》注。诗见唐陆龟蒙《和茶具十咏·茶灶》。

茶　瓶

泉冽性驶，非扃以金银器，味必破器而走。有馈中冷泉于欧阳公者，公讶曰："君故贫士，何为致此奇贶？"徐视馈器，乃曰："水味尽矣。"①尝观宋大小龙团，始于丁晋公②，成于蔡君谟③。欧阳公曰："君谟士人也，何至作此事？"④如公言，饮茶乃富贵事耶？而东坡又曰："武夷溪边粟粒芽，前丁后蔡相宠加。""吾君所乏岂此物，致养口体何陋耶？"⑤则二公又为茶败坏多矣。余于茶瓶而有感。

① "有馈"诸句：事见明张大复《闻雁斋笔谈》。欧阳公，即欧阳修，字永叔，自号醉翁、六一居士。宋吉州庐陵吉水（今江西吉安）人。

② 丁晋公：即丁谓，任福建转运使时负责监造北苑贡茶，创制龙凤团茶。见本卷《茶品》注。

③ 蔡君谟：即蔡襄，字君谟。见本卷《茶品》注。

④ "欧阳公"三句：语出苏轼《荔枝叹》自注。意在讽刺蔡襄为迎合圣意，不惜耗费民力制作贡茶。

⑤ "武夷"四句：见苏轼《荔枝叹》。致养口体，指满足口腹之欲。

茶　籯

陆叟溺于茗事①，杨粹仲谓宜追目为甘草癖②。叟尝有诗云："不羡黄金罍，不羡白玉杯。不羡朝入省，不羡暮入台。千羡万羡西江水，曾下竟陵城下来。"③乃作茶具二十四事④，以都统笼贮之⑤，时好事者家藏一副。于是若韦鸿胪、木待制、金法曹、石转运、胡员外、罗枢密、宗从事、漆雕秘阁、陶宝文、汤提点、竺副帅、司职方辈⑥，皆入吾籯中。呜乎，甘草癖宁独叟哉！

① 陆叟：即陆羽，见本卷《博山炉》注。

② "杨粹仲"句：宋陶毅《清异录》载，宣城何子华酒宴宾客，言世上有马癖、钱癖等癖好，若人耽于茗事该为何癖？座客杨粹仲言，草中甘者，无出茶上，可以称陆羽为甘草癖。在座皆以为然。

③ "不羡"六句：见陆羽《六羡歌》。

④ 二十四事：即陆羽《茶经》中所罗列二十四件茶器。

⑤ 都统笼：贮藏各种茶具的大笼子。

⑥ 韦鸿胪：炙茶用的烘茶炉。　木待制：捣茶用的茶臼。　金法曹：碾茶用的茶碾。　石转运：磨茶用的茶磨。　胡员外：茶瓢。　罗枢密：筛茶用的茶箩。　宗从事：清茶用的茶帚。　漆雕秘阁：盛茶末用的盏托（漆雕是复姓）。　陶宝文：茶盏。　汤提点：注热水用的汤瓶。　竺副帅：调沸茶汤用的茶筅。　司职方：清洁茶具用的茶巾。

《阿弥陀经》①

阿弥陀佛于五浊恶世②，为诸众生说是一切世间难信之法，此其不可思议功德，真甚难希有之事。当时释迦金口称赞③，见其于劫浊、见浊、烦恼浊、众生浊、命浊中，行此难事，接引众生同归西方，为不可思议功德。

有老头巾心怀不信④，盛气而前，就余致诘："聪明豪杰，如何被惑？东方亦乐，何必西依？""老头巾！其国七宝照耀，无有寒暑，气象常春，清快明丽。百味饮食，意有所欲，悉现在前。意若不用，自然化去。如此世界，东方有否？老头巾！其国七宝池中，澡雪形体，意欲令水汲足，水即汲足；欲令至膝，水即至膝；欲令至腰、至腋、以至于头，水亦如是。调和冷暖，无不顺适。浴已，各坐莲花之上，自然微风徐动，吹诸宝树，或作音乐，或作法音，吹诸宝花，皆成异香。如此世界，东方有否？老头巾！其国音乐最为第一，如世间帝王有万种音乐，不如轮转圣王诸音乐中一音之美⑤，百千万倍；如轮转圣王，万种音乐不如阿弥陀佛一音之美，百千万倍。种种妙乐，微妙和雅，不可具言。东方世界亦有此否？老头巾！其国饮食充满其中，酸咸辛淡，各如所欲，不以美故，过量而食，惟以资益气力。食已，自然消散，而无遗滓。或但见色闻香，意以为食，自然饱适。东方世界亦如此否？"

老头巾闻是言，将信将疑："世界如此，极乐无边，何以众生不皆精进？""老头巾！末世众生，皆忧财务，无时安息。若有田忧田，有宅忧宅，有牛马六畜，衣食什物，悉共忧之。尊贵豪富，既有斯患，婴结于心，不能自适。若贫穷下劣，常苦困乏，无田亦忧，欲有其田；无宅亦忧，欲有其宅。无牛马六畜、衣食什物，无不忧之，欲其皆有。老头巾！众生如此，何以往生？"

老头巾于是汗背沾衣，颇开悟门："我今欲往，何以得力？""老头巾！欲往生者，坚固不动如须弥山⑥，智慧明了如日月朗。广大如海，出功德宝，炽盛如火，烧烦恼薪。忍辱如地，一切平等；清净如水，洗诸尘垢。如虚空无边，不障一切故；如莲花出水，离一切染故；如风动树，长菩提芽故；如色象威，难可测故；如良马行，乘无失故。能如是者，乃可往生。"老头巾踊跃而起："功德深厚，何如夫子⑦？""老头巾！夫子功德，不可思议。欲立立人，欲达达尔。与弥陀佛心可相譬⑧，万古同传，三教一理⑨。"作是语已，老头巾欢喜信受，丧所怀来，西方皈止。

① 《阿弥陀经》：见《清史自序》注。

② 五浊恶世：即五浊世，见《雪庵清史叙》注。

③ 释迦：即释迦牟尼，佛教始祖。

④ 老头巾：指迂腐的老儒。

⑤ 轮转圣王：因手持轮宝而得名。谓其出现时，天下太平，人民安乐。

⑥ 须弥山：佛教中指一个小世界的中心。山顶为帝释天的居所，山腰为四大
　 天王所居。四周有七山八海、四大部落。

⑦ 夫子：指孔子。《论语》中孔丘门徒尊称孔丘为夫子。

⑧ 弥陀佛：即阿弥陀佛。阿弥陀，梵语译音，意为"无量"。佛家净土宗以阿
　 弥陀佛为西方"极乐世界"的教主。凡愿往生彼土者，一心不乱，长念其名
　 号，临终时佛即出现，前来接引，往生阿弥陀佛极乐国土。

⑨ 三教一理：即儒释道三教同源说。明代元贤提出，力图融通三教，使三者
　 互相取长补短。

《般若波罗蜜多心经》①

　　妙哉空乎，在心为体，在人为本来面目。亲见本来面目，顿悟真
空，便登彼岸。登彼岸时，自照见五蕴皆空②，无色受想行识；自照
见六根皆空③，无眼耳鼻舌身意；自照见十八界皆空④，无眼界乃至无
意识界。以至老死集灭，皆无所得。所得既无，自然无挂碍，无恐怖，
无颠倒梦想⑤，安得不自在？既离死生苦海而自在，自然能度一切苦
厄。盖天地未有，先有此空，上自诸佛，下至蝼蚁，各各具足，无污

无坏。彼色即是空，空即是色，是知真空为佛本体。世人见色，皆因眼界。因眼受色，因色受想，因想受行，因行受识，因识有六根名相，因六根名相⑥，乃有十八界。连累十八界，起诸恶业，皆因眼界。但去眼界，诸相皆空，遂得自在。大哉空体，棒打不痛，刀碎不断，绳缚不住，火烧不着，无所受故。可见人人真空，若自照见，各皆自在，究竟涅槃⑦。故了得人空，名曰菩提⑧；了得法空，名曰萨埵⑨；人法俱空，名曰妙觉⑩。能观万法皆空，即是佛子。无疑吾言，真实不虚。

① 《般若波罗蜜多心经》：见《清史自序》注。

② 五蕴：即色受想行识。见卷一《隐隐木鱼声》注。

③ 六根：佛教谓眼、耳、鼻、舌、身、意六者为罪孽根源，是为六根。眼为视根，耳为听根，鼻为嗅根，舌为味根，身为触根，意为念虑根。

④ 十八界：佛教中指六根（眼、耳、鼻、舌、身、意），六尘（色、声、香、味、触、法），六识（眼识、耳识、鼻识、舌识、身识、意识）。

⑤ 颠倒梦想：指虚妄。颠倒即为不正，梦想即为不实。

⑥ 名相：佛教语。耳闻者为名，眼见者为相。

⑦ 究竟涅槃：即进入不生不灭，超越人我、时空的真如境界。究竟，指至高无上，唯一真实。涅槃，又称无生，圆寂，寂灭。

⑧ 菩提：佛教语，意译为"觉"、"智"、"道"等。佛教用以指豁然彻悟的境界。广义说，凡断绝世间烦恼而成就"涅槃"之智慧，通称"菩提"。

⑨ 萨埵（duǒ）：摩诃萨埵的简称，即大士，大菩萨。

⑩ 妙觉：佛果的无上正觉。《圆觉经》："由彼妙绝性遍满，故根性、尘性无坏无杂。"

《金刚经》^①

　　凡所有相，皆是虚妄。既是虚妄，如何有相？既已有相，便有生灭，如何不是虚妄？若见诸相非相，便是金刚不坏身。既识不坏身，自然不见我相、人相、众生相、寿者相、三十二相^②。然此不坏身，不可以色见，不可以音声求，非得真空无相之妙，不能脚下承当而见如来也。何以故？如来者，无所从来，亦无所去，故名如来。能悟如来，便悟诸相非相。不能悟者，是落见障^③。一落见障，便有我见、人见、众生见、寿者见、许多见生，不能见如来。不然，三千大千世界^④，悟者处此，迷者亦处此。悟者以清净心处此世界，即见世界无非清净；迷者以尘垢心处此世界，所见世界皆为尘垢。则诸相非有，有因见生，扫除妄幻，先去诸见，诸见既去，即见如来。佛见世人，皆堕见障，不能解脱。说《金刚经》，解粘释缚，还人本来。若人悟此，则拈花微笑，不独迦叶^⑤，何人不可为迦叶？了此大事，不在灵山，何处不可为灵山^⑥？大众齐参，金刚非妄。

① 《金刚经》：见《清史自序》注。

② 三十二相：指佛陀所具有的三十二种不同凡俗的显著特征，如足下平安、目如青莲花、手如兜罗绵、胸前有卐字、发作螺纹等相。

③ 见障：指执着于我见形成的诸烦恼阻碍觉悟境界的到来。譬如见疑、无明、爱、恚、慢等。

④ 三千大千世界：以须弥山为中心，以铁围山为外郭，是一小世界，一千小
世界合为小千世界，一千个小千世界合为中千世界，一千个中千世界合为
大千世界，总称三千大千世界。

⑤ 迦叶：即摩诃迦叶。相传在灵山法会上，释迦拈花不语，众人皆不解其意，
唯有迦叶破颜而笑，欣然悟道。

⑥ 灵山：即灵鹫山，相传佛陀曾在此居住说法多年。

《楞严经》①

佛弟子极聪明者，莫如阿难②。大凡聪明之人，极是误事。何以故？惟聪明生意见，意见一生，便不忍舍割，往往溺于爱河欲海者，皆极聪明之人。阿难惟聪明之极，不忍舍割，直至迦叶时，方得度为第二祖③。然必待迦叶力摈，不与话言；又待大众星散，视之如仇。故阿难慌忙无措，及至无可奈何之极，然后舍却从前见解，方乃印可迦叶传法为第二祖。设使阿难犹有一毫聪明可倚，何以悟此妄身？其微如尘，其幻如沤④，其不溺于爱河欲海者几希。故佛说《楞严》，无非为阿难聪明难舍，开方便门，种种晓谕，直使还其本来面目，真于爱河欲海中接引援拔也。陆象山有言："此理与溺于利欲之人言易入，与溺于意见之人言难入。"⑤人谓象山之学近禅，岂谓是与？不知学无禅儒，妄自分别，此有宋诸儒，不唯意见用事，亦多利欲昏心。试参《楞严》，必不妄生分别，打破异同。

① 《楞严经》：全称《大佛顶如来密因修证了义诸菩萨万行首楞严经》。"楞严"即"一切事究竟巩固"之意。

② 阿难：释迦如来十大弟子之一。或译作阿难陀，意为欢喜、庆喜。为斛饭王之子，释迦之从弟，生于佛成道之夜，故以阿难为名。长于记忆，称多闻第一。

③ "阿难"四句：事见宋释道原《景德传灯录·叙七佛》。迦叶，见本卷《金刚经》注。

④ 其幻如沤：虚幻如水中浮沫。沤，水中气泡。

⑤ "陆象山"三句：见宋陆九渊《象山集》。陆象山，即陆九渊，字子静。宋抚州金溪（今江西金溪县）人。乾道八年（1172）进士，官至知荆门军。后还乡居贵溪之象山讲学，学者称"象山先生"。为陆王心学代表人物。

《圆觉经》①

　　觉性遍满②，周圆无际，如何有轮回③？因彼众生，不思其身四大和合④，幻妄无比。发毛爪齿、皮肉筋骨皆归于地，污血津液、涎沫痰泪皆归于水，暖气归火，动转归风，四大各离，幻身安在？而乃恩爱贪欲，种种幻出，如何不堕轮回？当知轮回，爱为根本。由有诸欲，助发爱性，譬如病目，见空中华，空实无华，病者妄执。修圆觉者⑤，知是空华，从空而有。幻华虽灭，空性不幻。如销金矿，金非销有，虽自有金，终以销成。一成真金，不复为矿。故菩萨众生⑥，本无异性，悟则众生是菩萨，迷则菩萨是众生。悟则如百千灯光照一室，其光遍满，无坏无杂。迷则如取萤火烧须弥山⑦，虽欲其焚，终不能着。此幻妄身，亟宜早悟，一悟尽悟，何物非幻？天幻，地幻，我幻，人幻，众生幻，寿者幻，极其幻境。佛也幻，法也幻，佛法既幻，幻亦归幻。能悟此者，是名圆觉。如此不迷，轮回不落。

① 《圆觉经》：全称《大方广圆觉修多罗了义经》，是佛为文殊、普贤等十二位菩萨宣说圆觉妙理合修行之法，对禅宗思想影响深远。

② 觉性：指妙觉，见本卷《般若波罗蜜多心经》注。

③ 轮回：佛家认为世界众生皆辗转生死于六道之中，如车轮旋转，唯成佛之人始能免受轮回之苦。

④ 四大：指地、水、火、风。佛教认为世间万物包括人体都是由四大和合而成。

⑤ 圆觉：指所觉悟之道平等周满，毫无缺漏。

⑥ 菩萨：菩提萨埵的简称。既能自觉本性，又能普度众生，方能称为菩萨。

⑦ 须弥山：见本卷《阿弥陀经》注。

《法华经》①

《法华》所云智慧，是非聪明，乃诸佛成祖悟法之根基。若是聪明，反为佛累。故聪明不特儒家所忌，即佛法尤为大禁。唯有智慧，十方朗照，无不了了。悟机一彻，永不退转。何法不受，何佛不成？解者曰："诸佛智慧，指权实二智也②。"权智说法，实智证法。不知权实，何烦分别③。智非权不成为智，权不实不成为权。实如秤，权如秤锤，智如运秤。离秤则锤无用，离锤则秤无用，离运秤者，则秤与锤又无用。如来见佛家④，往往说玄说妙，徒令诸人火宅不脱⑤，故为种种分别巧说，必使诸人安稳得出，心始泰然，无复障碍。此岂聪明见解所能承当？若如来者，不唯无聪明，且无智慧。无有智慧，如何有法？法尚无有，如何可说？说既归无，证于何有？但觉诸法如是相，如是性体，如是力作，如是因缘，如是果报，如是而已。故会此一部《法华》，如是如是。

① 《法华经》：《妙法莲华经》的简称。见卷一《云封古寺》注。

② 权实：佛法有权实二教，权教为小乘之法，义取权宜，如《阿含经》；实教为大乘菩萨之法，显示真要，如《法华经》。

③ 分别：佛教语。谓凡夫俗子之虚妄计度。

④ 如来：释迦牟尼十种法号的第一种。

⑤ 火宅：佛家比喻充满烦恼的俗世。把人世间比作起火之屋，以喻人生苦状。

《清静经》①

　　夫道一而已矣，无所谓儒、释、道也。读《清静经》而益信。三者之源于一，一者何？常清静是已。儒者见浊乱躁动之非道，教人澄以仁义，定以道德。释氏见浊乱躁动之非道，教人澄以虚空，定以般若②。道家见浊乱躁动之害道，教人澄之以清，定之以静。是清静者，儒之髓、佛之源、道之宗也。亦儒得之为儒，佛得之为佛，道得之为道者也。彼役役名利、扰扰死生、昏昏应感者，是不知清静为三教一理，而妄认三教为异派殊途。

而不观之戏者，偶扮为帝为王，偶扮为奴为隶，偶扮为男为女，偶扮为官为吏，偶扮为鬼为贼，偶扮为贤为佞，当其扮后，种种各异。原其本来面目，则此一人，实未有二。如彼三教，后流虽分，其源则一。非源之一，道体如是。世人不察，妄执为三，试反其心，清耶浊耶？静耶动耶？如其浊动，不惟有三，且百千亿。若是清静，一且假名，三于何有③？试问儒、释、道，道果是一？是二？是三？

① 《清静经》：全称《太上老君说常清静妙经》。谓人心本清静，然常为外欲所牵扰。若常能遣其欲而心自静，澄其心而神自清，自然六欲不生，三毒消灭。

② 般若（bō rě）：梵语音译，意为"智慧"。佛教用以指如实理解一切事物的智慧，为表示有别于一般所指的智慧，故用音译。大乘佛教称之为"诸佛之母"。

③ 于何有：即于我何有，表示外界事物对自己无足轻重。

《黄庭经》①

按，《黄庭》称《内景》《外景》二经，以发修命缮性之要。一名《太上琴心文》，一名《太上金书》，一名《东华玉篇》。仙经四十余卷，而此为首，乃景林王真人传于南岳魏夫人者②。景林化后，传之东华杨司命③，司命复转授许长史、掾父子④。掾与长史后先化去，掾之子黄民⑤，避乱入剡，遂寄东阐马朗家⑥。晋安守孔默以重币恳之⑦，黄民令晋安吏王兴缮写。兴私缮一通，孔不及奉诵，其子熙先⑧、综先，才而狂，谓经语诵之万遍即得仙，以为幻妄，悉毁之，后以逆族灭。王兴缮写者，渡浙江遇风漂佚⑨，于是二家所得都绝。王灵期又造黄民⑩，恳得之，窃加增益，盛其藻丽以行世，凡五十余篇。黄民卒，马朗匿其真本，后为山阴何道敬窃传⑪，以授钟法师及陆修静等⑫，分散几尽。陶贞白百方购得之⑬，于是《内外景》悉备，閟之茅山。今《道藏》所存本是也⑭。

　　夫此经极生人之归宿，究玄宗之秘密，一晦于熙先，再晦于漂佚，三晦于灵期。不有贞白购得其真，《内外景》不化为乌有乎？妄哉熙先兄弟，谓诵万遍升三天无验耶？倘诵千遍，吾知其必不作逆矣。升三天之言，讵不益验，惟其才高，不肯敬信。不然，雄才大略如熙先，岂不如晋安一小吏？说者谓其毁经之报，是皆诬经。如谓毁经有报，则私自缮写者，尽可谓尚善敬信，胡以渡江漂佚，不免鱼腹？乃孔默重币之求，虽遭子累，于彼无干，亦可将功折罪，如何便灭其族？王灵期窃加增益，灭经畔教，何止于毁？竟不闻经之所以报灵期者。不知经之显晦，亦其数耳。但太上太自敬重⑮，不轻授人，遂致乖舛增益之病。愚见虽大道不容轻传，悟者自悟，即无是经，亦自悟入；迷者自迷，即云诵之一遍，可升三天，亦自不理也。故孔子之道，天下为公，第悬之的，令人自射自中而已。夫《黄庭经》者，吾人修命缮性之的者也。

119

① 《黄庭经》：道教上清派经典。分为《黄庭内景经》及《黄庭外景经》，以七言歌诀讲说养生修炼之道。

② 王真人：疑为黄庭真人王探。　魏夫人：即魏华存，字贤安，晋司徒魏舒之女。幼而好道，曾传《上清真经》于杨羲，道教称其为紫虚元君上真司命南岳夫人。

③ 杨司命：指魏夫人弟子杨羲，字羲和，东晋吴（今属江苏）人。兴宁二年（364），受《上清真经》，以隶书写出，并传许谧、许翙。此后形成上清派，尊杨羲为第二代宗师。北宋宣和间敕封为洞灵显化至德真人。

④ 许长史：即许谧，一名穆，字思玄。东晋丹阳句容人。曾任护军长史，故又称许长史。后归隐茅山，受《上清真经》于杨羲，道教上清派尊为第三代宗师。北宋宣和间敕封为太元广德真人。　掾：指许翙，字道翔，小字玉斧，许谧之子。曾被郡举为上计掾（佐理州郡上计事务的官吏），故称许掾。

⑤ 黄民：即许黄民，字玄文，许翙之子，许谧之孙。东晋元兴三年（404）为避京畿之乱入剡（今浙江嵊州）。时人知黄民父祖皆得道，故皆敬奉之。被奉为道教上清派第四代宗师。

⑥ 马朗：一名温公，字子明，道号保真先生。家素有财，闻茅山杨羲、许谧得道，遂与其弟马罕奉道教，迎许黄民至其家供养，受《上清真经》。后被奉为道教上清派第五代宗师。

⑦ 晋安：郡名。晋太康三年（282）分建安郡置，相当于今福建东部及南部。

⑧ 熙先：即孔熙先，南朝鲁郡人。元嘉中为员外散骑侍郎。与范晔等谋立彭城王，事泄被杀，株连族亲。

⑨ 浙江：水名。古浙水，即今钱塘江。

⑩ 王灵期：东晋末年道人，生平不详。

⑪ 何道敬：山阴（今浙江绍兴）道人，《真诰》云其志向专素，颇工书画。少游
　　剡山，为马家所供侍，经书法事，皆以委之。

⑫ 钟法师：指钟义山，南朝道士。　陆修静：字元德，南朝吴兴东迁（今浙江
　　吴兴东）人，道教上清派宗师，南天师道创始人。宋文帝曾召其入宫讲道。
　　编纂了第一部道教经书总目《三洞经书目录》。

⑬ 陶贞白：即陶弘景，见卷一《福地》注。

⑭ 《道藏》：道教书籍的总汇，包括周秦以下道家子书及六朝以来道教经典。

⑮ 太上：道教最高之神名前常冠以"太上"二字，以示尊崇。

《道德》《南华》

　　或谓一部《南华》①，却是《道德经》注脚②，此未深原二氏之旨
者也。《道德》之清净无为，与《南华》之江洋突兀，虽教人各知性
命，是自家切己的，是终身得力受用的。然老氏近于狭③，狭则弊
流为我④；庄公近于广⑤，广则弊涉兼爱。故一切有为法，便以为凿
混沌窍⑥，至于诋侮圣贤，狂言无忌，至如禅宗中喝佛骂祖，见释
迦始生，手指天地，作狮子吼，便要一拳打杀与狗子吃了⑦。要二
家宗旨，贵在了生死、脱轮回，相为于无相为。识者谓其演说《金
刚》《般若》，深报佛恩。理会得此，便谓老子为兼爱亦得，即谓庄氏
为为我亦得。又谓老庄非为我，非兼爱，亦无不得。

① 《南华》：即《南华经》，《庄子》的别名。唐玄宗天宝元年（742）封庄子为南华

真人，始称其所著书为《南华经》。

② 《道德经》：指《老子》，春秋时期老子所著，主自然无为。以前三十七章为《道经》，后四十四章为《德经》，故有《道德经》之名。今本分上下篇，五千余字。

③ 老氏：即老子。姓李，名耳，字聃，故亦称老聃。

④ 为我：即主张"贵生重己"。反对侵夺他人，更反对他人损害自己的利益。

⑤ 庄公：即庄子。见卷一《福地》注。

⑥ 凿混沌窍：谓不能顺应自然，适得其反。典出《庄子·应帝王》："南海之帝为倏，北海之帝为忽，中央之帝为混沌。倏与忽时相与遇于混沌之地，混沌待之甚善。倏与忽谋报混沌之德，曰：'人皆有七窍以视听食息，此独无有，尝试凿之。'日凿一窍，七日而混沌死。"

⑦ "见释迦"诸句：事见宋释普济《五灯会元》，释迦初生下，一手指天，一手指地，周行七步，环顾四方云："天上地下，唯我独尊。"云门文偃禅师道："我当时若见，一棒打杀与狗吃却，贵图天下太平。"

《离骚》《太玄》

《离骚》者①，屈原鸣忠也②。扬雄怪屈原文过相如，至不容，作《离骚》投江而死，乃作书撷骚文而反之，自岷山投诸江，以吊屈原③。余谓雄之《美新》④，不在美新日，即在此反《骚》时。雄之投阁⑤，亦不在授阁日，即在此吊原时矣。何也？原惟忠，故不得已而作《骚》；雄惟不识忠，故可已不已而美新。原唯忠，故不畏死而自沉；雄惟畏死，故恐收己而先自投。不思大丈夫幸而主圣臣良，则君臣可享无事之福；不幸而国运艰难，则食人之食，当忧人之忧。咬定牙关，成就一个字而已。子云不识一个字，纵识许多奇字，仅能撰得《太玄》几篇⑥，赋文几首，何益于人家国？总之，子云以屈原文过相如，初未尝知其心也。即《反骚》亦文士摹仿之常，初未尝为吊屈原设也。及自岷山而投文于江，亦偶然凑遇，初非有意也。如是，则子云自当以文士目之，文堪清供，何苛责焉？

① 《离骚》：楚辞篇名。战国时，屈原仕楚怀王，后遭离间被疏远，因此作《离骚》以明志。

② 屈原：名平，字原。战国楚人，楚怀王时任左徒、三闾大夫，后遭诬陷谗毁，投汨罗江而死。有《离骚》《天问》《九歌》等作。

③ "扬雄"诸句：指扬雄作《反离骚》来表达对屈原的态度，见《汉书·扬雄传》。扬雄，字子云，汉蜀郡成都人。长于辞赋，多仿司马相如。汉成帝时以大司马王音荐，献《甘泉》《河东》《羽猎》《长杨》四赋，拜为郎。相如，即司马相如，字长卿。汉蜀郡成都人。西汉辞赋大家，作有《子虚赋》《上林赋》《大人赋》等。摭（zhí），拾取，摘取。岷（mín）山，在今四川省中北部，岷江、嘉陵江发源地。

④ 《美新》：指扬雄上《剧秦美新》，颂扬王莽新朝政治之美。

⑤ 投阁：王莽建立新朝，清除旧党。扬雄因教过旧党刘棻作古文奇字而被牵连。收捕时从天禄阁上投下，几乎丧命。

⑥ 《太玄》：即扬雄所作《太玄经》，用以阐述哲学体系和宇宙论。此书模仿《周易》，分八十一首，以拟六十四卦。

陶渊明、白乐天、苏东坡集

自有宇宙以来，称能讨便宜者三人，一陶、一白、一苏^①。而秃翁乃谓陶公清风千古^②，无耐其不肯折腰，八十日便赋《归来》。此盖以不受世间管束为便宜，浅之乎知公者也。白乐天自江州司马除忠州刺史^③，旋以主客郎中知制诰^④，遂拜中书舍人^⑤。与东坡谪居黄、起知文登、召为仪曹、遂擢侍从^⑥，出处老少^⑦，二公大略相似。故坡公尝曰："渊明形神似我，乐天心相似我。"^⑧ 形神似我，所以"饱吃惠州饭，细和渊明诗"^⑨；心相似我，所以"我甚似乐天，但无素与蛮"^⑩。

三公已矣，幸集犹存。余每一披阅，未尝不对三公两睫间，岂徒以其善讨便宜？若以其善讨便宜，则陶公外，如白、如苏，窜逐无已时。虽曰与之为婴儿，则世以婴儿得便宜者，岂独二公？是皆浅之乎知公者也。故能识三公善讨便宜处，其人必大具法眼者，可与论千古英雄矣。

① 陶、白、苏：即陶渊明、白居易、苏轼。见《清史自序》注。

② 秃翁：即李贽，号秃翁。见卷一《十洲》注。

③ 江州：即今江西九江。 忠州：在今重庆市忠县。

④ 主客郎中：唐宋时礼部所设官职，掌管少数民族及外国宾客接待之事。 知
   制诰：唐宋两朝专掌内命，典司诏诰。

⑤　中书舍人：仅次于侍郎，掌呈进章奏、撰作诏诰、委任出使之事。

⑥　"与东坡"诸句：写苏轼的仕宦经历。黄，指黄州，苏轼曾被贬为黄州团练副使。文登，今山东蓬莱，元丰八年苏轼任登州知州。仪曹，掌管礼仪的属官，这里指擢礼部郎中。侍从，指苏轼担任起居舍人、翰林学士等职。

⑦　出处老少：指出仕、退隐时年龄大小。

⑧　"渊明"二句：语出苏轼《刘景文家藏乐天身心问答三首戏书一绝其后》："渊明形神自我，乐天身心相物。而今月下三人，他日当成几佛。"

⑨　"饱吃"二句：见苏轼《跋子瞻和陶》诗。

⑩　"我甚似"二句：见苏轼《送程懿叔》诗。素与蛮，指白居易的侍女樊素与小蛮。

唐　诗

《诗》三百篇尚矣①，迨汉则苏子卿、李少卿其选也②。二子而后，下逮建安、黄初，曹家父子于是起而振之③，若刘公幹、王仲宣其辅者也④。正始之间，嵇、阮叠作⑤，说者谓其师少卿。及至太康，陆士衡兄弟又起而振之⑥，乃仿子建；若潘安仁、张茂先、张景旸则学仲宣者也⑦；若左太冲、张季鹰则法公幹者也⑧。于是陶元亮起而振之⑨，高情元韵，直超建安而上。元嘉以还，三谢、颜、鲍为之首⑩，其气骨骎骎，有西汉风。永明而下，沈休文则拘声韵⑪，王元长则局褊迫⑫，江文通则过摹拟⑬，阴子坚则涉浅易⑭，何仲言则流琐碎⑮，以及徐孝穆、庾子山辈⑯，较之元嘉，尚或有间，矧建安哉？

　　然则诗何以盛？曰盛于唐。唐何以盛？曰唐以诗取士者也，有专业焉。虽然，唐云盛矣，然犹有初、盛、中、晚之分，则诗难言哉！余观唐初，沿陈、隋，袭徐、庾，其谁振之？乃贞观、永徽间，虞、魏诸公稍离旧习[17]，王、杨、卢、骆[18]，因加美丽。于是若刘希夷、上官仪辈[19]，务欲凌跨三谢，蹴驾江、薛，终不能免四声八病之嫌[20]，此则初唐始制哉。神龙以还，洎开元初，陈伯玉于是起而振之[21]，乘一时元气之会，卓然丕变。复古之功，陈公为大。时则李巨山文章宿老[22]，沈、宋新声[23]，苏、张大手笔[24]，此则初唐渐盛哉。开元、天宝间，杜子美于是起而大振之[25]，上薄风雅，下该沈、宋，才夺苏、李，气吞曹、刘，与李翰林窈冥惝恍[26]，纵横变幻，名相上下。故王元美谓五言律、七言歌行，子美神矣，七言律圣矣；五七言绝，太白神矣，七言歌行圣矣，五言次之[27]。呜呼，此李杜所以光焰千古乎？

　　并时而作，又有孟襄阳之清雅[28]，王右丞之精致[29]，储光羲之真率[30]，王昌龄之俊声[31]，高适、岑参之悲壮[32]，李颀、常建之超凡[33]，此盛唐之盛者也。大历、贞元中，韦苏州于是起而继之[34]，虽祖袭灵运，即其能寄秾鲜于简淡，而实渊明以来一人而已。他如刘随州之闲旷[35]，钱、郎之清赡[36]，皇甫之冲秀[37]，秦公绪之山林[38]，李从一之台阁[39]，不其中唐再盛乎？元和间，韩、柳于是起而振之[40]，韩初效建安，晚自成家；柳斟酌陶、谢，实韦苏州而下一人也。至于元、白近轻俗[41]，王、张过浮丽[42]，要皆同师古乐府。又若李贺、卢仝之鬼怪[43]，孟郊、贾岛之饥寒[44]，其晚唐之变乎？降而开成，则有豪纵之牧之⑤，绮靡之飞卿⑥，隐僻之义山⑦，偶对之用晦⑧。他若刘沧、马戴、李频、李群玉、段成式辈⑨，虽能黾勉气格，特迈时流，比之大历，有所不逮，况开元哉？

余读唐诗，有令我飘扬欲仙者，有令我慷慨激烈、歔欷欲绝者，孰谓诗不可以兴观群怨哉？是宜置之案头，朝夕捧咏，岂特李杜诗仙当不去口，亦惟天实生才不尽。后之君子，乃兹集以尽唐诗，则有于鳞之《选》在⑩。

① 《诗》：指《诗经》，中国最早的诗歌总集。共 305 篇，因此又称"诗三百"。

② 苏子卿：即苏武，字子卿。见卷一《林雪》注。 李少卿：即李陵，字少卿。汉代名将李广之孙。托名苏武、李陵所作的苏李诗，为五言诗之典范，最早见于《文选》。

③ 曹家父子：即指曹操、曹丕、曹植三人。三曹为建安文学代表作家，诗歌多慷慨悲凉，雄健深沉。

④ 刘公幹、王仲宣：即刘桢与王粲，与陈琳、徐幹、阮瑀、应场、孔融相友善，号"建安七子"。

⑤ 嵇、阮：即嵇康与阮籍，三国魏文学家。与山涛、向秀、阮咸、王戎、刘伶友善，游于竹林，称"竹林七贤"。

⑥ 陆士衡兄弟：即陆机、陆云。陆机，字士衡。被誉为"太康之英"。陆云，字士龙。太康末年同入洛阳，以文才名重一时，时称"二陆"。

⑦ 潘安仁：即潘岳，字安仁。工诗赋，词藻艳丽，《悼亡诗》三首最著名。 张茂先：即张华，字茂先。晋范阳方城（今河北固安）人。其诗委婉妍丽。 张景旸：当是张协，字景阳。与其兄张载、其弟张亢并称"三张"。

其诗文体华净。

⑧ 左太冲：即左思，字太冲，见《雪庵清史序》注。　张季鹰：即张翰，字季鹰。

⑨ 陶元亮：即陶渊明，字元亮，见《清史自序》注。

⑩ 三谢、颜、鲍：即谢灵运、谢惠连、谢朓与颜延之、鲍照。谢灵运，南朝宋诗人。谢玄孙，袭封康乐公。诗以吟咏山水者居多。谢惠连，谢灵运族弟。谢朓，字玄晖。与谢灵运同族，称小谢。山水风景诗秀丽清新，并重声律，为"永明体"主要诗人。颜延之，字延年，南朝宋文学家。与谢灵运齐名。鲍照，字明远，诗文俊逸遒丽，以七言歌行为长。

⑪ 沈休文：即沈约，字休文。南朝宋吴兴武康（今浙江德清）人。所作皆重声律对仗，人称"永明体"。

⑫ 王元长：即王融，字元长，南齐琅邪临沂（今山东临沂）人。其诗辞藻富丽，为"竟陵八友"之一。史称王融"躁于名利"。

⑬ 江文通：即江淹，字文通。南朝梁济阳考城（今河南民权县）人。其诗长于摹拟。

⑭ 阴子坚：即阴铿，字子坚。南朝陈人，祖籍武威姑臧（今甘肃武威），尤善五言诗，风格清新流丽。杜甫赠李白诗曾言"李侯有佳句，往往似阴铿"。

⑮ 何仲言：即何逊，字仲言。南朝梁东海郯（今山东郯城县）人。诗与阴铿齐名，世称"阴何"。其诗善于写景，工于炼字。

⑯ 徐孝穆：即徐陵，字孝穆。南朝陈东海郯人。　庾子山：即庾信，字子山。北周南阳新野人。善宫体诗。

⑰ 虞、魏：即唐代著名文臣虞世南、魏徵。其诗圆融整丽，能脱六朝绮靡之习。

⑱ 王、杨、卢、骆：即"初唐四杰"王勃、杨炯、卢照邻、骆宾王。其诗文虽沿袭六朝余绪，但题材范围已较宽阔。

⑲ 刘希夷：字延芝，一说字庭芝，唐汝州（今河南汝州）人。善作从军闺情诗，词藻婉丽。　上官仪：字游韶，唐陕州（今河南三门峡）人。多应制奉和之作，工于格律，婉媚华丽，称为"上官体"。

⑳ 四声八病：南朝沈约提出平、上、去、入四声和八种声律弊病。

㉑ 陈伯玉：即陈子昂，字伯玉。唐初诗文承六朝靡丽之风，至子昂首倡冲澹，开一代风气。

㉒ 李巨山：即李峤，字巨山。唐赵州赞皇（今属河北石家庄）人。"文章四友"之一，诗风流畅而见清韵。

㉓ 沈、宋：指沈佺期、宋之问。两人多应制之作，以音韵对仗工整、辞藻华丽著称，对唐代律诗的形成有一定影响。

㉔ 苏、张：即苏颋、张说，二人皆官至宰相。苏颋封许国公，张说封燕国公，时人号为"燕许大手笔"。

㉕ 杜子美：即杜甫，字子美。唐襄阳人，长于律诗，风格沉郁顿挫，兼得众调，成为"集大成"的诗人。

㉖ 李翰林：即李白，曾任翰林院供奉，故称。见卷一《桃源》注。

㉗ "故王元美"诸句：此说见《艺苑卮言》卷四。王元美，即王世贞，字元美。

㉘ 孟襄阳：即孟浩然，唐襄阳人。其诗多以山水景物旅途风光为题材，抒发个人的怀抱，尤长于五言。

㉙ 王右丞：即王维，晚官至尚书右丞，世称"王右丞"。见卷一《夜景》注。

㉚ 储光羲：唐山水田园诗人，诗风朴实，格调高逸。

㉛ 王昌龄：字少伯，唐京兆长安人。诗风雄浑，其七言绝句后人常推与李白

并称，与高适、王之涣齐名。

㉜ 高适、岑参：唐边塞诗人，诗风豪迈悲壮。

㉝ 李颀：唐边塞诗人，以五言、七言歌行和七言律诗见长，境界高远。常建：
唐田园山水诗人，风格接近王、孟一派。

㉞ 韦苏州：即韦应物，唐京兆（今陕西西安）人。曾任苏州刺史，故称"韦苏
州"。性行高洁，其诗闲澹似陶潜，世称"陶韦"。

㉟ 刘随州：即刘长卿，字文房。唐河间（今属河北）人。晚年官随州刺史，世
称"刘随州"。长于五言律诗，号为"五言长城"。

㊱ 钱、郎：即钱起、郎士元。钱起，字仲文。唐吴兴（今浙江湖州）人。郎士
元，字君胄。唐中山（今河北定州）人。工于诗，与钱起齐名，时称"前有
沈宋，后有钱郎"。

㊲ 皇甫：即皇甫冉、皇甫曾二兄弟。皇甫冉，字茂政。"大历十才子"之一，
其诗天机独得，远出情外。皇甫曾，字孝常，其诗风格清峻。

㊳ 秦公绪：即秦系，字公绪。唐会稽（今浙江绍兴）人。隐居不仕，诗歌多以
山林生活为主。

㊴ 李从一：即李嘉祐，字从一。唐赵州（今河北赵县）人。先后任台州、袁州
刺史，诗婉丽有齐梁风，人拟为吴均、何逊之敌。

㊵ 韩、柳：即韩愈、柳宗元。韩愈，见卷一《桃源》注。柳宗元，字子厚。唐
河东（今山西永济）人。诗文皆工，传世有《柳河东集》。

㊶ 元、白：即元稹、白居易。共同提倡新乐府诗，世称"元白"，诗称"元和体"。

㊷ 王、张：即王建、张籍。二人皆工乐府，词皆通畅，王建《宫词》百首尤为
人所传诵。

㊸ 李贺：字长吉，唐河南昌谷（今河南宜阳）人。其诗想象丰富，炼词琢句，

险峭幽诡，但因过于矜奇，有时流于晦涩。人称"诗鬼"。 卢仝：见本卷《茶鼎》注。

㊹ 孟郊：字东野，唐湖州武康（今浙江德清县）人。其诗以乐府古诗为多，但过于求险求奇，不免晦涩。 贾岛：字阆仙，唐范阳（今河北涿州市）人。诗作奇险，为著名的"苦吟派"诗人。

㊺ 牧之：即杜牧，字牧之，号樊川居士。唐京兆万年（今陕西西安）人。诗长于近体，七绝清新俊迈，人称"小杜"。

㊻ 飞卿：即温庭筠，字飞卿。唐太原祁县（今山西祁县）人。诗词风格浓艳，多写闺情。

㊼ 义山：即李商隐，字义山，号玉溪生。唐怀州河内（今河南沁阳）人。诗律尤工，富于文采，长于抒情，语言凝炼，典丽精工。

㊽ 用晦：即许浑，字用晦，唐润州丹阳（今江苏丹阳）人。作诗偶对整密，有《丁卯集》传世。

㊾ 刘沧：字蕴灵，唐汶阳（今山东宁阳）人。好七言律诗，多怀古之作，风格凄清衰瑟。 马戴：字虞臣，唐定州曲阳（今陕西华县）人。其诗凝炼秀朗，无晚唐纤靡僻涩之习，尤以五律见长。 李频：字德新，唐睦州寿昌（今浙江建德）人。为诗用心苦吟，尤长于近体。 李群玉：唐澧州（今湖南澧县）人，诗笔妍丽遒健，善写羁旅之情。 段成式：字柯古，唐邹平（今山东滨州）人。诗多华艳。

㊿ 于鳞：即李攀龙，字于鳞。见《清史自叙》注。 《选》：指李攀龙所编《唐诗选》。

济南、弇州、太函集

　　皇朝立言之士①，济济辈出，各自名家。名家中尤不朽者三人，一李按察于鳞②，一王司寇元美③，一汪司马伯玉④。李起菰芦⑤，手辟乾坤，虽曰拟议以成变化⑥，然变化之极，妙亦自然。实开辟以来有数之人，读其诗文，令我飞心直挂天外，不特蛾眉天半而已也。元美以名家子，激清风于千仞，穷搜极览，无所不有。虽大海回风，无掩兴到，典雅浑粹，近古所希。伯玉继出，可谓中兴，肥肠满脑，谁能见及？虽优孟叔敖⑦，亦自不妨为腐史之后一人⑧。故有李、王，自不可无伯玉。三人鼎足，谁曰不宜。后之君子，与其学元美而未至，宁为伯玉，毋希于鳞。于鳞性者也，元美身之也，伯玉反之也。敢信臆见⑨，时亦弋获⑩，欲觅三公，玩此三言。

① 皇朝：对本朝的尊称，这里指明朝。

② 李按察于鳞：即李攀龙。见《清史自叙》注。

③ 王司寇元美：即王世贞。见《清史自叙》注。

④ 汪司马伯玉：即汪道昆。见《清史自叙》注。

⑤ 菰芦：借指民间。

⑥ 拟议以成变化：语出《易·系辞上》。此指下笔前先加考虑筹划。

⑦ 优孟叔敖：比喻假扮古人或模仿他人。《史记·滑稽传》载，楚相孙叔敖死后，艺人优孟穿上孙叔敖的衣服在楚庄王面前模仿他，楚庄王及左右都以

为孙叔敖复生了。

⑧ 腐史：指司马迁《史记》。见《雪庵清史序》注。

⑨ 臆见：谦词，犹言浅见。

⑩ 弋获：射而得禽，即有所得。

《藏书》《焚书》

余始读卓翁《藏书》[①]，呵圣骂贤，好人所恶，初意其一无忌惮之徒耳，弗取也。后得《焚书》读之[②]，中多愤激语，始亮其心。则《藏书》盖借他人酒杯，浇己块垒[③]，以自况其牢骚不平耳。至落发披缁[④]，则天台诸公未必无过[⑤]。善乎梅衡湘之言："如此老者，若与之有却，只宜捧之莲花座上，朝夕率大众礼拜，以消折其福。不宜妄意挫抑，反增其声价也。"[⑥] 今《藏书》《焚书》具在，其一种爽快，若口角另有一副炉锤者[⑦]，令人读之不能已已，案头何可一日无此物？噫！此老虽自许其有二十分才、二十分胆、二十分识，然名心太甚，百世而下，终不能免"索隐行怪"四字也[⑧]。

① 卓翁：即李贽，号卓吾，又号秃翁。见卷一《十洲》注。《藏书》：李贽撰，六十八卷。采战国至元历史人物事迹编为纪传，借论史以抒发其政治见解。其自序云："此书但可自怡，不可示人，故名《藏书》。"

② 《焚书》：又称《李氏焚书》，共六卷，另有《续焚书》五卷。收录李贽生前所写书信、杂著、史评、诗文、读史短文等，猛烈抨击儒家经典及假道学。

③ "借他人"二句：语出李贽《焚书·杂说》："夺他人之酒杯，浇自己之块垒。"指借助酒来排遣心中的积郁。

④ 落发披缁：剃光头发，穿上僧衣。李贽崇佛，曾落发留须。

⑤ 天台：今浙江天台山，佛教天台宗的发祥地。

⑥ "善乎梅衡湘"诸句：见于《焚书》卷二梅国桢致李贽书信。梅衡湘，即梅国桢，字客生，号衡湘，明黄州麻城（今湖北麻城）人。万历进士，著有《西征草》《西征集》等。

⑦ 炉锤：这里指构思熔裁。

⑧ 索隐行怪：谓探索隐晦之事而行怪僻诡异之道。语出《汉书·艺文志》："孔子曰：'索隐行怪，后世有述焉，吾不为之矣。'"

传　奇①

　　元入中国，所用胡乐嘈杂，凄紧缓急之间，词不能按，乃更为新声以媚之。故一时诸君如贯酸斋、马东篱、王实甫、关汉卿、张可久、乔梦符、郑德辉、宫大用、白仁甫辈②，咸富有才情，兼喜声律，以故语语当家③，极尽其妙。其出于人口，入于人耳，真胸中有许多无状可怪之事，斯手头有许多慷慨不尽之韵，见景触目，喷玉唾珠，真千秋绝技哉！近如杨用修、汤海若、屠长卿、张伯起、梅禹金、苏汉英诸作④，每一登场，便令人快欲狂、人悲欲绝。即其描写尽态，体物尽形，发响尽节，谐俗尽情，便觉可以兴观群怨者⑤，不独诗也。人但取其可以兴观群怨耳，何必顾曲周郎、辨挝王应^⑥，乃许观场哉？虽然，有此世界，必不可无此传奇；有此传奇，乃可维此世界。则传奇所关非小，讵可借口《西厢》压卷^⑦，以为风流谈资？

① 传奇：即明传奇，主要指以南曲演唱为主的中长篇戏曲。

② 贯酸斋：即贯云石，号酸斋，元畏兀儿人。擅长散曲，豪放俊爽，与徐再思（号甜斋）齐名。后人合辑所作，称《酸甜乐府》。　马东篱：即马致远，字千里，号东篱。元大都（今北京市）人。与关汉卿、郑光祖、白朴称"元曲四大家"。著有《汉宫秋》等杂剧，散曲有《东篱乐府》。　王实甫：本名德信，元大都（今北京市）人。所作据《录鬼簿》著录有十四种，仅存《崔莺莺待月西厢记》《吕蒙正风雪破窑记》二种。号为"天下夺魁"。　关汉卿："元曲四大家"之首。著有《救风尘》《窦娥冤》等杂剧，另有散曲十余套，小令五十余首。　张可久：字仲远，号小山，著有散曲集《小山乐府》《张小山小令》等。　乔梦符：即乔吉，字梦符，元太原人。有《惺惺道人乐府》及杂剧《两世姻缘》等。　郑德辉：即郑光祖，字德辉。元平阳襄陵（今山西襄汾县）人。创作杂剧十八种，现存《倩女离魂》等五种。　宫大用：即宫天挺，字大用。元大名开州（今河南濮阳）人。著有杂剧《范张鸡黍》等。　白仁甫：即白朴，字太素，一字仁甫，号兰谷。元隩州（今山西河曲）人，著有《梧桐雨》《墙头马上》等杂剧。

③ 当家：即当行本色。

④ 杨用修：即杨慎，字用修，号升庵。明四川新都（今四川成都）人。著有杂剧《太和记》等。　汤海若：即汤显祖，字义仍，号海若。明临川（今属江西）人。其杂剧《牡丹亭》《邯郸记》《紫钗记》《南柯记》，合称"临川四梦"或

"玉茗堂四梦"。　屠长卿：即屠隆，字长卿，号鸿苞居士。明浙江鄞县（今浙江宁波鄞州区）人。著有传奇《昙花记》等。　张伯起：即张凤翼，字伯起，号灵虚。明苏州府长洲（今江苏苏州）人。为人狂诞，擅作曲。著有传奇《红拂记》《祝发记》等六种。　梅禹金：即梅鼎祚，字禹金，号胜乐道人，明宣城（今属安徽）人。著有戏曲《玉合记》。　苏汉英：著有戏曲《吕真人黄粱梦境记》，见卷一《城市山林》注。

⑤ 兴观群怨：指文学的社会功用。语出《论语·阳货》："子曰：'小子何莫学夫诗？诗可以兴，可以观，可以群，可以怨。迩之事父，远之事君，多识于鸟兽草木之名。'"

⑥ 顾曲周郎：三国吴周瑜，闻乐曲有误，必定望向演奏者。后指精通音乐、善辨音律之人。　辨挝（zhuā）王应：东晋琅邪临沂人王应善于辨音，能识别挝鼓声音中的细微变化。

⑦ 《西厢》：即王实甫撰《崔莺莺待月西厢记》。写书生张珙与崔相国之女莺莺的爱情故事，源出唐元稹传奇《莺莺传》，成为元杂剧中的代表作。

佛　　像

只这一块泥巴、一具木头，雕塑佛成佛，雕塑菩萨罗汉成菩萨罗汉，种种变化，各如所像。顽铜蠹铁，一经铸造，亦复如是。夫土木铜铁，至顽且蠹，付之匠人，便能成佛。人为万物灵，受人千言万语，都不省变，是不待雕塑铸造，即可立地成佛者。反不如一块土巴、一具木头、几片臭铜銇铁也。达摩面壁，影留于壁，工人凿影，血出壁间①。面之而影，影之而血，此又比雕塑铸造者更变化无穷耳。而优填王思佛，命刻旃檀像，世尊下忉利天像亦出迎，三唤三应。世尊云："无为真佛，实在我身。"②此非神通，故是仁脉。彼人之冥顽不悛者③，直谓之不仁之人而已。谓之不仁，人必不甘，如其不甘，请观佛像。

① "达摩面壁"诸句：事见宋释道原《景德传灯录》。达摩，菩提达摩的省称，天竺高僧，于南朝梁普通元年（520）入中国，梁武帝曾迎之于建康。后渡江往北魏，止于嵩山少林寺，面壁坐禅九年而化，传法于慧可。

② "而优填王"诸句：事见明张大复《闻雁斋笔谈》。优填王，为佛世时憍赏弥国之王。因王后笃信佛法，遂成为佛陀之大外护。旃（zhān）檀，即檀香。梵语为旃檀那。世尊，佛家对释迦牟尼的尊称。忉（dāo）利天，佛经称欲界六天之一。

③ 冥顽不悛（quān）：愚昧顽固不知悔改。悛，悔改。

念　珠

　　世有三种人，皆当持名念佛。第一种人，志存不朽，立名枯竹①；第二种人，意在荣贵，贪求不足；第三种人，心唯知富，不顾成人②。是三种人，若如意珠系衣③，不觉穷露④，他方乞食驰走，自惟二种三种。余无其心，并无其意。彼第一种，时颇堕入，不自觉知。从今悲悔，亟持念珠，是念珠者，飞光出佛。善导大师念佛一声⑤，光从口出，十声至百，光亦如之。少康法师念佛一声⑥，口出一佛，至于十念，十佛次出。我闻《迦谈》⑦，一念二念、三四五念，乃至百千万念，于念念中存其觉慧，即是一佛二佛、三四五佛，乃至百千万佛，于佛佛所种其善根，无不如愿。此三种人，忽有智者，指示其珠，所愿从心，致大饶富，方悟神珠，不从外得。是三种人，得彼念珠力，即生极乐国。

① 枯竹：残旧的竹简。这里指史书。

② 成人：德才兼备的人，这里指道德品行。

③ 如意珠：佛珠。相传是用佛舍利（佛骨）制成。

④ 穷露：指贫穷且无处栖身。

⑤ 善导大师：唐光明寺僧，佛教净土宗大师。初师明胜，学三论，后入道绰之门，信徒甚众，净土宗至善导而大盛。著有《观无量寿经疏》《法事赞》《往生礼赞》等。

⑥ 少康法师：唐缙云仙都（今浙江缙云）人。深慕善导，弘净土之教，世称"后善导"。著有《二十四赞》《瑞应删传》。

⑦ 《迦谈》：或为《法藏碎金录》。宋晁迥撰，内容为随笔记载，融会佛理的宗门语录之类。名碎金，取《世说新语》中谢安碎金之意。后人改其名为《迦谈》。

木 鱼

鱼可化为龙，凡可得圣谛①，昼夜不合目，修行忘寤寐。故听木鱼声隐隐，觉有祇园间想②。善男子闻是音者，皆生念佛、念法、念僧之心。我愿众生，时闻是音，便当力持③，莫待玉鱼符下④，彼时枯鱼过河泣⑤，何时还复入？晚矣，晚矣。我愿大众泣前鱼者，闻如是音，不复愁似鲩鱼⑥；含玉鱼者⑦，闻如是音，不复殃及池鱼也⑧。有谓学道何必于警物，何异羡鱼于临渊⑨，甚谓木鱼无益于经行，不犹缘木而求鱼哉⑩？

① 圣谛：梵文意译，即神圣的真理。佛教以苦、集、灭、道为四圣谛，又称四谛。

② 祇（qí）园：佛教圣地，"祇树给孤独园"的简称。相传释迦牟尼成道后，憍萨罗国的"给孤独长者"用大量黄金购置舍卫城南祇陀太子园地，建筑精舍，请释迦说法。祇陀太子也奉献了园内的树木，故以二人名字命名。

③ 力持：极力坚持。

④ 玉鱼符：借指死亡。宋谢维新《事类备要》载，唐贞元中，司勋郎中李迪下朝回家后梦黄衣人把他带到门外，听到有人说："要等到玉鱼符下来的时候才能来。"后于朝堂龙尾道上看见一块玉鱼，把玩至家。果然没几天就死了。

⑤ 枯鱼过河泣：乐府旧题，古辞作："枯鱼过河泣，何时悔复及。作书与鲂鲤，相教慎出入。"此指为时已晚。

⑥ "我愿"三句：泣前鱼，用"龙阳泣鱼"之典，因钓到大鱼就舍弃之前钓的小鱼，比喻失宠。鳏鱼，其鱼从不闭眼，比喻因愁思而张目不眠之人。

⑦ 含玉鱼：冯贽《云仙杂记》载杨贵妃苦热肺渴，每日含一玉鱼。这里指身份尊贵之人。

⑧ 殃及池鱼：比喻无端受祸。语出《吕氏春秋·必己》："宋桓司马有宝珠，抵罪出亡，王使人问珠之所在，曰：'投之池中。'于是竭池而求之，无得，鱼死焉。"

⑨ 羡鱼于临渊：比喻空有愿望，而无实际行动。语出《淮南子·说林训》："临河而羡鱼，不若归家织网。"

⑩ 缘木而求鱼：上树找鱼，喻劳而无功。语出《孟子·梁惠王上》："以若所为，求若所欲，犹缘木而求鱼也。"

衲　衣

出家与在家不同。在家则为人子，有斑衣乐①；为士，有褒衣娱②；为御史，有绣衣荣③；为王公，有衮衣重④。是数衣者，衲子无一焉⑤，衲子亦无用焉。试使诸人着衲子衣，诸人必不屑也。或问：天湖子在家，如何亦有衲衣？不知天湖子，乐既无斑衣，荣未逢绣、衮，虽在家，与出家等。若天湖子即有绣、衮，亦必不舍去衲衣。可慨诸人未遇时，鹑衣、牛衣⑥，无所不可。一日朱衣点头⑦，何人念及天下衣皆为自家衣食计耳？此何如衲子，一衲趺跏蒲团上，作佛上足弟子，为无灾无难乎？虽有僧伽梨、郁多罗、安

陀会三衣 ⑧，亦不易矣。俗衣岂庸着体？

① 斑衣：彩衣。相传老莱子穿着斑斓彩衣做婴儿戏耍动作以娱父母，后以斑衣为孝养父母的典故。

② 褒衣：宽衣大带，古代儒生的服饰。

③ 绣衣：绣衣直指所穿的服饰。汉武帝时，民间起事者众，地方官员督捕不力，因派直指使者穿着绣衣，持斧仗节，兴兵镇压，号绣衣直指。绣衣直指本由侍御史充任，故亦称绣衣御史。

④ 衮衣：古代帝王及上公绣龙的礼服，也称衮服。

⑤ 衲子：僧人的别称。

⑥ 鹑衣：破旧褴褛的衣服。鹑鸟尾秃，故称。　牛衣：供牛御寒用的披盖物，如蓑衣之类，以麻或草编成。

⑦ 朱衣点头：相传宋欧阳修主持贡院举试，每阅试卷，常觉座后有朱衣人时复点头，凡朱衣人点头的，都是合格的文章，因有"唯愿朱衣一点头"之句。后以朱衣点头为科举中选的代称。

⑧ 僧伽梨：僧人进王宫和出入城镇村落时的穿着，用九条布乃至二十五条布缝制而成。　郁多罗：僧人礼诵、听讲时的穿着，用七条布缝制而成。　安陀会：僧人日常作业和就寝时所穿，用五条布缝制而成。缝制时布条须纵横交错，拼作田字形。

蒲　团

　　饮月团数瓯[①]，坐蒲团，神清精会，心澄虑涤。数年来，剖破许多疑团，不待临济接得便打，为祖师意也[②]。友人性暴怒者，劝之从事蒲团数月，报曰："果如君言，乃有得力[③]。虽不敢谓和气一团，觉怒团亦渐解散。三年后与君了此蒲团一段大事[④]。"可笑此公之言，多缘不知怒亦是性，不可无；但暴则过中，不可有耳。数月来报，尽可谓脚下承当，无能挂碍，即此便是蒲团大事已了。尚云三年了事，不识所了何事？更有何事可了也？即此便是此公暴怒的公案[⑤]，如何敢说有得力、渐解散耶？可见蒲团之缘，不许俗根轻易惹着。

① 月团：团茶的一种。　瓯：杯器。

② 祖师意：事见宋圆悟《碧岩录》。龙牙禅师问临济禅师："如何是祖师西来意？"临济云："与我拿蒲团来。"龙牙拿蒲团与临济，临济接得便打。龙牙云："打即任打，要且无祖师西来意。"祖师意指禅宗初祖菩提达摩自西天来到中土的目的，是禅宗一桩有名的公案。此公案要旨为，禅的核心在于启发人们的自觉，达到自悟。禅师直接予以棒喝，令发问者自省，不要指望他人。

③ 得力：得到助力。

④ 大事：佛教指开悟众生之事。

⑤ 公案：佛教禅宗认为用教理来解决疑难问题如官府判案，故也称公案。

禅　榻

"今日鬓丝禅榻畔，茶烟轻飏落花风。"① 此趣惟白香山得之②。香山设四禅榻庐山中，观山玩水，外适内和，一宿体宁，再宿心恬，三宿后颓然嗒然③，不知其然。余性不喜见俗人，惟置禅榻二，一自适，一适知朋。朋若未至则悬之，敢曰陈蕃之榻，悬待孺子④；长史之榻，专设休源⑤。亦惟禅榻之侧，不容着俗人膝耳。余往往诗魔酒颠，赖此榻祛醒，故膝处皆穿，岂香山所谓颓然嗒然，不知其然而然耶？乃羊琇不坐连榻于元凯⑥，任城王顺不坐乃父之故榻⑦，烈烈英风，皇皇孝谊，如遇斯人，亟当焚香煮茗，设帐下榻。若是俗子，仍悬不下，纵怒骂相加，谨卧榻中，不接不闻，方是发僧行径。

① "今日"二句：见唐杜牧《题禅院》诗。

② 白香山：即白居易，晚号香山居士。见《清史自序》注。

③ 嗒（tà）然：身心俱遗、物我两忘的感觉。此数句见于白居易《庐山草堂记》。

④ "敢曰"二句：《后汉书·徐稺传》载，东汉陈蕃为豫章太守，素不接宾客，惟为贤士徐稺特设一榻，平时挂起。后用"陈蕃之榻"指对人敬重而且特别礼待。孺子，即徐稺，字孺子。

⑤ 休源：即孔休源，字庆绪。曾任晋安王长史，时人王深对其极为敬重，常于斋中别设一榻，云"此是孔长史坐"，他人不得坐此。

⑥ "乃羊琇"句：事见《晋书·羊琇传》。杜元凯被任命为镇南将军，朝中人皆

来庆贺，在席者皆连榻而坐。羊琇为人傲慢轻狂，说："杜元凯竟然用连榻招待客人吗？"于是不肯坐下，随即离开。

⑦ "任城王"句：事见《魏书·景穆十二王传》。任城王顺，即北魏任城王元顺。父元澄亡后，见其坐榻而涕泗交流，久不能言。

麈　尾

麈尾①，谈柄也。乃显达谓是王、谢家物②，余谓在人不在物，果解清谈，即张讥松枝③，便为麈尾；如其不然，彼王丞相以驱牛车，直作鞭耳④，岂不称屈？及殷中军、王蓝田、谢镇西共集清谈，王丞相又自起解帐带麈尾，使诸贤知有九锡⑤，则王公此解，何殊执鞭？冤哉麈尾，再辱于强口马、决鼻牛之奋掷，使其脱落无余⑥，是又为攻击之棒矣。虽曰廉者不求，贪者不与，故得常在。而神州陆沉⑦，捉麈尾诸人，不得不任其责。噫嘻，麈尾亦肯甘承否？

① 麈（zhǔ）尾：古人清谈时所执雅器。见《雪庵清史叙》注。

② 王、谢：六朝时王谢氏族世代为望族，故常并称。后以王谢为高门世族的代称。

③ 张讥松枝：事见《陈书·张讥传》。南朝陈后主曾于钟山开善寺松林下召张讥讲论老庄义理。因手边暂时无麈尾，便取松枝与张讥，曰："可代麈尾。"

④ "彼王丞相"二句：《晋书·王导传》载，王导妻子得知导藏众妾于别馆，将往查抄。王导恐众妾受辱，急驾牛车至别馆。恨牛不快，以麈尾赶牛。王

144

导历事晋元帝、明帝、成帝三朝，出将入相，官至太傅。

⑤ "及殷中军"三句：事见《世说新语·文学》。殷中军，即殷浩，晋永和六年（350）为中军将军，都督扬、豫、徐、兖、青五州军事。王蓝田，即王述，字怀祖，晋太原晋阳（今山西太原）人。年少丧父，承袭父爵为蓝田侯。谢镇西，即谢尚，字仁祖，晋陈郡阳夏（今河南太康县）人。曾署仆射事，进号镇西将军，镇寿阳。九锡，传说古代帝王赐给有大功或有权势大臣的九种礼器。

⑥ "再辱"二句：事见《世说新语·文学》。孙盛与殷浩清淡，挥动麈尾，毛悉落饭中。殷乃语孙曰："卿莫作强口马，我当穿卿鼻！"孙曰："卿不见决鼻牛，人当穿卿颊！"

⑦ 神州陆沉：比喻领土被敌人侵占。语出《世说新语·轻诋》。

箨　冠

　　世人"逢衣浅带，解果其冠"①，讵不千秋英豪自命，乃往往以整冠李下之身②，而冀弹冠待荐③。一不如意，便怒发冲冠，嚚嚚然曰："儒冠多误身。"④是果儒冠罪耶？则操出皮冠虞人下⑤，羞矣，羞矣！间有冠进贤者，复弃去鹿皮，以希柱后惠文⑥。噫，彼挂冠东门者⑦，何家之子也？沐猴而冠⑧，带不乏人，孰若此箨冠草服⑨，逍遥田间，光彩虽不到吾头上，僇辱亦无由加诸吾躬乎！今世视此箨冠，一似货平天冠于大市⑩，皆笑而却走矣。人弃我取，以入清供。

① "逢衣"二句：语出《荀子·儒效》。逢衣浅带指宽袖大带，解果其冠指帽子中间高而两边低，比喻强为儒服而无实际能力的人。

② 整冠李下：在李树下整帽子易有偷李的嫌疑。比喻做容易引人怀疑的事。

③ 弹冠待荐：事见《汉书·王吉传》。王吉与贡禹为友，王吉做了官，贡禹也拿出帽子弹去上面的灰尘，等待王吉举荐后出仕。后多用作贬义，喻小人得志。

④ 儒冠多误身：指读书人往往贻误自己。语出唐杜甫《奉赠韦左丞丈二十二韵》诗。

⑤ 皮冠：古时田猎之冠。国君田猎，招虞人，以此为符信。 虞人：古代掌管山泽苑囿、田猎的官。

⑥ "复弃"二句：指放弃隐士身份转入仕途。鹿皮，即鹿皮冠，古代隐士的帽子。柱后惠文，执法官司、御史所戴冠名，后代指御史。这里指做官。

⑦ 挂冠东门：事见《后汉书·逢萌传》。西汉末年，王莽的儿子王宇担心王莽树敌太多而血谏，被王莽杀死。逢萌认为这样的君王不值得效忠，便摘下头上官帽挂在都城东门，携家逃至辽东。后不久，王莽自杀，新朝覆灭。

⑧ 沐猴而冠：猕猴戴帽子。常用来讽刺依附权势、窃据名位之人。

⑨ 箨（tuò）冠：竹皮冠。用竹笋皮制成的帽子。

⑩ 平天冠：皇帝所戴冕的俗称。

羽　扇

　　秃翁谓："有二十分识，便能成就得十分才，使发得十分胆。"① 居尝屈指②，则诸葛公其一也③。独恨不得见公葛巾羽扇，指挥三

军，玩弄割须贼、紫髯奴掌上④。彼举扇自障者⑤，使公当其任，苏
峻、王敦辈⑥，敢萌异心乎？毋论其他。即如安石，一执蒲葵扇，
士庶竞慕，便增人价⑦。又羲之书五字老姬六角扇头，即得百金⑧。
此二公者，皆有识、有才、有胆，律之孔明，犹且有间，况不书扇
之羊欣、驱蚊扇之光庭⑨，又何足云！余谓欲执羽扇，必有诸葛公
之识乃可。不然，宁暑不执扇，如唐之韩滉、五代之李昇而已⑩。

① "有二十分识"三句：见明李贽《焚书》卷四。

② 屈指：弯曲手指计算数目。

③ 诸葛公：即诸葛亮，字孔明。常以手持羽扇的形象示人。曹丕代汉，刘备
　　称帝于成都，以亮为丞相。

④ 割须贼：指曹操，源出《三国演义》第五十八回。潼关一役，曹军大败。为
　　了躲避西凉军的追杀，曹操割须断袍，仓皇而逃。此事不见于史书。　紫
　　髯奴：指孙权，碧眼紫髯，故称其"紫髯奴"。

⑤ 举扇自障：即"扇隔元规"之典。东晋庾亮（字元规）权倾朝野，人多趋附。
　　王导内不能平，遇西风尘起，辄举扇自蔽，徐曰："元规尘污人。"

⑥ 苏峻：字子高，晋成帝时，以平讨王敦功，官历阳内史，拥锐兵万人。后
　　为陶侃、温峤等击败而死。　王敦：字处仲，与堂弟王导一同辅佐晋元帝
　　建立东晋，任大将军、江州牧，封汉安侯。庾亮曾平定苏峻、王敦之乱。

⑦ "即如安石"四句：谢安同乡离任返回京城建康时带了五万把岭南所产的蒲
　　葵扇。谢安选了一把使用后，京城士人争相购买，蒲葵扇价格大涨。见《晋
　　书·谢安传》。

⑧ "又羲之"二句：事见《晋书·王羲之传》。

⑨ 不书扇之羊欣：会稽王世子司马元显几次请羊欣为之书扇，均遭拒绝，怒贬羊欣为后军府舍人，羊欣欣然受之。见本卷《名帖》注。　驱蚊扇之光庭：袁光庭唐天宝末年为伊州刺史，有异政。明皇谓宰辅曰："光庭性逐恶，如扇驱蚊。"

⑩ 韩滉：字太冲。书画皆工，书得张旭笔法，画擅田家风景。自奉俭约，居处简陋，酷暑不执扇。　李昇：小字锦奴，唐末成都人，善画蜀地山水。初学李思训笔法，后乃自辟路径，笔意幽闲，与王维相似。

竹　杖

"规圆方竹杖，漆却断纹琴。"① 天壤间此种人不少。余乡石墨寺产方竹，每戒僧护之，僧曰："此竹有何好？公数数戒某等护也？"余笑曰："子但为我护，不必问其好不好也。"这个秃子，不亚德裕那个秃子。德裕以方竹杖与僧，僧即规圆而漆之，德裕叹息弥日②。李君李君，何见之晚？众人不识，岂特竹杖？见在暗中，必须得太乙之精、青藜杖头火，始见世界也③。昙霍以锡杖为波若眼④，倘世皆具波若眼，则丈人辈必不植杖而耘，言之凄然。

① "规圆"二句：把珍贵罕见的方竹杖削成圆形，漆去年代久远的古琴上的断纹。比喻庸人暴殄天物。语出唐李德裕《赠甘露寺僧道行（题拟）》。

② "德裕"三句：事见宋谢维新《事类备要》。德裕，即李德裕，字文饶。唐代名相。曾查访润州，以稀有之方竹杖赠僧人，却被不解事的僧人削为圆形。

③ "见在暗中"三句：事见晋王嘉《拾遗记》。西汉刘向曾校书天禄阁，一日有黄衣老人以藜杖直扣阁门而入，见刘向暗中独坐，专心诵书，乃以口吹杖端，烟燃，光耀人眼。老人因授以《洪范》五行之文，刘向撕下衣带一一记之。老人拂晓方离去，问其姓名，则曰："我是太乙之精，闻金卯之姓（刘姓）有博学者，下而观之焉。"后因以"藜杖吹火"喻专心学问乃得神助。

④ "昙霍"句：事见南朝梁僧慧皎《高僧传》：释昙霍蔬食苦行，从河南至西平，持一锡杖令人跪之，云此是波若眼，奉之可以得道。人或藏其锡杖，昙霍闭目少时立知其处。波若眼，即慧眼。

药　篮

余乡赖汤明，弃儒学医，大得其妙，遗余药篮一枚，懿甚[①]。一日赖采药天湖山中，持一补篮，余见之笑曰："公可谓无长物矣。"[②] 赖曰："某学养生法，正当于此处得力。"因共坐石上，谈养生诀甚彻，大要吾儒平正之理，殊可信也。如云好色者不医、劳逸过度者不医、饮食无节者不医、寝处失时者不医，皆彰彰不妄。又云："人之无疾，由脾胃强固。一为汤水所湿，即便受伤，故汤水不宜多饮。日日求减，习之久久，自不欲多。即如饮酒，其佳者则发诸四肢，乃为养人。若薄酒，与汤水何异？最为伤人，宜戒也。"偶记其大略如此。

① 懿：深。

② 长（zhàng）物：多余的东西。

斗　笠

　　"西塞山前白鹭飞，桃花流水鳜鱼肥。青箬笠，绿蓑衣，斜风细雨不须归。"① 此张志和词也②。谢灵运希心高远，乃不能遗曲柄之笠③。杜甫头戴笠子日卓午④。高人韵士，斗笠自娱，岂曰天形如笠，取以自况。乃越人结交盟，则曰："卿乘车，我戴笠，他日相逢下车揖。"⑤ 此道今人弃如土矣。原其心不过欲自了，若异僧独笠浮江而遗黄蘖，我愿世人毋使黄蘖骂曰："自了汉！"⑥ 则请以斗笠从之鸡坛⑦。

① "西塞山"五句：见唐张志和《渔歌子》。

② 张志和：字子同，初名龟龄。唐肃宗时待诏翰林，授左金吾卫录事参军。曾被贬为南浦尉，赦还后不复仕，隐居江湖，自称烟波钓徒。

③ "谢灵运"二句：事见《世说新语·言语》："谢灵运好戴曲柄笠，孔隐士谓曰：'卿欲希心高远，何不能遗曲盖之貌？'谢答曰：'将不畏影者未能忘怀？'"谢灵运，见本卷《唐诗》注。曲柄之笠，类似曲盖的斗笠。曲盖为仪仗用的曲柄伞，有军号者才被赐用。

④ "杜甫"句：语出唐李白《戏赠杜甫》："饭颗山头逢杜甫，头戴笠子日卓午。"卓午，正午。

⑤ "卿乘车"三句：指故旧的友谊，不因贫贱富贵而有所改变。

⑥ "若异僧"三句：宋释普济《五灯会元》："（黄蘗）后游天台，逢一僧，与之言笑，如旧相识。熟视之，目光射人，乃偕行。属涧水暴涨，捐笠植杖而止，其僧率师同渡。师曰：'兄要渡自渡。'彼即褰衣蹑波，若履平地。回顾曰：'渡来！渡来！'师曰：'咄！这自了汉，吾早知，当斫汝胫。'其僧叹曰：'真大乘法器，我所不及！'言讫不见。"黄蘗，唐高僧，师事百丈怀海，因长住高安（今属山西）黄蘗山，故世称黄蘗禅师。自了汉，只顾解决自身问题，不顾他人的人。

⑦ 鸡坛：越人每相交，礼封土坛，祭以鸡犬。后指朋友相会之处。

芒　鞋

余尝谓清官之弊，甚于贪官。贪官不过欲得钱耳，乃清官则其弊有不可言者。虽然，亦惟假清故如是。郑愔为吏部掌选，贪不可言。有选人以百钱系鞋带，愔怪而问，则曰："当今之选，非钱不行。"① 则贪之弊，又有不可言者。

一日，萧儿阅《朝野金载》②，大笑不已。余问之，则邓仁凯为密州刺史③，贪甚，家奴告鞋弊，即呼公署吏鞋新者，令上树采果，俾奴窃其鞋。吏诉之，仁凯曰："刺史不是守鞋人。"吁，贪至此，复可言乎？今日老衲草亭遗予芒鞋一两，偶言及此，遂呼萧儿书之。

① "郑愔"诸句：事见宋谢维新《事类备要》。郑愔，字文靖。唐中宗时依附于

宰相武三思。同崔湜一起负责选官，两人皆贪赃受贿。

② 《朝野佥载》：唐张鷟所撰笔记小说集。记载隋唐两代朝廷和民间的故事逸闻，尤多武后朝事。

③ 邓仁凯：当为郑仁凯。

丹　鼎

或云："天湖子云丹不可炼，仙不可求。"又有答之者曰："天湖子决云丹不可炼，炼之人不可成。"云丹不可炼，是世无仙也，岂有无仙之世哉？云丹可炼，是仙可求也，仙岂可求之物哉？故云仙不可求，是诬丹也；云仙可求，是诬仙也。仙不可求，已矣。乃云人不可成，不令人惊惶错愕乎？此盖未见"密室为场、空地为炉、童东山之木、汲西江之水者，而牛马销于铅汞，室庐尽于钳锤，券土田，质妻子者也"①。夫且不能庇其妻子，又恶能庇其丹鼎？而不卖之以为钱镈具。夫始欲成仙，乃至不成人，哀哉！试以问鼎，其成也，鼎任受功；及败也，鼎岂任咎。吁嗟！

今世宝丹鼎者，岂必求仙，不过贪心所使，欲以黄白之术行②。有宋陈希亮，溺黄白者也，屡求方黄白僧。僧畏其得方，不能不为，故秘而不与③。惟坡公虽得，亦不肯为，此僧之所以为正当传也。后希亮竟以作此病指痛卒④，今世作此破家灭产，无可指数。则丹鼎之为害，亦甚烈矣。故列之《清供》也，示戒也。希亮，陈恺父⑤。

① "密室为场"诸句：语出宋苏轼《梁工说》。童，指山无草木。

② 黄白之术：相传道家有烧炼丹药点化金银的法术，指道家的炼丹术。黄白，黄金和白银。

③ "有宋陈希亮"诸句：事见宋洪迈《夷坚志补·凤翔开元僧》。陈希亮，字公弼，宋眉州青神（今属四川）人。初为大理评事，知长沙。曾任开封府判官，京西、京东转运使。英宗时迁太常少卿，旋致仕。其乡人苏轼撰有《陈公弼传》。

④ 指痏：手指上长脓疮。据传陈希亮从苏轼处讨得炼金方，结果因炼金而亡。

⑤ 陈慥：字季常，号龙丘居士。陈希亮第四子。

石　屏

　　颇怀古人之风，愧无素屏之赐①。则青山白云，何在非我枕屏？又幸所居山峰奇秀，每据筼床②，看四壁青山，何殊羊元翠屏晚对也③。国忠肉屏④，较此不啻霄壤矣。人遗石屏一枚，时诵观音咒其下，乃自笑曰："钦法师诵观音咒，遂咒破石屏⑤。余诵此，知石屏放心也。"第赋性正直⑥，不教子谄，免得儿子睡头相触，不亦更放心乎？戏问石屏，如此人堪赐古人之器否？

① 素屏：白色屏风。《三国志·毛玠传》载：唐朝隐士曹操率大军攻陷平柳城，缴获大量器物，从中选出一件素屏风和一件素凭几，赏赐给毛玠。曹操称赞他说："君有古人之风，故赐君古人之服。"

② 筼床：竹床。

③ 翠屏晚对：宋黄鹤《补注杜诗》载，唐朝隐士羊元居山，当户山峰奇秀，每据筇床，终日笑傲，或偃卧看山。客至，谓客曰："此翠屏宜晚对，爽人心目。"颜真卿名其隐山为翠屏。

④ 国忠肉屏：五代王仁裕《开元天宝遗事》载："杨国忠于冬月，常选婢妾肥大者，行列于前，令遮风。盖借人之气相暖，故谓之肉阵。""肉阵"也被称作"肉屏风"。

⑤ "钦法师"二句：事见宋释道原《景德传灯录》："僧惠崇谒径山钦法师，自言诵观音咒功无比。师曰：'吾坐后石屏，能咒之令破否？'曰：'可。'遂叱之，屏裂为三。"

⑥ 赋性：天性。

诗　　瓢

杜诗"弃瓢樽无绿"①，坡诗"大瓢贮月归春瓮"②，此饮瓢也。饮瓢既举，诗瓢当发。蜀唐球得诗投瓢中，及病，投瓢于江，曰："斯文苟不沉没，得者知我苦心。"③余谓必如刘伶操觚饮瓢④，斯不负诗瓢耳。如于此瓢有负，其不为五石之瓢⑤，瓠落无所容者几希⑥。

① "弃瓢"句：见唐杜甫《对雪》："瓢弃樽无绿，炉存火似红。"绿，代指酒。

② "大瓢"句：见宋苏轼《汲江煎茶》："大瓢贮月归春瓮，小杓分江入夜瓶。"

③ "蜀唐球"诸句：事见宋计有功《唐诗纪事·唐球》。

④ 刘伶：字伯伦，晋沛国（今安徽宿州）人。与阮籍、嵇康等友好，称竹林七

154

贤。纵酒放达，曾作《酒德颂》，自称"惟酒是务，焉知其余"。

⑤　五石之瓢：典出《庄子·逍遥游》："惠子谓庄子曰：'魏王贻我大瓠之种，我树之成，而实五石。以盛水浆，其坚不能自举也。剖之以为瓢，则瓠落无所容。'"石，容量单位。十斗为石。

⑥　几希：无几，很少。

酒　具

　　王琎瓾泛春渠以畜酒，作金银龟鱼，渠中为酒具，自称"酿王兼曲部尚书"①，此人便须与之倾三百杯也。余幸家不甚贫，贫不甚浊，兴来便召二三知己饮花下，不觉一杯复一杯，颓然醉矣。客有送酒具者，余笑曰："若具自能出酒，不费吾家酿。如此之具，遗余一副，吾事毕矣。"

　　因忆孔北海"坐上客常满，杯中酒不空"句②，以彼大志直节，竟不能自全。未闻客有献一箴、画一策，如鸡鸣狗盗之脱孟尝者③；又未闻北海及难，有哭其尸、诉其冤④，如鸡鸣狗盗之雪孟尝者。每念及此，为之罢饮。然客如鸡鸣狗盗，已足羞矣，况客又不如鸡鸣狗盗者，孔北海乃日费杯中物也。即此不知人，亦足以杀其躯而已矣。

①　"王琎"四句：事见唐冯贽《云仙杂记》。王琎，指唐汝阳王李琎，雅好音乐，姿容妍美。嗜饮，杜甫《饮中八仙歌》中排名第二。

② 孔北海：即孔融，字文举。汉献帝时为北海相，时称孔北海。"坐上"二句：语出《三国志·魏书》。

③ 鸡鸣狗盗：事见《史记·孟尝君列传》。战国时，齐国孟尝君出使秦国，秦王留之不使归。客有能为狗盗者，盗千金之狐白裘，以献秦王幸姬，王从幸姬之请，遣孟尝君归。旋悔而追之。时孟尝君已至关，关法规定鸡鸣而出客。客有能为鸡鸣者，一鸣而群鸡尽鸣，遂得出关。此指孔融被害，却无门客相救。

④ "又未闻"二句：《三国志·魏书》载脂习字元升，为孔融之友。融为曹操所杀，百官中与融亲善者皆不敢收恤其尸，而习独往抚尸哭之曰："文举，卿舍我死，我当复与谁语者？"

得 意 花

谁为得意花？曰"春风得意马蹄疾，一日看尽长安花"①，此花是也。然"眼花落井水底眠"②，尽可谓得意，终不如解语花。人生不得意十常八九，东山、退之、子美、乐天、苏州、东坡诸公③，皆能于不得意中讨得意，故一时白云明月、桃柳蛮素、黄杜琴操辈④，种种秀出，殊可诸公意。诸公往往适意于此，乃贪花者不饮其韵，一意留连，至忘家辱身，失意多矣。从来诸公，夫岂其然。天女散花，以花不着身者为结习尽，花着身者为结习未尽⑤。诸公岂结习未尽者耶？试以花散居士⑥，亦且有着否？曰："某亦在着不着之间。"

① "春风"二句：见唐孟郊《登科后》诗。

② "眼花"句：见唐杜甫《饮中八仙歌》诗。

③ 东山：指谢安，曾长期隐居东山。见本卷《花笺》注。 退之：即韩愈，字退之。见本卷《唐诗》注。 子美：即杜甫，字子美。见本卷《唐诗》注。 乐天：即白居易，字乐天。见本卷《陶渊明、白乐天、苏东坡集》注。 苏州：即韦应物，见本卷《唐诗》注。 东坡：即苏轼，见卷一《雪庵》注。

④ 白云明月：指谢安隐居东山时与之相伴的自然风光。语出唐李白《忆东山》其一："不向东山久，蔷薇几度花。白云还自散，明月落谁家。" 桃柳蛮素：指白居易的歌姬樊素和舞姬小蛮，曾为诗曰："樱桃樊素口，杨柳小蛮腰。" 黄杜琴操：黄杜，俟考。琴操，即蔡云英，北宋钱塘歌姬。精通佛理，妙解言辞。受到苏轼赏识，引为红颜知己。

⑤ "天女"诸句：《维摩诘经·观众生品》载，维摩诘室有一天女，诸大人说法时便现身，以天花散向诸菩萨和大弟子。天花触到诸菩萨便都坠落了，触到大弟子便附着在其身上不坠落。弟子试图用神力把花除去，都不能如愿。以此验证诸菩萨弟子的向道之心，结习未尽，花即着身。结习，指人世的欲望等烦恼。

⑥ 居士：梵语"迦罗越"的意译。后称在家奉佛或修道的人。

文　僮

　　获佳文易，获文友难①；获文友易，获文僮难。文僮者，知及文章，事事有意者也。郗方回奴，不如方回，乃谓常奴②。若如方

回，且奴方回，安肯为方回待也。善乎萧颖士之僮也，颖士每加棰
楚而不去，曰："吾爱其博奥，不忍他从。"③ 此等意向，我实敬服。
使其持衡当世，则休休有容④，扬抡风雅，则不惜齿牙余论⑤。视媢
嫉妒忌辈⑥，不啻若奴。虽谓此辈为萧奴，奴无所不可。何也？其
爱才一念，难得也。我实敬服，不以文僮相看，当以文友见亲。

① 文友：以诗文相酬唱观摩之友。

② "郗方回"三句：事见《晋书·刘惔传》。郗愔有伧奴善知文章，王羲之常在
刘惔面前称赞他，惔曰："何如方回邪？"羲之曰："小人耳，何比郗公。"惔
曰："若不如方回，故当奴耳。"郗愔，字方回，东晋太尉郗鉴长子，王羲之
妻弟，官至平北将军、徐兖二州刺史。常奴，平庸的奴仆。

③ "善乎"诸句：事见五代王定保《唐摭言·贤仆夫》。萧颖士，字茂挺，唐兰
陵（今属山东）人。官秘书正字、扬州功曹参军。宰相李林甫恶其不依附于
己，数罢去。棰楚，木棒和荆杖，这里指杖刑。博奥，指才学广博深奥。

④ 休休有容：形容君子宽容而有气量。

⑤ 齿牙余论：比喻口头随意褒美之辞。

⑥ 媢（mào）嫉：嫉妒。

湘 竹 簟

　　王俭集才学之士，类物隶事，多者有赏。何宪胜之，赏以五花
簟。王摛后至，操笔便成，一坐惊服，夺簟而去①。自世风不古，

孤陋日甚，余每怀此志，儿子世鼎曰："平生无长物，夺簟属何人？不如手一编，蠹鱼湘竹簟上 ②，便足受用。"盖余自癸卯获一湘竹簟，夏来偃卧其中，凉风飒飒，从竹间出，觉则湘云狼藉，如在潇湘洞庭之野。孰谓曲股薤簟无佳处 ③，方信儿子之言为受用也。

① "王俭"诸句：事见宋祝穆《事文类聚》。王俭，字仲宝。南朝宋明帝时，历官太子舍人、秘书丞。隶事，引用典故。何宪，字子思，博通群籍。曾任本州别驾，国子博士。武帝永明十年（492）使于魏时，结识孔㧑、王俭，成为莫逆之交，时称"三公"。王摛，南朝东海郯（今山东郯城）人，以博学闻名。

② 蠹鱼：这里指读书。

③ 薤簟：草席。

梅 花 帐

　　余自伯兄卒后，触物便来杜杖泪 ①。昨观五王帐 ②，辄废卷泣血也。哀哀。"蕙帐空兮夜鹤怨" ③，古人以父母俱存、兄弟无故为第一乐，乃幼年失怙恃 ④，稍壮夺伯兄，零丁孤苦，无如余者。天幸锡我志，令余弃产，营书隶业，帐中帐顶尽作墨色，何时得清梦梅花乎？偶见帐中所题："紫丝步障任奢华，卧雪眠云又一家。雪又不寒云又暖，扶持清梦到梅花。" ⑤ 念毕梦去，与先兄相持大哭。惊醒，泪盈两颊。屈指二十春矣，今乃相见梅花帐中，哀哀。先兄讳缲，号鸣宇，作文苦志呕心，有奇癖。

① 杜杖泪：当为"杜陵泪"。杜甫祖籍杜陵，自名杜陵野老。其诗《一百五日夜对月》有"无家对寒食，有泪如金波"之句。此喻家人离散，孤苦无依。

② 五王帐：相传唐玄宗与兄弟友爱甚笃，尝于殿中，置一大帐与五兄弟同寝，号"五王帐"。

③ "蕙帐"句：见南朝齐孔稚珪《北山移文》。

④ 怙恃：父母的代称。

⑤ "紫丝"四句：见明胡寿安《题纸帐》诗。紫丝步障，用紫丝织成的步障，形容其奢华。

石　枕

流非可枕，洗耳者枕之①。余洗耳山中，抛书昼寝，蝶梦一酣②。泥丸唤醒③，起读夫子曲肱而枕④，乐自在中，何羡仙家红蕤枕⑤，可梦游十洲三岛也⑥。独恨双亲无存，徒泣黄香之扇⑦。犹喜性不作佞，无忝苏则之风⑧。玉枕自知不贯，警枕曷可蹉跎⑨。第恐老来银海生花⑩，两睫作怪。或曰："磁石为枕，可以益眼，老而不昏。"使磁石有灵，吾当高枕无忧，其如枕戈待旦之志，时时窃发，方信见猎有喜⑪，非枕梳洗耳者之所宜存。

① 洗耳：比喻不愿听，不愿问世事。

② 蝶梦：典出《庄子·齐物论》，庄周梦见自己化作蝴蝶，醒后不知是庄周化蝶，还是蝶化庄周。后因以"蝶梦"喻迷离惝恍的梦境。

③ 泥丸：指脑或脑神。道家以人体为小天地，各部分皆赋以神名，脑神称精根，字泥丸。

④ 曲肱而枕：形容生活恬淡，无忧无虑。语出《论语·述而》："子曰：'饭疏食，饮水，曲肱而枕之，乐亦在其中矣。'"

⑤ 红蕤（ruí）枕：传说中的仙枕，玉清宫三宝之一，似玉微红，有纹如粟。

⑥ 十洲三岛：古代神话中神仙居住的地方。见卷一《十洲》注。

⑦ 黄香：字文强，汉代江夏安陆（今湖北云梦）人。九岁失母，侍父至孝，暑天用扇子扇凉床枕，才让父亲上床安睡。

⑧ 无忝：不羞愧，不玷辱。 苏则：字文师，汉末三国扶风武功（今陕西武功）人。曹魏凉州官员。《魏书》载苏则刚直疾恶，任侍中时，同僚董昭一次枕着苏则的膝部躺卧，苏则却将其推下，说："苏则之膝，非佞人之枕也。"

⑨ 警枕：用圆木做的枕头，熟睡则歪斜，容易觉醒。

⑩ 银海生花：眼睛因接触到反射的光线而昏花，这里比喻年老眼花。银海，道家指眼睛。

⑪ 见猎有喜：即见猎心喜，比喻旧习难忘，看见别人在做的事正是自己过去所喜好的，不由得心动，也想试一试。

花 茵

山谷云："残红作醉茵。"① 此何如樊千里载数车浮萍入池，为鸭作茵褥乎②？世间一种好事之流，往往如此。余谓不若许学士宴客，即使童仆聚落花铺坐下，为自然花茵可娱也③。嗟夫，人生如树花，或坠茵席，或落粪溷④。虽所遭不同，总不能免坠落耳。谁谓坠茵席者胜乎？请世人一参。

① "残红"句：见宋黄庭坚《孙不愚引开元故事请为移春槛因而赠答》："稍寻绿树为诗社，更藉残红作醉茵。"
② "此何如"二句：事见唐冯贽《云仙杂记·浮萍为鸭作茵褥》："浮光多美鸭。太原少尹樊千里买百只置后池，载数车浮萍入池，使为鸭作茵褥。"
③ "余谓"三句：事见五代王仁裕《开元天宝遗事·花裀》："学士许慎选，放旷不拘小节，多与亲友结宴于花圃中，未尝具帷幄、设坐具。使童仆辈聚落花铺于坐下。慎选曰：'吾自有花裀，何销坐具？'"裀，通"茵"。
④ 粪溷（hùn）：厕所。

盆　花

古人取友取其臭味相知①，乃曾端伯取友于花，呼兰芳友，呼梅清友，呼菊佳友，呼莲净友，奇友腊梅，殊友瑞香，禅友栀子，仙友岩桂，海棠名友，荼䕷韵友。皆以盆蓄之斋头，时当良朋，又以玉友为十友助②。余深悲其志，而趣其得取友法焉。夫天地大矣，四海之内，岂无堪与友，乃取及无情之花木，政以人之臭味不如花也。人之臭味不如花，则虽呼盆花为友可也。而十友之外，复有玉友，端伯亦知十友臭味可佳，终不如得玉友。而吾芳清佳净、奇殊名韵之臭味，始能有助。不信，但看禅非玉友，靖节不入白莲社③；

仙非玉友，洞宾不到黄鹤楼④。岂必周旋花盆中，方不负玉友哉？玉友者谁？青州从事也⑤。

① 臭味相知：即臭味相投，指思想情趣相同的人彼此合得来。臭味，指气味。

② "乃曾端伯"诸句：事见宋陈景沂《全芳备祖》。曾端伯，即曾慥，字端伯，号至游子，两宋之际道教学者、诗人。玉友，以糯米和酒曲所制之酒。色莹白如玉，故名。后亦作美酒的通称。

③ "不信"二句：据《莲社高贤传》载，慧远法师与诸贤结莲社，邀请陶渊明入社。渊明曰："如许饮酒，则往。"慧远法师同意了，然而渊明至后却攒眉而出，终不入。靖节，指陶渊明。白莲社，见卷一《修竹茂林》注。

④ 洞宾：即吕洞宾，名岩，修道于终南山，不知所终。　黄鹤楼：相传吕洞宾曾在此乘黄鹤而去。

⑤ 青州从事：美酒的代称。《世说新语·术解》载，桓温有主簿善于辨别酒的优劣，有酒则让他先尝，他把好酒叫作"青州从事"，把劣酒叫作"平原督邮"。

太 湖 石

大丈夫当为国柱石①，今日虽无儋石储②，天既于一石中付我八斗，便当如万石君父子乃无负③，又当如虞愿清廉④，至开海边越王石云雾乃可。倘燕石自宝⑤，又恶能任衡石之程⑥？吾有取于张子房焉⑦。子房得黄石公术⑧，即以朽索悬万斤石于心上，亦且不惊。厥后为赤松子煮白石^⑨，如芋食之。假使有谈，安知石不为点头也^⑩。而世人愚痴，即雄才大略如祖龙，亦且作石渡海，以穷日窟，致海神鞭石流血^⑪。他若牛奇章之甲乙丙丁、米元章之取笏袍拜、李德裕之嘱保平泉^⑫，善乎监军之得醒酒石也，则曰："黄巢乱后，洛阳园宅无复能守，岂独平泉一石^⑬？"诸公不达甚矣。

余窗前突兀数石，盛夏飐飐凉飚生于其间，此岂武宗扶余国松风石耶^⑭？时取为醉踞之资，以效陶公云^⑮，奚必拘拘太湖石哉？太湖石产苏州吴县南五十里，近洞庭。尝与鼎儿笑，石固不必太湖，奇者便佳。若弘成子之文石^⑯，吞之即为通儒，斯足贵耳。虽然，孟孙之恶石、季辅之药石^⑰，此石实生我，尤可贵也。乃世有落阱下石者，且奈何？然则枕流漱石辈^⑱，甘跧伏太湖石下，其有所悲也夫？其有所激也夫？

① 柱石：比喻担当国家重任的人。

② 儋（dān）石储：又作"担石储"。二石为儋，形容家中存粮极少。

③ 万石君：指西汉石奋。奋与其四子皆官至二千石，号为万石君。

④ 虞愿：字士恭，南朝宋会稽余姚人。为官清廉，出任晋安太守时，海边有越王石，常隐于云雾中。相传唯有清廉太守可见，愿往观视，越王石清晰无隐蔽地展现在他面前。

⑤ 燕石：燕山所产的一种类似玉的石头，比喻不值得珍惜之物。

⑥ 衡石之程：即衡石程书，谓批阅文书以衡石称重，完成一定重量再休息。形容君主勤于国政。

⑦ 张子房：即张良，字子房，为汉高祖刘邦谋臣，汉开国元勋之一，封为

留侯。

⑧　黄石公：秦时隐士。相传张良刺秦始皇不中，逃至下邳，于圯上遇老人，
　　老人授之以《太公兵法》。世称此圯上老人为黄石公。

⑨　赤松子：传说中的仙人，神农时为雨师。

⑩　安知石不为点头：用"石点头"之典。东晋高僧竺道生入虎丘山，聚石为
　　徒，讲《涅盘经》，群石皆为点头。

⑪　"即雄才"四句：事见唐欧阳询《艺文类聚》。祖龙，即秦始皇。见卷一《桃
　　源》注。

⑫　牛奇章：即牛僧孺，唐代名臣，祖上封奇章郡公。性嗜石，将藏石分为甲
　　乙丙丁四等以品玩。　米元章：即米芾，爱奇石，曾穿好官服，执着笏板
　　向奇石行叩拜之礼，还称其为"石丈"。　李德裕：性爱石，曾建平泉山庄，
　　置奇石花木于其中。并告诫子孙，出卖平泉一树一石予人者，非其子孙也。
　　后经战火，平泉山庄毁于一旦，园中醒酒石为张全义监军所得。

⑬　"善乎监军"诸句：事见《新五代史·张全义传》。

⑭　扶余国：古国名。也作"夫余"。位于松花江流域。唐武宗时曾上贡松风石，
　　盛夏时节飒飒生风。

⑮　"时取"二句：宋黎靖德《朱子语类》："庐山有渊明古迹处……荆江中有一盘
　　石，石上有痕，云渊明醉卧于其石上，名渊明醉石。"

⑯　弘成子：汉代名儒。少时得文石，大如燕卵。成子吞之，遂大明悟，为天
　　下通儒。

⑰　孟孙之恶石：典出《左传·襄公二十三年》："季孙之爱我，疾疢也。孟孙之
　　恶我，药石也。"恶石，用以治病的石针。　季辅之药石：事见《旧唐书·高
　　季辅传》："(贞观)十七年，授太子右庶子，又上疏切谏时政得失，特赐钟

乳一剂，曰：'进药石之言，故以药石相报。'"药石，比喻规劝。

⑱ 枕流漱石：语出《世说新语·排调》："所以枕流，欲洗其耳；所以漱石，欲
厉其齿。"喻指隐居山林的生活。

紫　箫

昔在癸丑①，有数客访余山中，一客见紫箫，便欣然起弄，弄
已，问曰："《记》云：'君子听箫管，则思蓄聚之臣②。'蓄聚之臣可
思乎？"余未及应，一客起而愀然曰："是恶可思也！某邑有蓄聚之
臣，吾亲见之。其民无不嫁妻卖子，累累泣道中，甚且甘从河伯，
或雉经者③。吾乡之老曰：自古未见为民父母若斯者，即吾祖父亦
未闻有父母若斯者。夫赋税输官④，谁能免之？即贤父母亦不能免
追，然竟不闻使民至此极也。则恶可思乎？"一客曰："然。吾有事
于极村，见人群聚若御寇者。询之，知其为吏役所噬，泣涕而诉曰：
某所欠旧赋二星耳⑤，吾侪不胜其毒⑥，已杀猪奉之，不足，复索
过山之需。夫邑主高堂之上，惟知差遣以完公事，恶识奸吏之弊一
至于是。"呜呼！以二星旧赋而至杀猪奉钱，安得不鬻妻子、投河伯
耶？遂次客言，为《紫箫篇》以诫。

① 癸丑：万历四十一年（1613 年）。

② 蓄聚之臣：语出《礼记·乐记》。指掌管财富积贮的臣子。

③ 雉经：自缢。

④ 赋税输官：向官府缴纳赋税。

⑤ 星：量词，银子一钱叫一星，十钱为一两。

⑥ 吾侪（chái）：我辈。

赤　笛

愧乏东坡才①，喜得东坡趣。贱辰日，客有以笛为寿者，与东坡生日置酒赤壁，笛声起自江上，亦将为坡寿者相类。遂呼客笛为赤笛，取其义云。所可叹者，时无子猷，谁是野王②？柯椽非蔡③，终作枯管。孰谓吹笛少年，不堪作列。从古马融善吹④，不妨名士。余每月夜一弄，颇觉有穿云裂石声，奚必仙笛玉笛。诗不云乎“横玉叫云天似水”⑤，此时此景谁能会。

① 东坡：即苏轼，号东坡居士。见《清史自序》注。

② “时无”二句：《晋书·桓伊传》载桓伊善吹笛，曾为王徽之吹笛，吹奏完毕，桓伊便上车离开，主客间不曾交谈一句。子猷，即王徽之，见卷一《水竹居》注。野王，即桓伊，字叔夏，小字野王。

③ 柯椽：相传为汉蔡邕用柯亭竹所制的笛子。

④ 马融：字季常，善吹笛。见卷一《红雨楼》注。

⑤ “横玉”句：见唐崔橹《闻笛》诗。

竹　舆

　　孟万年神情远寄，旁若无人。会独得趣，便超然乘舆之龙山，竟夕乃还[1]。此等人生，堪舆中便可共六尺舆[2]，无忝也。乡有少年，刻苦攻书，家四壁立。每行路崎岖，忿然曰："使吾得志，决当削平非佞。"一得志，出入肩舆，随便忘却。或问之，曰："吾今路已平矣，诸君路自未平，吾何削焉？"今日竹舆山行，二儿子具，因谓儿子曰："汝辈路须自平，毋使少年笑人也。"遂嘱儿子记之，为竹舆异日解嘲。

[1]　"孟万年"诸句：《晋书·孟嘉传》载，九月九日，桓温在龙山设宴，有风把孟嘉帽子吹落，桓温命孙盛作文嘲之，孟嘉如厕回来，马上作答，其文甚美，四座嗟叹。孟万年，即孟嘉，东晋名士，陶渊明外祖父。龙山，在今湖北江陵西北。

[2]　堪舆：指称天地。　六尺舆：帝王所乘车。

轻　舟

　　尝叹人生泛泛，若不系之舟，浮沉无定。故古来隋炀龙舟、孟明焚舟、王濬战舟、李郭仙舟[1]，一世之雄，而今安在？既解人世一虚舟，则玉舟相逢，便不宜辞去。盖时无终南山翁[2]，谁能以叶舟相渡？吾闽崔唐臣有见于此[3]，遂倾箧中钱，以半买轻舟，以半市杂货，取赢自给。苏子容、吕缙叔虽与共学[4]，然应举觅官，识同刻舟。故二公即慕麦舟雅谊[5]，而唐臣终不屑雪夜舟也[6]。彼其留刺而去，书刺以词曰："集仙仙客问生涯，买得渔舟渡岁华。案有《黄庭》樽有酒，少风波处便为家。"[7]此其人当在水仙间也，岂特如清臣浮家泛宅，徒往来苕、霅间哉[8]？

① 隋炀龙舟：隋炀帝杨广，曾开运河，造龙舟下扬州，极尽奢华。其舟饰以丹粉，装以金碧珠翠，雕镂奇丽。　孟明焚舟：秦穆公派孟明伐晋，孟明渡河后将船全部烧毁，背水一战，大败晋军。　王濬战舟：晋武帝谋划灭东吴，王濬受诏造舰船，船上以木为城，起楼橹，每艘可容二千余人。　李郭仙舟：东汉李膺与郭泰互为知己，同舟而济，众宾客望之，以为神仙。

② 终南山翁：事见《太平广记·陈季卿》，唐江南文人陈季卿曾巧遇终南山翁，翁以一片竹叶渡季卿回江南老家。季卿考取功名后看破红尘，入终南山学道。

③ 崔唐臣：北宋泉州晋江人，生卒年不详。多次科举不第，遂绝意仕进，买舟隐去。

④ 苏子容：即苏颂，字子容。北宋福建泉州同安县（今属厦门）人。　吕缙叔：即吕夏卿，字缙叔，北宋泉州晋江人。

⑤ 麦舟雅谊：宋范仲淹遣子纯仁运麦至姑苏，舟至丹阳，遇石曼卿，曼卿语及无资改葬亲人，纯仁即以麦舟付之。单骑至家，向父述遇曼卿之事。父曰："何不以麦舟与之？"纯仁曰："已付之矣。"后常以麦舟作助营丧事之典。

⑥ 雪夜舟：指王子猷雪夜访戴安道之事。见卷一《杨花溪》注。

⑦ "集仙"四句：见宋崔唐臣《书刺末》诗。《黄庭》，指《黄庭经》，见本卷《黄庭经》注。

⑧ "岂特"二句：用唐张志和"浮家泛宅"之典。《新唐书·张志和传》载，张志和居江湖，自称烟波钓徒。颜真卿为湖州刺史，志和来谒，真卿以舟蔽漏，请更之。志和曰："愿为浮家泛宅，往来苕、霅间。"清臣为颜真卿字，这里或是作者将颜真卿与张志和混淆。苕霅，湖州苕溪、霅水的并称。

白　鶴

物之清远闲放，无如鹤。往往隐居之士狎而玩之，故卫济川畜以检书①，林君复畜以报客②。余尝读坡公《放鹤亭记》，益信隐居之乐，虽南面之君未可与易也③。坡之言曰："卫懿公好鹤则亡国④，周公作《酒诰》⑤，卫武公作《抑》戒⑥，以为荒惑败乱，无若酒者。而刘伶、阮籍之徒⑦，以此全其真而名后世。嗟夫，南面之君，虽清远闲放如鹤者，犹不得好，好之则亡其国。而山林遁世之士，虽荒惑败乱如酒者，犹不能为害，而况于鹤乎？"虽然，余又悲世多羊公鹤⑧，令骑鹤上扬州辈⑨，借口彭渊材仙禽胎生为《禹锡佳话》所误者⑩，可笑也。

① 卫济川：唐代隐士，善养鹤。每日用粥喂养，三年可识字。济川检书，皆使鹤衔取之，并无差错。

② 林君复：即林逋，字君复。宋杭州钱塘人。隐居西湖孤山，种梅养鹤以自

娱，因有"梅妻鹤子"之称。常泛舟游西湖诸寺，有客来访，则一童子应门延客坐，即开笼纵鹤。逋见鹤飞便棹小船而归。

③ 南面：古代以坐北朝南为尊位，后泛指居帝王或大臣之位。

④ "卫懿公"句：事见《左传·鲁闵公二年》，卫懿公好鹤，封给鹤爵位，让鹤乘车而行。狄人伐卫，卫国兵士道："让鹤去打仗吧！鹤享有俸禄和官职，我们怎么能去打仗呢？"卫因此亡国。

⑤ 《酒诰》：《尚书》篇名。周武王以商旧都封康叔，当地百姓皆嗜酒，所以周公以成王之命作《酒诰》以戒康叔。

⑥ 《抑》：《诗经·大雅》中的篇名。相传为卫武公所作，以刺周厉王并自戒。其中第三章云："颠覆厥德，荒湛于酒。"

⑦ 刘伶、阮籍：皆西晋"竹林七贤"中人，性爱酒。

⑧ 羊公鹤：晋羊祜有鹤善舞，向客人称道，客请试舞，见鹤羽毛松散，不肯起舞。比喻名不副实。

⑨ 骑鹤上扬州：南朝梁殷芸《小说》："有客相从，各言所志。或愿为扬州刺史，或愿多资财，或愿骑鹤上升。其一人曰：'腰缠十万贯，骑鹤上扬州。'欲兼三者。"比喻欲集做官、发财、成仙于一身，或形容贪婪妄想。

⑩ "借口"句：宋释惠洪《冷斋夜话》载，彭渊材迂阔好怪，曾养两鹤，指鹤对客夸道："此为仙鹤，凡禽卵生，而此胎生。"话未说完园丁来报道："此鹤夜产一卵，大如梨。"渊材脸红呵斥道："敢谤鹤也！"去看时发现鹤展开两条腿伏在地上，渊材很惊讶，用杖惊吓鹤使起，忽诞一卵。渊材感叹道："鹤亦败道，吾乃为《刘禹锡佳话》所误。"《禹锡佳话》，即《刘宾客嘉话录》，唐韦绚撰，记载刘禹锡所谈论的逸闻轶事。

野 鹿

　　鹿得食则相呼，盖义兽也。乃汉成帝时，宫中雨一苍鹿①，异哉！而三郎、禄山之乱，则野鹿衔去牡丹②，又何先识也。玄都观有一老鹿③，客来辄夜鸣，道士以此为候，殊无失。则又不独衔去牡丹矣。时有遗余鹿者，畜之山中。一日采药归，见几案文字残啮殆尽，恨不得一椎敲杀作脯。不觉隐几④，若有人云："缘君文字机械未了⑤，故遣山鹿除去。"蘧然觉⑥，则梦也。昔晋人得鹿以蕉覆之，俄而失去，遂以为梦⑦。兹其梦也耶？余又何恨于鹿，为之一笑。

① "乃汉成帝"二句：事见南朝梁任昉《述异记》。汉成帝，即刘骜，字太孙。汉元帝子。耽于酒色，皇后赵飞燕、赵合德姊妹专宠后宫。雨，喻由空而降落。苍鹿，相传千年之鹿为苍鹿。

② "而三郎"二句：宋祝穆《事文类聚》："明皇时，民间贡牡丹，花面一尺，高数寸。帝未及赏，为鹿衔去。有佞人奏云：'释氏有鹿衔花以献金仙帝。'私曰：'野鹿游宫中，非嘉兆也。'殊不知应禄山之乱。"三郎、禄山，即唐玄宗、安禄山，此处指安史之乱。

③ 玄都观：隋唐道观名。在今西安市南门外。

④ 隐几：伏在几案上。这里指睡觉。

⑤ 机械：呆板，不灵活。这里指文字工夫未到。

⑥　蘧然：惊喜的样子。

⑦　"昔晋人"三句：《列子·周穆王》载，郑国樵夫打死一鹿，恐人见，藏于水
　　濠，盖上蕉叶。后去取鹿，记不起藏的地方，以为是一场梦。

神　骏

畜马者爱其神骏^①，夫天下未尝无马也，有天下马而人不爱，非不爱也，不识也。故国马犹有爱之者^②，由其易识耳。乃若天下马矫首排云、举足乘风^③，若灭若没，若亡若失，若日月之所不足至，若天地之所不足周。此非九方皋不能识者^④，伏枥仰鸣^⑤，固其所也。九方皋之相马也，得之牝牡骊黄之外^⑥，此之知己，实千载一人，何可多得。但得如伯乐者，还而视之，去而顾之，一旦而马价不啻十倍高矣^⑦。今之为伯乐者安在？吾闻欲致千里马者，尚买其骨，今患无天下马耳。果不负天下马，则当时纵无九方皋之识、伯乐之顾，吾知千秋万世后，必有吊其骨而收之者，于马乎何损？

①　神骏：指良马神态骏逸。

②　国马：一国中上品之马。

③　天下马：天下最好的马。

④　九方皋：春秋时人。善相马，为伯乐所称道。

⑤　伏枥：马伏在槽上，未能驰骋。

⑥ 牝牡骊黄：指骏马的性别和毛色。比喻非本质的表面现象。

⑦ "但得"四句：据《战国策·燕策》载，有卖马者请求伯乐去看自己的马，绕着马仔细看，临走时再回顾，马价因此高了十倍。伯乐，春秋时秦国人，善相马。

蹇　驴

贾岛苦吟，跨驴不避京兆①。余尝乘驴踏雪，过山径小桥，乃吟六言四句："古木寒鸦山径，小桥流水人家。昨夜前郊深雪，阳春又到梅花。"岂特郑棨诗思在灞桥雪中、驴子背上也②。但数年来，骑驴觅驴，近方唤得作无事道人，便觉世人皆黔之驴③，可叹可哀。蹇驴蹇驴，今后当走天子殿前，莫向华阴县里矣④。

① "贾岛"二句：唐贾岛常跨驴苦吟，虽遇公卿贵人，亦不知觉。一日秋风正厉，黄叶可扫，岛忽吟曰"落叶满长安"，苦思下句而不得，不知身在何处。因之唐突大京兆刘栖楚，被拘禁了一晚。贾岛，见卷二《唐诗》注。

② "岂特"二句：事见宋孙光宪《北梦琐言》，有人问郑棨近来可作新诗，答曰："诗思在灞桥风雪中驴子背上。"郑棨，唐末诗人。语多俳谐，故意使诗句落调，世称其为"郑五歇后体"。

③ 黔之驴：指虚有其表，实无本领的人。

④ 华阴县：在今陕西华阴市。相传李白赐金放还后，骑驴游历至此，县令不识，而怪罪于他。

卷三

清　课

焚　香

余癖爱香，得一香花香草，辄植斋头，爱而不见，跰踱终日。孰若焚清香一炷，满室如春，空斋萧寒，聊与作伴。虽涉于癖哉，而统于同，非若嗜痂、嗜歇之癖于口也[①]，看牛斗、看女裸之癖于目也，听驴鸣、听松涛之癖于耳也，好鬼棋、好结眊之癖于手也[②]，喜屐、喜马之癖于足也。试之人人，不解意味，兹所以为癖与。

然余之爱香，亦似癖于鼻。余不谓癖也，性也，奚以知其然？有谈痂、歇之嗜于大众之前，必有掩口而吐者；有谈牛斗、女裸之观于大众之前，必有闭目而鄙者；有谈驴涛之声于大众之前，必有骇其耳之倍者；有谈棋、眊于大众之前，必有怪其志之卑者；有谈马、屐于大众之前，必有异其足之偏者。试焚香于大众之前，即逐臭之夫，吾知其必不掩鼻而过也。则癖乎？性乎？吾兹之谓性，亦即天下之大同而言耳。安知天下之大同，非癖耶？

余每于月夜焚香，古桐三弄[③]，便觉万虑都忘，妄想尽绝。此际即性亦归天，癖何处寻？守安有颂曰[④]："南台静坐一炉香，终日凝然万虑忘。不是息心除妄想，都缘无事可思量。"试思香是何味？烟是何色？穿窗之白是何影？指下之余是何音？恬然乐之而悠然忘之者是何趣？不可思量处是何境？性耶？癖耶？踏破草鞋无觅处，元来只在此香中。

① 嗜痂:《宋书·刘邕传》载，刘邕嗜食疮痂，认为味似鲍鱼。后以称怪僻的嗜好。 歜（chù）：指昌歜，菖蒲根的腌制品。传说周文王嗜昌歜，后以指前贤所嗜之物。

② 鬼棋：指下棋成癖，死了化鬼也不忘下棋。见唐余知古《渚宫旧事》。 结眊（mào）：编织牦牛尾巴。《魏略》载："（刘）备性好结眊，时适有以旄牛尾与备者，备因手自结之。"

③ 古桐：指古琴。制琴以桐木为佳，故称。

④ 守安：唐末五代时禅师，居湖南衡岳南台寺。

煮　茗

"翼而飞，毛而走，呿而言，此三者俱生于天地间，饮啄以活，饮之时义远矣哉。至若救渴，饮之以浆；蠲忧忿，饮之以酒；荡昏寐，饮之以茶。"此陆羽《茶经》所由著也①。故煮茗之法有六要，一曰别，二曰水，三曰火，四曰汤，五曰器，六曰饮。有粗茶，有散茶，有末茶，有饼茶②，有研者，有熬者，有炀者，有舂者。故《经》有之曰："嚼味嗅香，非别也。"其水用山水上，江水中，井水下。其山水拣乳泉石池慢流者上，其江水取去人远者，井水取汲多者。故《经》有之曰："飞湍壅潦，非水也。"其火用炭，次用劲薪。其炭曾经燔炙③，为膻腻所染，及膏木败器不用④。故《经》有之曰："膏薪庖炭，非火也。"其汤沸如鱼目，微有声为一沸，缘边如涌泉连珠为二沸，腾波鼓浪为三沸。已上水老不可食，故《经》有之曰：

"操艰搅遽⑤，非汤也。"器以金银为上，瓷锡次之。茶冽性驶，非扃以金银⑥，味必破器而走。茶碗茶匙，若生鉎必大损茶味，必须先时洗洁。点茶先须爝盏令热⑦，热则茶面聚乳，冷则茶色不浮。故《经》有之曰："膻鼎腥瓯，非器也。"

　　茶之为饮，发乎神农，闻于周公⑧。齐有晏婴，汉有扬雄、司马相如，及晋，谢安、左思之徒皆饮焉⑨，无问冬夏。故《经》有之曰："夏兴冬废，非饮也。"范希文有言："年年春自东南来，建溪先暖冰微开。溪边奇茗冠天下，武夷仙人从古栽。商山丈人休茹芝，首阳先生休采微。长安酒价减千万，成都药市无光辉。不如仙山一啜好，泠然便欲乘风飞。"⑩余幸得产茶方，又兼得烹茶六要，每遇好朋，便手自煮，泗泗乎如涧松之发清吹，皓皓乎如春空之行白云，但愿一瓯常及真，不用撑肠挂腹文字五千卷也。故曰：饮之时义远矣哉！

① "翼而飞"诸句：见唐陆羽《茶经·六之饮》。呿（qù），张口。蠲（juān），除去，减免。陆羽，见卷二《博山炉》注。《茶经》，我国论茶最早的专著，详述茶的性状、产地、采制、烹饮等。

② 粗茶：指较粗老的茶叶，如竹叶、柳叶、枣叶、梨叶等，与细茶相对。　散茶：未压制成片、团的茶叶。　末茶：制成细末的茶砖。　饼茶：经过特殊工艺所制成的茶饼。

③ 燔炙：烧与烤。

④ 膏木败器：指有油烟的柴以及朽坏的木器。

⑤ 操艰搅遽（jù）：操作艰难，搅动慌乱。

⑥ 扃（jiōng）：盛。

⑦ 燨（xié）：烤。

⑧ 神农：传说中的古帝名。相传始教民为耒、耜以兴农业，尝百草为医药以治疾病。 周公：即周公旦，见卷一《风潮》注。

⑨ "齐有晏婴"诸句：晏婴，春秋齐夷维（今山东高密）人。《晏子春秋》载其食"茗菜"，陆羽在《茶经·七之事》中引用。扬雄、司马相如，见卷二《〈离骚〉〈太玄〉》注。谢安，见卷二《花笺》注。左思，见卷二《唐诗》注。以上数人均见于《茶经》。

⑩ "范希文"诸句：即宋范仲淹《和章岷从事斗茶歌》。范希文，即范仲淹，字希文。见卷二《茶鼎》注。建溪，流经建州所产建溪茶为福建名茶。武夷仙人，相传建溪茶与北苑茶皆为武夷山仙人所植。商山丈人，指汉时隐居商山的四位贤者，见卷一《桃源》注。首阳先生，指商末伯夷、叔齐二人，因反对周政权而隐居首阳山，采薇而食。

习　　静

天壤间万事纷纷，何常不从静中做。将来人心真境，寂然不动，则无风月花柳不成造化①，无情欲嗜好不成心体②。是静又非徒不动也。从动得静，见云兴便悠然共游，雨滴便泠然俱清，鸟啼便欣然有会，花落便洒然自得。盖机息便有月到风来③，不必苦海人世；心远自无车尘马迹，何须痼疾丘山④。故人心自有一部真文章，都被残编断简封锢了⑤；人心自有一部真鼓吹⑥，都被妖歌艳舞淹没了。则习静之工，正复本还真之要。静一习则屠肆糟市居然净土 ⑦，语不云乎："能休尘境为真境，未了僧家是俗家。"⑧ 故三杯后一真自得，惟知素琴横月，短笛吟风；斗室中万虑都捐，说甚画栋飞云，珠帘卷雨。不然，纵一琴一鹤，一花一卉，嗜好虽清，魔障终在 ⑨。彼非丝非竹，而自恬愉，不烟不茗，而自清芬者，是何景界也。

今人但解读有字书，不解读无字书 ⑩，知弹有弦琴，不知弹无弦琴者 ⑪，是皆不知此中景界，原无文字、无声音。故色欲火炽，一念及病时，便兴似寒灰；名利饴甘 ⑫，一想到死地，便味如嚼蜡。非此中原静不扰，何能一念一想，便见本来。此寒潭月影，所以窥见身外之身；五夜钟声，所以唤醒梦中之梦。故青天白日的节义，自暗室屋漏中培来 ⑬，旋乾转坤的经纶，自临深履薄处养出 ⑭。孰谓静中不落空，而动处无受用也。试时当喧杂，即平日所记忆者，皆漫然忘去；境在清宁，即夙昔所遗忘者，又恍尔现前。则静中之受用可知。悠长之趣，不得于醲酽 ⑮，而得于啜菽饮水 ⑯；惆恨之怀，不生于枯寂，而生于品竹调丝。则静中之气味可寻。机动弓影疑为蛇蝎 ⑰，寝石视为伏虎 ⑱，此中浑是杀气。念息，石虎可作海鸥 ⑲，蛙声可当鼓吹 ⑳。触处俱见真机，则静中之意象可参。此身常放在闲处，荣辱得失，何能差遣我？此心常安在静中，是非利害，何能瞒昧我？则静中之识力可会。衮冕行中 ㉑，着一藜杖的山人，便增一段高风；渔樵路上，着一衮衣的朝士，转添许多俗气。则静中之人品可悟。故闹热中着一冷眼，即省几多苦心思；冷落时存一静念，便得几多真趣味。静之工大矣哉！

或谓春至时，花尚铺一段好色，鸟且啭几句好音，如何得静？

不思此一段好色从何处见，此几句好音从何处闻？此音此色，从何处来，此音此色又从何处去？或谓人生居顺境，则满前尽藏兵刃戈矛；处逆境，则周身皆寓针砭药石[22]。播弄英雄，颠倒豪杰，如何得静？不思横逆困穷，险宦炎仕，是煅炼豪杰、陶铸英雄的一副炉锤。故乐中乐，非真乐，一苦一乐相磨炼，炼极而乐从苦来，其乐始久；信中信，非真信，一疑一信相参勘，勘极而信从疑得，其信始决；静中静，非真静，一动一静相陶镕，镕极而静从动出，其静始真。此伊川先生见学者静坐[23]，便以为善学也。天下大学问，只一静字便了。古德云："竹影扫阶尘不动，月轮穿沼水无痕。"[24]极善言静者。道家以常清静为心体，看来胸中既无半点物欲，已如雪消炉焰冰消日；眼前自有一段空明，时见月在青天影在波。若离动求静，是离心求体，非吾之所谓静也。如此言静，又何必习？

① 造化：指自然的创造化育。

② 心体：指精神与肉体。

③ 机息：巧诈之心停止，人的内心淳朴。

④ 痼疾丘山：执着于归隐山林。痼疾，久病不愈，此指长期执着。

⑤ 残编断简：残缺不全的书籍或文章。比喻空洞呆板的书籍。

⑥ 真鼓吹：真正美妙的乐章。鼓吹，即鼓吹乐，古代的一种器乐合奏曲。

⑦ 屠肆糟市：指屠宰场和酒馆。糟，酒糟，代指酒家。

⑧ "能休"二句：见宋邵雍《十三日游上寺及黄涧》。

⑨ 魔障：佛家语。指修身的障碍，泛指成事的障碍，磨难。

⑩ 无字书：喻自然造化。

⑪ 无弦琴：指宇宙万物的一切声响，即天籁。

⑫ 饴：蜜糖，饴糖。

⑬ 暗室屋漏：隐私之室，指别人看不见的地方。

⑭ 临深履薄：面临深渊，脚踩薄冰。比喻小心谨慎，惟恐有失。

⑮ 醲酽（nóng yàn）：指茶酒等味厚浓郁。

⑯ 菽：指豆类。

⑰ "弓影"句：汉应劭《风俗通义·怪神》载，杜宣饮酒，见杯中似有蛇，酒后胸腹作痛，多方医治不愈。后知为壁上所悬弓弩照于杯之影，形如蛇，病即愈。后因以杯弓蛇影形容疑神疑鬼，自相惊扰。

⑱ "寝石"句：汉韩婴《韩诗外传》载，楚熊渠子夜行，见寝石，以为伏虎，弯弓射之，箭没入石中。寝石，即卧石。

⑲ "石虎"句：晋末高僧佛图澄与石勒、石虎交游，支道林说："澄以石虎为海鸥鸟。"石勒、石虎羯族人，东晋时侵入中原，大肆杀戮，建立后赵政权。海鸥，《列子·黄帝》载海边有人喜欢海鸥，每日到海上去与海鸥玩耍，一日其父要他捉一只海鸥回来，海鸥"舞而不下"。支道林以此典喻佛图澄没有机心，不分物我。

⑳ "蛙声"句：南齐名士孔稚珪门庭杂草丛生，常有蛙鸣，以其可抵两部鼓吹乐。

㉑ 衮冕：古代帝王及公侯的礼服和礼冠。指登朝入仕。

㉒ 针砭药石：治病用的器械药物，此处比喻砥砺品德气节的良方。

㉓ 伊川先生：即邵雍，号伊川翁。见卷一《风潮》注。

㉔ 古德：指唐代云峰志璇禅师。此诗出自其示人之佛偈。

寻　真

　　人生百年里中，如白驹过隙，风雨忧愁，辄居大半。其间得闲者百才一，知而能享者，又千才一耳。茫茫众生，谁不归尽。堕地之时，死案已立。趋名鹜利，惟日不足。头白面焦，如虑铜铁之不坚，不思"二三十年，功名富贵，转盼成空。何不一笔勾断，寻取自家本来真面目。纵胸中有万卷书，笔下无一点尘。到这地步，不知性命所在，一生聪明，要做甚么。三世诸佛，则是一个有血性的汉子"。善乎佛印之言，真得寻真之要①。

　　今世能寻真者几人？石火光中，争长竞短；蜗牛角上，较雌论雄②。岂知上床别了鞋和袜，未审明朝来不来。故人生只是一个真，强而别之，似有真境、有真趣、有真情、有真乐。如何寻真境？则简文入华林园，觉鱼鸟来亲人。夫会心处何必在远，翳然林水，便自有濠濮间想③。故诗有曰："乐意相关禽对语，生香不断树交花。"④戴仲若春日携双柑斗酒，往听黄鹂声，便以为俗耳针砭，诗肠鼓吹⑤。故诗有曰："等闲识得东风面，万紫千红总是春。"⑥境虽不一，在人自寻。

　　如何是真趣？苏子美无应接奔走之劳⑦，静院明窗，罗列图史琴樽以自娱，有兴便泛小舟，吟啸览古于江山间，渚茶野酿，足以消忧；莼鲈稻蟹，足以适口。又多高僧隐君子，时相往来，佛庙仙观，可堪寄足。故诗有曰："闲为水竹云山主，静得风花雪月权。"⑧

唐子西午睡初足⑨，汲山泉煮苦茗啜之，随意读《周易》《国风》《左氏传》《离骚》《太史公》及陶杜诗、韩苏文，从容步山径，弄流泉，漱齿濯足而归，则山妻稚子作笋蕨、供麦饭，欣然一饱。弄笔窗间，随大小作数十字，展所藏法帖笔迹画卷纵观之。兴到则吟小诗，步溪边，邂逅园翁溪友，问桑麻、说秔稻，量晴较雨，探节数时。不觉夕阳在山，紫绿万状，变幻顷刻，恍可入目。牛背笛声，两两来归，而月印前溪矣。故诗有曰："几树梅花半轮月，数篇诗卷一炉香。"⑩ 如二公者，得其之趣者也。

如何是真情？柳子厚上高山、入深林⑪，穷回溪，幽泉怪石，无远不到。到则披草而坐，倾壶而醉，醉则更相枕以卧，意有所极，梦亦同趣。故诗有曰："但得醉中意，勿为醒者传。"⑫ 羊祜登岘山，谓其中郎邹湛："自有宇宙，便有此山，惜皆淹灭无闻，使人悲痛。如百岁后有知，吾魂魄犹应登此。"⑬ 故诗有曰："百年三万六千日，几度风流醉赋诗。"⑭ 若羊、柳者，得真之情者也。

如何见真乐？邵康节至洛，蓬荜环堵，不蔽风雨，虽平居屡空，而怡然有所甚乐，名其居安乐窝，自号安乐先生。又为瓮牖，读书燕居其下，旦则焚香独坐，晡时饮酒三四瓯，微醺便止，不使至醉。兴至辄哦诗自适⑮。故其诗曰："林泉好处将诗买，风月佳时用酒酬。"⑯ 天随生采杞菊以食⑰，欣然弹琴自适。夫千室之邑，非无好事之家日击鲜以饱生者，生独闭关不出，率空肠贮古贤遗言，其忍饥诵经，岂不知屠沽儿有酒食，而独自怡然也。故诗有曰："一文没也还留竹，四壁萧然不卖琴。"⑱ 若陆、邵者，可谓得真乐矣。

噫！衮衮马头尘，匆匆驹隙影，何处可寻真？然万籁寂寥中，忽闻一鸟弄声，便唤起许多幽趣；万卉摧剥后，忽见一枝擢秀，便触动无限生机。彼所强别真境、真趣、真情、真乐者，皆在我耳上眼前，真所谓"清风明月不用一钱买"，第无如忧愁自困，闲少知少者何耳？余谓事稍拂逆，便思不如我的人；心稍怠荒，便思胜似我的人。则风斜雨急处，自立得脚定；花浓柳艳处，自着得眼高；路危径险处，自回得头早。如此则情境乐趣不出我，性真寻真者亦当于此处着力，斯无负百年人。

① "二三十年"诸句：见佛印《与苏轼书》。三世诸佛，即过去、现在、未来三世的一切诸佛。一般以燃灯佛代表过去诸佛，释迦牟尼佛代表现在诸佛，弥勒尊佛代表未来诸佛。佛印，宋僧人，名了元。与苏轼、黄庭坚相善，能诗。

② "蜗牛角上"二句：见卷一《天湖山》注。

③ "则简文"诸句：事见《世说新语·言语》。简文，即晋简文帝司马昱，字道万。华林园，六朝时期的皇家园林，位于台城内。咸和五年（330），晋成帝仿洛阳华林园所修缮。濠濮间想，庄子与惠施曾游于濠梁之上，有濠梁之辩。又庄子曾钓于濮水。此二典表示悠闲惬意的生活情趣。

④ "乐意"二句：见宋石延年《金乡张氏园亭》诗。

⑤ "戴仲若"四句：事见唐冯贽《云仙杂记》。戴仲若，即戴颙（yóng），字仲若，东晋末谯郡铚县（今安徽濉溪）人。戴逵之子，父兄皆以隐逸名世。

⑥ "等闲"二句：见宋朱熹《春日》诗。

⑦ 苏子美：即苏舜钦，字子美。宋梓州铜山（今四川中江县）人。因支持庆历新政而遭弹劾，罢职后闲居苏州，修建沧浪亭。

⑧ "闲为"二句：见宋邵雍《小车吟》诗。

⑨ 唐子西：见卷一《曲房》注。

⑩ "几树"二句：或是当时流行的清言对联，作者不详。

⑪ 柳子厚：即柳宗元，字子厚。见卷二《唐诗》注。

⑫ "但得"二句：见唐李白《月下独酌》其二。

⑬ "羊祜"诸句：事见《晋书·羊祜传》。羊祜，字叔子。魏末任相国从事中郎，晋武帝时以尚书左仆射都督荆州诸军事。在任开屯田，储军备，筹划灭吴。卒赠太傅、巨平侯。邹湛，字润甫，曹魏左将军邹轨之子，入晋为尚书郎从事中郎，深为羊祜所器重。

⑭ "百年"二句：前半句出唐李白《襄阳歌》，后半句出处不详。

⑮ "邵康节"诸句：事见《宋史·邵雍传》。邵康节，即邵雍，谥康节。见卷一《风潮》注。蓬荜环堵，形容居室狭小、简陋。瓮牖，以破瓮之口作窗户。指贫穷人家。

⑯ "林泉"二句：见宋邵雍《岁暮自贻》诗。

⑰ 天随生：陆龟蒙别号。见卷二《茶灶》注。

⑱ "一文"二句：明胡节句。明吴士龙亦有句："一钱罄矣还栽菊，四壁萧然不卖琴。"或为当时流行的清言。

读　书

田鼠化为鴽，雀入大海为蛤①，虫鱼且有变化，矧伊人乎②？人之变化在读书，故善读书者，月异而岁不同，时异而日不同。陈君有言："读未见书，如得良友；见已读书，如逢故人。"③真得书趣者也。而坡公又云："故书不厌百回读，熟读深思子自知。"④不已知言哉！

昔宁越，中牟鄙人也，苦耕稼劳，问其友安得免此，友曰："惟读三十年书可矣。"越曰："请以十年。"人休不敢休，人卧不敢卧，故十五年而为周威公师⑤。未也，越其穷苦者也。乃若已贵之士，如范质、赵普、寇准辈，亦有之。质之仕也，未尝释卷，曰："尝有异人言吾当大用。苟如其言，无学术何以处之？"⑥普之相太祖也，《论语》不释手，曰："吾以半部《论语》佐太祖定天下，以半部《论语》佐太宗致太平。"⑦准之请教张咏也，"《霍光传》不可不读"，读至"不学无术"，笑曰："张公谓我矣。"⑧已贵，犹可已也，尚且汲汲。乃若中年之士亦有之，坡仙所谓"贫家净扫地，贫女巧梳头。下士晚闻道，聊以拙自修"⑨。如高适五十始作诗，见推于少陵；老泉三十始读书，获许欧阳子是也⑩。未也，此功名之士也。乃若学道之士亦有之，胡澹庵见龟山，龟山举两肘示之曰："吾此肘不离案者三十年，然后于道有进。"⑪未也，此犹其少年也。乃若张无垢谪黄，寓宝界寺，寝室有短窗，每日昧爽，辄抱书立窗下，就明而读，如是者十四年。洎归，窗下双趺之迹，隐然犹存⑫。此其晚年为难耳。乃纵横之士亦有之，苏、张纵横者也，迭剪发而鬻之以相养，或佣力写书，或假食于路。遇见坟典，途中无可记札，则书掌及股，夜还写之，及揣摩成，取金印如斗大⑬。夫纵横其术也，勤苦乃能有成。至如神仙之徒，一绝粒足矣。乃道士侯道华之腾去也，书不去手，曰："天上无凡俗神仙。"⑭夫吕洞宾、陈抟、贺元、施肩吾皆书生也^⑮，宋谯定、雍孝闻、尹天民皆以儒生得道者也^⑯。岂所谓顽仙不如才鬼，亦谓神仙不读书，亦免不得一个俗汉耳。夫神仙犹不废读书也，况暮年之人，如晋平公者，而师旷犹以炳烛进，虽少而好学，日出阳矣；壮而好学，日中光矣；老而好学，炳烛明矣^⑰。炳烛之明，孰如昧行乎？曹孟德有言："老而好学者，惟孤与袁伯业^⑱。"则书何可一息废也？未也，书犹其大者也，乃若小技，亦有之。孔子学琴于襄，授一调，即弹之而成声。夫子不以为足也，凝神定虑，专意而习，至于五日，襄曰："可以益矣。"曰："丘得其声，未得其数也。"又习五日，"可以益矣"，"丘得其数，未得其理也"。又五日，"可以益矣"，"丘得其理，未得其人也"。又五日，喟然曰："丘知其人矣。颀然而长，黝然而黑，眼如望羊，有四国之志者，其文王乎？"^⑲夫琴，其小者也，孔子因而知其人。诵其诗，读其书，不知其人，可乎？故腹不饱诗书谓之馁，目不接圣贤谓之瞽，耳不闻善行谓之聋。噫，此赵季仁平生三愿，一愿识尽世间好人，二愿读尽世间好书，三愿看尽世间好山水。余不谓其迂也。乃罗景纶则曰："尽安可能，但身到处，莫放过耳。"^⑳呜乎，孰知"莫放过"三字，即为读书秘密藏乎？果能奉持此三字，又安在田鼠之不可化为鴽也，雀之不可入大海为蛤也？

① "田鼠"二句：语出《礼记·月令》。鴽（rú），鹌鹑之类的小鸟。蛤（gé），一种有壳的软体动物，生活在浅海，肉可食。

② 矧：何况。

③ "陈君"诸句：见明陈继儒《读书十六观》序言。陈君，即陈继儒，字仲醇，

号眉公。明松江华亭（今上海松江）人。屡试不中，绝意仕途，隐居昆山，专心著述。

④ "故书"二句：见宋苏轼《送安惇秀才失解西归》。

⑤ "昔宁越"诸句：事见《吕氏春秋·不苟论》。宁越，战国时周臣，有贤能。周威公，即周威王姬午。

⑥ "如范质"诸句：事见明陈继儒《读书十六观》。范质，字文素，五代宋初大名宗城（今河北威县东）人。入宋后为宰相。为官清廉，自入仕以来未尝释卷。

⑦ "普之相"诸句：事见明薛瑄《读书录》。赵普，字则平，五代宋初幽州蓟人。宋太宗时为相，初寡学术，太宗劝以读书，晚年手不释卷。即死，家人发箧取书，仅《论语》二十篇。太祖，即宋太祖赵匡胤。太宗，即宋太宗赵炅。

⑧ "准之"诸句：事见《宋史·寇准传》。寇准，字平仲，宋华州下邽（今陕西渭南）人。十九岁登进士第，景德元年（1004）拜相。官至参知政事、同平章事。张咏，字复之，号乖崖。宋濮州鄄城（今属山东）人。官至礼部尚书。谥忠定。

⑨ "贫家"四句：见宋苏轼《贫家净扫地》。

⑩ "如高适"四句：事见《鹤林玉露·晚学》。高适，唐朝诗人。见卷二《唐诗》注。少陵，指杜甫，号少陵野老。老泉，即苏轼父亲苏洵，字明允，号老泉。年二十七始发愤读书。宋嘉祐间，与二子轼、辙至京师，翰林学士欧阳修得其文，荐于宰相韩琦，授秘书省校书郎。欧阳子，即欧阳修，见卷二《茶瓶》注。

⑪ "胡澹庵"四句：事见《鹤林玉露·前辈勤学》。胡澹庵，即胡铨，字邦衡，号澹庵。宋文学家，政论家。龟山，即杨时，字中立，北宋理学家，晚年

隐居龟山，人称龟山先生。

⑫ "乃若" 诸句：事见《鹤林玉露・前辈勤学》。张无垢，即张九成，字子韶，号无垢居士。杨时弟子。累官著作郎、宗正少卿、权礼部侍郎。双趺，双足。

⑬ "苏、张" 诸句：事见《拾遗记》。苏、张，即苏秦、张仪。战国时期纵横家。坟典，三坟五典，为古书的通称。

⑭ "乃道士" 诸句：事见宋陆游《老学庵笔记》。侯道华，唐代芮城（今属山西）人，好读经史，手不释卷。相传于松顶成仙而去。

⑮ 吕洞宾：见卷二《盆花》注。　陈抟：字图南，宋真源（今河南鹿邑）人。先后隐居武当山、华山，自号扶摇子。　贺元：唐末五代人，相传修道于蒙山。　施肩吾：字希圣，自号华阳子。北宋道士，九江（今属江西）人。少年习佛，后转而学道，隐居西山（在今江西南昌）。

⑯ 谯定：宋人，居青城山中，读《易经》不辍。　雍孝闻：宋徽宗时和州道士。工诗，有俊才。徽宗赐名木广汉，人称 "木先生"。　尹天民：宋人，以儒生得道，坐化而去。

⑰ "如晋平公" 诸句：事见汉刘向《说苑》。晋平公，名彪，春秋晋国君。为政厚赋敛，喜淫逸。师旷，字子野，春秋晋乐师。生而目盲，善辨声乐。

⑱ "曹孟德" 三句：语出晋陈寿《三国志》。袁伯业，即袁遗，字伯业，袁绍从兄。初为长安吏，出任山阳太守，参与征讨董卓联盟。

⑲ "孔子" 诸句：见《史记・孔子世家》。襄，即师襄，春秋时期卫国乐官。传说孔子曾从他学琴。望羊，仰视貌，一说远视貌。文王，即周文王姬昌。

⑳ "此赵季仁" 诸句：事见《鹤林玉露・观山水》。赵季仁，即赵师恕，字季仁，自号岩溪翁。南宋宗室，罗大经之友。罗景纶，即罗大经，字景纶，见卷二《茶鼎》注。

著　书

　　士各有志，志道德者，无取功名；志功名者，无取富贵。千秋而下，生人之权①，不属富贵而属之秉笔者②，故文章之士以立言为不朽，舐毫吮墨，抑面观屋，垂空文以自见③，不欲藏之山川，传之其人。噫，志亦良苦矣！虽然，立言亦何容易？必有包天、包地、包千古、包来今之识，令人读之，洋洋洒洒，徐而按之，警警惶惶；必有惊天、惊地、惊千古、惊来今之才，令人诵之，爽爽洌洌，覆而思之，正正堂堂；必有破天、破地、破千古、破来今之胆，令人读之，奇奇怪怪，细而玩之，不可磨灭。

　　何谓识？一人之身，自顶至踵，不过数尺，而三百六十骨节之中，三百六十种尸蛊族焉。既有尸蛊，则必有目，有目必有昼夜日月之明，有目则必有足，有足必有山岳河海之托。有足则必有口，有口必有咸酸辛辣之嗜。有口则必有欲，有欲必有养生送死之具。有欲则必有生聚，有生聚必有君臣父子夫妇兄弟之伦。故时间之蛊，必笑指节间之蛊为夷狄；骨间之蛊，必妄臆肤间之蛊为中国。寡识之夫，何异尸蛊。彼其溺于所闻，胶于所见，因臆为说，因说为书，遂使天下皆化为尸蛊之见，妄指七尺为中国，为夷狄也，可不大哀！故必以天地为七尺丈夫，以婆娑世界为一节虚空之处④，以人物、鸟兽、圣贤、仙佛为三万六千中之一种族，具如此识者，方许著书。

何谓才？才犹鱼也，识犹海也。大才犹巨鱼也，惟海得而容之。溟海之中⑤，有大鱼焉，但一开口，而百大风帆，并流以入，曾无所碍，则其腹中固已江汉若矣。水族见之，惊怪太息，此岂复为豫且所制⑥，网罟所加⑦？海人言有大鱼者，乘潮入港，及潮去，不得去，呼集数十百人，持刀斧直上鱼背，恣意斫割，连数十百石，是鱼恬然如故。潮至，复乘以去。雷海之滨，有大鱼如山，视之以为云为雾。中午雾散云收，果见一山在大海中，连互若太行，自东徙西，直至半月日乃休。则是鱼也，其长又奚啻三千余里哉？吾以世之大才似之，具如是才者，方许著书。

何谓胆？楚俗尚鬼，致鬼有物。肩挺之鬼，摇兀不休⑧，所附者长而狭且直，是一种鬼；瓮罂之鬼⑨，声如歌曲，所附者腰大而咽细，又一种鬼；兀了之鬼⑩，剥啄如雷，所附者短身长味⑪，又自一种；斛桶之鬼，厉声疾呼，所附者阔口空腹，又为一种。群楚之人，纷纷蔽溺，见许多鬼，附许多物。若有人焉，明灼鬼物，鬼名虽多，总不离鬼。譬之古文诸子百家，是是非非，其中不一。总而断之，皆曰一理。人不敢非，人不敢是。此中是非，非胆恶断。譬之孔孟黜辟异端，邪邪正正，相非无已。总而定之，至正乃是正中之邪，邪中之正。此中邪正，无胆恶定？具此胆略，方许著书。

故吾始而津津乎百家也，曰葩矣，其议论横生乎？已去而为左氏、司马⑫，曰："善哉！渊渊乎，蔚然灿然，是经纬之章也。"已去而为孟氏⑬，曰："大矣哉！文以道烨，其著作之圣乎？"左氏、司马犹隶之也。吾于百家取胆焉，胆又须饰之异采也；于左、马取才焉，才又须运之识智也。况百家、左、马未尝无才，未尝无胆，未尝无识。而且不得与孟氏埒^⑭，则亦以其无字不文，无字不理，无字不义也。文者，才也；理者，识也；义者，胆也。义不主于理，文不在于教，劝者不成书即义深矣，理当矣，而文不工者不成书。限于其识之所不至，流而之俚；惊于其胆之所不决，屈而之鄙；拘于其才之所不大，逃而之险。若是者，纵成书，可传乎？不可传乎？故古之著书者，创意造言，皆不相师，才胆各具，识见深远。其读《春秋》也，如未尝有《诗》^⑮；其读《诗》也，如未尝有《易》^⑯；其读《易》也，如未尝有《书》^⑰，其读屈原、庄周也^⑱，如未尝有六经^⑲。吐辞匠意，若令后人无着脚处。而后之君子，愈引愈神，亦唯胆识有以为之主也。今之著书者，为古人注脚，识无其识，既以定法缚己，又以定法缚天下后世，略无半罅可出头处^⑳；胆无其胆，略略开口，便以为谤圣骂贤，自甘以瞽导瞽^㉑，相安无事；才无其才，指儿血出，须儿撼枯，幸得一语，便诧莫对。寻章摘句，猥脚寄篱，备诸丑恶，诵之呕肠。嗟嗟！口吐雌黄，笔代衮钺^㉒。余颇有志，第恐识胆才略一不如人，反令功名之士笑我蠹鱼，富贵之夫鄙我覆瓿^㉓。然敢于著作者，无论其才若何，即其胆识已足睹已。请问："志著作者与志功名富贵者奚辨？"曰："辨之以千秋万年。"

① 生人之权：即褒贬人的权力。

② 秉笔者：指史官。

③ 空文：空话，与事业功绩相对的著述。　见：同"现"。

④ 婆娑世界：即"娑婆世界"，释迦牟尼所教化世界，也即人类所在的世界。

⑤ 溟海：也作冥海，神话中的海。《庄子·逍遥游》："穷发之北，有冥海者，

天池也。"

⑥ 豫且：古代神话中的渔夫。《史记·龟策传》载其于宋元王二年用渔网捕得神龟。

⑦ 网罟（gǔ）：捕鱼用的工具。

⑧ 摇兀：摇荡，摇晃。

⑨ 瓮罂（yīng）：泛指各种陶制容器。

⑩ 兀了之鬼：意未详。袁宏道《广庄·德充符》作"兀丫之鬼"。

⑪ 咮（zhòu）：鸟嘴。

⑫ 左氏：左丘明，春秋鲁国人。相传曾任鲁国太史，为《春秋》作传，成《春秋左氏传》，省称《左传》。　司马：司马迁，见卷一《水阁》注。

⑬ 孟氏：即孟子，名轲，字子舆。战国邹人，受业于子思的门徒。继承孔子的学说，兼言仁和义，提出"仁政"学说。

⑭ 埒（liè）：等同。

⑮ 《春秋》：编年体史书，相传孔子据鲁史修订而成。记事起鲁隐公元年，迄鲁哀公十四年西狩获麟，历二百四十二年。战国以来为儒家主要经典之一。叙事多简略。　《诗》：指《诗经》。见卷二《唐诗》注。

⑯ 《易》：指《周易》。我国古代具有哲学思想的占卜书，儒家的重要经典。

⑰ 《书》：指《尚书》。现存最早的上古时典章文献的汇编。相传曾经由孔子编选，其中保存了商及西周的重要史料。有今古文之别。

⑱ 屈原：见卷二《〈离骚〉〈太玄〉》注。　庄周：见卷一《福地》注。

⑲ 六经：指《诗经》《尚书》《礼记》《乐经》《易经》《春秋》六部儒家经典。

⑳ 罅（xià）：空隙。

㉑ 瞽（gǔ）：目盲。引申为没有识别的能力。

㉒ 衮钺：指褒贬。古代赐衮衣以示嘉奖，给斧钺以示惩罚，故称。

㉓ 覆瓿（bù）：谦语。谓自己的著作价值不高，只能用来盖酱罐。

论　文

壬子四月维夏①，科头箕踞草玄亭上②，诵佛偈言，颇有微悟。二儿子世鼎、世萧问文，遂以偈言为二子绎其要，曰：悟慧寂禅师有云："去年贫未是贫，今年贫始是贫。去年无卓锥之地，今年锥也无。"③龙济师又曰："翠竹黄花非外境，白云明月露全真。头头尽是吾家物，信手拈来不是尘。"④欲开悟门，须要博古。古如六籍子史及稗官小说，亟搜矣。即佛经为天下第一部文章，亦宜亟为参彻。今人不善读，遂用其恶语死句，不知盐可食，不许汝满口食也。

无着师有偈云："一叶扁舟泛渺茫，呈桡舞棹别宫商。云山水月都抛却，赢得庄周一梦长。"⑤博古则识卓，古来文章，至今不朽者，大段有二十分识。洞山师偈云："也大奇，也大奇，无情解说不思议。若将耳听声不现，眼里闻声始得知。"⑥识卓则品高，文要有品，梅之清瘦、桃之绰约、牡丹之富丽，各自完其天趣而已。故智朋师题像偈云："雨洗淡红桃萼嫩，风摇浅碧柳丝轻。白云影里怪石露，绿水光中古木清。噫，你是何人？"⑦然品以神品第一。

文何以有神？我与古人相隔数千载，数语之下，令其音容气象，俨然欲生。非神何传？故人言文字之妙，若有神助，非神能助之，由自家神到，有莫知其然而然者。永明禅师有偈云："孤猿叫落中岩月，野客吟残半夜灯。此境此时谁会得？白云深处坐禅僧。"⑧ 神可附，曰附于骨。今人每拈出两个字眼，认做骨子。不知一落字眼，即谓之肉，骨子原是露不出的，故一字一句，俱各有骨。傅大士偈云："水中盐味，色里胶青。毕竟是有，不见其形。"⑨ 然骨既有，而布置不如法，则体骨横生。此在整格，一题自有一题之格，得路则得势，故释迦偈云："法本法无法，无法法亦法。今付无法时，法法何曾法。"⑩ 要知文势须在步骤，故得势则得机。慧日禅师有偈云："一趯趯翻四大海，一拳拳倒须弥山。佛祖位中留不住，又吹渔笛泪罗湾。"⑪ 机者，摩荡气调中，斡旋词格内，有宿儒不得，得于初学；终日不构，构于仓卒。微乎微乎，心可得会，口不可得言。忠国师有偈云："法法法元无法，空空空亦不空。静喧语嘿本来同，梦里何劳说梦。有用用中无用，无功功里施功。还如果熟自然红，莫问如何修种。"⑫ 机到则气自流。

余尝谓友辈，脱稿时急须疾读一过，无有阻软，便是一篇好文章。故气充则意自圆。云峰师有偈云："瘦竹长松滴翠香，流风疏月度微凉。不知谁住原西寺，每日钟声送夕阳。"⑬ 钻石取火，火出石中，谓是钻火，火是石体；谓是钻石，石是火廓。石火双见，钻凿何有？则知意为题体，题是意廓。廓不留碍，体即现成。钻凿到处，意即跃出，如青莲花即在佛面。善慧大士偈云："夜夜抱佛眠，朝朝还共起。起坐镇相随，语嘿同居止。纤毫不相离，如形影相似。欲识佛去处，只这语声是。"⑭ 然其妙在紧，此千金不传秘也。鉴贞师不云乎："眼光随色尽，耳识逐声消。还源无别旨，昨日与今朝。"⑮ 紧矣，毋乃近于促，曰贵转，转则不穷，转则不板。如游名山，至山穷水尽处，观止矣。俄而悬崖穿径，忽又别出景界，令人应接不暇。商那尊者有偈云："非法亦非心，无心亦无法。说是心法时，是法非心法。"⑯转矣，毋乃近于支，曰贵翻，翻则易奇，如猛虎项下金铃，是谁解得？则曰：系者解得。得此翻法，景致日新。摩诃迦叶尊者偈云："法法本来法，无法无非法。何于一法中，有法有不法。"⑰文字有自然之景、天然之致，若法真禅师之偈云："柳色含烟，春光迥秀。一峰孤峻，万卉争妍。白云淡伫已无心，万目青山元不动。渔翁垂钓，一溪寒色未曾消；野渡无人，万古碧潭清似镜。"⑱请问此是如何景致？景致既佳，自然出色，诗不云乎："艳色天下重，西施宁久微。"⑲今世有不知色是何物，甚至认词为色。夫词，不得已而用之者也。认词为色，弊必流为套、为肥、为混、为乱、为帮、为野，至如谚曰："早知不入时人眼，多买胭脂画牡丹。"⑳呜乎，痛哉！故玉泉师有偈云："一印印空，万象收归古镜中；一印印水，秋蟾影落千江里。一印印泥，细观文彩未生时。"㉑吁！如此则作文亦甚苦矣。

得不涉趣乎？顾泾阳先生云㉒："读书之暇，当观四十家唐诗与《蔡中郎》《北西厢记》㉓。"漏深时，令童子烹茗焚香，或抚瑶琴，或弄箫管，或朗诵《楞严经》一卷。此中冷然，得此佳趣，衍而为文，有不妙绝一世耶？堕灶和尚有偈云："鉴凹照人瘦，镜凸照人肥。不如打破镜，还我旧面皮。"㉔汝试猜着。然第一要紧工夫，尤在旨意。大旨了了，意到笔随，洞山师云："切忌从他觅，迢迢与我疏。我今独自往，处处得逢渠。渠今正是我，我今不是渠。应须恁么会，方得契如如。"㉕噫！会得便至妙庄严海㉖，不会得则百千野狐身。有能奉持此正法藏，于末劫中永不退转，是真莫负如来意也。鼎乎霢乎，汝尚勉旃。

① 壬子：万历四十年（1612）。

② 科头：不戴冠帽，裸露头髻。

③ "慧寂禅师"诸句：见《五灯会元》。慧寂禅师，唐末五代僧，俗姓叶。因居仰山，世称仰山慧寂，徒众颇盛。卓锥，立锥。

④ "龙济师"诸句：见《五灯会元》。龙济师，即化禅师，宋代僧人。居隆兴府（今江西南昌）双岭，为南岳下十三世，黄龙祖心禅师法嗣。

⑤ "无着师"诸句：见《五灯会元》。无着师，即无着释妙总禅师，宋右相苏颂孙女，宗杲禅师俗家弟子。

⑥ "洞山师"诸句：见《景德传灯录》。洞山师，即洞山良价禅师。唐代会稽（今浙江绍兴）人，中国佛教禅宗曹洞宗开山之祖。为药山惟俨之法孙，云岩昙晟之弟子。

⑦ "故智朋师"诸句：见《五灯会元》。智朋师，即智朋之师宝峰惟照禅师，俗姓李，宋简州（今四川简阳）人。

⑧ "永明禅师"诸句：见《五灯会元》。永明禅师，唐末五代释延寿，俗姓王，字冲元。净土宗第六代祖师。

⑨ "傅大士"诸句：见南朝梁傅翕《傅大士心王铭》。傅大士，即傅翕，南朝梁禅宗居士，字玄风，号善慧。

⑩ "故释迦"诸句：见《景德传灯录》。释迦，即释迦牟尼。

⑪ "慧日禅师"诸句：见《五灯会元》。慧日禅师，《五灯会元》作慧初禅师。

⑫ "忠国师"诸句：见宋张伯端《西江月·法法法元无法》。忠国师，即唐慧忠

国师，六祖惠能门下宗匠，得玄宗、肃宗、代宗礼遇，封为国师。

⑬ "云峰师"诸句：见《五灯会元》。云峰师，俗姓徐，南昌（今属江西）人，宋代禅师。出家后，投瑞州（今江西高安）大愚守芝禅师（汾阳善昭法嗣）座下。

⑭ "善慧大士"诸句：见《五灯会元》。善慧大士，即傅翕。

⑮ "鉴贞师"诸句：见《五灯会元》。鉴贞师，即师蒨，五代吴越禅僧。

⑯ "商那尊者"诸句：见《景德传灯录》。商那尊者，即禅宗三祖商那和修尊者，摩突罗国人。姓毗舍多，在母胎中六年始生。后出家，身衣自然化成九条。

⑰ "摩诃迦叶"诸句：见《五灯会元》。摩诃迦叶，见卷二《金刚经》注。

⑱ "若法真禅师"诸句：见《五灯会元》。法真禅师，即释法真，南唐李主之裔。住兴教寺，迁荐福寺、庆元府芦山寺，称无相法真禅师。为南岳下十四世，光孝慧兰禅师法嗣。

⑲ "艳色"二句：见唐王维《西施咏》。

⑳ "早知"二句：见宋李唐《题画》。

㉑ "玉泉师"诸句：见《五灯会元》。玉泉师，即玉泉思达禅师。

㉒ 顾泾阳：即顾宪成。字叔时，号泾阳，明常州无锡人。因创办东林书院而被人尊称"东林先生"。

㉓ 《蔡中郎》：指《蔡中郎传》，即元末高明南戏《琵琶记》。据民间流传南戏《赵贞女》改编。写蔡伯喈中状元后招赘于牛丞相府。时蔡家乡遭灾荒，其妻赵五娘独力养家，典当俱尽，父母饿死。五娘抱琵琶，弹唱行乞，赴京寻夫，几经周折，遂得团圆。　《北西厢记》：元代王实甫杂剧《西厢记》的通称，相对于明代李日华所著传奇《南西厢》而言。

㉔ "堕灶和尚"诸句：见《五灯会元》。堕灶和尚，即破灶堕和尚，曾隐居嵩岳，山坞有庙甚灵，中唯一灶，远迩祭礼烹杀甚多。一日该和尚领侍僧入庙，

以杖敲灶三下云："咄！此灶只是泥瓦合成，圣从何起？灵从何来？恁么烹
杀物命？"言讫又击三下，灶乃倾堕，故遂称破灶堕和尚。

㉕ "洞山师"诸句：见《景德传灯录》。

㉖ 妙庄严海：相传为如来藏心之处，入此海即得道成佛。

作　诗

　　庚戌春①，读诗红雨楼，长儿世鼎问作诗。夫作诗之法，论于
名家不啻详，余何以告汝。虽然，阮光禄有言："非唯能言人不可
得，政索解人亦不可得。"② 则有若严仪卿之论禅云："禅家者流，乘
有大小，学者须从最上乘，具正法眼，悟第一义。若小乘禅，声闻
辟支果，皆非正也。"③ 故禅在妙悟，诗亦在妙悟。悟机一彻，则立
志自高，入门自正。使字自当，下字自响，用意自深，琢句自雅，
使事自妥，叙事自化，咏物自肖，风景自佳。故曰："诗有别材，非
关书也；诗有别趣，非关理也。"④ 老杜不云乎"平生性癖耽佳句，
语不惊人死不休"⑤，如此则立志自高矣。

　　然必作惊人语，语即不惊人。此何异步趋华相国，去之弥远。
又何异日临《兰亭》一帖，从此门入那得佳⑥。必取法汉魏晋盛唐，
不傍天宝以下诸公作生涯。则下劣诗魔，无由入肺腑，斯入门正矣。

　　使字何以当？如老杜"远鸥浮水静，轻燕受风斜"⑦，坡公最爱
此"受"字，谓燕迎风低飞，非"受"字不能形容。又如陈从易读杜
诗，至"身轻一鸟"，下缺一字，陈与众客各用一字补，云"疾"、云

"落"、云"起"⑧，终不如杜公"身轻一鸟过"⑨。过字之妙，此类是也。

下字何以响？盖炼句不如炼字，诗云"吟安一个字，捻断数茎须"⑩。如七言五字响，则"返照入波翻石壁，归云拥树失山村"⑪；五言三字响，则"双峰上檐额，独鹊袅庭柯"⑫，此类是也。

用意何以深？盖炼字又不如炼意，诗云"句向夜深得，心从天外归"⑬，大约自炼字中来。如"绿随风折笋，红绽雨肥梅"⑭，如"可怜无定河边骨，犹是深闺梦里人"⑮，如"秦时明月汉时关"⑯，此类是也。

至于琢句，如老杜"红稻啄残鹦鹉粒，碧梧栖老凤凰枝"⑰，此类是也。若使事，则当转法华，勿为法华转。东坡送人守嘉州云："峨眉山月半轮秋，影入平羌江水流。谪仙此语谁解道，请君见月时登楼。"⑱如谢玄晖"澄江静如练"⑲，鲁直则使云："凭谁说与谢玄晖，解道澄江静如练。"⑳李于鳞为朱司空赋新河诗，中一联云："春流无恙桃花水，秋色依然瓠子宫。"㉑按，三月水，谓之桃花水，为害极大。此联不唯对偶精切，而使事之妙，有不可言。

若叙事，则当如王敬夫"出门二月已三月，骑马陈州来亳州"之作㉒，又如"打起黄莺儿，莫教枝上啼。啼时惊妾梦，不得到辽西"㉓，与"山中何所有，岭上多白云。只可自怡悦，不堪持赠君"㉔，其叙事员紧，增减一字不得是也。坡诗云"论画必形似，见与儿童邻，作诗必此诗，定知非诗人"㉕，故咏物须得言外之意。苏福八岁咏初月时云："气朔盈虚又一初，嫦娥底事半分无。却于无处分明有，恰似先天太极图。"㉖又如刘禹锡咏鹤云："徐引竹间步，远含云外情。"㉗许浑咏鹭云："云汉知心远，林塘觉思孤。"㉘可味也。

慎莫学张仲之咏鹭鸶"沧海最深处，鲈鱼衔得来"㉙，则兔嘴脚太长之诮矣。奈何有生剥少陵、捬扯义山㉚，致令自家风景甚恶，如僧惠崇之见嘲于徒，有"河分江势司空曙，春入烧痕刘长卿。不是师兄多犯古，古人诗句犯师兄"者㉛，可鄙也。即诗家言，杀风景有六，而蹈袭不与，若无所用鄙者，亦痛惩深矣。

故作诗之法五，曰体制、曰格力、曰气象、曰兴趣、曰音节。诗之品九，曰高、曰古、曰深、曰远、曰长、曰雄浑、曰飘逸、曰悲壮、曰凄惋。其用工有三，曰起结、曰句法、曰字眼。其大概有二，曰优游不迫、曰沉着痛快。诗之极致一，曰入神。噫！尽之矣，余何容赘。故汉魏晋与盛唐，则第一义也；大历以还，则小乘禅也，落第二义矣；若晚唐则声闻辟支果也。能以禅学通诗学，则几矣。

或曰："位高者无俗累，无位者累于俗，为俗累者无诗心，累于俗者无诗身。"㉜余不谓然。夫人孰能了俗，但自了此心耳。若人能了心，何必学王宣子㉝，绝不喜见俗人。方有诗身，何必学其不营俗念，便有诗心。余谓人之于诗，在天云霞，在地草木，变化萌芽，不可方物。若假诗身诗心，方有佳句，则兴之所到，触机而吟。山痕水纹逗漏笔端者，是又何物？千秋之下，当有具眼。

① 庚戌：万历三十八年（1610）。

② "阮光禄"三句：见《世说新语·文学》。阮光禄，即阮裕，字思旷，晋河南陈留（今河南开封）人。曾任金紫光禄大夫，故称阮光禄。能言，长于辩论，有独到的见解。索解，寻求解释，探索意义。

③ "则有若"诸句：见宋严羽《沧浪诗话》。严仪卿，即严羽，字仪卿，号沧浪

通客。南宋文学批评家。论诗推崇盛唐，反对宋诗议论化、散文化的倾向。辟支果，佛教语，小乘二果之一。系通过缘觉乘修得的正果。后用以比喻诗歌中成就较低者。

④ "诗有别材"四句：见《沧浪诗话·诗辩》。

⑤ "平生"二句。见唐杜甫《江上值水如海势聊短述》诗。

⑥ "此何异"四句：见明王世贞《艺苑卮言》。华相国，指华歆。《世说新语·德行》载，王朗欣赏华歆的见识气度，却只学表面工夫，相差得越来越远。

⑦ "远鸥"二句：见唐杜甫《春归》诗。

⑧ "又如"诸句：事见宋朱胜非《绀珠集》。陈从易，字简夫，宋泉州人，累擢太常少卿。

⑨ "身轻"句：见唐杜甫《送蔡希曾都尉还陇右因寄高三十五书记》。

⑩ "吟安"二句：见唐卢延让《苦吟》。

⑪ "返照"二句：见唐杜甫《返照》。

⑫ "双峰"二句：见宋钱易《昼景》。

⑬ "句向"二句：见唐刘昭禹《句》。

⑭ "绿随"二句：见唐杜甫《陪郑广文游何将军山林》。

⑮ "可怜"二句：见唐陈陶《陇西行》四首其二。

⑯ "秦时"句：见唐王昌龄《出塞》其二。

⑰ "红稻"二句：见唐杜甫《秋兴八首》其八。

⑱ "峨眉"四句：见宋苏轼《送张嘉州》。此诗为送张伯温任嘉州太守时所作。

⑲ "澄江"句：见南朝齐谢朓《晚登三山还望京邑》。谢玄晖，即谢朓，见卷二《唐诗》注。

⑳ "凭谁"二句：见宋黄庭坚《题晁以道雪雁图》。鲁直，即黄庭坚，见卷二

《名帖》注。

㉑ "李于鳞"三句：事见明顾起元《说略》。李于鳞，即李攀龙，见卷二《济南、弇州、太函集》注。朱司空，即朱衡，字士南，明嘉靖时任工部尚书。古人别称工部尚书为大司空。

㉒ "则当如"二句：见明王九思《亳州》。王九思，字敬夫，号渼陂。明陕西鄠县（今陕西西安）人。"前七子"之一。著有《渼陂集》《碧山乐府》等。

㉓ "打起"四句：见晚唐金昌绪《伊州歌》其二。

㉔ "山中"四句：见南朝陶弘景《诏问山中何所有赋诗以答》。

㉕ "论画"四句：见宋苏轼《书鄢陵王主簿所画折枝二首》其一。

㉖ "气朔"四句：见明苏福《初一夜月诗》。苏福，明洪武间举神童，八岁赋《三十夜月诗》。

㉗ "徐引"二句：见唐刘禹锡《鹤叹》其二。

㉘ "云汉"二句：见唐许浑《重赋鹭鸶》。许浑，字仲晦，唐润州丹阳（今江苏丹阳）人。诗多登高怀古之作，以律诗最擅名。

㉙ "沧海"二句：见唐张仲之《鹭鸶诗》。张仲之，唐洛阳（今属河南）人，和其兄张循之并以学业著名。

㉚ 少陵：即杜甫，见卷二《唐诗》注。　掮扯（xián chě）：剥取。特指写作中割裂文义、剽窃词句。　义山：即李商隐，见卷二《唐诗》注。

㉛ "如僧惠崇"五句：事见宋胡仔《苕溪渔隐丛话》。惠崇，北宋僧人。擅诗画。诗专精五律，多写自然小景，忌用典，尚白描，颇为欧阳修等大家称道。司空曙，字文初。唐大历十才子之一。刘长卿，唐诗人。见卷二《唐诗》注。

㉜ "位高者"四句：见明陈益祥《陈履吉采芝堂文集》。

㉝ 王宣子：当作"阮宣子"，即阮修，字宣子。名士阮咸从子。不喜见俗人，遇便舍去。

临　帖

　　秦兴，同天下之书，李斯遂为世宗①。时则赵高、胡母敬改省籀篆②，谓之小人篆。程邈所上，务趋便捷，谓之隶书③。王次仲分取篆隶之间④，谓之八分⑤。自邈以降，谓之秦隶。贾鲂《三仓》、蔡邕《石经》诸作⑥，谓之汉隶。钟王变体⑦，谓之今隶；合秦汉谓之古隶。庾元威造为散隶⑧，羲、献复变新体⑨，别以今隶，谓之楷法。史游又解散隶体⑩，谓之章草。张伯英之法⑪，谓之草书。卫瓘复采芝法⑫，芜乎行书，谓之藁草。羲、献之书，谓之今草。构结微渺者，谓之小草。复有所谓游丝之草。宋蔡襄为飞草⑬，谓之散草。刘伯昇小变楷法⑭，谓之行书，芜真谓之真行，带草谓之草行。蔡邕所作轻微大字，谓之飞白⑮。

　　故真、行、草书之法，其源出于诸体，其员劲古淡，则出虫篆⑯；其点画波发，则出八分；其转换向背，则出飞白；其简便痛快，则出章草。然而真、草与行，各有体制，惟真生行，惟行生草。真如立，行如行，草如走，未有未能行立而能走者也。或云："草书千字，不抵行书十字；行书十字，不抵真书一字。"此岂知书者哉？

　　每观古帖，欣然有得，便即临写。虽不甚肖，亦觉有致。昔章子厚日临《兰亭》一本，东坡谓章七书必不佳，少其从门入也⑰。若下笔之际，尽仿古人，则少神气；专务遒劲，则俗病不除。所贵熟习兼通，心手相应，乃臻妙境。大要临书易得意，难得体；摹书易得体，难得意。离之而近者，临也；合之而远者，摹也。临进易，摹进难，斯言得之矣。乃真书之妙，无出钟元常、王逸少⑱，今观二家之书，皆萧洒纵横，不拘平正。至唐人以书判取士，而士大夫字画，类有科举习气，矧欧、虞、颜、柳⑲，前后相望，故其下笔，应矩入规，无复魏晋飘逸。

　　彼魏晋书法之高，良由各尽字之真态，譬如"东"字之长、"西"字之短、"口"字之小、"体"字之大、"朋"字之斜、"党"字之正、"千"字之疏、"万"字之密，各有所宜，随字体认。故字之眉目在于点，此要顾盼精神，向背得势。字之体骨在于画，须要坚正匀静，起止合节。字之手足在于ノ乀，须要伸缩异度，变化多端，若鸟翅，若鱼翼，翩翩自得。字之步履在于挑剔，须要沉沉实实，或带斜拂，或横引而外至。用笔之妙，全在转折，转折欲少驻，驻则有力，转不欲滞，滞则不遒。然真以转而遒，草以折而劲，此又不可不知。

　　作字之法，悬针颇难，笔欲极正，自上而下，端若引绳。若垂而复缩，谓之垂露，故米老云："无垂不缩，无往不收。"⑳盖"用笔不欲太肥，肥则形浊；又不欲太瘦，瘦则形枯。多露锋芒，则意不持重；深藏圭角，则体不精神"㉑，善哉尧章之言㉒，可谓妙得笔理者也。草书之体，若见斗蛇，若见担夫，若见大娘舞，引伸触类，造妙入微。欲其曲折，员而有力，如折钗股，如屋漏痕，如锥画沙，如壁坼，如印印泥。故一点一画皆有三转，一波一拂皆有三折，一ノ皆有数样。一点欲与画相应，两点欲相自应，三点一起，一带一应，四点一起，两带一应。《笔阵图》云："若平直相似，状如算子，便不是书。"[23]

又须略考篆文，以知点画来历先后，如左右之不同，剌剌之相异。"王"之与"玉"，"示"之与"衣"，以至"秦""泰""奉""春"，形同体异，一一胸中，斯无错误。总之，真以点画为形质，使转为性情；草以点画为性情，使转为形质。又不可死蛇挂树、踏水虾蟆也[24]。至于用笔之诀，尽之双钩悬腕，让左侧右，虚掌实指，意前笔后。虽持笔有偏正不同，然正以立骨，偏以取态，自不可已。元常以多力丰筋为书法，夫亦立骨取态之义云。虽然，学书何容易哉！即用笔墨之间，亦自有法，文房四宝，阙一不可。用墨作楷欲干，然不可太燥；作行草欲燥润相杂，然不可太浓。盖润以取妍，燥以求险，太浓笔滞，太燥笔枯。笔欲锋长劲而员，长则含墨，劲则有力，员则妍美。此又临池者所当知也。

嗟夫，学书何容易哉！一画失所，如壮士折一肱；一点失所，如美女眇一目。学画何容易哉！余先叔祖小洲公及先君子宾吾公，皆于临池着力，遗迹尤存。余小子不敏，每取诸名帖及先君子遗踪，引而伸之，触类而长之，尝去临独书，颇觉散朗多姿，乃知从门入者，果不佳也。奚独章七哉[25]！

① 李斯：战国末楚上蔡人。秦始皇称帝统一六国，斯为丞相。下禁书令，变籀文为小篆。

② 赵高：秦时宦官。善写大篆，曾教秦始皇少子胡亥书法。　胡母敬：秦太史令，博识古今文字。作《博学篇》七章，多采史籀大篆，结构略有省改，

称为秦篆，即后世所称小篆。 籀（zhòu）篆：即大篆。因录于《史籀篇》，故称。

③ "程邈所上"三句：程邈，字元岑，相传为隶书的创始者。因奏事繁多，篆字难写，乃用隶字为隶人佐书，故名隶书。

④ 王次仲：秦上谷（今河北怀来县）人，相传为古八分书的始创者。

⑤ 八分：汉字书体名。也称分书。

⑥ 贾鲂：东汉书法家，有《滂喜篇》。魏晋时人将李斯《仓颉篇》与汉扬雄《训纂篇》、贾鲂《滂喜篇》三篇字书合为一部，名《三仓》。 蔡邕：字伯喈，东汉书法家，曾刻印《熹平石经》。

⑦ 钟王：三国魏钟繇与晋王羲之皆善书，世合称钟王。

⑧ 庾元威：字少明，南朝梁时人。著有《论书》一篇。

⑨ 羲、献：晋代书法家王羲之、王献之父子二人的并称。

⑩ 史游：汉元帝时任黄门令，曾用隶书草写成《急就章》一篇。后人称其书体为章草。

⑪ 张伯英：即张芝，字伯英。见卷二《名帖》注。

⑫ 卫瓘：字伯玉。晋咸宁初，征拜尚书令。瓘与尚书郎索靖均善草书，时称为"一台二妙"。

⑬ 蔡襄：字君谟，北宋书法家。工书法，小楷、草书为笔甚劲而姿媚有余，人称当时第一。

⑭ 刘伯昇：或即刘德昇，字君嗣，东汉颍川人。创制了行书字体。

⑮ 飞白：汉蔡邕见匠人用刷白粉的帚写字，因作"飞白书"。笔画丝丝露白，如枯笔所写。

⑯ 虫篆：即鸟虫书，古书体之一，像鸟虫之形。

⑰ "昔章子厚"三句：事见宋赵令畤《侯鲭录》。章子厚，即章惇，字子厚，号大涤翁，宋建宁军浦城（今福建南平市浦城县）人。出身世族，博学善文。

⑱ 钟元常：即钟繇。见卷二《名帖》注。　王逸少：即王羲之，见卷二《名帖》注。

⑲ 欧、虞、颜、柳：指唐代书法家欧阳询、虞世南、颜真卿、柳公权。常用以泛指楷书的各种流派。

⑳ "故米老云"三句：见宋米芾《论书·答翟伯寿》。

㉑ "用笔"诸句：见宋姜夔《续书谱》。

㉒ 尧章：即姜夔，字尧章。宋饶州鄱阳（今江西鄱阳）人。擅书法，其书得魏晋风神，运笔遒劲。著《续书谱》。

㉓ "笔阵图"四句：见晋王羲之《题卫夫人〈笔阵图〉后》。算子，即算盘。

㉔ "又不可"句：晋王羲之《笔势论十二章》："字之形势……不宜伤长，长则似死蛇挂树；不宜伤短，短则似踏死蛤蟆。"

㉕ 章七：即章子厚，见前注。

作　画

"画有六法：气韵生动，骨法用笔，应物写形，随类傅彩，经营位置，传模移写。"① 此六法也，五法可学而能，气韵必在生知。此岂可巧密得，岁月到，是必默契神会，不知其然而然者乎？岂惟六法，又有三病：一曰板，二曰刻，三曰结。腕弱笔痴，全亏取与，物状平褊，不能员浑，曰板。运笔中疑，心手相戾，勾画之际，妄生圭角，曰刻。欲行不行，当散不散，似物凝碍，不能流畅，曰结。岂惟三病，又有六要：气韵兼力，格制俱老②，变异合理，彩绘有泽，去来自然，师学舍短。岂惟六要，又有六长：粗卤求笔，僻涩求才，细巧求力，狂怪求理，无墨求染，平画求长。岂惟六长，又有八格：石老而润，水淡而明，山要崔嵬，泉宜洒落，云烟出没，野径迂回，松偃龙蛇，竹藏风雨。岂惟八格，忌有十二：一忌布置迫塞，二忌远近不分，三忌山无气脉，四忌水无源流，五忌境无夷险，六忌路无出入，七忌石止一面，八忌树少四枝，九忌人物伛偻③，十忌楼阁错杂，十一忌溕淡失宜④，十二忌点染无法。噫，此作画之大略也。

下手工夫，则须二十分才、二十分胆、二十分识，若文与可画竹⑤，先得成竹胸中，执笔熟视，乃见其所欲画，急起从之，振笔直遂，以追所见，如兔起鹘落，少纵则逝。又若孙知微欲作湖滩水石大慈寺壁⑥，营度经岁，不肯下笔。一旦仓皇入寺，索笔墨甚亟，奋袂如风，须臾而成，作铮泻跳蹙之势，汹汹欲崩屋。如二公者，毋论其才、其胆、其识，即其气韵生动，得画之趣，入画之神，非有二十分才、二十分胆、二十分识者能乎？作画者不可无是观矣。

余家叔祖仙洲公，山水擅名。而小洲、衡石、东川公，俱精六法。余尝与洪明之、姜仲宪、丘守一、从弟士恭辈结社史水，乃守一凝神遐览，风气日上，即家徒壁立，了不经怀。每念东坡送贾处士怪石古木一纸，云："遇饥时辄以开看，还能饱人否？若吴兴有好事者，能为君月致米三石、酒三斗，终君之世者，便以赠之。不尔，可令双荷叶收掌，须添丁长以付之。"⑦余尝作墨戏，书此意遗之，守一笑曰："近代好事毋如公者，吾当就公索食，其墨戏亦须令双荷叶收掌，待添丁长以付之也。"余惟世乏神品，六法渐淹矣。呜乎，安得二十分才、二十分胆、二十分识者，上下千古，为生平一大快哉！

① "画有六法"七句：见南朝齐谢赫《古画品录》。气韵，指绘画中独特的意境韵味。骨法用笔，指绘画结构勾画生动。应物写形，准确描绘对象的形状。随类傅彩，根据事物的类型来赋予色彩。经营位置，构思构图。传模移写，临摹前人的作品或自己的图稿。

② 格制俱老：指绘画的格法、体制要老到、熟练，强调艺术的法度和规范。

③ 伛偻(yǔ lǚ)：驼背。

④ 忌渲淡失宜：指无论水墨、设色、金碧的墨渖渲淡，皆需深浅得宜。

⑤ 文与可：即文同，字与可，号笑笑先生。北宋画家。善画山水，尤长墨竹，其后学者甚多，称为"湖州竹派"。

⑥ 孙知微：字太古。五代末宋初眉州彭山人。世本田家，天机颖悟。善画，用笔放逸，不蹈前人笔墨常规。其绘大慈寺壁事见苏轼《书蒲永升画后》。

⑦ "每念东坡"诸句：见宋苏轼《东坡志林》。贾处士，即贾收，字耘老，宋湖州乌程人。有诗名，喜饮酒。著有《怀苏集》。双荷叶，贾收小妾名。添丁，贾收之子。

赏　鉴

米元章有云："好事家与赏鉴家不同。好事家慕名收置，不辨真伪；若赏鉴家博览洽闻，深得古意，欣然玩赏，如对古人。"①噫，岂独物哉！古今称善赏鉴者，莫如秦皇、汉武，其读韩非、相如之文也，恨不得与斯人同时②。天下有赏鉴若此者乎？魏武病头风，方伏枕也，一见陈琳檄，即跃然起曰："此愈我疾，此愈我疾！"③天下有文章辱及其祖父，而且以起病，赏鉴若此者乎？其爱丁仪才也，欲嫁之爱女，五官中郎将以仪眇也，恐爱女不悦，遂阻。后操悔曰："丁掾好士，即两目盲，犹当嫁女，何况但眇？是儿误我。"④天下有赏鉴而忘其眇，忘其爱，忘其女之所不爱若此者乎？唐明皇于李白也，爱其才，使力士脱靴，贵妃捧砚，天下有赏鉴而忘其所宠任、忘其所溺爱若此者乎？

然秦皇得非而不能用，又因而杀之。吾于此正谓秦皇精于赏鉴也。以非之《说难》⑤，是必能窥主意而巧为⑥，逢者不杀之，安知指鹿为马不在非也？然去一非而又有李斯、赵高在⑦，则赏鉴之难也。汉武得相如，不闻大用，竟渴死文园⑧，吾于此又谓汉武之精于赏鉴也。以文君之寡，相如且窃以逃⑨，其无行何如？如此之人，而堪托国家也？至死犹以封禅佞，幸不大用耳。当其时，政帝用武之秋，而李广竟以不侯⑩，则赏鉴之难也。丁掾、陈琳，操已具双眼矣，而孔北海、杨主簿才岂出二子下⑪，而卒乃杀之，何也？正操之所以能赏鉴也。大儿孔文举、小儿杨德祖，是与祢正平所交好者[12]，即正平不善藏所用，而孔、杨之驰骋聪明，不自韬晦可知也。以此辈无识之夫，留之家国，安在不以人国为侥幸，而丁、陈寥寥无所大用，则赏鉴之难也。明皇之爱李白，士人生平所无者，胡终使之流落不收也？此明皇之所以能赏鉴也。逆知其后必以酒误身，身之不爱，国于何有？永王璘之从[13]，岂不得死哉？而卒以禄山致祸[14]，何明于李，暗于安也？则赏鉴之难也。

当今人文盛矣，其赏鉴者，当不乏人，岂特物哉？张彦远云："有收藏而不能鉴识，能鉴识而不善阅玩，能阅玩而不能装裱，能装裱而无铨次，皆所谓好事家也。"[15] 庞士元之见屈于百里也[16]，不能鉴识之一征；贾长沙之悲愤于鵩鸟也[17]，不能阅玩之一征。沈、谢之引短推长，僧虔之秃笔自免也，不能装裱之一征[18]。呜呼，此越石父之所以请绝于晏婴也[19]，则能装裱而无铨次者也。丈夫以半生腑脏投人，人未有惜者，矧雕虫小技，安望人之我收？此时即有面安向？有足安施？有口安吐？何怪匠人废斤、牙生绝弦也[20]。日者若吾闽施公之于孙[21]，汉阳萧公之于汤[22]，何异钟、郢，真所谓千秋国士恩者。此虽孙、汤之有手，施、萧之有目，然必若孙先生之于施、汤先生之于萧，斯不负赏鉴。

余闻胡人之得消面虫也，置油膏银鼎中，构火其下，炼之七日不绝燎。忽有一童，分发衣青襦，自海中出，捧径寸珠甚多来献，胡人叱而不受。食顷，有一玉女，衣露绡之衣，翩翩自海中出，捧紫玉盘，中有大珠数十来献，胡人骂而不受。俄有仙人来献一珠，径二寸许，奇光泛空，照数十步。胡人笑而受之，谓其徒曰："至宝来矣。"于是绝燎收虫，吞其珠以入海。海水豁开十步，鳞介之族俱辟易回避。游龙宫，入蛟室，珍珠怪宝，任意所择，才一夕而获宝甚多[23]。若胡人者，真能赏鉴者也，得一至宝而群宝悉至，今之所负赏鉴者，皆好事家耳。毋惑乎秦皇汉武辈赏鉴之难，而萧、施二公专美于后也。故善赏鉴者，得一至宝为宝媒，何忧天下之人才不入吾物色中哉！

① "米元章"诸句：见元汤垕《书鉴》。米元章，即米芾。

② "莫如"三句：事见《史记·韩非列传》《汉书·司马相如列传》。

③ "魏武"诸句：事见宋李昉《太平御览》。魏武，即魏武帝曹操。陈琳，字孔璋，"建安七子"之一。初为何进主簿，后归袁绍，尝为袁绍作檄文，数曹操罪状。

④ "其爱"诸句：事见宋祝穆《事文类聚》。丁仪，字正礼，少有才名。丁仪及其弟丁廙与曹植亲近，曾劝操立植为太子。及曹丕为帝，借故杀仪兄弟。五官中郎将，指曹操子曹丕。眇，原指一只眼瞎，后亦指两眼俱瞎。

⑤ 《说难》：韩非所作，指出游说成功的秘诀有三：一要研究人主对于宣传游说的逆反心理，二要注意仰承人主的爱憎厚薄，三是断不可撄人主的"逆鳞"。

⑥ 主意：君主的心意。

⑦ 李斯、赵高：见本卷《临帖》注。

⑧ 渴死文园：汉刘歆《西京杂记》载司马相如素有渴疾，后病死于茂陵。

⑨ "以文君"二句：见卷一《福地》注。

⑩ 李广：汉陇西成纪（今甘肃秦安县）人。善骑射，文帝时击匈奴有功，为武骑常侍。武帝时为右北平太守，号"飞将军"。与匈奴前后有七十余战，然

未得封侯。

⑪ 孔北海：即孔融，见卷二《酒具》注。 杨主簿：即杨修，字德祖。汉献帝
时为曹操主簿，操忌修才智，又以其为袁术之甥，虑为后患，遂借故杀之。

⑫ 祢正平：即祢衡，字正平。汉末平原般（今山东临邑县）人。少有才辩，而
气刚傲物。与孔融交好，融荐于曹操。曹操送衡于刘表，表又送之于江夏
太守黄祖处，终为黄祖所杀。撰有《鹦鹉赋》。

⑬ 永王璘：即永王李璘，唐玄宗李隆基第十六子。安史之乱起，李璘奉玄宗
普安郡制置诏，出兵东南。李白入永王幕。后肃宗李亨即位灵武，以叛乱
罪讨伐李璘。李白也因反叛罪入狱，后流放夜郎。

⑭ 禄山：即安禄山，本姓康，初名轧荦山。唐营州柳城奚族（今辽宁朝阳）
人。天宝十四年（755）冬在范阳起兵叛乱，先后攻陷洛阳、长安，称雄武
皇帝，国号燕，建元圣武。至德二年（757）春，为其子安庆绪所杀。

⑮ "张彦远"诸句：见其《论鉴识收藏购求阅玩》。张彦远，字爱宾，唐河东
（今山西永济西）人。能文，工书。家藏法书名画甚丰，精于鉴赏。作《法
书要录》十卷，俱载古人论书语。装裵（chǐ），装裱古籍或书画。铨次，编
排次序。

⑯ 庞士元：即庞统，字士元。汉末襄阳（今属湖北）人。人称凤雏。刘备领荆
州，使统守耒阳令，不治。吴将鲁肃致书备曰："庞士元非百里（百里之县）
才也，使处治中、别驾之任，始当展其骥足耳。"诸葛亮亦言之于备，遂使
为治中从事，与亮并为军师中郎将。

⑰ 贾长沙：即贾谊，谪居长沙时作《鵩鸟赋》，借与鵩鸟问答以抒发自己忧愤
不平之情。

⑱ "沈、谢"三句：《南史·刘峻传》："武帝每集文士策经史事，时范云、沈约

之徒皆引短推长，帝乃悦，加其赏赉。"引短推长，有意不露才以显己之短，显人之长。沈谢即南朝沈约、谢朓的合称。《南齐书·王僧虔传》载："孝武欲擅书名，僧虔不敢显迹。大明世，常用掘笔（秃笔）书，以此见容。"僧虔，即王僧虔，见卷二《名帖》注。

⑲ 越石父：春秋时齐国奴隶。《晏子春秋》载齐相晏婴解救越石父于监牢之中，归而久未请见，越石父以为辱己，要求绝交，晏婴谢过，延为上客。

⑳ 匠人废斤：事见《庄子·徐无鬼》。一郢人鼻尖沾上了一块像蚊蝇翅膀大小的白粉，便让一石匠用斧子削掉，石匠削掉白点后郢人毫无损伤。宋元君听闻后，召见石匠也想尝试此事。石匠答言我确能如此，但可以与我搭档的伙伴已经死去很久了。　牙生绝弦：事见《列子·汤问》，伯牙善于演奏，钟子期善于欣赏。后钟子期病故，伯牙认为这世上再不会有知音，遂挑断琴弦，终生不复弹琴。

㉑ 吾闽施公之于孙：谓明万历间福建人施观民任常州知府时，慧眼识才，断定县学生员孙继皋必定能魁天下。孙后来果然考取了状元。

㉒ 汉阳萧公之于汤：明萧良有曾在诸生中提拔汤宾尹，并指着他对人说："汤生文脉酷似家伯兄，异日名第定相当也。"

㉓ "余闻"诸句：事见《太平广记·陆颙》。

摹　古

古之人摹人，故曰古之人、古之人；今之人摹物，则曰古之物、古之物。夫古不有道德如孔、孟，而人不摹；不有功业如伊、周①，而人不摹；不有节义如夷、齐②，而人不摹；不有文章如《左》《史》③，而人不摹。乃今之摹者，亦孔之丑④。试举一巾，俄而高，俄而低。其高也，以低为今；及其低也，又以高为今。是何今之易古乎？又举一袖，俄而大，俄而小。其大也，以大为古；及其小也，又以小为古。是何古之易今乎？诸如此类，俄以为古，则从而仿之；俄以为今，则从而更之，又何古今之递变乎？

吾观之世，日往月来，水流花开，古今无异；吾观之人，耳目口鼻，手足发肤，古今无异；吾观之物，鸡犬羊牛，竹木花草，古今无异；吾观之味，甜甘辣涩，咸酸辛苦，古今无异；吾观之山川，华恒河海，流峙高深，古今无异。是无异者，何待于摹？今日之今，即后日之古；今日之古，乃昔日之今。彼好事者，贱今贵古，依依拟拟⑤，无时休歇。不思夫夫作事，须当自我作古，信如张思光之言："不恨我不见古人，恨古人不见我。"⑥三复斯语，唾壶几碎。

① 伊、周：指伊尹与周公，二人并为辅佐之才。

② 夷、齐：指伯夷和叔齐，古之隐士。武王灭商后，他们耻食周粟，逃到首阳山，采薇而食，饿死在山里。

③《左》《史》：即《左传》和《史记》。

④ 亦孔之丑：甚是丑恶。语出《诗经·小雅·十月之交》："十月之交，朔月辛卯，日有食之，亦孔之丑。"

⑤ 依依拟拟：指依从仿效。

⑥ "信如"三句：语出《南史·张融传》。张思光，即张融，字思光，南朝齐吴郡吴县（今江苏苏州）人。出仕宋、齐，官至司徒兼右长史。有《张长史集》。

觅　友

　　性好朋友，时不择觅，人或嗤余，谓余易与。常自念言：平生近交，如茶如饭，但有醉饱，无可厌弃，是近交者，自不必觅；慕向之友，如酒如肉，一经庖人①，便增色气，是慕向者，自不可觅；意气之友，山海奇珍，虽品异常，不宜久食，是意气者，何处可觅。真正相知，非茶非饭，非酒非肉，亦非珍错②。高山流水③，贾竖管鲍④，相视莫逆，如此相知，断非觅得。弘正得友，即书简牍，焚香告祖，号"金兰簿"⑤。仲悌命驾⑥，子猷雪舟⑦，元卿三径⑧，景真远求⑨，如此觅友，古今所希。不见则思，愁如调饥⑩。见则握手，爱敬愈久。此我癖性，人人可有。有谓深交，常平无奇，何异大嚼不知其味。古人有云，友必如己⑪。若不如己，便不可友。我不如彼，彼何友我？彼己相友，方能砥砺。始知觅友，无量进益。友若易觅，与何可易？我慨世人，莫知我意。

① 庖人：即厨师。

② 珍错："山珍海错"的简称，泛指珍异食品。

③ 高山流水：见卷一《溪桥》注。

④ 贾竖管鲍：春秋齐管仲与鲍叔牙交情深厚。二人曾共同经商，管仲出钱虽少，但每次盈利时拿钱最多。而鲍叔牙并无抱怨，人问则说，管仲拿钱多，是因为他家有老母要养。管仲曾说："生我者父母，知我者鲍子也。"贾竖，

旧时对商人的贱称。

⑤ "弘正"四句：事见唐冯贽《云仙杂记·金兰簿》。弘正，即戴弘正，唐人，
生平不详。

⑥ 仲悌命驾：事见《世说新语·简傲》，晋吕安与嵇康交好，因久不见，便不
远千里，驾车来到安徽宿县嵇家造访。仲悌，即吕安，字仲悌，小字阿都。
晋东平（今属山东）人。

⑦ 子猷雪舟：见卷一《杨花溪》注。

⑧ 元卿三径：汉赵岐《三辅决录·蒋诩》载，西汉末，王莽专权，兖州刺史蒋
诩告病辞官，隐居乡里，于院中辟三径，唯与求仲、羊仲来往。

⑨ 景真远求：事见《世说新语·言语》，赵景真少年游太学时曾遇嵇康写石经，
徘徊视之不能去，而请问姓名。后至山阳寻访不得，两年后复见嵇康，便
跟随康回山阳。景真，即赵至，字景真。晋代郡（今河北蔚县）人，寓居洛
阳。论议精辩，有纵横才气。

⑩ 愸（nì）如调饥：语出《诗经·周南·汝坟》："未见君子，愸如调饥。"愸，
忧思。调饥，表示渴慕的心情。调，同"朝"。

⑪ 友必如己：语出《论语·学而》："无友不如己者。"

寻　僧

余癖爱寻僧，或有嘲者曰："彼释迦之徒，我孔子之徒。"恶知三
教名殊，救世则一。孔子知人好名也，以名教诱之；释迦知人怕死
也，以死惧之；老氏知人贪生也，以长生引之。是皆权立名色，化

诱后人，彼今之嘲者，作何见解？岂孔子之徒，高官重禄，妻孥田宅 ①，种种富贵，皆其所无耶？若是，则我孔子之徒为释迦之徒所嘲多矣。若谓其弃人伦、离妻子，则我孔子终身周流，席不暇暖 ②，岂无妻子？政为人伦，故孔子当时亦在家出家者也。

今之为孔子徒者，终日呀唔鼻孔中，数语寄人篱，守人汗，一朝误投，便自骄慢。间有狡者，又攒入良知席，讲以博名高，居则曰："孔子于我为鼻祖，我于孔子为耳孙。"迹其所为，日在贪嗔痴中，不自解脱。释迦有知，当必戒其徒，勿向此辈面孔也。孔子若在，必曰："非吾徒也，小子鸣鼓而攻之可也。" ③ 孰若寻僧惠远、参寥、佛印辈谈禅演偈 ④，检帖赋诗乎？此非为释迦护法也，聊为余癖解嘲云尔。

① 妻孥（nú）：妻子和儿女。

② 席不暇暖：座席还未坐热就起来了。形容事务极忙。

③ "非吾徒也"二句：语出《论语·先进》。

④ 惠远：隋代僧人。北周武帝灭法时，曾与同寺僧慧恭结契勤学。　参寥：即参寥子，宋僧道潜的别号。见卷一《夜景》注。　佛印：宋朝僧人。见本卷《寻真》注。　谈禅演偈：谈论禅门中的玄理，演说佛经中的唱词。

奉　佛

佛有功于世，不在禹、汤、文、武、周公、孔子下哉 ①。说者曰佛源于汉，流于晋，弥漫于宋、魏、齐、梁、陈、隋、唐、宋间。三王、周、孔之世②，无所谓佛者，且创言地狱果报，何浅且私，乃烦祇奉。不知此政佛所为继三王、周、孔以有功于衰世者也。云何有功？三王、周、孔之世，道风虽衰，渐渍犹存③，虽有佛法，无所用之。周孔以后，世界鼎沸，生人煎熬，茫茫宇宙，一身安逃。不有佛氏慈悲，开教先圣，乾坤安能维持？

故世人见贪，众目耽耽④，一闻佛言，如避火坑；世人见嗔，怒发冲天，一闻佛言，如畏深渊；世人见痴，如鱼忘水，一闻佛言，即醒醉迷；世人见富，百般驰求，一闻佛言，珠玉尘土；世人见贵，百般不足，一闻佛言，穷达如一；世人爱生，每图寿增，一闻佛言，时至不干⑤；世人恶死，推免不已，一闻佛言，时至即止。勇者思奋，智者思谋，一闻佛言，清净恬息。至于愚者，非明示果报，显惕地狱，肆其浇戾⑥，无有时已。又况周孔之道，守者无罪，犯者有诛，周孔亦若是浅且私乎？吾故曰："佛所以继三王周孔以维世，虽谓三王周孔为盛世佛也可，谓佛为衰世三王周孔也可。"彼且功继列圣，我当奉之乾乾。

---

① 禹：即夏禹。　汤：指商汤。　文：指周文王姬昌。　武：指周武王姬发。

② 三王：指夏禹、商汤和周代文王、武王。　周：周公。　孔：指孔子。

③ 渐渍：浸润，引申为感化。

④ 耽耽：威严注视貌。

⑤ 干：求取。

⑥ 肆：恣纵，放纵。　浇戾：浮薄暴戾。

参　禅

　　吕洞宾参黄龙，言下顿契，作偈曰："弃却瓢囊摵碎琴，如今不恋汞中金。自从一见黄龙后，始觉从前错用心。"[①] 夫错用心者，皆由不能割此恋字。一有爱恋，便为境所夺[②]。人夺境，境夺人，种种恶业，缘之而生。故吾儒学问得力，只是一个"舍"字。舍则无人无境，夺从何生？有参达观禅师者，问如何是夺人不夺境？师曰："家里已无回日信，路边空有望乡碑。""如何是夺境不夺人？"曰："沧海尽教枯见底，青山直得辗为尘。""如何是人境两夺？"曰："天地尚留秦日月，山河不见汉君臣。""如何是人境俱不夺？"曰："莺啼千林花满地，客游三月草侵天。"[③] 噫，人能于此处参得透，自不恋着汞中金。奚待黄粱梦觉，岳阳之人始不识哉[④]？然则参禅者当何如？坤之上、乾之下，中间一物无售价。十万里来作证明，九年面壁不说话[⑤]。如何赞？如何画？一回举起一回怕。

---

① "吕洞宾"诸句：吕洞宾，见卷二《盆花》注。黄龙，唐末五代黄龙晦机禅师。吕洞宾得黄龙禅师点化之事，见《五灯会元》卷八。契，投合。摵（shè），摔。

② 境：佛教语，指成为心意对象之世界。

③ "有参"诸句：事见《五灯会元》卷十一。达观禅师，即昙颖达观禅师，宋代临济宗僧。杭州钱塘（今属浙江）人，俗姓丘，号达观。居润州金山龙游

寺，弘扬临济宗风。

④ "奚待"二句：指吕洞宾遇钟离权点化，梦中历尽繁华，醒后见黄粱饭还未熟，悟道出家之事。当是改编自唐沈既济《枕中记》中卢生"黄粱一梦"的故事。岳阳之人不识，化用自《诗人玉屑》所载吕洞宾自咏"三醉岳阳人不识，朗吟飞过洞庭湖"之诗。元杂剧有《吕洞宾三醉岳阳楼》。乐纯友人苏汉英有《吕真人黄粱梦境记》，见卷一《城市山林》注。

⑤ 九年面壁：相传禅宗始祖菩提达摩于北魏孝明帝时在嵩山少林寺面壁九年，终日不语。

说　　法

"法不说不明，说法者，可以根性大小分别乎①"？曰："可。""法本平等，说法者不可以根性大小分别乎？"曰："可。"分别何可，闻之楞严三昧②，随其所应而为说法。故为阐提人说十善法③，为小乘人说四谛法④，为中乘人说十二因缘法⑤，为大乘人说波罗蜜法⑥。皆对病根，投以良药。虽吾夫子中人以上，可以语上；中人以下，不可语上。故分别可，不分别何可。

闻之法王，众生之性，即是法性。从本已来，无有增减。云何于中分别药病？若定根基，是断佛性，是减佛身，是说法人当历百千万劫，堕诸地狱。纵佛出世，犹未得出。何以故？是法平等，无有高下。若说多法，即名颠倒。故孔子云："吾无隐尔。"⑦吾无行不与，是无分别可。究竟何如？在孔为道，道为第一；在佛名法，法为第一。天下惟第一则不可说，是以维摩不说^⑧，入不二法门；孔欲无言，为万世宗师。此之谓真说法。说至无可说，乃名究竟，大众会么？

① 根性：佛家认为气力之本曰根，善恶之习曰性。人性有生善恶作孽之力，故称"根性"。

② 楞严三昧：即首楞严三昧，首楞严意为勇健，喻此禅定坚固，诸魔不能破坏，为佛、菩萨所得的禅定。三昧意为"定"，指排除一切杂念，使心神平静。

③ 阐提：全称一阐提，称永无成佛之机的人。此处指发大悲心，为救众生，永不成佛的人，谓之大悲阐提。　十善法：佛教称不犯杀生等十事为十善，与十恶相对而言。

④ 小乘：佛教早期流派。信奉《阿含经》等教典，重在自我解脱，以求证阿罗汉果为其止境，通过个人修行，入于涅槃，以免轮回之苦。　四谛法：佛教以苦、集、灭、道为四谛。苦泛指逼迫身心苦恼之状态；集指一切贪嗔惑业，能集起三界六趣之苦报；灭为灭惑业而离生死之苦，即涅槃；道为八正道，以能通于涅槃。前二者是世间的果和因，后二者是出世间的果和因。

⑤ 中乘：亦名缘觉乘，谓观因缘而悟解。　十二因缘法：指从"无明"到"老、死"，从过去世到未来世这一过程的十二个环节。中乘修法者认为三世众生尽为十二因缘所支配，而十二因缘则依一念无明而起。认为若能将此一念断倒，便可超出三世，了生脱死。

⑥ 大乘：佛教语，对小乘而言。世间菩萨的法门，以救世利他为宗旨，最高的果位是大乘佛果。大乘佛教谓人人可以成就佛陀一样的智慧，故名"大乘"。　波罗蜜法：即由此岸（生死岸）度人到达彼岸（涅槃）的法门。

⑦ 吾无隐尔：语出《论语·述而》："二三子以我为隐乎？吾无隐乎尔！"

⑧ 维摩：释迦同时人，意为"无垢称"或"净名"。曾向佛弟子舍利弗、文殊师利等讲说大乘教义。为佛经中现身说法、辩才无碍的代表人物。

作 佛 事

虎畏不惧己者，作佛事之说也①。契嵩师常瞋②，人莫见其喜；慧辨师常喜③，人莫见其瞋。二人趺坐而化。嵩既荼毗④，火不能坏；辨师比葬，微笑如生。乃知二人以瞋喜作佛事也。钱塘寿禅师坐法赴市曹，了无异色⑤，是以市曹作佛事者也。秀州本觉寺一僧，自文字言语悟入⑥，是以笔砚作佛事也。不作瞋喜，斯能以瞋喜作佛事；不作拂逆⑦，斯能以拂逆作佛事；不作言语文字，斯能以言语文字作佛事。求世众生，作瞋喜不能瞋喜，作拂逆恐怖拂逆，作言语文字不成言语文字。究厥所由，岂所谓为虎摄者耶？

故唐、虞以揖让作佛事⑧，而天下治；汤、武以征诛作佛事⑨，而名不失；周、孔以作述作佛事，而万世为士；比干、屈原以忠君作佛事⑩，而视死如饴；丘明、史迁诸子以文章作佛事，而令名垂；孙膑、吴起以兵法作佛事⑪，而功业著；范蠡以利作佛事⑫，而三致千金；仪、秦、范、蔡以口舌作佛事⑬，而立取卿相；钟、王以字作佛事⑭，而字圣；顾、吴以画作佛事⑮，而画神。诸如此类，不胜具言，而皆以作佛事得之。则凡就天下之大功、兴天下之大利、成天下之大名者，能从作佛事悟入，自然喜怒不形，无所拂逆。其功其利其名，有非言语文字所能殚述也已。斯亦虎畏不惧己之明征也。

① 作佛事：此处指发扬佛德，举扬佛法之行事。

② 契嵩师：宋僧人。俗姓李，字仲灵，自号潜子，曾居杭州灵隐寺。仁宗赐
号明教大师，著有《镡津集》。瞋，怒目而视。

③ 慧辨师：宋僧人。俗姓傅，字讷翁，号海月大师，曾为杭州都僧正，与苏
轼友善。

④ 茶毗：梵语音译。指火化僧人尸体。

⑤ "钱塘"二句：事见宋苏轼《东坡志林》，钱塘寿禅师本北郭税务专知官，常
买鱼虾放生，以至破产，后遂盗官钱为放生之用。事发将被处死。吴越钱
王使人视之，若悲惧如常人便杀了他，否则便放了他。禅师面无异色，便
被释放。遂出家，得法眼净。市曹，古时闹市区，常于此处决重犯，以扩
大影响。

⑥ "秀州"二句：事见《东坡志林》："秀州本觉寺一长老，少盖有名进士，自文
字言语悟入。至今以笔研作佛事，所与游皆一时文人。"秀州，在今浙江嘉
兴一带。本觉寺，原名延唐寺，初建于唐，宋改名本觉寺。

⑦ 拂逆：违背，不顺。

⑧ 唐、虞：唐尧和虞舜的合称。　揖让：让位于贤，与征诛相对。

⑨ 汤、武：即商汤和周武王，皆以起兵革命而有天下。　征诛：讨伐。

⑩ 比干：商纣王叔父（一说为纣庶兄）。纣行淫乱，比干犯颜强谏，纣怒，剖
其心而死。

⑪ 孙膑：战国齐人，孙武的后代。著有《孙膑兵法》。　吴起：战国军事家，卫
国左氏（今山东定陶西）人。相传有《吴子兵法》。

⑫ 范蠡：字少伯，春秋时期楚宛人。仕越为大夫，辅佐越王勾践灭吴国后入齐，改名鸱夷子皮。到陶称朱公，经商致富，十九年中三次经商成巨富。

⑬ 仪、秦、范、蔡：指苏秦、张仪、范雎、蔡泽，皆为战国时游说之士。张仪、范雎、蔡泽曾为秦相，苏秦曾任燕、赵、韩、魏、齐、楚六国丞相。

⑭ 钟、王：钟繇和王羲之。见卷二《名帖》注。

⑮ 顾、吴：东晋顾恺之和唐吴道子，二人皆善画。

翻　经

《大藏经》①，天下第一部文字，学者不可不涉历。日本一僧名安觉，离其国已十年，欲画记一部藏经乃归，念诵甚苦，不舍昼夜，每有遗忘，便叩头佛前，祈佛阴相②，立志坚苦如此。余谓钻故纸作生涯，虽勤何益？三十二菩萨各说不二法门，文殊曰："我于一切法，无言无说，无亦无识，离诸问答，是为菩萨入不二法门。"文殊又问维摩，维摩默然。文殊赞曰："乃至无有言语文字，是菩萨真入不二法门。"③

复须翻经否？普贤云："兵随印转，三千里外绝烟尘；将逐符行，二六时中净裸裸。不用铁旗铁鼓，自然草偃风行。何须七纵七擒，直得无思不服。所谓大丈夫秉慧剑，般若锋兮金刚焰，非但能摧外道心，早曾落却天摩胆。"④此际复须翻经否？虽然，寻牛须访迹。经者，回光返照之迹也。欲出苦海此慈航，欲往西天此径路。即学佛之人，多从文字悟入，此为迷途慧炬⑤。日本国僧之欲记藏经也，虽钻故纸，安知其不复从文字悟入乎？即此勤苦，学者亦何可不若是也。

① 《大藏经》：汉文佛教经典的总集。南北朝称《一切经》，隋以后有此称。

② "日本"诸句：事见《鹤林玉露·日本国僧》。

③ "三十二菩萨"诸句：事见《五灯会元》。不二法门，意为直接入道，不可言传的法门。后用来比喻唯一的门径、方法。文殊，佛教菩萨，与普贤常侍于佛之左右。维摩，见本卷《说法》注。

④ "普贤"诸句：语出《五灯会元》。普贤，即普贤元素禅师，建宁（今属福建）人。七纵七擒，相传三国时诸葛亮出兵南方，曾七次擒获酋长孟获，又七次释放，终使孟获心悦诚服。天摩，即天魔，天子魔的省称，为欲界第六天主。常为修道设置障碍。

⑤ 慧炬：佛教语，谓无幽不照的智慧。

忏　　悔

释氏谓人有定业、有不定业①。不定业可忏，定业不可忏。以罪大恶极为不定业，为可忏；以刺佛身血、杀阿罗汉、毁佛法及谤无心道人为定业②，为不可忏。夫罪大恶极，至乱臣贼子止矣。此等即当加之极刑，不容赦脱，何以谓为不定业可忏耶？至于定业不可忏者，俱以诋佛当之，是佛明以乱臣贼子教天下也。

余谓此不特非佛心，亦非佛言。奚以知其然？佛决不若是无父无君也③。然则此言孰为之？曰："借法求食之徒，欲重佛以自重，而不知反陷佛于无父无君。宜孔子之徒，摈为异端，为害道，令佛氏之慈悲不得与孔子婆心等者，其徒罪也。"云："何慈悲与婆心等？""孔子之与人改过也，是忏悔之义也。曰过勿惮改，曰观过知仁④，曰见过自讼⑤，曰不改谓过。孔子之不禁人以过，而第教之改也，是慈悲之心也。""然则佛血可刺、罗汉可杀、佛法可毁、道人可谤乎？"曰："能忏悔者，必不刺杀毁谤。刺杀毁谤者，必不忏悔。"佛说定业，于意云何？闻之古人，愚人多悔，似亦有定业也。此真不可忏者也。

① 定业：指难以消除的重大业力，一定受报的业果。定业有善恶两种，善的定业，定受乐果。恶的定业，定受苦果。　不定业：与定业相对。善恶业中，受果与否尚未决定，或决定受果而未决定其时者，称为不定业。与定业相较，不定业概属轻业。

② 刺佛身血：五逆重罪之一，字面意指使得佛身出血，也含有以恶心伤于己心之佛之意。　杀阿罗汉：五逆重罪之一，字面意指伤害出家圣人性命。　无心道人：佛教指对于一切无想、无念、无所求之修行者。

③ 无父无君：指无有伦常者。

④ 观过知仁：察看一个人所犯过错的性质，就可以了解他的为人。也作"观过知人"。

⑤ 见过自讼：知道自己过失的时候自我责备、自我反省。

放　生

　　忝在人世，便好代天行化，不妨替佛接人。凡人嗣续衰绝，皆往世焚山竭泽①，覆巢毁卵②，犯一千六百二十条章之人③。至于笼养飞鸟、系闭走兽，爱彼声音形状，悦我耳朵目根，以玩乐故，令之忧愁。若放之山林，使得自在，何异罪囚得脱牢狱？昔白龟年入洞得书，因解鸟兽语。一日过潞州太守，适将吏驱群羊过庭下，一羊悲鸣不行。太守曰："羊有说乎？"龟年曰："羊言腹中有羔将产，俟产讫，甘就死。"④呜呼！谁独无情，言之痛心。今世众生，能发菩提如蛾赴灯、如虫堕网⑤，诸如此类，方便救护，使获生全，得长寿报。余杭有吏好放生，费买官钱不能还。一旦得赦，出为僧，遂获西方上品生⑥。况天地大德曰生，人生大业曰杀，生而不见蚍蜉逢擒，犹向奔避，蝇蚋被网，亦知求脱，乐生恶死，宁独人情？噫！王钦若之奏以西湖为放生池⑦，虽王侯宰官，今生作者因⑧，孰若海阔从鱼跃，天空任鸟飞，使处处自然，不动杀机，教人人地狱乃自破碎。

① 焚山竭泽：焚烧山林而田，竭泽而渔。比喻只图眼前利益。

② 覆巢毁卵：翻倒鸟窝，打破鸟蛋。比喻整体毁灭了，各部分都不复存在。

③ 一千六百二十条章：语出《太上保嗣》，指种种灭生的恶业。

④ "昔白龟年"诸句：事见宋曾慥《类说》。白龟年，相传为白居易的后代，因

获李白赠书一卷，自书中习得异术，而知数种动物的语言。潞州，州名。州治在今山西长治。

⑤ 发菩提：即发菩提心，上求佛道，下化众生。

⑥ "余杭有吏"诸句：事见宋苏轼《东坡志林》。余杭吏，即钱塘寿禅师，见本卷《作佛事》注。

⑦ 王钦若：字定国，宋临江军新喻（今江西新余）人。宋真宗天禧四年（1020），任杭州知州，曾奏请朝廷以西湖为放生池，禁捕鱼鸟，为皇上祈福。

⑧ 今生作者因：佛教认为今生所受，是前生行善或作恶的结果。今生所为，来世会结果。《佛说三世因果经》："要知前生因，今生受者是；要知后世因，今生作者是。"

戒　　杀

叹这色身，筋缠七尺骨头，皮裹一包肉块。食五谷而不足，必食果蔬；食果蔬又不足，必食腥膻。不知滋味在我可赊，性命于彼极重。乃嗜欲无穷，恶业熏染①，且鳝鱼就烹，必以首尾力抵釜中，以护怀内之子。举此一节，万物皆然。凡有人心，孰不脉脉②。矧各结业因，眼前快活一时，至互为冤对，身后若楚万劫。镬汤波涌③，剑树山耸，铜汁灌遍身之肉，铁丸吞满口之烟。锉磕淋漓④，寒冰冻裂，纵相惜妻儿，无计救君；虽满前骨肉，有谁替汝。冤冤相报，理势必然。

　　试观现在，尤当猛省。贵介有子好食鳖，庖人为置数孔釜，以火煨鳖，使之燥，鳖首向孔，浆沃之。呜乎！谁知贵介子病火症，昂首索浆，亦复如是 ⑤。历观古来，忍心贪杀，果获身报，无有差谬。如如居士云："生前吃尽味千般，死后只添油数滴。" ⑥旨哉斯言，可为杀戒。噫！若东坡之鲤，俟死后食，已为有意 ⑦。孰如夫子钓不网、弋不宿 ⑧，无论送归天道、仙道、人道，总不押入汤涂、火涂、刀涂。

① 恶业：佛教语。指出于身、口、意三者的坏事、坏话、坏心等。

② 脉脉：犹默默。

③ 镬（huò）汤：佛教所说"十八地狱"之一，用以烹罪人。镬，釜器，用以煮食物。

④ 锉磕淋漓：指被锉刀磕得血肉淋漓。

⑤ "谁知贵介"诸句：事见明张大复《闻雁斋笔谈》。贵介，指富贵者。

⑥ "如如居士"三句：宋代颜丙，号如如居士。谒雪峰然公得法，博学多闻，兼通儒、道，有《三教咏》《勤修净业文》。"生前"二句见张大复《梅花草堂集》之《戒杀》篇。

⑦ "若东坡之鲤"三句：明张大复《闻雁斋笔谈》："东坡买一鲤，长尺有咫，置之盎中，俟其死，然后食之。"

⑧ "孰如夫子"句：出自《论语·述而》："子钓而不网，弋不射宿。"射宿，夜射栖鸟。

镌　篆

　　天地间美好可喜之物，莫甚于名。不必贤者争，即愚者亦思有以窃取于其间。故撄取之心甚强^①，保护之心甚柔。不知此之撄取、保护者，果一时易磨之名，抑万世不朽之名？一时易磨者，今世所称镌篆上名字也^②。镌篆者，取古人墨迹印薮^③，以观鸟篆蜗书^④。奇峰远水，摩挲镌刻，一画之工，便诧商周法物^⑤，秦汉以来未有。此之爱名，不亦保护珍重哉？一旦化为乌有，此名又将安用？其子孙有磨以鬻者矣。故曰："此一时易磨之名，不可恃也。可恃者，必镌名于道德功业、节义文章耳。"字垂史册，名列鼎钟，犹令人闻名赫赫若昨日，此岂镌篆一时也。故富人载钱，乞名扬子^⑥；紫姑降神，附名苏公^⑦。以天下奇男子，反不如铜臭之夫、奄奄泉下人。是名之不可以已也。德之兴也，实之宾也。吾安知镌篆一时易磨之名，非万世不朽之名所托基乎？于镌篆得名说焉。

① 撄（yīng）取：攫取。

② 镌篆：镌刻印章。

③ 墨迹：书、画的真迹。　印薮：指汇集古印的印谱。

④ 鸟篆蜗书：指篆体古文字。因形如鸟迹或屈曲如蜗涎痕，故称。

⑤ 商周法物：商周时代的遗物。

⑥ "故富人"二句：宋罗大经《鹤林玉露·得穷鬼力》："扬子云作《法言》，蜀

之富人载钱五十万，求书名其间。子云不可。"扬子，即汉辞赋家扬雄，见卷二《〈离骚〉〈太玄〉》注。

⑦　"紫姑"二句：南朝梁宗懔《荆楚岁时记》载，紫姑为厕神之名，本为寿阳人李景小妾，为景妻所妒，于正月十五日含恨而死。相传曾降神于苏轼，苏轼有《紫姑神记》记之。

寄　声

夫朋友可以寄妻子也，则我亦可寄心矣。故《白驹》留贤①，曰"无金玉尔音，而有遐心"②；《青衿》兴学③，曰"纵我不往，子宁不嗣音"④。声之不可以已也，《诗》言之矣。然心又寄于声，此伯玉之所以使人于孔子，而孔子所以问人于他邦者，恃有此也⑤。近日友辈纷纷，寄声满箧，虽欲渐渐罢去，人必责我不嗣，而嗤我金玉。夫我既涉人间世，焉能绝交息游？但心知之朋，即终年不寄声，而实寄心；声交之朋，即日日寄声，何尝寄声？士君子亦贵有可寄心之友，友不可寄心，必是势交、利交、声交、不得已交者耳。赵景真少年也，求友之亟，至不远千里以赴稽子于山阳⑥。何但寄心，且千里寄身，至今称焉。乃交道不古，谄谀日甚，其寄声也，非谄辞，即谀语，徒秽入目，而乃曰："未能勉俗。"如此不得已，何如一切罢去之为惮烦也。故钟期死，牙生绝弦⑦，无寄声也。则今冻馁其妻子者何限？牙生之弦不得不寸寸断矣。

① 《白驹》：为《诗经·小雅》篇名。郑玄《毛诗传笺》："刺其不能留贤也。"

② 遐：疏远。

③ 《青衿》：指《诗经·郑风·子衿》。

④ 嗣音：传递音信。

⑤ "此伯玉"三句：见于《论语·宪问》："蘧伯玉使人于孔子，孔子与之坐而问焉。曰：'夫子何为？'对曰：'夫子欲寡其过而未能也。'使者出，子曰：'使乎！使乎！'"伯玉，即蘧瑗，字伯玉，春秋时期卫国上大夫，以贤德闻名于诸侯。与孔子亦师亦友，在其周游列国时，多次收留帮助，是孔子尊敬和称颂的君子。

⑥ "赵景真"三句：事见《晋书·赵至传》。赵景真，即赵至，见本卷《觅友》注。嵇子，即嵇康，见卷二《唐诗》注。

⑦ 牙生绝弦：见本卷《赏鉴》注。

鼓　琴

语相知者，必曰伯期、子牙①，两人以知音之故，至今为交道主盟②，情相通也。伯牙不能移情，成连为之移于海上，见海水倾洞，山林冥杳，鸟兽悲号，乃得真情，为天下绝③。或谓海上如此景界，无情已甚，子云真情，毋为我诳？不知天下之真情出于无情，无情者情之祖，琴乃以传人之情而出之者也。

子贱宰单父④，鼓琴而治，岂琴能使哉？情通之矣。相如鼓琴，文君夜奔⑤，以素不相知女子，能使其情不自禁，琴耶？情耶？庄女鼓琴，闻有暗香，曲名《梅花》⑥，女子一弄，能发清香，情耶？琴耶？即物亦当有情，如其无情，胡能传人之情？故子敬一卒，子猷鼓其琴不调⑦，无情何以琴与俱亡？焦尾爨下⑧，不久成灰，无情何以入伯喈耳⑨？物且如此，人当何如？然则戴逵破琴⑩，非为亡情；阮瞻泛应⑪，情不容已。吁嗟！泠然指上《梅花》⑫，寒彻人间烦懑，此时还有情否？岂余所谓情之祖耶？彼破琴煮鹤者⑬，虽谓不及情可也。情之所钟，正在我辈。风清月朗，快作数弄，非敢妄希知音，亦聊以发吾情。

① 伯期、子牙：即钟子期和俞伯牙。

② 交道主盟：指为交友之道所推崇。

③ "伯牙"诸句：事见唐吴兢《乐府古题要解·水仙操》："伯牙学鼓琴于成连先生，三年而成。至于精神寂寞，情志专一，尚未能也。成连云：'吾师子春在海中，能移人情。'乃与伯牙延望，无人。至蓬莱山，留伯牙曰：'吾将迎吾师。'刺船而去，旬时不返。但闻海上水汩汩澌澌之声，山林窅冥，群鸟悲号，怆然叹曰：'先生将移我情！'乃援琴而歌之。曲终，成连刺船而还。伯牙遂为天下妙手。"移情，变易人的情操。冥杳，幽暗貌。

④ 子贱：春秋末期鲁国人，名宓不齐，有贤才，孔子门下七十二贤人之一。鲁国国君曾任命其为单父宰，子贱每日弹琴，很少走出公堂，却把单父治理得很好。 单父：春秋时期鲁国邑名，在今山东菏泽单县。

⑤ 文君夜奔：见卷一《福地》注。

⑥ "庄女"三句：明徐应秋《玉芝堂谈荟》："陈郡庄氏女，好弄琴，有琴一张，名曰驻电。每弄《梅花曲》，闻者皆云有暗香袭人。庄便以暗香名琴。"

⑦ "故子敬"二句：事见《世说新语·伤逝》："王子猷（徽之）、子敬（献之）俱病笃，而子敬先亡……子敬素好琴，（子猷）便径入坐灵床上，取子敬琴弹，弦既不调，掷地云：'子敬子敬，人琴俱亡。'因恸绝良久。月余亦卒。"

⑧ 焦尾：琴名，见卷二《古琴》注。

⑨ 伯喈：即蔡邕，字伯喈。焦尾琴的制作者。

⑩ 戴逵：字安道，善鼓琴。晋武陵王司马晞曾召他鼓琴，逵对使者摔碎其琴，曰："戴安道不能为王门伶人。"

⑪ 阮瞻：字千里，晋阮咸之子。性情谦和，善弹琴，人们前来请他弹奏，阮瞻不论长幼贵贱都会应允。

⑫ 《梅花》：即《梅花三弄》，古琴曲。

⑬ 破琴煮鹤：把琴劈了作柴火煮仙鹤吃，比喻糟蹋美好事物。

围　　棋

东坡谓李岩老常用四脚棋盘，只着一色黑子。昔与边韶敌手，今被陈抟饶先①。余谓昼寝不可雕圬②，何如用心不有博弈③。彼谢安赌墅④，祖纳忘忧⑤，支公手谈，中郎坐隐⑥。诸君国器，岂昧惜阴⑦，毋亦法远说法⑧，各自有见。法远以棋为欧阳子说法也，曰："敌手知音，当机不让。若是缀五饶三，又通一路始得。有一般底，只解闭门作活，不能夺角开关。硬节与虎口齐彰，局破后，徒劳逴斡，所以道肥边易得，瘦肚难求。思行则往往失粘，心粗而时时头撞。休夸国手，谩说神仙。赢局输筹即不问，且道黑白未分时。

一着着在甚么处？"又曰："从来十九路，迷悟几多人。"⑨ 噫！唐虞揖让三杯酒⑩，汤武征诛一局棋⑪。世事如此如此，诸君安可尽非。

① "东坡"四句：事见宋苏轼《东坡志林·题李岩老》。李岩老，名樵，宋黄州名士。与苏轼友善，苏轼有《黄州李樵卧帐颂》。四脚棋盘，指李岩老张开四肢睡觉的样子，就像一只四脚棋盘。一色黑子，指李岩老闭眼睡着，除了黑色什么也看不到。边韶，字孝先，汉陈留浚仪（今河南开封）人。曾白天假卧，有学生暗暗地嘲笑道："边孝先，腹便便。懒读书，但欲眠。"边韶回应道："边为姓，孝为字。腹便便，《五经》笥。但欲眠，思经事。寐与周公通梦，静与孔子同意。师而可嘲，出何典记？"嘲者大惭。陈抟（tuán），字图南，号扶摇子，宋亳州真源（今河南鹿邑）人。曾隐居少华山石室，每寝处，多则百余天不起。宋太宗赐号希夷先生，后人称之为"睡仙"。

② 雕圬（wū）：雕琢涂饰。语出《论语·公冶长》："宰予昼寝。子曰：'朽木不可雕也，粪土之墙不可圬也。'"

③ 博弈：指下棋。

④ 谢安赌墅：又称东山棋墅，事见《晋书·谢安传》。淝水之战时，苻坚率百万大军逼近，京师震恐。谢安任征讨大都督，无惧色，命驾出山墅，亲朋毕集，与谢玄以别墅为赌注下围棋。得胜后外出游玩，至夜乃还，指授将帅，各当其任。后果大胜。

⑤ 祖纳忘忧：事见《晋书·祖纳传》。祖纳，字士言。喜好下棋，王隐谓之曰："禹珍惜每一寸光阴，未尝听闻他下棋。"祖纳答道："我下棋是为了忘记忧愁。"

⑥ "支公"二句：语出《世说新语·巧艺》："王中郎以围棋是坐隐，支公以围棋

为手谈。"支公，东晋名僧支道林。中郎，即东晋名士王坦之。

⑦ 昧：不明白。

⑧ 毋亦：同"无亦"，不也，表示委婉的反问语气。　法远：即浮山法远禅师，宋僧人。自称柴石野人，宋仁宗赐号圆鉴大师。

⑨ "法远"诸句：见《五灯会元》。欧阳子，即欧阳修，见卷二《茶瓶》注。缀五饶三，围棋术语。连接棋子多的，舍弃少数棋子，谋活另外一块。五、三均为约数，非实指。逴（chuò）斡，指下棋时迂回斡旋以求和。

⑩ 唐虞：陶唐氏（尧）与有虞氏（舜），皆以揖让（让位于贤）有天下，因此唐虞时为太平盛世。

⑪ 汤武：见本卷《作佛事》注。

习　射

《记》曰："男子生，桑弧蓬矢六，以射天地四方。天地四方者，男子之所有事也。"①后世冠带搢绅之流②，类以张弓挟矢为甲胄事，虽曰上庠有瞿圃之名③，殿庭存泽宫之制④，亦徒具虚文耳，何以观德哉？古者以射选诸侯、卿、大夫、士，故天子大射⑤，谓之射侯。射侯者，射为诸侯也。天子将祭，必先习射于泽。泽者，所以择士也。已射于泽，而后射于射宫⑥，其容体比于礼⑦，其节比于乐⑧，而中多者，得与于祭；其容体不比于礼，其节不比于乐，而中少者，不得与于祭。数与二祭而君有庆，数不与于祭而君有让。庆则益地，让则削，故曰："射者，射为诸侯也。"凡射有三，一曰大射，射于

郊；二曰宾射，射于朝；三曰燕射，射于寝。其节，天子以《驺虞》，
诸侯以《狸首》，卿大夫以《采蘋》，士以《采蘩》⑨；其耦，天子六、
诸侯四、卿大夫士三；其弓，天子九，诸侯有⑩，大夫五，士三。
故孔子射于矍相之圃，盖观者如堵墙，使弟子扬觯而语⑪，必修身
者在此位也。岂习射之文哉？

　　匡岳徐老师督学吾闽，余始得睹其仪，诚哉修身而发，而不失
正鹄者。其惟贤者乎？孔子曰："吾观于乡，而知王道之易易也。"⑫
张弓挟矢云乎哉？于此益信射为男子之事。

① "男子生"五句：语出《礼记·射义》。桑弧蓬矢，以桑木作弓，蓬草作箭，
　　使射人射天地四方，寓志在四方之意。

② 冠带搢绅：借指士族官员。

③ 上庠（xiáng）：古之大学。　矍（jué）圃：即矍相之圃，孔子曾与门人习射
　　于此。此处以矍圃借指学宫。

④ 泽宫：古代习射取士之所。

⑤ 大射：为祭祀而举行的射礼。

⑥ 射宫：天子行大射礼的处所，又是考试贡士的场所。

⑦ 容体比于礼：仪容体态符合礼仪。

⑧ 节比于乐：动作节奏符合音乐。

⑨ "其节"五句：《驺虞》《采蘋》《采蘩》皆为《诗经·召南》篇名，《狸首》为古
　　代逸诗篇名，皆为射礼时乐官所奏之曲。

⑩ 诸侯有：或是"诸侯七"之误。《周礼·考工记》："天子之弓，合九而成规。
　　诸侯合七而成规，大夫合五而成规，士合三而成规。"

⑪ 扬觯（zhì）：即举觯。觯，酒器。

⑫ "吾观于乡"二句：语出《礼记·乡饮酒义》。乡，指乡饮酒礼。

投　壶

　　士人既以文为业，便当精之又精，乃入于神，不可草草放过，反出小技之下。盖文虽不同，然各专一业，则皆技也，皆当精之入神也。弄丸舞剑者不论，论投壶者①。汝南周璜、会稽贺徽，一箭能四十余骁②，此亦精之至者也。乃郭舍人之骁箭也③，数得七十，几于神矣。邵尧夫与李君锡投，李箭中耳，曰："偶尔中耳。"邵曰："几乎败壶。"④夫技未精而获隽⑤，此"偶尔中耳"之说也；然技未精而获隽，不可谓不"几乎败壶"也。愿有志者，精之又精，专心致志，以此而投，何投不中。以此不中，愈精于投，如此，则中非幸中，可免笑于偶尔；投非妄投，可无虞于几乎？斯无愧周、贺、郭舍人哉！故投壶虽小，可以喻大。

① 投壶：古人宴会时的游戏。宾主依次投箭壶中，中多者为胜，负者饮酒。

② "汝南周璜"二句：事见《颜氏家训·杂艺》。骁，投壶时箭从壶中跳出，用手接住再投，箭不坠地，称为"骁"。

③ 郭舍人：汉武帝时倡优。

④ "邵尧夫"诸句：宋谢维新《事类备要》载邵雍与李中师射壶为戏，投壶规则为中壶口为上，中壶耳为中，不中为下。邵与李对射，邵用最后一支矢射中

了壶耳。故李曰"偶尔中耳",寓意双关。邵对曰"几乎败壶",谐音"几乎败乎"。邵尧夫,即邵雍,字尧夫。见卷一《风潮》注。李君锡,即李中师,字君锡。宋开封人,曾知河南府。召权三司使、龙图阁学士,复知河南。

⑤ 获隽:这里指投壶射中。

清　谈

　　慕晋室清谈,先学阮宣子①,绝不喜见俗人,遇便舍去。然后用王夷甫谭柄②、右军利齿③,作乐令清言④。与刘真长、王仲祖、阮嗣宗、裴叔则、诸季野辈,引商刻羽,破的入微⑤,纵独至之语,发登峰造极之谭。如王安丰超超玄著,胡毋彦国霏霏玄屑,支道林小品玄宗,自是胜场,不可争锋⑥。更效卫叔宝微言振响,致令平子绝倒⑦;许玄度辞寄清婉,遂使简文造膝⑧。又如桓宣武、王长史、王蓝田座集清言,却动丞相自起解帐带麈尾⑨。谢镇西惊骇汗流,命取手巾拭面,几复舌本间强⑩。啖顾长康甘蔗⑪,与桓南郡、殷荆州共作了语危语,咄咄逼人⑫。却不可学宾主忘餐,奋掷诗张,如孙安国强口马、殷中军决鼻牛⑬。诸品故当谁胜? 余最爱兴公萧条高寄,不与时务经怀⑭。终不若吾家彦辅约言析理,名教中自有乐地耳⑮。

① 阮宣子:即阮修,字宣子。见本卷《作诗》注。

② 王夷甫谭柄:《晋书·王衍传》:"(衍)每捉玉柄麈尾,与手同色。"王夷甫,

即王衍，字夷甫。晋琅邪临沂（今山东临沂）人。善玄言，以谈老庄为事。谭柄，古人清谈时所执的拂尘。

③ 右军利齿：事见《世说新语·排调》："右军指简文语孙曰：'此喙名客。'简文顾曰：'天下自有利齿儿。'"右军即王羲之。

④ 乐令清言：事见《世说新语·文学》："乐令善于清言，而不长于手笔。"乐令，即乐广，字彦辅。晋南阳淯阳（今河南南阳）人。与王衍同时，崇尚清谈，故时言风流者，以两人为称首。

⑤ "与刘真长"诸句：刘真长，即刘惔，一作刘恢，字真长。晋沛国相县（今属安徽宿州）人，著名清谈家。王仲祖，即王濛，字仲祖。太原晋阳（今山西太原）人。东晋名士，善清谈，深得会稽王司马昱倚重。阮嗣宗，即阮籍，字嗣宗，见卷二《唐诗》注。裴叔则，即裴楷，字叔则。晋河东闻喜（今山西闻喜）人。容仪俊爽，时称"玉人"。博涉群书，善谈吐。褚季野，即褚裒，字季野。晋河南阳翟（今河南禹州）人，康献皇后褚蒜子之父。引商刻羽，原指声律讲究的音乐演奏，这里用以指清谈韵音令辞的抑扬顿挫，和畅悦耳。破的入微，指言谈正中要害，引证详解深入细微之处。

⑥ "如王安丰"诸句：王安丰，字和甫。宋抚州临川（今江西抚州市）人，王安石同母四弟。《世说新语·言语》："诸名士共至洛水戏，还，乐令问王夷甫曰：'今日戏，乐乎？'王曰：'裴仆射善谈名理，混混有雅致；张茂先论《史》《汉》，靡靡可听；我与王安丰说延陵、子房，亦超超玄著。'"超超玄著，指言论、文辞高妙明切。胡毋彦国，即胡毋辅之，字彦国，复姓胡毋。晋泰山奉高（今山东泰安东）人。《世说新语·赏誉》："胡毋彦国吐佳言如屑，后进领袖。"支道林，名遁，字道林，本姓关氏。东晋名僧，陈留（今河南开封）人。《世说新语·文学》："支道林、殷渊源俱在相王许。相王谓二人：

'可试一交言。而才性殆是渊源崤函之固，君其慎焉！'支初作，改辙远之，数四交，不觉入其玄中。相王抚肩笑曰：'此自是其胜场，安可争锋！'"

⑦ "更效"二句：事见《晋书·卫玠传》："琅邪王澄有高名，少所推服，每闻玠言，辄叹息绝倒。故时人为之语曰：'卫玠谈道，平子绝倒。'"叔宝，即卫玠，字叔宝。见卷一《中秋月》注。平子，即王澄，字平子。晋琅邪临沂（今山东临沂）人。司徒王戎堂弟。

⑧ "许玄度"二句：事见《世说新语·赏誉》："许掾尝诣简文，尔夜风恬月朗，乃共作曲室中语。襟怀之咏，偏是许之所长。辞寄清婉，有逾平日。简文虽契素，此遇尤相咨嗟。不觉造膝，共叉手语，达于将旦。"许玄度，即许询，又称许掾，字玄度。东晋清谈名家。简文，即晋简文帝司马昱，字道万，司马绍之弟。造膝，至于膝下，谓亲近。

⑨ "又如"二句：事见《世说新语·文学》："殷中军为庾公长史，下都，王丞相为之集，桓公、王长史、王蓝田、谢镇西并在。丞相自起解帐带麈尾，语殷曰：'身今日当与君共谈析理。'既共清言，遂达三更。"桓宣武，即桓温，见卷二《花笺》注。王长史，即王濛。王蓝田，即王述，见卷二《麈尾》注。丞相，即王导，见卷二《麈尾》注。

⑩ "谢镇西"三句：事见《世说新语·文学》："谢镇西少时，闻殷浩能清言，故往造之。殷未过有所通，为谢标榜诸义，作数百语，既有佳致，兼辞条丰蔚，甚足以动心骇听。谢注神倾意，不觉流汗交面。殷徐语左右：'取手巾与谢郎拭面。'"谢镇西，即谢尚，见卷二《麈尾》注。舌本间强，语出《世说新语·文学》："殷仲堪云：'三日不读《道德经》，便觉舌本间强。'"强，这里指舌根僵硬，不灵活。

⑪ 顾长康甘蔗：顾恺之吃甘蔗，先吃尾部。问他原因，说："渐至佳境。"顾长

康，即顾恺之。见卷二《名画》注。

⑫ "与桓南郡"二句：事见《世说新语·排调》："桓南郡与殷荆州语次，因共作了语……次复作危语。桓曰：'矛头淅米剑头炊。'殷曰：'百岁老翁攀枯枝。'顾曰：'井上辘轳卧婴儿。'殷有一参军在坐，云：'盲人骑瞎马，夜半临深池。'殷曰：'咄咄逼人！'仲堪眇目故也。"桓南郡，即桓玄，字敬道。晋谯国龙亢（今安徽怀远）人。桓温之子，袭父爵为南郡公。殷荆州，即殷仲堪，晋陈郡长平（今河南西华）人。官至荆州刺史。了语，说到尽头的话，属于一种机智的戏言。危语，使人害怕的话。咄咄逼人，气势汹汹，使人惊惧。

⑬ "却不可"三句：事见《世说新语·文学》："孙安国往殷中军许共论，往反精苦，客主无间。左右进食，冷而复暖者数四。彼我奋掷麈尾，悉脱落，满餐饭中。宾主遂至莫忘食。殷乃语孙曰：'卿莫作强口马，我当穿卿鼻！'孙曰：'卿不见决牛鼻，人当穿卿颊！'"孙安国，即孙盛，字安国。晋太原中都（今山西平遥）人，陶侃、庾亮、桓温镇荆州时，皆用为参军。殷中军，即殷浩，见卷二《麈尾》注。

⑭ "余最爱"二句：事见《世说新语·品藻》："抚军问孙兴公：'卿自谓何如？'曰：'下官才能所经，悉不如诸贤；至于斟酌时宜，笼罩当世，亦多所不及。然以不才，时复托怀玄胜，远咏老、庄，萧条高寄，不与时务经怀，自谓此心无所与让也。'"兴公，即孙绰，字兴公。晋太原中都（今山西平遥）人。孙楚之孙，博学善文。

⑮ "终不若"二句：事见《世说新语·德行》："王平子、胡毋彦国诸人，皆以任放为达，或有裸体者。乐广笑曰：'名教之中自有乐地，何为乃尔也！'"彦辅，即乐广。名教，以正名定分为中心的封建礼教。

清　歌

　　古者琴瑟必在御①，佩玉不去体②，升车则有鸾和③，游息则有歌咏，盖皆以清音养其性、节其流④，今皆废矣。独清歌一节，仅传于士友间。往从见罗先生游⑤，先生以汉魏四言律叶五言诗⑥，唱而和之，雍雍肃肃⑦，令闻者不觉躁心平、欲心释，非若后世之近体七言，啴谐慢易之声⑧，徒演于艳曲淫词之奏而已。人亦有言，删后无诗⑨，非无诗也，无此清音也。即有清音，无此清耳。

　　余惧其终沉五浊，乃取先生所选诗歌，定其疾徐高下，而叶以钟磬之节云："将歌，司钟者击钟三声，唱诗歌其章，乃歌至第三字末，司磬者击磬一声节之。又至句末，击磬二声节之。却歌第二句，司钟者击钟一声，乃歌至第二字末，司磬者击磬一声节之。至句末，司磬者复击磬二声而止。钟磬之声，皆须间歇，不得杂乱。"大率金以声之故，击宜在人声之先；石以止之故，击宜在人声之后。于是高高下下，疾疾徐徐，宛然三代遗音焉⑩。此亦复古之一端也。

---

① 御：弹奏。《诗经·郑风·女曰鸡鸣》："琴瑟在御，莫不静好。"

② 玉不去体：佩玉不离开身体。《礼记·曲礼》："君子无故，玉不去身。"

③ 鸾和：鸾与和。古代车上的两种铃。

④ 节：节制，规束。　流：放荡。

⑤ 见罗先生：即李材，见卷一《石室》注。

⑥　叶：合，和。

⑦　雍雍肃肃：华贵有威仪，让人生敬。

⑧　啴谐慢易：形容乐声缓慢和谐，舒缓和平。

⑨　删后无诗：相传孔子在编订《诗经》时，十取其一，整理成集，只留下了305篇。

⑩　三代：指夏、商、周。

采　药

读十年书，天下无不可医之病；医十年病，天下无一可用之书。曩余采药山中①，嘿悟医理，夫人谁能免病，第贵治之有方。尼圣岂不能护病保身，而康子犹未免问安馈药②，则扁鹊、华佗、稚川、思邈惊人之技③，救世之方，奚可少乎？故刚柔失调，身受无量病；奢俭失节，家受无量病；宽猛失宜④，国受无量病；缓亟失时，天下亦受无量病。夫刚、奢、宽、缓之能受病也久矣，孰知柔、俭、猛、亟之受病也，殆有甚焉。刚者忿怒如烈火，利欲如铦锋，人皆曰此死之徒也，是理了然者。人莫不畏死，肯甘以死自安，挽而之柔易易耳。柔者不然，彼徒知柔为生之徒也，遂误认柔为安身，为立命，究必至为柔懦未已也，必且为柔恶⑤。夫人至柔恶，是正人君子所深绝而莫肯与谈者，可羞可耻当何如？故曰："柔之病身也，甚于刚。"

人性之好奢也，以其快意适志耳。况奢必易于礼，易于礼必乐

于施，一旦奢尽贫见，人犹曰："夫夫也，为习于礼者。夫夫也，吾
尝受其赐者。"⑥小报则济身，大报则复故。俭者不然，绝亲戚往来
之欢，弃人伦缛节之常，则人恶其鄙。又必较计子母⑦，放利而行，
则多敛其怨，危矣哉！一旦有事，则人乐其祸，必袖手而观也，其
不至于丧身亡家者几希。故曰："俭之病家也，甚于奢。"

　　人知火烈则人望而畏也，利用猛。夫政猛则民残，残则民必竭
膏脂以愿宽须臾矣。孰若济之以宽，令民犹得息肩以游无事乎？人
知求治之不可不太亟也，多用速。夫欲速则不达，势必束湿权诈⑧，
以天下为事。而天下从此扰扰矣。孰若需之以缓，令民优游无事，
以乐太平乎？故善用药者，必察其风土炎凉之异，气禀厚薄之殊。
此非读书人不谙也。然往往误事者，多出读书人，何也？盖徒知读
十年书，而不知天下无一可用之书也，与学医者何异？谚云："学字
费纸，学医费人。"纸费多市之已耳，人费可复市乎？寇莱公，不学
无术者也，幸得药笼中物，故不烦十年读书，而名施后世⑨。今读
十年书者不少，能医十年病者，何寥寥也。故吾因采药而详用药之
方，以俟夫读十年书者采焉。

① 曩（nǎng）：往昔，从前。
② "尼圣"二句：语出《论语·乡党》："康子馈药，拜而受之。曰：'丘未达，
　不敢尝之。'"尼圣，即孔丘，字仲尼，故称尼圣。康子，即季康子，春秋末
　鲁国大夫。
③ 扁鹊：战国时名医。原名秦越人。　华佗：字元化，汉末名医。精于方药、
　针灸及外科手术。　稚川：葛洪，字稚川，晋代著名炼丹家、医药学家。

著有《肘后备急方》。 思邈：即孙思邈，唐代名医。著有《千金方》《千金翼方》二书。

④ 宽猛：指治国的恩泽与威严。

⑤ 柔恶：指外似温柔而内心恶劣的人。

⑥ 夫夫：此男子，此丈夫。"夫夫也，为习于礼者"出自《礼记·檀弓上》。

⑦ 子母：本钱与利息。本称母，息称子。

⑧ 束湿：捆缚湿物。形容旧时官吏对下属严苛急切。 权诈：机变狡诈。

⑨ "寇莱公"诸句：寇准幼时疏于学业，爱飞鹰走犬。其母怒极，以秤砣投之，中足流血。以药草敷之，痊愈后勤于读书，后果然位极人臣。 寇莱公，即寇准，字平仲。宋天禧初年复相，封莱国公。

炼　　丹

白香山、苏端明①，天下之聪明奇男子也，而皆溺于丹。白炼欲成鼎败，苏久有此志而终无成。不知天地一大丹炉也，身且日为所炼而不自觉，乃复以天地所炼之身，而另求丹以炼。聪明人作如此重叠事，亦未有以杜子春事告者②。

子春之报云台峰老人也以炼丹，老人坐子春于西壁东向，而戒之曰："慎勿语。虽尊神、恶鬼、夜叉猛兽、地狱及君之亲属为所囚系，万苦皆非真实，但当不动不语，终无所苦。"言讫而去。子春视堂上，惟一丹炉，高九尺余，紫焰光发，灼焕窗户。庭间一巨瓮，满中贮水而已。道士适去，而旌旗戈甲、千乘万骑，遍满崖谷来，呵叱之声动天地，有一人称大将军，身长丈余，人马皆着金甲，亲卫数百人，拔剑张弓，逼问姓名，子春不应，问者大怒。催斩争射之声如雷。竟不应，将军者拗怒而去。俄而猛虎、毒龙、狻猊、狮子、蝮蛇万计，哮吼挐攫而前，争欲搏噬，或跳过其上，子春神色不动，有顷而散。既而大雨滂澍，雷电晦暝，火轮走其左右，电光掣其前后，目不得开。须臾，庭际水深丈余，流电吼雷，势若山川开破，不可制止。瞬息之间，波及坐下。子春端坐不顾，未顷而散。将军者复来，引牛头狱卒、奇貌鬼神，将大镬汤而置子春前③，传命曰："肯言姓名即放，不言即当置之镬中。"又不应。因执其妻，捽于阶下，射斫煮烧，苦不可忍。子春不顾。复锉碓其妻④，叫哭愈急，竟不顾。将军曰："此贼妖术已成，不可使久在世。"敕左右斩之。斩讫，魂魄见阎王，王曰："此妖民，亟付狱中。"于是镕铜铁杖、碓捣碙磨、火坑镬汤、刀山剑林之苦，无不备尝。然心念道人之言，亦似可忍，竟不呻吟。受罪毕，复罚作哑女，生而多病，针灸之苦无停日。亦当堕火堕床，虽极痛苦，终不失声。俄而长大嫁人，为之生子，其夫与言不应，多方引之，终无辞。其夫大怒，抱其子扑于石上，应手而碎，血溅数步。子春爱生于心，忽忘其约，不觉失声云："噫！"噫声未息，身坐故处，道士者亦在其前，初五更矣。其紫焰穿屋，上天火起，道士叹曰："措大误余乃如是⑤。"因提其髻投水瓮中，未顷火息。

夫天地不似道人之丹炉乎？天下人不皆子春之东向坐乎？人生贫贱患难，一切忧愁困苦，不似尊神、恶鬼、夜叉、猛兽、地狱及亲戚囚系诸厄乎？然子春于喜、怒、哀、惧、恶、欲之火候已足，第

"爱"之火候未足，遂败道人之丹。彼苏子卿嚼雪吞毡、蹈背出血⑥，无一语少屈。其磨炼良苦，火候良足，然不免与胡妇生子穷海之上⑦。汉高父羹可分⑧，杀功臣如斩艾，略无悔心，可谓火力甚猛。而见四皓则泣涕，向戚姬作楚囚态⑨。项羽咸阳三月火⑩，略不攒眉，是诚铁石作心肠者，而垓下恋恋，无奈虞姬⑪，安在贪爱之不可以败丹也。吾故曰："天地一大丹炉也，智者炼之而成智，勇者炼之而成勇，忠者炼之而成忠，仁者炼之而成仁。然仁不成仁、忠不成忠、智不成智、勇不成勇者，皆炼欲成而鼎败者也。"或曰："今之处富贵者，一挫不振，岂天地择药而炼，此辈遂弃耶？"不知此辈不堪受炼，故一投之鼎而丹漏矣。人乃妄指之曰："天地忌盈。"嗟夫，彼自不堪受炼，于丹炉何与？余亦受炼多矣，每有所爱，辄不自割，岂火候未至，得无蹈白、苏之弊否？中夜一念，不任惕然⑫。

① 白香山：即白居易，号香山居士。 苏端明：指苏轼，因其曾任端明殿学士，故称。

② 杜子春：北周、隋年间人。其事见唐牛僧孺《幽怪录》。

③ 镬（huò）汤：用以烹煮罪人。见本卷《戒杀》注。

④ 锉碓（cuò duì）：指斩断肢体。

⑤ 措大：旧指贫寒失意的读书人，含轻蔑意。这里指杜子春。

⑥ 苏子卿：即苏武，字子卿。事见《汉书·李广传》。

⑦ 胡妇生子：苏武曾与胡妇生一子，名苏通国。

⑧ "汉高"三句：刘邦与项羽大军相持，项羽挟刘邦父，言如不退兵便烹其父。刘邦答曰："吾翁即若翁，必欲烹而翁，则幸分我一杯羹。"

⑨ "而见"二句：汉高祖欲废太子，立戚夫人之子如意。太子得商山四皓辅佐，
　　故不得废。高祖召戚夫人曰："我欲易之，彼四人为之辅，羽翼已成，难动
　　矣。吕氏真乃主矣。"并让戚夫人跳楚舞，自唱楚歌。

⑩ 项羽：名籍，字羽，楚将项燕孙。早年跟随叔父项梁在吴中起义，后兵败
　　垓下，自刎而死。相传曾火烧咸阳宫，火三月方灭。

⑪ 虞姬：项羽姬妾，常随军中。汉兵围项羽于垓下，羽夜起饮帐中，悲歌"虞
　　兮虞兮奈若何"，虞以歌和之。

⑫ 惕然：惶恐貌。

钓　弋

　　盖闻钓者负鱼，鱼不负钓；弋者负鸟，鸟不负弋。谢玄①，晋
之钓弋手也，与兄书云："居家大都无所为，正以垂纶为事，足以永
日。北固山下，大有鲈鱼，一出手，钓得四十九枚。"②有此襟趣，
遂一出手便破苻坚三十万众③。坚负晋，玄何负坚？若玄者，真不
负晋者也。狄梁公④，唐之钓弋手也。候其姨，见表弟挟矢弓，携
雉兔归。狄以为请，姨曰："相自为贵，老姨止此一子。终不与令事
女主。"⑤若狄者，亦可谓不负唐者也，姨尚以事女主为耻，姨真丈
夫哉！

　　韩淮阴⑥，丈夫也，才能将万军，识不能保七尺。当钓江上之
时，漂母便能哀王孙⑦，此其智识不减狄姨；而信竟死女子之手，
信负母多矣。夫鱼之涸也，犹索肆为请⑧；鸟之集也，犹见色而翔⑨。

况人不如鱼鸟乎？若淮阴者，有钓弋之手，而无鱼鸟之智者也。必欲其无负，则古之太公钓渭而文王不猎得乎⑩？卒也望不负文，文不负望，两人智识，万古特超。故钓者必如太公乃称善钓，弋者必若文王乃称善弋。

① 谢玄：字幼度，谢安之侄。晋陈郡阳夏（今河南太康）人。任建武将军、兖州刺史，领广陵相，监江北诸军事，组织北府兵。

② "居家"诸句：事见宋李昉《太平御览》。垂纶，垂丝钓鱼。北固山，位于今江苏镇江北。形势险固，北临长江，故名北固。

③ 苻坚：字永固，一名文玉。太元八年（383）苻坚率大军攻晋，谢玄等以八万北府兵大败苻坚于淝水。

④ 狄梁公：即狄仁杰，字怀英。睿宗时追封梁国公。

⑤ "候其姨"诸句：唐李浚《松窗杂录》："狄仁杰之为相也，有卢氏堂姨居于午桥南别墅。姨止有一子，而未尝来都城亲戚家。梁公每遇伏腊晦朔，修礼甚谨。尝经甚雪，多休暇，因候卢姨安否。适见表弟挟弓矢携雉兔来归，膳味进于北堂，顾揖梁公，意甚轻简。公因启姨曰：'某今为相，表弟有何乐从，愿悉力以从其旨。'姨曰：'相自贵尔。有一子，不欲令其事女主。'公大惭而退。"女主，指武则天。

⑥ 韩淮阴：即韩信，秦末淮阴（江苏淮安）人。初从项羽，后归刘邦，拜为大将。与萧何、张良合称"汉兴三杰"。后遭人告发谋反，贬为淮阴侯。汉十一年（前196）为吕后所杀。

⑦ 漂母：《史记·淮阴侯传》载，汉韩信少年家贫，曾得一漂絮老妇给饭充饥。封侯后，赐千金以为报答。

卷三　清课 ◎ 调鹤

⑧　"夫鱼"二句：典出《庄子·外物》。庄周家贫，故往贷粟于监河侯。监河侯曰："诺。我将得邑金，将贷子三百金，可乎？"庄周忿然作色曰："周昨来，有中道而呼者，周顾视车辙中，有鲋鱼焉。周问之曰：'鲋鱼来，子何为者邪？'对曰：'我东海之波臣也，君岂有斗升之水而活我哉？'周曰：'诺。我且南游吴越之王，激西江之水而迎子，可乎？'鲋鱼忿然作色曰：'吾失我常与，我无所处。吾得斗升之水然活耳，君乃言此，曾不如早索我于枯鱼之肆！'"

⑨　"鸟之"二句：语出《论语·乡党》："色斯举矣，翔而后集。"谓野鸡见人的态度不善，立即飞去，在回飞观察以后，才肯下来栖息。色，这里指人的神态。

⑩　太公：即姜太公。姜姓，吕氏，名尚。相传曾钓于渭水之滨，周文王出猎相遇，与语大悦，同载而归，曰："吾太公望子久矣！"因号为太公望，立为师。

调　　鹤

　　《相鹤经》云①："鹤者，羽族之宗长，仙人之骐骥。"安得而调之②？读孙太初《招鹤》六诗③，不觉失笑。夫以雌雄相视而孕，一千六百年敛而不食，胎化产鸾凤之物，既不可调，又安可招？虽月明华表，丁令威五夜归来④；然云拥缑山，王子乔一朝飞去⑤。故才子被谗，尚想华亭之唳⑥；高人言志，兼笑扬州之骑⑦。乃知吊陶家之墓者⑧，非客也，鹤也；掠赤壁之舟者⑨，非鹤也，客也。神异如此，其声岂复入于不知机者之耳？彼愿为扬州刺史、愿多赀财者，皆鹤之所嗤也。此岂可调之物哉？然偶游沙丘，飞矢所中[10]；昂昂乘轩，懿公所宠[11]，数虽莫逃于祖龙之箭[12]，而志已见于锻羽之悲。支遁有言："既有凌霄之姿，何肯为人作耳目近玩？"[13]斯可称鹤知己。虽然，支遁道人也，安知非徐佐卿之流，而为一己张本者耶？则天湖子之调与孙太初之招，又焉可少也。

① 《相鹤经》：相传为周灵王时道士浮丘公所作。

② 调：畜养训练。

③ 孙太初：即孙一元，字太初，明关中（今陕西）人。曾寓居南屏山，蓄养一鹤自随。一夕飞去，孙为之作招鹤诗。

④ "虽月明"二句：晋陶潜《搜神后记》："丁令威，本辽东人，学道于灵虚山。后化鹤归辽，集城门华表柱。时有少年举弓欲射之，鹤乃飞，徘徊空中而言曰：'有鸟有鸟丁令威，去家千年今始归。城郭如故人民非，何不学仙家垒垒。'遂高上冲天。今辽东诸丁云其先世有升仙者，但不知名字耳。"华表，古代立于宫殿、城垣或陵墓前的石柱。

⑤ 王子乔：见卷一《福地》注。

⑥ 华亭之唳：《世说新语·尤悔》："陆平原（机）河桥败，为卢志所谗，被诛。临刑，叹曰：'欲闻华亭鹤唳，可复得乎？'"华亭，在今上海松江区，陆机入洛阳以前，与弟陆云常游于华亭墅中。

⑦ 扬州之骑：见卷二《白鹤》注。

⑧ 陶家之墓：晋陶侃母湛氏，贤明有法训。《晋书·陶侃列传》载："及侃丁母忧，在墓下，忽有二客来吊，不哭而退，仪服鲜异，知非常人。遣随视之，

但见双鹤冲天而去。"后常以"鹤吊陶母"为吊丧之典。

⑨ 掠赤壁之舟：出自宋苏轼《后赤壁赋》："须臾客去，予亦就睡。梦一道士，羽衣蹁跹，过临皋之下，揖予而言曰：'赤壁之游乐乎？'问其姓名，俯而不答。'呜呼！噫嘻！我知之矣。畴昔之夜，飞鸣而过我者，非子也邪？'道士顾笑，予亦惊寤。开户视之，不见其处。"

⑩ "然偶游"二句：唐薛用弱《集异记》载，唐明皇天宝十三年（754）重阳日曾猎于沙苑，射中一孤鹤，鹤中箭后往西南飞去不见。益州城明月观忽有青城道士徐佐卿来访，言山中为飞矢所伤，今已无恙。然此箭非人间所有，留之于壁上，后年箭主到此，即宜付之。后玄宗至蜀见此箭，即前岁沙苑用以射孤鹤之箭，大奇之。

⑪ "昂昂"二句：用卫懿公好鹤之典，见卷二《白鹤》注。

⑫ 数：命运。　祖龙：即秦始皇，这里代指皇帝，即前举沙苑射鹤之事。

⑬ "支遁"三句：语出《世说新语·言语》。支遁，见本卷《清谈》注。

携　妓

韩退之有言："长安众富儿，盘馔罗膻荤。不解文字饮，惟能醉红裙。"① 此等人吾知其红裙决不能醉，若能醉红裙，必解文字饮。盖从古高人韵士如谢东山、陶彭泽、白香山、苏东坡辈②，斯称能醉红裙者也。众富儿不唯不能醉红裙，亦且为红裙所醉。谁谓红裙中皆脂粉哉？有妓于客所分咏，以骰子为题，妓应声曰："一片寒微骨，翻成面面心。自从遭点污，抛掷到如今。"③ 即使红拂、薛涛^④，未必若此清切，感慨可喜。此等红裙，非谢东山辈孰能携之？彼且视众富儿，不啻酒囊饭袋矣。妓有庆云者，雅通诗画，绝去铅华，颇不减晋南威、唐虢国丰韵^⑤。余时过王含美^⑥，得结司空见惯之雅^⑦，乃含美意老是乡矣。余笑之曰："古之人携之云乎，岂醉之云乎？"王于言下大悟，亟谢去。待天湖子至，便当复携往也。

① "长安"四句：见唐韩愈《醉赠张秘书》。文字饮，指文人间把酒赋诗论文。

② 谢东山：指谢安，曾长期隐居东山，故名。

③ "一片"四句：明正德间金陵妓《咏骰子》诗，见明王世贞《艺苑卮言》。

④ 红拂：相传为隋唐时女侠。隋末李靖以布衣谒越国公杨素，杨侍婢罗列，中有一执红拂者，深情瞩目李。李靖归客舍，夜五更，红拂女特来投，两人奔归太原。　薛涛：唐才女，见卷二《花笺》注。

⑤ 南威：又称南之威，春秋时期楚国美女，晋文公妻妾之一。南威之美与百年后的西施齐名。　虢国：即虢国夫人，唐杨贵妃之姐，嫁裴氏。每年赐钱千贯，为脂粉之资。虢国夫人曾自恃美艳，不施脂粉以见玄宗。

⑥ 王含美：生平不详。

⑦ 司空见惯：指歌妓宴饮之事。典出唐刘禹锡《赠李司空妓》："高髻云鬟宫样妆，春风一曲杜韦娘。司空见惯浑闲事，断尽江南刺史肠。"

修　禊^①

三月三日，有酒食出于野，曰"禊饮"，古俗也，《郑风》有之^②。

握芳兰，临清流，乘和蠲洁^③，用徼介祉^④。自华林曲水、兰亭流
觞以来^⑤，郁为盛集。余读逸少《兰亭记》^⑥，其感慨事迁，兴怀陈
迹，可谓超然豪伟。乃其临文嗟悼，以一死生为虚诞，齐彭殇为妄
作^⑦，夫岂其然？不知一时有一时之死生，若子生于亥、死于丑是
也^⑧；一日有一日之死生，若日生于朝、死于暮是也；一年有一年
之死生，若春生于冬，死于夏是也。譬之蜉蝣，一死于午，一死于
暮，诸水族虫，皆吊午而庆暮，自午至暮，为时几何？顷刻之间，
而谓"一死生为虚诞"，可乎？昔者彭祖之神与国殇相遇于道^⑨，殇
曰："儿来！"祖怒曰："余寿过若倍屣^⑩，何婴哉？"殇曰："儿所谓
八百，形骸也，非儿也。夫人伪而鬼真，今与若较即真之日，而寿
先若久矣。"是莫长于殇子，而彭祖为夭，而谓"齐彭殇为妄作"可
乎？晋室诸人如逸少者，尽可谓不殇，至今若犹未死也。乃因兰亭
之修禊，哀修短之随化，以俗眼观，会稽之水长流，亭中之人安在？
真有若如记所云者。故令修禊之士，徒有感于斯文。

① 修禊：古代民俗于农历三月上旬的巳日（魏以后固定为三月初三），到水边
　　嬉游采兰，以驱除不祥，称为修禊。

② 《郑风》：指《诗经·郑风·溱洧》，该诗描写郑国三月上巳日青年男女在溱
　　水和洧水岸边游春的情形。

③ 蠲（juān）洁：清洁。

④ 徼（yāo）：同"邀"，求取，招致。　　介祉：大福，洪福。

⑤ 华林：即华林园，三国魏至东魏宫苑名。故址在今河南洛阳。晋武帝司马
　　炎曾在此举办过两次盛会，为后世文人宴饮集会之始。　　兰亭流觞：指东

晋永和九年（353）三月初三，王羲之于会稽郡山阴之兰亭（今浙江绍兴西南）举办修禊集会，与会者谢安、孙绰、王徽之、王献之等人，曲水流觞，饮酒赋诗。

⑥ 《兰亭记》：指王羲之《兰亭集序》。逸少，即王羲之，字逸少，见卷二《名帖》注。

⑦ 齐彭殇：把长寿和短命等同起来。彭，彭祖，古之长寿者，相传活到八百岁。殇，未成年而死，指寿命极短者。

⑧ 子：子时，夜里十一时至凌晨一时。　亥：夜里九时至十一时。　丑：凌晨一时至三时。

⑨ 国殇：为国牺牲的将士。这里指死去将士的鬼魂。

⑩ 倍屣：亦作"倍徙"，谓数倍。

乞　巧

七月七日，惟天孙将以是夕嫔于河滨①，则司其巧，以余贾人。余固天下之至拙者，有友教以乞巧，余将唯唯诺诺，桴鼓风角②，乞耳巧与？将垄望潜窥③，先意伺颜④，乞目巧与？将一纵一横，俛长俛短⑤，乞舌巧与？抑将逐气寻香，如蝇附膻，乞鼻巧与？抑将左扯右攀，翻手为云，覆手作雨，乞手巧与？将攘攘皇皇⑥，托径终南⑦，驾言阙北⑧，乞足巧与？

友曰："不然。南子见，疽瘝主⑨，亦巧合；微服过，弹琴歌⑩，亦巧避；异端辟，衣冠诘⑪，亦巧探。居三卿，禄不受⑫，亦巧取。

孔孟然，君何辞？"噫，子误矣，何敢妄议孔孟，巧吾圣贤！据子之言，欲去余拙，欲余巧遇，巧如可遇，孰若天孙？樛轕璇玑^⑬，经纬星辰，能成文章。黼黻帝廷^⑭，宜享逸乐，独孤河滨，一水盈盈，若隔九阍^⑮。一年一聚，不如愚妇。巧不谋身，何为乞人？抑或有命，非巧所营。吾守吾拙，以全吾真。效法孔孟，终吾世以取赢。

① 天孙：即织女星，此处指织女。　嫁：出嫁。

② 桴（fú）鼓：鼓槌与鼓，这里指鼓声。　风角：角笛声。古人以五音占四方之风而定吉凶。

③ 堑望：站在高处眺望。　潜窥：暗中窥视。

④ 先意伺颜：观察别人的神色来做出让人满意的事。

⑤ 俖（guī）：忽而，时而。

⑥ 攘攘皇皇：形容纷乱匆忙的样子。

⑦ 托径终南：指隐居以求名。唐代卢藏曾隐居京城长安附近的终南山，借此得到名声，做了大官。

⑧ 驾言：传言，托言。　阙北：即北阙，朝廷的别称。

⑨ "南子"二句：指孔子在卫国时曾寄住在卫灵公所宠幸的宦官痈疽的家中，并受邀面见品性淫乱的卫灵公夫人南子之事。痈瘭，当作"痈疽"。

⑩ "微服"二句：指孔子曾为躲避宋司马桓魋的加害而微服过宋，以及鲁国官员孺悲求见孔子，孔子推辞有病不见，却在传话之人出门告知孺悲时取瑟弹唱，以表明自己不是真病，而是不愿接见孺悲之事。

⑪ "异端"二句：指孔子辟邪说而敦礼教。《论语·为政》："子曰：'攻乎异端，斯害也已。'"

⑫ "居三卿"二句：孟子在齐国任职而不接受俸禄。见《孟子·公孙丑下》。

⑬ 轇轕（jiāo gé）：纵横交错。　璇玑：泛指北斗星。

⑭ 黼黻（fǔ fú）：辅佐。

⑮ 九阍（hūn）：九天之门，亦指九天。

登　高

欲做向上第一绝顶的人，必须得好朋友鼓舞，相观相摩，始有根基可措脚①。若有倦意，又须朋友诱掖激劝②。即地步既高，眼界既大，又须朋友提撕警惕，时时讲究，方登绝顶，永不堕落。九月九日，余偕二三友人登天马山③，携菊酒，插茱萸，以从俗也。第此山高甚，非得二三友人，乘此良辰美景，必无独登之理。既上山岭，樵途沓杂，余耸步而前，未卜所从。偶儿子世鼎至，遂跻中岭，此望绝顶，有若登天。心念何时得到，颇怀愿息念头。诸友大呼曰："此去绝顶不远矣！"于是心勇气豪，奋臂直上，顷刻得绝顶。俯视山下诸山，如食前豆，远望人家，累累如蜂窝蚁穴。此绝顶景界虽由我脚力得来，实由二三友人怂恿所致④。鼎乎，此是向上第一等人的榜样，登高自卑，又是向上第一等人的要紧工夫。今日之登，岂徒与二三君子从俗哉？

① 措脚：安置双脚，指立足。

② 诱掖：引导和扶助。掖，扶持。

③　天马山：位于今福建仙游县天马村，南北走向，形似一匹昂首挺胸的天马，故称。

④　丛臾（yǒng）：即丛恿，鼓动。

栽　花

　　性爱芬馥，无花不植。每一开吐，辄飞觞赋诗其下，非敢谓彩笔生花，亦以其有自然茵褥。于是为之栽梅花。其雪魄冰魂、琼姿玉骨，不是花魁，谁是花魁？故碧梅比仙人萼绿，红梅认作杏花，墨梅不夸颜色。驿使寄陇头之音①，美人入罗浮之梦②。落额助寿阳之妆③，日光映翰苑之文。传神写真，尽和靖之咏④。虽广平之铁心石肠，亦且赋为清新宛转⑤，无怪何逊迁洛思花，再请其任⑥。此诚尘外奇葩，卉中佳品。

　　为之栽牡丹。其国色天香，真为花之富贵。姚黄魏紫，总无当杨家一捻红⑦。故不特四香阁中聚宾而赏⑧，而沉香亭北亦为带笑之看⑨。卒为一鹿衔去，禄山乱起⑩，则所云倏碧倏绀者，真花中之妖，又安在其为花中之王。然群马奔残，莫逃康节⑪，此亦数也。花乎何尤？

　　为之栽海棠。日暖风轻，春睡未足；林深露冷，晓妆犹迟。其盛若霞藏日，其鲜如血洒空。风搅日烘，诚斋之咏⑫；夜深烧烛，苏公惜焉⑬。何西川杜工部独无一言乎⑭？然涂抹新红，冶容可掬，此其品诚不愧花中神仙矣。

为之栽桃花。公幹邺下，酒兴不空⑮；玄都观里，刘郎去手⑯；武陵迷渡，先世避秦⑰；沩山之中，志勤悟道⑱；天台之上，刘阮佳耦⑲。孰谓灼灼其华，乃独无情？至于芳菲之态，妃子助娇；烂熳之枝，君王销恨⑳。岂三千年一开花者㉑，犹向人间卖弄丰调耶？则方朔三偷㉒，此子实罪根矣。

为之栽杏花。一色十里，状元马飞㉓；杏园赐宴，探花使荣㉔。碎锦名芳，表晋公之爱㉕；朱陈杏村，结两姓之欢㉖。武帝遗种，济南称贵㉗；董仙杏林，活病无量㉘。其活色生香，鄙桃笑梨者，孰若我夫子之杏坛㉙，至今天地为昭。

为之栽梨花。冰魂雪态，潇洒离尘。靓妆盈盈，玉容带雨。金梭易辨莺之来，玉拍难真蝶之入。与梅共色，与月为邻。岂直何郎傅粉㉚，更怜荀令薰香㉛。故簪花压帽，梁绪风流㉜；折枝拂衣，曼卿香惹㉝。采英酿酒杭州俗，为花洗妆洛阳风㉞。真定大谷之间，千树之梨，此其人与千户侯等㉟，矧以其白雪生香也。

为之栽榴花。蜡珠作蒂，缃彩成丛。其安石国之灵根㊱，而花开欲燃者也。煌煌国艳，无限妖娆。焕若隋珠燿川，炳如列宿出云。王荆公所谓"万绿丛中红一点，动人春色不须多"非乎㊲？彼"开箱验取石榴裙"者㊳，有愧蒸霞之萼，喷火之英多矣。

为之栽荷花。其净如拭，其娇欲语，轻步凌波，其水宫之仙子乎？故红白共塘，许浑以为"半是浓妆半淡妆"㊴；白红一家，牧之以为"一枝能着两般花"㊵。瑞生并头，邵子以为"汉殿双姊妹，天台两神仙"㊶。莲花幕内，萧缅称美景行㊷；白莲杜中，远公来招陶子㊸。此岂六郎似莲花，东昏之步步生莲者可同日语哉㊹？而太液池中花千叶，太华峰头十丈花[45]，又可异也。

为之栽桂花。香飘云外，既名嫦娥花；种落人间，岂坏吴刚斧。其带月因风，则龙涎麝脐；其稍头万斛，则玉犀金粟；其桂子乱落，则广寒鹫岭。十友之中号作仙，群葩以外更无妍。燕山五枝芳[46]，邹诜一枝红[47]，皋涂八树挺[48]。花则一名，色分三种，孰如红状元、黄榜眼、白探花，为许多才子争攀折哉。

为之栽菊花。德备黄中，杰称霜下。故桓景饮酒消灾，胡广饮水愈疾[49]。李适献酒称寿，朱孺服花成仙[50]。元亮摘之而盈把，文帝奉之以一束[51]。屈平餐其落英，邻女窃其菊实[52]。不徒甘谷津液，可制颓龄[53]。噫！青女之霜，几番寂寞；白衣之酒，千载寥寥[54]。亦以陶公去后无知己，自不禁黄花似我瘦，我瘦似黄花耳。

为之栽菖蒲。梁太祖后则见其花之光彩灼人，因吞之而孕武帝[55]。为之栽芍药。韩琦守广陵，一出四枝，遂有四相之征，时奇之为难见，时号之为金带围[56]，岂虚哉！乃若红蓼白蘋、玉簪金钱、素馨茉莉，种种香花，不容具言。故赏心乐事，如隋园之剪彩[57]；呼哉天工，若唐苑之催花[58]。终不如河阳花满县[59]，洛阳花满城也。余之栽花，意不及此。虽然，余亦俗缘未脱耳。天女散花，不着为高；灵山拈花，微笑得道。乃徒抱江郎之笔，扫许慎之茵[60]，日与二三兄弟，飞觞其下，赋诗其中也。花神有灵，是必笑我。

① "驿使"二句：南朝宋陆凯与范晔交善，自江南寄梅花一枝与晔，赠诗云："折梅逢驿使，寄与陇头人。江南无所有，聊赠一枝春。"

② 罗浮之梦：咏梅之典，见卷一《雪庵》注。

③ "落额"二句：南朝宋武帝女寿阳公主卧于含章殿檐下，梅花落在额上成五
出之花，拂之不去。自后有梅花妆，妇女多效之。

④ 和靖之咏：宋林逋《山园小梅》："疏影横斜水清浅，暗香浮动月黄昏。"和靖
即林逋。

⑤ "虽广平"二句：唐皮日休《桃花赋序》："余尝慕宋广平之为相，贞姿劲质，
刚态毅状，疑其铁石心，不解吐婉媚辞。然睹其文而有《梅花赋》，清便富
艳，得南朝徐庾体，殊不类其为人也。"广平，即宋璟，因封"广平郡公"，
故称。

⑥ "无怪"二句：宋陈景沂《全芳备祖》载：南朝梁诗人何逊曾任扬州法曹，舍
下种有梅花，时常吟咏其下。后迁洛阳，思梅心切，再请扬州法曹之任。
何逊，见卷二《唐诗》注。

⑦ "姚黄魏紫"二句：姚黄、魏紫，两种名贵的牡丹品种。一捻红，牡丹花的一
种。《全芳备祖》载："明皇时有献牡丹者，谓之杨家红，乃杨勉家花。时贵
妃匀面，口脂在手，印于花上，诏于仙春馆栽，来岁花开，上有指印红迹，
帝名为'一捻红'。"

⑧ "故不特"二句：杨国忠以沉香为阁，檀香为栏，以麝香、乳香筛土和为泥
饰壁，每于春时盛开之际，聚宾友于阁上赏花。

⑨ "而沉香亭"二句：语出唐李白《清平调·名花倾国两相欢》："名花倾国两相
欢，常得君王带笑看。解释春风无限恨，沉香亭北倚栏杆。"沉香亭，唐玄
宗所建，在长安兴庆宫中。

⑩ "卒为"二句：宋刘斧《青琐高议》："明皇时，民间贡牡丹，花面一尺，高数
寸，帝未及赏，为野鹿衔去……应禄山之乱。"

⑪ "然群马"二句：《全芳备祖》载：邵雍（字康节）曾与客赏牡丹，以卜筮算花

数，曰："此花尽来日午时。"客皆不信。次日食毕，花果然为群马践踏而毁，众人皆服。

⑫ 诚斋之咏：宋杨万里《海棠》："竞艳争娇最是他，教人嫌少不嫌多。初酣晓日红千滴，晚笑东风淡一涡。自是花中无国色，非关格外占春寒。开时悭为渠依醉，却恨飘零可若何。"诚斋，即杨万里，见卷二《茶鼎》注。

⑬ "夜深"二句：宋苏轼《海棠》："只恐夜深花睡去，故烧高烛照红妆。"

⑭ 西川：唐代剑南西川简称，治所在成都。　杜工部：即杜甫，曾任工部员外郎，故称。海棠花向来以蜀中为盛，杜甫久居西蜀，诗集中却无海棠之诗。

⑮ "公幹"二句：宋黄鹤《补注杜诗》载："刘公幹（桢）居邺下，一日桃花烂漫，值诸公子进赏久之遂去。公幹问仆曰：'损花乎？'仆曰：'无，但爱赏而已。'公幹曰：'珍重轻薄子不来损折，使老夫酒兴不空也。'遂饮花下，作放歌行。"

⑯ "玄都观"二句：《全芳备祖》载：刘禹锡元和十四年（819）自潮州召至京师，赠诸君子看花诗云："紫陌红尘拂面来，无人不道看花回。玄都观里桃千树，尽是刘郎去后栽。"

⑰ "武陵"二句：典出晋陶潜《桃花源记》。

⑱ "沩山"二句：唐末五代灵云志勤禅师曾于沩山中见桃花灼灼而悟道。

⑲ "天台"二句：见卷一《福地》注。

⑳ "至于"四句：《开元天宝遗事·销恨花》载："明皇于禁苑中，初，有千叶桃盛开。帝与贵妃日逐宴于树下，帝曰：'不独萱草忘忧，此花亦能销恨。'"

㉑ 三千年：相传西王母所种之桃三千年一开花，三千年一结果。此处即指此桃。

㉒ 方朔三偷：《汉武故事》载："东郡献短人，帝呼东方朔。朔至，短人因指朔谓上曰：'西王母种桃三千年一着子，此儿不良，以三过偷之矣。'"

㉓ "一色"二句：原作"一色杏花红十里，状元归去马如飞。"为宋邵雍《梦林玄解》中杏吉的解词，常人兆之，必生贵子。

㉔ "杏园"二句：唐制进士发榜后，新科进士于杏园集会，称为探花宴。推选少俊之人为探花使，寻觅新鲜的名花，并采摘回来供大家欣赏。

㉕ "碎锦"二句：唐冯贽《云仙杂记·碎锦坊》载："晋公午桥庄有文杏百株，其处立碎锦坊。"这里以碎锦比杏花。

㉖ "朱陈"二句：唐白居易《朱陈村》诗："徐州古丰县，有村曰朱陈……一村唯两姓，世世为婚姻。"

㉗ "武帝"二句：据传杏又名"汉帝杏"，为汉武帝上林苑遗种，以济南所种之杏为最佳。

㉘ "董仙"二句：东晋葛洪《神仙传》载，董奉居庐山，为人治病不收银钱。病重者种杏五株，轻者种一株，数年成林。杏熟时，便用果实换粮食，救济穷人和行旅之人。

㉙ 杏坛：相传为孔子聚众讲学处。

㉚ 何郎：即何晏，字平叔。美姿仪，面至白，魏明帝疑其傅粉。

㉛ 荀令，即荀彧，字文若。曹操迎汉献帝徙都许昌，以彧为侍君，守尚书令，时人称为"荀令君"。性喜香，至人家坐处，可留三日香。

㉜ "簪花"二句：唐冯贽《云仙杂记·花簪压损帽檐》："梁绪梨花时折花簪之，压损帽檐，至头不能举。"

㉝ "折枝"二句：或出自石曼卿咏梨花诗："一林轻素花堪折，携得春风两袖香。"曼卿，北宋诗人石延年字。

㉞ "采英"二句：杭州风俗，趁梨花开时酿酒，熟则号梨花春。洛阳风俗，梨花盛开时，人多携酒其下，称为梨花洗妆。

㉟ "真定"三句：《汉书》载："淮北荥南河济之间千树梨，此其人皆与千户侯等。"真定，今河北正定。大谷，位于河南洛阳东南，为嵩山与龙门山间的山谷。

㊱ 安石国之灵根：晋张华《博物志》载："汉张骞出使西域，得涂林安石国榴种以归，故名安石榴。"

㊲ "万绿"二句：语出宋王安石《咏石榴花》。

㊳ "开箱"句：语出唐武则天《如意曲》："看朱成碧思纷纷，憔悴支离为忆君。不信比来长下泪，开箱验取石榴裙。"

㊴ "半是"句：为宋杨万里诗句，非许浑作，或作者误记。

㊵ "一枝"句：语出宋杨万里《枅楮江滨，芙蓉一株发红白二色》二首其一。非杜牧之作。

㊶ "汉殿"二句：语出宋邵雍《双头莲》诗。

㊷ "莲花"二句：《南齐书·庾杲之传》载，王俭用庾杲之为卫将军长史，安陆侯萧缅写信祝贺王俭道："盛府元僚，实难其选。庾景行泛渌水，依芙蓉，何其丽也。"时人以入俭府为莲花池，故萧缅以此赞美庾杲之。萧缅，字景业，齐高帝从子。景行，即庾杲之，字景行，南朝齐新野（今属河南南阳）人。善音吐，有才气。

㊸ "白莲"二句：见卷二《盆花》注。

㊹ "此岂"二句：《新唐书·杨再思传》："张昌宗以姿貌见宠幸，再思又谀之曰：'人言六郎（昌宗）面似莲花，再思以为莲花似六郎，非六郎似莲花也。'其巧谀无耻类如此。"又《南史》载：南齐东昏侯萧宝卷登帝位，于宫中凿金为莲花以帖地，令其妃潘玉儿行其上，曰："此步步生莲花也。"

㊺ "而太液池"二句：《开元天宝遗事·解语花》："明皇秋八月，太液池有千叶

白莲数枝盛开，帝与贵戚宴赏焉。左右皆叹羡，久之，帝指贵妃示于左右曰：'争（怎）如我解语花？'"太华峰头十丈花，或化用自唐韩愈《古意》："太华峰头玉井莲，开花十丈藕如船。"

㊻ 燕山五枝芳：《宋史·窦仪传》载：窦禹钧有子五人俱登科，冯道赠之诗曰："灵椿一枝老，丹桂五枝芳。"燕山即指窦禹钧，因家住燕山一带，人称窦燕山。

㊼ 郤诜一枝红：《晋书·郤诜传》载：晋郤诜举贤良对策为天下第一，自视为"桂林之一枝，昆山之片玉"。郤诜字广基，晋济阴单父（今山东菏泽）人。

㊽ 皋涂八树挺：《太平御览》载："皋涂之山上多桂木，桂林八树在贲隅东。"八木而成林，此处以八极言其大。

㊾ "故桓景"二句：南朝梁吴均《续齐谐纪》载：汝南桓景随费长房游学累年，长房曰："九九日汝家中当有灾，宜急去，令家人各作绛囊，盛茱萸以系臂，登高饮菊花酒，此祸可除。"桓景用此法果避祸。南朝宋盛弘之《荆州记·郦县菊水》："太尉胡广，久患风羸，汲饮此水，后疾遂瘳。"胡广，字伯始，南郡华容县（今湖北监利）人，东汉时期官员、学者。

㊿ "李适"二句：宋陈元靓《岁时广记》："李适为学士，凡天子飨会游豫，唯宰相及学士得从。秋登慈恩浮图，献菊花酒称寿。"李适，字子至，京兆万年（今陕西西安）人。《太平御览》："《名山记》曰道士朱孺子吴末入玉笥山，服菊花乘云升天。"朱孺，即朱孺子，相传为西晋怀帝永嘉时期安国人。

(51) "元亮"二句：唐欧阳询《艺文类聚》："陶潜无酒，坐宅边菊丛中，采摘盈把，望见王弘遣送酒，即便就酌。"宋谢维新《事类备要》："魏文帝与钟繇书曰：'屈平悲冉冉之将老，思食秋菊之落英，辅体延年，莫斯之贵。谨奉一束，以助彭祖之术。'"

(52) “屈平”二句：战国屈原《离骚》：“朝饮木兰之坠露兮，夕餐秋菊之落英。”明王路《花史左编》：“曹昊字太虚，武林人。性爱种菊，一日早起，见菊心生一红子，大如樱桃，人皆不识。有邻女周少夫，月下同女伴来摘食之，忽乘风飞去。”

(53) 颓龄：语出晋陶渊明《九日闲居》：“酒能祛百虑，菊解制颓龄。”

(54) “青女”四句：语出唐罗隐《菊》：“千载白衣酒，一生青女霜。”白衣，犹布衣，古未仕者着白衣。青女，传说中的霜雪之神。

(55) “梁太祖”二句：事见《梁书·太祖张皇后传》。

(56) “韩琦”诸句：事见宋沈括《梦溪补笔谈·异事》。韩琦，字稚圭。宋相州安阳（今属河南）人。英宗立，封魏国公。为相十年。

(57) 隋园之剪彩：《事类备要》载：“隋炀帝筑西苑，宫木秋冬凋落，剪彩为花叶，缀于条，常如阳春。”

(58) 唐苑之催花：唐南卓《羯鼓录》载：唐玄宗好羯鼓，曾于春日临轩击鼓一曲《春光好》，内庭柳、杏等皆展翠吐艳。玄宗笑谓宫人曰：“此一事，不唤我作天公可乎？”后人称之为羯鼓催花。

(59) 河阳花满县：唐白居易《白氏六帖事类集》：“潘岳为河阳令，种桃李花，人号曰：‘河阳一县花。’”

(60) “乃徒抱”二句：《南史·江淹传》载：“（江淹）尝宿于冶亭，梦一丈夫自称郭璞，谓淹曰：‘吾有笔在卿处多年，可以见还。’淹乃探怀中，得五色笔一以授之。尔后为诗绝无美句，时人谓之才尽。”许慎之茵，见卷二《花茵》注。

修　竹

　　松柏之贯四时，傲霜雪，皆自拱把以至合抱^①。惟竹生长于旬日之间^②，而干霄入云。其挺持坚贞，乃与松柏等。古人以之象贤，良有以也。余山房四周，植竹四十种。荫座祛烦，自幸得朋之庆。无奈岁月滋久，蔓行浸淫^③，密不漏宵月，疏不泊晴烟^④，曲不备笙簧，倚不栖鸾凤，则需于修。夫竹之象贤也，取其节耳。大节已曲，何用虚中。曲者有修，取其群居不乱耳。四序不正，一庭带昏，乱者有修，取其中立不倚耳。不能独立，随风披靡，倚者有修，取其堪配松柏耳。若逢岁寒，遽有焦瘁^⑤，亟宜修去，取其可凌霜雪耳。一经摧残，便觉零落，亟宜修去。故竹以修著，贤以用显。竹不能自修，惟人修之；贤不能自用，惟人用之。竹修则日出有清阴，风来有清音，翩翩然映影于几席间^⑥，山房何可一日无此君？贤用则所映影于国家者，其为清阴清音当何如？国家亦何可一日无此人哉！故吾因修竹而有望于今之用贤者焉。

① 拱把：两手合围或一手满握。指树木尚小。　合抱：两臂抱拢，指大树。

② 旬日：十天。

③ 浸淫：逐渐蔓延、扩展。

④ 泊：停留。　晴烟：晴天下的白云。

⑤ 焦瘁：即憔悴，萎靡之态。

⑥　几席：小桌子和卧席。古人凭依、坐卧的器具。

听　泉

　　左太冲《招隐》诗："非必丝与竹，山水有清音。"①独昭明鲜其语②。昭明死，此语沉五浊世中矣。世人觅此音而不得，则觅之丝竹，遂令山水清音与太冲、昭明俱往。夜卧天龙洞，钟磬之音，泠然袭人，已而曙色熹微③，禽鸟呼应，秀郁葱笼之气，掩映窗棂。起乘曙色，忽闻深山滴滴沥沥，如鸣佩环，其清冰玉，其调宫商，湛然莹然，渊渊然，泠泠然，非丝非竹，此何音也？余于此际，恍然会心，顿清数年来斝落胸臆④。若令热中者听⑤，名心清；奔逐者听，利心清；忿躁者听，怒心清；忧愁者听，苦心清；婪者听之，贪心清；淫者听之，欲心清。此何音也？倘太冲所谓山水之清音耶？余非知音者，幸此音不与太冲、昭明俱往，则五浊世人，欲觅此音，了不可得。噫，孰知忽向此中来。

① 　左太冲：即左思，字太冲。见卷二《唐诗》注。

② 　昭明：即昭明太子萧统，南朝梁武帝萧衍长子，好文学，博览群书。典出《梁书·昭明太子传》："尝泛舟后池，番禺侯轨盛称此中宜奏女乐。太子不答，咏左思《招隐》诗曰：'何必丝与竹，山水有清音。'侯惭而止。"

③ 　熹微：天色微明貌。

④ 　斝（jiǎ）落：谓狭隘。斝，古代铜制酒器。

⑤ 热中：急切地盼望得到地位或利益。

拂　石

有才无命，自昔所悲。磨蝎宫身①，所如不合②。古人有言："金骨未变，玉颜以缁。何尝不扪松伤心，抚鹤叹息。"③惟是拂石箕踞，悲慨人情。悠悠白头之交，咄咄盛衰之感。几欲辞家不归，抱木枯死。于是据彼盘石，栩栩以梦。恬静之身，忽涉宦途，呼前拥后，气势巍巍。未几得罪，谪在镜湖④，登高寻远，无幽不求。寮友疏荐，再起再留。上感君恩，复激义友。思图以报，桐风惊牖。忽讶此身，何复在此？信彼黄粱之梦，炊熟吕子之心⑤；谁谓南柯之枝，不醒淳于之意⑥。梦历荣险，身在石上。因悟向来，不达其理。堪嗟堪怜，何时而止？伤心叹息，今不复矣。倩风拂石，落红满地，石苔如锦，殊为光丽。我视石苔，自然茵席⑦，谈经醉月，于此取足。聊养吾才，以俟夫命。

① 磨蝎宫身：见卷一《水阁》注。

② 所如不合：指所往之处，不合其意。

③ "金骨"四句：见唐李白《暮春于江夏送张祖监丞之东都序》。金骨，指仙骨。缁，黑色。

④ 镜湖：即鉴湖，位于今浙江绍兴。

⑤ "信彼"二句：用黄粱一梦之典，见本卷《参禅》注。吕子即度化卢生的道士

吕翁。

⑥ "谁谓"二句：唐李公佐《南柯记》记述淳于棼梦梦到槐安国，娶了公主，当
　　上南柯太守，尽享荣华富贵。后率师出征战败，公主亦死，遭到国王疑忌，
　　被遣归。至此梦醒，在庭前槐树下寻得蚁穴，即梦中槐安国都。南柯郡为
　　槐树南枝下另一蚁穴。

⑦ 茵席：坐卧的垫具。

护　兰

　　兰生深山大泽中，气醇远不射①，而蕙艳发。吾闽固多兰，今
所植皆蕙，而世又贵兰而贱蕙。岂兰一茎一花，蕙辄数花耶？抑岂
兰韵微长，而蕙微短耶？《骚》云②："既艺兰之九畹兮③，又种蕙之
百亩。"是兰与蕙皆不可废。余斋中植青兰数本，花叶一色，尤为
芳异，但难护耳。小小一兰，植于盆中，莫不饮韵啜香，若生之当
门，势又不得不锄。人可自恃其芳哉？张生有言："果之橄榄、书之
《骚》、草之兰可称三绝。"④ 虽是山林偏嗜，最堪斋头清玩。

① 射：谢，衰败。

② 《骚》：即《离骚》，见卷二《〈离骚〉〈太玄〉》注。

③ 畹：古称三十亩地为畹。

④ "张生有言"二句：见明张大复《闻雁斋笔谈》。张生，即张大复，字元长，
　　自号病居士。明苏州昆山人。著有《梅花草堂笔谈》《昆山人物传》等。

寻 梅

　　梅花清香玉色，迥出桃李之上①。而《书》惟取其调羹②，《诗》唯取其梅实③，并不闻取其花者。至唐宋始推为群芳之首，有恨《离骚》集众香草而遗梅花，岂梅花香色值唐宋乃奇耶？天地之气，物产不常④，即如祭炳萧、酌郁鬯⑤，古取其香，今何尝香？而《离骚》又指为恶草矣⑥。士之出处，固有时哉！袁生又叹其琼姿玉骨，世外佳人，恨无倾城笑⑦。正取其暗香浮动，幽芳独赏，无倾城笑耳。使有倾城笑，今又何取？故黄昏月下，疏影横斜；罗浮入梦⑧，酒肆参差。此际此景，又不知何处寻也。奚止迥出桃李上哉！

① 迥（jiǒng）出：超出。

② 调羹：《尚书·说命下》："若作和羹，尔惟盐梅。"

③ 梅实：《诗经·召南·摽有梅》："摽有梅，其实七兮。"

④ 物产不常：谓物产丰厚。

⑤ 炳（bǐng）萧：点燃艾蒿。炳，点燃。　郁鬯（chàng）：用郁金香合黑黍酿造的香酒。

⑥ "而《离骚》"句：见屈原《离骚》："兰芷变而不芳兮，荃蕙化而为茅。何昔日之芳草兮，今直为此萧艾也？"将萧艾与芳草相对，视萧艾为恶草。

⑦ "袁生"三句：唐冯贽《云仙杂记》："袁丰居宅后，有六株梅……（丰）叹曰：'烟姿玉骨，世外佳人，但恨无倾城笑耳。'即使妓秋蟾出比之。"倾城，指

美女。

⑧ 罗浮入梦：用罗浮梦之典，见卷一《雪庵》注。

爱 莲

　　莲，花之君子者也，余植一鉴池中①，人莫得夭折，故见其生，视其长，睹其盛，惜其衰。即一莲而人生之事尽矣，亦惟保护乃得至斯。向若生于潇湘洞庭、溱洧淇奥，即有吴姬越客、郑女卫童，芳心未成，采撷都尽②，安见成长也。唯周茂叔知其君子而爱之③，而同茂叔之爱者何人？意者其志洁，其行廉，濯淖浊秽之中，以浮游尘垢之外，皭然而不滓者④，其人与？

① 一鉴池：乐纯家池塘之名，见卷一《一鉴池》。

② "向若"四句：古时吴越之地尚采莲之戏，故潇湘洞庭之地多吴姬越客采莲。
　　溱洧，即溱水和洧水，《诗经·郑风·溱洧》："溱与洧，方涣涣兮。士与女，
　　方秉蕑（jiān）兮。"淇奥（yù），指淇水曲岸。淇水源出河南林县，东经淇县
　　流入卫河。《诗经·卫风·淇奥》："瞻彼淇奥，绿竹猗猗。"郑卫两国男女有
　　于水边游春之俗。

③ 周茂叔：即周敦颐，字茂叔。宋道州（今湖南道县）人，世称濂溪先生。有
　　《爱莲说》为千古名篇。

④ 皭（jiào）然：洁白貌。

赏　菊

　　菊称隐逸，其叶可羹，其花可酿，其囊可枕，其实可仙，其德备黄中①，其节杰霜下。非含乾坤之纯和，何以群木庶草无有射地而生②，而芳菊纷然独菲也。楚之屈平③，乃悲冉冉将老④，餐秋菊落英，则黄花徒以辅体延年，而渊明独赏心焉。即其闲靖少言，不慕荣利，环堵萧然⑤，风日不蔽，高枕北窗，短褐穿结。倘黔娄所谓不戚戚于贫贱，不汲汲于富贵者⑥，渊明似黄花乎？黄花似渊明乎？噫，菊之赏，陶后鲜有闻者。则八十日涉世⑦，复有几人？

① 黄中：心中，喻内在美德。

② 庶草：百草。　射地：即一射之地，约当一百二十至一百五十步。

③ 屈平：即屈原，见卷二《〈离骚〉〈太玄〉》注。

④ 冉冉：渐进的样子。屈原《离骚》："老冉冉其将至兮，恐修名之不立。"

⑤ 环堵萧然：形容室中空无所有，极为贫困。

⑥ "倘黔娄"二句：黔娄，战国时齐国隐士。家贫，不求仕进。后隐居于济之南山（今济南千佛山），凿石为洞，言道家之务。虽家徒四壁，却励志苦节，安贫乐道。戚戚，忧虑。汲汲，急切。

⑦ 八十日：指陶渊明任江西彭泽县令，不过八十多天便不愿为五斗米而折腰，挂印回家之事。

漱　流

　　归来山中，有友以《世说》语乞字①，走笔作"漱流扫花，酌月观云"答之。其漱流云：归来乎山中，潭壑之间，清流注泻，千岩竞秀，万壑争流，却自胸无宿物②。漱清流，令人濯濯③，清虚日来，滓秽日去④，觉禽鱼自来亲人，非惟使人情开涤，可谓一往有深情。

① 《世说》语：南朝宋刘义庆《世说新语》记述东汉末年至东晋年间名士文人的
　　言行风貌，文字简洁而有文采。这里指有魏晋风度的言语文辞。
② 胸无宿物：胸中没有隔夜的东西。比喻胸怀坦荡。宿，过夜。
③ 濯濯：清朗貌。
④ 滓秽：污浊之物。

扫　花

　　归来乎山中，林泉之浒①，风飘万点，清露晨流，新桐初引②。可是萧然无事，扫落花足散人怀。一丘一壑，一吟一咏，花阴下自有清风，不觉累心都尽。故自有天际真人想③。

① 浒：水边。

② 引：伸展。

③ 天际真人：天上仙人。

酌　月

　　归来乎山中，东皋之上①，月出如钩，花影零乱，四望皎然。正宜交觞酬酢②，酌月下，箕踞啸歌。一手持蟹螯，一手持酒杯，问《毛诗》何句最佳③，不觉隗然已醉④，居然有名士风流。

① 东皋：田野或高地的泛称。

② 酬酢：饮酒时主客互相敬酒。指朋友交往应酬。

③ 《毛诗》：即《诗经》。鲁国毛亨与赵国毛苌为之作注，故又称《毛诗》。

④ 隗（wěi）然：倾颓貌。

观　云

　　归来乎山中，南峰之屏，浮云出岫①，绝壁天悬。日月清朗，不无微云点缀，看云飞，轩轩霞举②，资清以化③，乘气以霏④。踞胡床，与友人咏谑⑤，不复滓秽太清⑥，便自使人有凌云意。

① 岫（xiù）：山峰或山洞。

② 轩轩霞举：指云霞高高飘举。轩轩，仪态轩昂貌。

③ 资清以化：凭借清朗的天气而变化。

④ 霏：飞扬。

⑤ 咏谑：吟咏谈笑。

⑥ 滓秽：使动用法，污染之意。　太清：自然。

卷四

清　醒

轻　言

舌，剑锋也，可以斩人，还能自害。故好尽言以招人过[1]，国武子所以见杀于齐[2]，要皆酒使也。宁鸠子有言[3]："喜极勿多言，怒极勿多言，醉极勿多言。"吾取以为轻言者戒[4]。

① 尽言：犹极言、直言。善恶褒贬无所避讳。
② 国武子：即国佐，一作国差。春秋时期齐国上卿。因尽言而遭齐灵公之母声孟子陷害，后被齐灵公派士华免杀死。谥武，称国武子。见《国语·周语下》。
③ 宁鸠子：即贾三近，字德修，号石葵，又称宁鸠子。明山东峄县（今山东枣庄）人，隆庆二年（1568）进士，历任太常寺少卿、光禄寺卿、兵部右侍郎等职。《宁鸠子》亦是贾三近所撰子部杂家类著作，今已佚。
④ 轻言：说话轻率、不慎重。

强　酒

酒，狂药也，可以烂肠，还能贾祸[1]。故因杯酒以骂座人，汉灌夫所以陷胸于武安[2]，要皆言失也。管夷吾有言："酒入舌出，舌出言失，言失身弃。"[3]吾取以为强酒者戒[4]。

① 贾（gǔ）：招致。

② "汉灌夫"句：事见《史记·魏其武安侯列传》：汉灌夫为人刚直不阿，好使酒。曾与魏其侯窦婴共赴武安侯田蚡婚宴，田蚡对灌夫傲慢无礼。灌夫行酒至临汝侯灌贤时，灌贤与程不识耳语，不避席，灌夫无所发怒，乃骂曰："平时诋毁程不识不值一钱，今天长辈给你敬酒，你却像女子一样在那儿同程不识咬耳说话！"田蚡对灌夫说："程（程不识）、李（李广）俱为东西宫卫尉，今日当众侮辱程将军，难道不给你所尊敬的李将军留余地吗！"灌夫答："今天杀我的头，陷我的胸，我都不在乎，还顾什么程将军、李将军！"田蚡后弹劾灌夫骂坐不敬，灌夫、窦婴皆因此被杀。

③ "管夷吾"四句：汉刘向《说苑》："齐桓公为大臣具酒，期以日中。管仲后至，桓公举觞以饮之，管仲半弃酒。桓公曰：'期而后至，饮而弃酒，于礼可乎？'管仲对曰：'臣闻酒入舌出，舌出者言失，言失者身弃。臣计弃身不如弃酒。'桓公笑曰：'仲父起就坐。'"管夷吾，即管仲，名夷吾，字仲。相齐，辅佐齐桓公成为春秋五霸之首。

④ 强酒：酗酒。

临 事 无 智

　　上帝既剖混沌氏，以支节为山岳，以肠胃为江河，以其精神命脉为世事，以其行止像貌记文章，令人日夜攻取斫凿，以散混沌之灵，而致其必不起也①。呜呼！混沌氏则不起而智生矣，智生而人不可一刻无智矣。人而无智，谓之人禽，禽见色翔集②，禽且不如；

谓之人兽，兽藏身三穴③，兽且不如；谓之人鱼，鱼沉渊自匿，鱼且不如；谓之人奴，人奴者，靠人者也。有智之人则为人靠，居家为父母兄弟靠，居家为宗族乡党靠④，居官为天下百姓靠，做阁老为中国四夷靠。一举一动，一行一止，无非人靠。人奴不然，居家则靠父母兄弟，居乡则靠宗族乡党，作事则靠亲戚朋友，居官则靠官长，作文则靠班、马⑤，逢人便靠，逢事便靠，一举一动、一行一止，无所不靠。

或曰："噫！若是，其甚智短汉⑥。"殆有甚焉。终日嬉嬉，无一谋筹，一旦临事，手脚慌忙。东拖西扯，漫无定纲。或遭家运中衰，不思扶振复故，徒羞见人，戚戚惶惶，惊恼待毙。或遭子孙懦弱，不思身化曲诲⑦，徒耻不如人，泄泄沓沓⑧，悲痛自伤。如此之人，不但外人靠他不得，即父母兄弟，亦靠他不得。不但父母兄弟靠他不得，即至痛之妻儿亦靠他不得。不但妻儿靠他不得，即自己之身亦自靠他不得。或曰："噫！若是，其甚智短汉。"殆有甚焉。有一乐境界，就有一不乐的相对待，彼徒知求乐。有一好光景，就有一不好的相乘除，彼徒见有好。究至事穷势极，夫妇化为犬豕，父子化为禽兽，兄弟化为仇敌，宗戚化为行路⑨。或曰："噫！若是，其甚智短汉。"殆有甚焉。目不识人，心不虑远，吾见子孙变为豺虎，朴实变为盗贼，草木变为宗族，风雨变为邸舍，妻儿变为婢仆，粪污变为粱肉。或曰："噫！闻之我祖混沌未死，子孙犹存，无奈上帝图貌索形⑩，闻其子孙有名直号古愚者，藏在民间。"今若此，则混沌氏真死矣。又闻其有厥孙，冒姓受氏，或名曰诈，或名下愚，痛祖受凿，力反所为，子孙蔓蔓，滔滔皆是。天湖子亦曾耳而目否？吁，子安敢逃我，子即其子孙，天湖子又安得不耳而目也！

① "上帝"诸句：见卷二《〈道德〉〈南华〉》注。古代神话又言盘古劈开混沌而有
世界。此处用混沌之典，并融合神话。斫（zhuó）凿，用刀斧砍凿。

② 见色翔集：语出《论语·乡党》："色斯举矣，翔而后集。"见卷三《钓弋》注。

③ 藏身三穴：指狡兔三窟。语出《战国策·齐策四》："狡兔有三窟，仅得免其
死耳。"

④ 乡党：谓乡里之人。

⑤ 班、马：汉代史学家班固和司马迁的并称。

⑥ 智短汉：傻汉子。

⑦ 身化曲诲：身体力行地教化，委婉地教导。

⑧ 泄泄沓沓：指拖拖沓沓，弛缓懈怠。

⑨ 行路：行路之人，指陌生人。

⑩ 图貌索形：画下样貌来寻找其人。

妄随世缘

人世无一刻不是缘，无一处不是缘，无一人不是缘。为世间人，
只好随缘度日，何必强生分别，打破缘因。苏公有言："我心平易，
上可以陪玉皇，下可以陪悲田院乞儿。"① 故苏公得随缘之法，为内
翰可也，谪海南可也，正人君子欲慕欲赏可也，邪险谗夫欲杀欲殛
可也②，总以世间人随世间缘而已。使有妄缘，则苏公必不妄随，

何也？以小人都不可与作缘也，缘而作之，是名妄缘。世惟妄人，故随妄缘。不如是者，则若童子鸿之不因人热③，王仲回之不许君房交④，庾道恩之送还兴公诔⑤，皆不妄随者也。故君子素位而行⑥，妄随则出乎其位矣。使童子鸿诸公而值苏公之地，则缘在内翰，必皆随缘于内翰；缘在海南，必皆随缘于海南。缘宜君子慕赏，小人诛殛，必皆能随其赏慕诛殛之缘，无往不宜，无施不可。缘乎缘乎，其在世乎？其在诸公乎？其世与诸公两相随乎？敢问天湖子何以？闻诸夫子曰："我则异于是，无可无不可。"⑦

① "苏公"四句：事见宋高文虎《蓼花洲闲录》。苏公，即苏轼。悲田院，唐开元二十三年（735）置病坊收容乞丐，后改为悲田养病坊。按佛家以供养父母为恩田，供佛为敬田，施贫为悲田，后因泛称救养院为悲田院。

② 殛（jí）：流放，放逐。

③ "童子鸿"句：指汉代梁鸿年少时，不趁别人的热灶火为自己煮饭，灭掉灶中火，自己重新生火做饭。见《东观汉记·梁鸿传》。

④ "王仲回"句：东汉大司徒侯霸（字君房）想与王丹（字仲回）结交，派儿子在路旁迎接，王丹下车答礼，但最终没有答应与侯霸结交。

⑤ "庾道恩"句：晋孙绰（字兴公）在庾亮去世后写了深情厚意的诔文，庾亮之子庾羲（小名道思）看后还给孙绰，说："父亲与您的交情没有那么深。"事见《世说新语·方正》。

⑥ 素位而行：语出《礼记·中庸》："君子素其位而行，不愿乎其外。"素位，现在所处之地位。

⑦ "我则"二句：语出《论语·微子》。指根据客观情况考虑怎样做合适。

滥　交

君子择而后交，非交而后择。若择则自不轻易交，不轻易交，则交必寡。所交既寡，则交者必金石，必莫逆^①，必可共青云，必可共云霞，必可忘形，必可刎颈，非若今世面交、市交、势利交、口头交比也^②。吾见今世之交矣，一言稍合，即设犬羊，具朋酒，出妻子^③，倾肝胆，何交之易也。及片言不合，一利不均，一食不至，便即厌斁^④，睚眦相看。彼昔之出妻子、倾肝胆者，第作人谈资话柄耳。

相交满天下，何如实交只一人乎？此非余言也，圣门亦言"可者与之，其不可者拒之"也。然"我之大贤与，于人何所不容"者^⑤，又何也？可者与，不可者拒，为门人小子学识未到者言之也。而实交不在多，即大人无以易此也。我之大贤，于人无所不容，为学识已到圣贤地位者言之也。而要交若不多，又无以成其大人也。其故云何？学识未到者，不能取益于载籍^⑥，不能取资于世事，所恃者全凭此交友一节，是心术邪正之关，学术纯疵之界，如之何勿择？其在学识已到者，方且以友天下之善士为未足，又尚论古之人，诵其诗，读其书，羹墙尧舜、衾枕孔颜^⑦，又何论乎一人万人、一世万世也。但见万物皆其师友，万事皆其师友，无在无处无师友，无在无处非其交。何滥也？非滥也，交量原自如此也。如此则择而后交非乎？何可非也。

天下有一人知己者，死可不朽，故伯牙只有一子期^⑧，管公只有一鲍子^⑨，天下后世以为奇。若子期之后，更多子期；鲍子之前，先有鲍子，则牙生何必绝弦，而知我者，何以与生我并也。君子见生我之外，此道主盟，故交不以浓而以淡，天下惟淡不厌，惟淡可久。余慨世无真正相知者，无此淡若水人也。间有得淡意者，人又以为不浓而弃之矣。若是又安得有真正相知乎？吁！真正相知，可遇不可择，若云择矣，徒见"与我周旋，宁作我"矣^⑩。呜呼！极而言之，即我亦自不可友，我又何怪朱穆、刘孝标之《绝交论》也^⑪。

① 莫逆：彼此同心相契。

② 面交、市交、势利交、口头交：皆谓表面亲密，实无厚谊之交，见利即解携而去。

③ 出：遗弃，弃逐。

④ 厌斁（yì）：厌弃。

⑤ "圣门"诸句：语出《论语·子张》："子夏之门人问交于子张。子张曰：'子夏云何？'对曰：'子夏曰可者与之，其不可者拒之。'子张曰：'异乎吾所闻，君子尊贤而容众，嘉善而矜不能。我之大贤与，于人何所不容？我之不贤与，人将拒我，如之何其拒人也？'"

⑥ 载籍：书籍。

⑦ 羹墙尧舜：谓追念思慕先贤。《后汉书·李固传》："昔尧殂之后，舜仰慕三年，坐则见尧于墙，食则睹尧于羹。" 衾枕孔颜：与孔子、颜回一同歇息，谓学习其人的思想，与之为友。

⑧ "故伯牙"句：见卷三《赏鉴》注。

⑨　"管公"句：见卷三《觅友》注。

⑩　"徒见"二句：桓温年轻时与殷浩齐名，常有竞心。桓问殷："卿何如我？"
殷云："我与我周旋久，宁作我！"见《世说新语·品藻》。

⑪　朱穆：字公叔，汉南阳宛县（今河南南阳）人。有感时俗，著有《绝交
论》。　刘孝标：名峻，本名法武，字孝标，南朝梁平原（今山东平原）人。
承朱穆《绝交论》而作《广绝交论》。

骂　坐

士君子浩然之气不可无，匹夫之勇不可有。故忿怒如烈火，名
为阿鼻狱①。读《灌夫传》，以使酒骂坐，陷彼两贤②，则匹夫之勇
误之。夫天子轻士善骂，士犹义不受辱，矧以匹夫之勇，妄自托于
浩然之气乎？余谓浩然之气者，善藏其用者也。刚大可以配天地，
直义不可不集养，集养则不见有浩然之迹矣③。刘子翼善骂人，李
百药语人曰："刘四虽复骂人，人多不憾。"④刘四何以得此？谢无奕
极骂王述，述唯正色面壁不动⑤。东坡得罪以来，与渔樵杂处，往
往为醉人所骂⑥。如此地步，非有得直养、集义之工，而善藏其用
者能乎？祢正平千载狂士⑦，竟以骂操致死，说者谓其勇夫客气，
不知此乃浩然之气，第直未养，义未集耳。正平知骂亦死，不骂亦
死，均死也，与其不骂，为大儿孔文举、小儿杨德祖之死⑧，不若
骂之，以为后日黄祖之死⑨。故正平至今义气矫矫，出入人口颊。
一骂之力，正平不朽，而骂亦且不朽矣。岂与匹夫之勇一挫不伸，

侥幸避患者等。故君子以正平之气而善之，以苏、王之用则虽骂人，人自不憾，奚取祸哉？

① 阿鼻狱：也称无间地狱。阿鼻为梵文音译，意为无间，表示"受苦无间断"。

② "以使酒"二句：见本卷《强酒》注。

③ "刚大"三句：《孟子·公孙丑上》："其为气也，至大至刚，以直养而无害，则塞于天地之间。"配天地，充满天地间。集养，指累积长久地养育。

④ "刘子翼"四句：刘子翼，字小心，行四。曾仕隋为著作郎、秘书监。常当面指出同僚朋友的短处，背后不加诋毁。其友人李百药说："刘四虽复骂人，人都不恨。"

⑤ "谢无奕"二句：事见南朝宋刘义庆《世说新语·忿狷》。谢无奕，即谢奕，字无奕，谢安兄长。为人不拘礼法，性格粗强，喜欢饮酒戏乐。王述，见卷二《麈尾》注。

⑥ "东坡"三句：宋苏轼《答李端叔书》："得罪以来，深自闭塞。扁舟草屦，放浪山水间，与樵渔杂处，往往为醉人所推骂。"

⑦ 祢正平：即祢衡，见卷三《赏鉴》注。

⑧ 孔文举、杨德祖：即孔融与杨修，皆为曹操所杀。见卷三《赏鉴》注。

⑨ 黄祖：东汉末年将领。刘表任荆州牧时，黄祖出任江夏太守。祢衡在酒席上辱骂黄祖，被其斩首。

矜　夸

丈夫汉果能心事光光洁洁，必能谦谦虚虚，即无寸功只字，亦自有堂堂正正做人处。何必矜耀文章，夸逞功业，靠外物做人，不思天地间事，何者非丈夫所当为，又何者为我所矜夸？纵有挽回日月的手段①，昭回云汉的文章②，皆是本分。况此本分，人人皆有，彼不能者自不能，于我无与；我能者自能，于彼无干，何处容我矜夸？且也文章做到极处，无有他奇，只是恰好；人品做到极处，无有他异，只是本然。何事可得矜夸？前人云："暴富贫儿休说梦，谁家灶里火无烟。"甚哉此念，不唯不可见诸人，亦且不可萌诸心。故颜子一生学问③，只是个无伐无施，遂看破圣门许大道理，参透人世儿多机关。曾氏"有若无，实若虚"六字④，不时画出颜子，且可为万世榜样。总之矜夸的人，必是学问不到，故盖世功名，当不得一个"矜"字；弥天罪孽，当不得一个"悔"字。倘使学问到时，亦必晦至心烧也。彼不知愧悔者，永世做得人成否？

① 挽回日月：用鲁阳挥戈之典，见卷一《海日》注。

② 昭回云汉：天河的星辰光照运转于天，谓文章文采斐然。语出《诗经·大雅·云汉》："倬彼云汉，昭回于天。"

③ 颜子：即颜回，字子渊。春秋时期鲁人。孔子弟子，好学，乐道安贫，一箪食，一瓢饮，不改其乐。在孔门中以德行著称。

④　曾氏：即曾子，名参，字子舆。春秋鲁南武城人，孔子弟子。　有若无，
　　实若虚：语出《论语·泰伯》，是曾子夸颜回之语。意其有学问却像没学问
　　一样，满腹知识却像空虚无所有。

作　态

　　狐眠败砌①，兔走荒台，尽是当年歌舞之地；露冷黄花，烟迷
衰草，悉属旧时争战之场。盛衰何常，强弱安在？念此令人心灰，
痴子何可作态②。彭绥之以直道忤时归田，适有朝士省家，绥之具
酌邀饮。值微雨，累速不至，因遗诗云："倘来名利若游尘，何事
痴儿太认真！咫尺泥途行不得，山阴雪夜是何人。"③长沙有朝士还
乡，意气满盈，鼓吹喧阗。有执友谒之，朝士曰："翁素好诵诗，近
日诵得何诗？"曰："近诵得孙凤洲《赠欧阳圭斋》一诗，云：'圭斋
还是旧圭斋，不带些儿官样回。若使他人居二品，门前箫鼓闹如
雷。'"④作态者看此，亦当悚然。杜牧之联中巍科，状元及第，名震
儒林。偶游城南萧寺，禅僧危坐不顾，傍人以累捷夸之，僧亦不答。
牧之茫然自失⑤。夫士人应试而得状头极矣⑥，其声价曾不足以惊山
居之野衲，则态可作乎？故态字极是不好。妇人女子若多态者，必
能败人国家，矧须眉丈夫耶？倘一旦地冷场收，又不知此态从何往
矣。猛醒猛醒！

①　败砌：荒败残破的台阶。

② 作态：故作姿态。

③ "彭绥之"诸句：事见明蒋一葵《尧山堂外记》。彭绥之，即彭福，字绥之，晚号懒农。明饶州府乐平（今属江西景德镇）人，曾守泰州。直道，指为人直率。山阴雪夜，指王子猷雪夜访戴之事，见卷一《杨花溪》注。

④ "长沙"诸句：事见《尧山堂外记》。喧阗（tián），喧闹杂乱，多指车马声。执友，亲密的朋友，知心好友。孙凤洲，字号不详，元浏阳（今属湖南）人。曾任镇江路总管。欧阳圭斋，即元代欧阳玄，字原功，号圭斋，浏阳人。官翰林学士、国子祭酒，属二品大员。

⑤ "杜牧之"诸句：事见唐孟棨《本事诗》。杜牧之，即杜牧，见卷二《唐诗》注。巍科，高科，指状元。

⑥ 状头：唐代进士试第一名称状头。

发 人 覆

　　吉人勿论作用安祥①，即梦寐神魂，无非和气；凶人勿论行事狠戾，即声音笑语，浑是杀机。闻之犹龙曰："凡今之世，聪明深察而近于死者，好讥议人者也；博辨闻远而危其身者，好发人之恶者也。"②故韩魏公说到小人忘恩背义、欲倾己处，词气和平，如道寻常事。又见文字有攻人隐恶，必手自封记，不令人见③。后世刻薄小人，专发人覆以为直④，甚至言人帏簿⑤，证人暗昧⑥，万一非辜，则令人终身被其恶名，至使君臣父子之间，难施面目，言之得无忉乎⑦？况险人之前而发人阴私，则险者必资其阴私以为讦本；奸人之前而发人机巧^⑧，则奸者必用其机巧以为利基。其损物害理，莫此之极。且无论其危身近死，即此杀机，定非吉人，可不戒哉！

① 作用：即作为，这里指人的行为。

② "闻之犹龙"诸句：语出《史记·孔子世家》，为孔子问礼于老子，临别时老子赠言。犹龙，指老子，孔子曾对弟子说："吾今日见老子，其犹龙邪！"言老子之道，深远如龙之不可测。

③ "故韩魏公"诸句：事见宋江少虞辑《皇朝事实类苑》卷十四。韩魏公，即韩琦，见卷三《栽花》注。倾己，陷害自己。封记，封缄标记。

④ 发人覆：揭发别人的隐私。覆，遮盖，掩蔽。

⑤ 帷簿：指家庭内部。

⑥ 暗昧：隐私之事。

⑦ 忉（rèn）：出言小心谨慎。

⑧ 机巧：聪慧灵巧。

惯 讥 谑

甚哉！齿之不可利也，齿利则天下便目我为妄语儿。丈夫当言为世法^①，何可以讥谑^②，故而自甘作妄语儿也。长卿之言曰："善谑浪，好恢谐，吐语伤于过绮，取快佐欢，亦无大害；扬隐微，谈中菁，为德毋乃太凉，积愆消福，吾党戒之。"^③ 不知谈中菁、扬隐微，皆自谑浪恢谐中来，而谑浪恢谐，又自利齿中来。总之齿不可利也。故黄帝铸金人，三缄其口，铭曰："磨兜坚，慎勿言。"[④] 勿言者，非徒勿言讥谑，即庸言亦且勿言矣。故古有庸言之谨，夫庸言，孝弟之言也，犹且有谨，况讥谑可惯乎？虽然，恶口易禁，绮语难防，以鲁直之贤，一作丽词，秀铁面诃其有泥犁马腹之报[⑤]。吁，可畏哉！念此则齿不得不钝，复安可作妄语儿也。

① 世法：代代效法的准则。

② 讥谑：讥讽戏谑。

③ "长卿"诸句：见明屠隆《婆罗馆清言》。长卿，屠隆字，见卷二《传奇》注。中冓（gòu），内室。又指内室有诟耻之事。愆（qiān），过失。

④ "故黄帝"四句：事见吕尚《太公金匮》。磨兜坚，谓诫人谨言。

⑤ "以鲁直"三句：黄庭坚诗词多艳语，法秀禅师告诫说："汝以艳语动天下人淫心，不止马腹，正恐生泥犁中耳。"秀铁面，即北宋法秀禅师，性格严厉，道风峻洁，时人称其为"秀铁面"。泥犁，梵语，地狱。

开人秘笥

儿子谓友辈中有开人秘笥者[①]，殊为可鄙。余笑曰：乾坤一大笥也，其中秘四大宝，一曰仲尼，二曰牟尼，三曰清尼。三大宝外，更一宝陆离光怪，照耀人寰[②]。是四宝者，伏羲、神农、黄帝得而秘之笥中，以授尧。尧开取此宝示舜，舜以示禹，禹复藏之秘笥，其后无开者。汤伐夏，秘笥移之商，汤开取宝以示天下。汤崩，子幼，授之伊尹。商衰，纣不爱此宝，文王以美女、狗马进纣，请此秘笥。纣大悦，与之。文王遂作宝记，名曰《周易》。文王崩，武王老，此笥付之周公。成康之世③，笥犹在周。周衰，子孙不能守，孔子见之识曰："此天下无上宝也，奈何韫匮而藏④？"亟开取其所谓仲尼宝者佩之，遂字仲尼。老聃闻而请观，见清尼，请曰："愿得此宝，以为衰老晚年之娱。"因号清尼。乃作宝记五千言，名《道德经》。而牟尼宝犹存孔处，孔以牟尼空虚，能照天下一无所有，其害吾宝不浅，另藏一秘笥而封识之⑤。曰："慎勿开。"

　　无何，而毁仲尼宝者纷纷，孔不得已，作《春秋》以明此宝。当时有左丘明者⑥，又得其陆离光怪之宝，爱其古雅，亦作宝记，名曰《左传》。乃仲尼之宝，曾氏子得之⑦，作宝记，曰《大学》。时人甚称此记，谓传神写照，无如此真切者。曾子又以授孔氏之孙⑧，曰："此而祖之所以授我者。"孔氏之孙乃作宝记，名《中庸》。孙卒，而此宝又复藏之秘笥。是时释迦生，而所谓牟尼宝者，为释迦所得，自号曰"牟尼"。其后传之告子、庄周、杨、墨辈⑨，流弊至无父无君。幸有孟氏子得开秘笥⑩，取仲尼宝以示天下。而杨朱、墨翟各以其宝来斗，仲尼宝几不能胜。孟子于是退作宝传七篇，以垂后世。孟氏卒，公孙丑、万章不能守⑪，遂为乐氏子克得之⑫。克，信人也，不敢开其秘笥，竟封识而藏云。

　　秦有天下，下令曰："后世必有以宝忘其国者，尽将诸宝记并求宝之人焚而坑之。"于是秘笥流落人间。又闻鲁二生得之⑬，汉兴，叔孙通求之二生⑭，二生不肯与。后为董氏子开之⑮，不敢取其宝，惟一见亟秘之。而左丘明所得者，始贵重于世。司马相如、贾、刘诸君子[16]，皆得开其秘笥，而宝独为龙门太史氏所得，传其宝曰《史记》。班固、范晔各作宝记[17]，有《前汉》《后汉》二书。然仲尼之宝，几不可识。或云在匡衡家[18]，或云后为黄宪、文中子所得[19]，皆未见有照耀如轲时者。迨唐兴，而牟尼之宝大行天下，其作宝记不可胜纪。余独取其所谓《金刚》《楞严》诸经。乃仲尼秘笥，藏在韩愈家。直至宋周、邵、张、程、朱、陆辈[20]，始开其笥，揭出仲尼至宝。而左丘明之宝，又为苏东坡拾得矣。

明兴，仲尼大宝，诸公直开秘笥，取以印证诸宝记，无不符合。而独宋所以记宝者，多作记秘笥语，令人往往误认秘笥以为宝，则记宝者之过也。牟尼之宝犹在人间，独清尼者，张氏得之[21]，以居龙虎山，至与仲尼宝益耀。是三宝者，皆不可废。而丘明真宝，又不知李于鳞从何处觅来，以分王元美、汪伯玉诸君[22]。至矣，尽矣，不可复加矣。今其秘笥犹存，以俟开者，后之君子，其择四大宝而处一，由是其合四大宝而尽取，由是乾坤大笥必不禁人开，不禁人秘，明矣。儿所云友辈中好开人秘笥者，能开如此秘笥否？因与儿子一笑。

① 秘笥（sì）：密箱。

② "其中"诸句：分别以仲尼代指儒家，牟尼代指佛家，清尼代指道家，陆离光怪之宝代指史家。

③ 成康之世：指西周成王、康王统治期间出现的治世。史称其时天下安宁，四十余年不用刑罚。

④ 韫匮（yùn guì）而藏：秘藏在柜子里。

⑤ 封识：封缄标记。

⑥ 左丘明：见卷三《著书》注。

⑦ 曾氏子：即曾子，见本卷《矜夸》注。

⑧ 孔氏之孙：指孔伋，孔子之孙，曾受业于曾子。

⑨ 告子：名胜，一说名不害，东周战国时思想家。主张生之谓性，性无善恶，与孟子的"性善说"相论难。　杨：即杨朱，战国时魏人。其说重在爱己，不以物累，不拔一毛以利天下，与墨子的"兼爱"相反，同为当时儒家斥为异端。　墨：即墨子，主张兼爱、非攻、尚贤、尚同，反对儒家的繁礼厚葬，提倡薄葬、非乐。

⑩ 孟氏子：指孟子。见卷三《著书》注。

⑪ 公孙丑、万章：皆战国时齐人，孟子弟子。

⑫ 乐氏子克：即乐正克，战国邹人，孟子弟子，著有《学记》。

⑬ 鲁二生：《史记·刘敬叔孙通列传》载：汉初叔孙通为刘邦定朝仪，使征鲁地诸生三十余人，有二生不肯行，谓叔孙通所为不合于古。

⑭ 叔孙通：曾为秦博士。秦末，先为项羽部属，后归刘邦，任博士，称稷嗣君。

⑮ 董氏子：指董仲舒。汉武帝时，以贤良对策称旨见重，拜江都相。著有《春秋繁露》等。

⑯ 贾、刘：指贾谊、刘向，皆汉朝文士。

⑰ 班固：字孟坚，东汉扶风安陵（今陕西咸阳）人。继其父班彪未竟之业，终成《汉书》。　范晔：字蔚宗，南朝宋顺阳（今河南南阳）人。删定自《东观汉记》以下诸书，撰为《后汉书》。

⑱ 匡衡：字稚圭，西汉经学家。年幼时家贫而无烛，曾凿壁偷光来读书。善于解说《诗经》，得汉元帝重用。

⑲ 黄宪：字叔度，东汉学者。家世贫贱，有才学。天下誉为"征君"。 文中
子：即王通，字仲淹，隋思想家，门人私谥曰"文中子"。仿《春秋》著《元
经》，已佚。又依《家语》《法言》例著《中说》。

⑳ 周、邵、张、程、朱、陆：指周敦颐、邵雍、张载、程颢、程颐、朱熹、
陆九渊。皆宋理学家。

㉑ 张氏：指明代正一道张正常、张宇初等人。

㉒ 李于鳞、王元美、汪伯玉：即李攀龙、王世贞、汪道昆，见卷二《济南、弇
州、太函集》注。

蹈袭诗文

余尝谓作诗作文，须有包天包地、包往古、包来今的识力，乃
能剖破乾坤，霹雳宇宙，出语垂世，下笔惊人，安肯拾人唾余①，
猥人汗脚也②。试看之六经，《书》不袭《诗》，《诗》不袭《易》，《易》
不袭《礼》，即如《庄》也、《骚》也，《左》也、《史》也，李也、杜也，
皆人自为宗匠，家自为杼轴③，何尝蹈袭片语只字，共人生活乎？
若为诗文者，徒终日学人语，不能自作声，何以为丈夫？且雕虫小
技，壮夫不为，矧蹈袭耶？韩愈文起八代之衰，余知古谓其作《原
道》袭崔豹《答牛生书》，作《辨讳》袭张诚《论旧名》，作《毛颖传》
袭袁淑《太阑王九锡》，作《送穷文》则袭扬子云《逐贫赋》④。又何怪
"生剥少陵，捃扯义山"者⑤？乃宝月盗东阳柴廓之什，其子几成构
讼⑥；延清爱刘希夷之咏，遂至杀人⑦。魏收、邢邵交骂为任昉、沈

约之贼⑧，噫，可羞甚矣！李于鳞有言"拟议以成变化"⑨，何尝云蹈袭以成诗文？然李公今亦体无完肤矣，岂余所谓包天地古今者如是耶？羞鄙之极，不觉大笑。

① 拾人唾余：拾取别人无足轻重的点滴言论当作自己的。比喻自己没有创见，抄袭别人的见解。

② 猥人汗脚：形容明知别人的文章或作品并不怎么样，还要推崇叫好。

③ 杼轴：织布机的梭和滚筒，组织经纬而成布。用以比喻诗文的组织、构思。

④ "余知古"四句：事见宋释契嵩《镡津集》。余知古，唐文宗时人，曾任将仕郎，守太子校书。与段成式、温庭筠等唱和，诗合成《汉上题襟集》。崔豹，字正熊，一作正能。晋经学博士。张诚，当为张昭，字子布。三国时期孙吴重臣。袁淑，字阳源，南朝宋文学家。官至太子左卫率，纵横有才辩。扬子云，即扬雄，见卷一《风潮》注。

⑤ "生剥"二句：语出明王世贞《艺苑卮言》，谓生吞活剥杜甫和李商隐的作品以为己用。捋扯（xián chě），拉撕剥取。特指在写作中对他人的著作率意割裂取用。

⑥ "乃宝月"二句：事见钟嵘《诗品》。相传《行路难》为东阳柴廓所作。僧人释宝月尝憩其家，会廓亡，因窃而有之。柴廓之子柴赉欲讼此事，宝月厚赂乃止。

⑦ "延清"二句：唐韦绚《刘宾客嘉话录》："刘希夷诗曰：'年年岁岁花相似，岁岁年年人不同。'其舅宋之问苦爱此两句，知其未示人，恳乞，许而不与。之问怒，以土袋压杀之。"延清，即宋之问，见卷二《唐诗》注。刘希夷，见卷二《唐诗》注。

⑧ "魏收"句：据《北齐书·魏收传》载，魏收斥邢邵文章浅陋，邢邵说："江

南任昉文辞粗疏，魏收非但模拟，还大加剽窃。"魏收听了说："他常在沈约集中作贼，还敢说我偷任昉？"魏收，字伯起，小字佛助。北齐史学家。编修国史，著有《魏书》。邢邵，字子才，北朝魏齐时文学家。

⑨ "李于鳞"句：语出明李攀龙《沧溟集》。

易　喜

　　答或人论喜怒哀乐性情，曰："喜怒哀乐，只是一个性，如何妄添个情？不由性而动者，皆为人喜。既是性，则喜不为人喜，喜，性之喜也；怒不为人怒，怒，性之怒也；哀乐不为人哀乐，哀乐，性之哀乐也。"吾且以喜剖性情之疑，谢公之喜而折屐也①，史称其矫情镇物②，夫国家安危，在此一举，喜而折屐，固人之性，安得谓其矫情？若以其先不喜为矫，则未发固性，若以其喜为矫，则已发亦性，皆性也，则皆情也。譬之身，性是身，则情是影。谓影即身，明有个影；谓影非身，无身何影？故子思只言性③，不言情，以影之即身也；孟氏言性又兼言情④，以人不自见其身，不若指其影之可以见身也。

　　由此而言，则今人之所谓喜，非性喜，直人喜耳。何谓人喜？我贵而人奉之，则喜；我贱而人贱之，则不喜。是喜也，因人生也，谓之人喜。若性若者不然，我贵而人奉之，喜如初见其奉也，非奉我，奉此峨冠大带也⑤；我贱而人贱之，喜如初见其贱也，非贱我，贱此布冠韦带也。是谓性喜。世人见人喜，不见性喜，遂至易喜。

夫易喜则必易怒、易哀、易乐。其易也，人也，非性也。毛公捧檄^⑥，喜形于色，为亲屈也。为亲，性也，情也，非人也。故人情即是性情，如波与水转，名不转实。若僧如满咏中秋月而喜极撞钟^⑦，杜审言将擢用而作卿欢喜诗^⑧，此乃吾之所谓人喜。岂出于性情之正？彼易喜者，皆不得其性情者也。若安石、毛义之喜，的是人情，的是性体。嗟夫！此喜岂可易得？

① "谢公"句：谢玄等人于淝水之战大败苻坚，驿站传送的战报送达，谢安正在和客人下围棋，看完捷报毫无欣喜之色，下棋如常。客人询问，才缓缓答道："小儿辈遂已破贼。"下完棋回内室，再也抑制不住内心的激动，过门槛时折断了木屐的屐齿。谢公，即谢安，见卷二《花笺》注。

② 矫情镇物：比喻故作镇静，使人无法猜度。

③ 子思：即孔伋，字子思，孔子之孙。著《子思》二十三篇，唐后佚。《礼记》中的《中庸》等篇，相传为其所作。

④ 孟氏：即孟子。言性又兼之言情之语见《孟子·告子上》。

⑤ 峨冠大带：高帽子和阔衣带，古代儒生或士大夫的装束。

⑥ 毛公捧檄：《后汉书·刘平传序》载，汉毛义家贫，以孝行称。南阳张奉慕其名，送檄文以毛义为安阳县令。毛义捧着檄文，神色欢喜，张奉心贱之。不久毛义母亲病逝，朝廷派使者看望，毛义跪还檄文，不愿为官，葬母后隐居山野。

⑦ "若僧"句：事见宋龙衮《江南野录》："李昇受禅之初，忽半夜寺僧撞钟，满城皆惊，召将斩之。对曰：'夜来偶得《月诗》。'乃曰：'徐徐东海出，渐渐上天衢。此夕一轮满，清光何处无？'喜而释之。"

⑧ "杜审言"句：事见《旧唐书》，杜审言曾因恃才傲物被贬，后见召于武则天，将加擢用。问曰："卿欢喜否？"审言蹈舞谢恩。因令作《欢喜诗》。

易　怒

或曰："怒既是性矣，如何又有易怒？怒有两，性有两乎？"曰："性何止有两，屈指而数，百千万亿不能尽。试举目前，何物不是性？何处不是性？山川草木、鸟兽蠕动，以及毫发纤微，满天地，满千古，无不是性。反而原之，性且无名，问之于天，天亦不应。故怒一也。脉勇之怒面青，骨勇之怒面白，血勇之怒面赤，说是一怒，如何面上有许多青红白赤？说有许多青红白赤，又只是一怒。而不闻孙登，人投之水而大笑①，人见其笑，而不知登以笑为怒；又不闻刘宽，婢污之羹而自如②，人见其自如，而不知宽以自如为怒。

是怒且无形，安有两怒？若以为两，何止于两？共工一作，力可触山③，则共工之怒；相如一奋，发可冲冠④，则相如之怒；朱亥一振，目可怖虎⑤，则朱亥之怒，是一是两？噫！上下四旁，往古来今，无有二性。即此无有，能生万有，但人自主张何如耳。不然，文、武一怒，胡以安天下谓之大勇⑥；仪、衍一怒，亦能惧诸侯⑦，胡以谓之妾妇⑧。则一朝之忿，忘其身以及其亲者，为躁为暴，即见性不真者，可以人言动，可以意气激，皆佛家所谓"嗔"，堕入火坑，永不得出。虽不谓之怒可也，以其非性也。若元忠之相以怒得⑨，郡守之疾以怒痊^⑩，则余所谓性情之说，益可验矣。

① "而不闻"二句：晋隐士孙登居山中土窟，夏天编草为裳，冬天披发自覆。好读《周易》，抚一弦琴。性无恚怒，人或投诸水中，欲观其怒，登既出，便大笑。事见《神仙传》。

② "又不闻"二句：刘宽为刘邦十五世孙、司徒刘崎之子。性情温和善良，即使在急迫匆忙时，也未曾见他容色严厉，言辞急迫。他的夫人为了试探刘宽的度量，当刘宽整理好衣冠准备上朝时，夫人命侍婢捧肉羹进入，故意将肉羹翻倒沾污其朝服，而刘宽神色不变，反而慰问侍婢说："肉羹是否烫伤了你的手？"事见《东观汉记》。

③ "共工"二句：指共工与颛顼争为帝，怒而触不周山之事。

④ "相如"二句：指蔺相如出使秦国时，愤怒于秦王的轻蔑无礼，持璧倚柱，怒发冲冠之事。

⑤ "朱亥"二句：朱亥，战国魏人，本为屠夫，因侯嬴的推荐，成为信陵君的上宾。秦昭王会魏王，魏王命朱亥奉璧一双前往。秦王大怒，置朱亥虎圈中。亥瞋目视虎，眦裂，血出溅虎，虎不敢动。

⑥ "文、武"二句：语出《孟子·梁惠王下》："《诗》云：'王赫斯怒，爰整其旅，以遏徂莒，以笃周祜，以对于天下。'此文王之勇也，文王一怒而安天下之民……一人横行于天下，武王耻之。此武王之勇也，而武王亦一怒而安天下之民。"

⑦ "仪、衍"二句：语出《孟子·滕文公下》："景春曰：'公孙衍、张仪岂不诚大丈夫哉？一怒而诸侯惧，安居而天下熄。'"

⑧ 妾妇：这里指顺从他人者。《孟子·滕文公下》："以顺为正者，妾妇之道也。"

⑨ "若元忠"句：唐朝宰相魏元忠，小时候请张憬藏看相，憬藏久不答，元忠
　　怒道："穷通有命，何必请你占卜？"拂衣而去。憬藏急忙起身说："君之相
　　在怒时，位必卿相。"

⑩ "郡守"句：华佗为一郡守治病，认为此人盛怒就能痊愈，于是多收诊金而
　　不加治。无何弃去，留书骂之。郡守果大怒，令人追杀华佗。其子嘱使勿
　　逐，郡守更加愤怒，吐黑血数升而愈。

易　忧

　　天下无难处之事，只要两个"如之何"①；天下无难处之人，只
要三个"必自反"②。此是解忧妙诀，故古来无忧者惟文王③。文王
外如尧则以不得舜为己忧，舜则以不得于亲为己忧④，孔子则以德
不修、学不讲为己忧⑤，孟子则以不得如舜为己忧。吾闻诸夫子曰：
"君子不忧，仁者不忧。"⑥然则诸圣贤非乎？非也，诸圣贤之忧，正
忧不得为君子、为仁人耳。非若今人之"忧从中来，不可断绝。何以
解忧，惟有杜康"也⑦。

　　今人之忧，忧其无以掩君子之见，忧其有以来仁之观。间有贫
者，无钱忧钱，无米忧米。一旦有钱，又忧子孙无以长享此钱；有
米，又忧子孙无以常食此米。贫亦忧，富亦忧。间有穷者，未能作
文，则忧作文；未中试官，则忧中试官。及其中试官，又忧其官不
显，官显又忧其显之难久。穷亦忧，达亦忧，不能以难忧消其忧，
而以易忧积其忧。故尧一得舜而忧解，舜一底豫而忧解⑧，孔子一

发愤而忧解⑨，孟子一知养而忧解⑩。盖圣贤所忧者大，是以先天下之忧而忧，遂能后天下之乐而乐。今人所忧者小，欲以忧而去忧，不知忧以小而易来，皆由其平日无免忧之素，遂于一事之来，便手足慌忙，若无所措，则何日得到乐境？须用如之何，一番去思量；又用必自反，一番去研究。安知文未丧天，道未坠地，而我非圣贤之徒乎？岂特可以免忧己也？

① 如之何：怎么办。语出《论语·卫灵公》："子曰：'不曰如之何、如之何者，吾末如之何也已矣。'"

② 三个"必自反"：语出《孟子·离娄下》。如果有人对自己蛮横无理，首先要反省自己是否有不仁、无礼、不忠的行为。

③ 文王：即周文王姬昌，见卷三《读书》注。

④ "舜则以"句：舜的父亲瞽叟对其百般谋害，舜仍坚守孝道。不得于亲，与父母的关系相处不好。

⑤ "孔子"句：语出《论语·述而》："子曰：'德之不修，学之不讲，闻义不能徙，不善不能改，是吾忧也。'"

⑥ "君子"二句：《论语·颜渊》："司马牛问君子。子曰：'君子不忧不惧。'"又《论语·子罕》："子曰：'知者不惑，仁者不忧，勇者不惧。'"

⑦ "忧从中来"四句：语出三国魏曹操《短歌行》。

⑧ 底豫：得到欢乐。这里指舜博取父亲瞽叟欢心。

⑨ 发愤：《论语·述而》载，叶公问子路孔子是什么样的人，子路不答。孔子说："你何不这样说：'其为人也，发愤忘食，乐以忘忧，不知老之将至。'"

⑩　知养：语出《孟子·公孙丑》。有人问孟子擅长什么，孟子说："我知言，我
　　善养吾浩然之气。"

易　　惧

今人一遇小利害，便不免开口告人，却与不学之人何异？惟学
则理明，理明可以治惧。大凡天下之能致惧者有二魔，一失势，势
魔得以惧我；一失利，利魔得以惧我。不知天下惟理为至尊，势不
能压，利不能昏，何可不明理？理明则识定，识定则力完。既有定
识，又有完力，何魔之能我挠，何魔之不可除？盖识是一颗照魔珠，
力是一把斩魔剑，理是持此珠剑以降魔者也。历观古之受魔者，若
童贯不敢支金人之围，鼠窜于阵①；侯景无能逃梁武之见，鹿撞于
心②；宣宗不敢安霍光之骖，芒在于背③；从珂不堪闻石郎之反，心
堕于地④。皆由理不明，故识力不足，以致两魔从中作怪。不然，
投鞭截流，坚心已吞晋，玄不理明，宜惧在玄，乃风声鹤唳，反令
符坚破胆⑤。兵数十万，懿气吞蜀，亮非理明，宜惧在亮，乃遗之
巾帼，反使司马懿畏之如虎⑥。战于柘皋，兀术目已无宋，锜不理
明，宜惧在锜，乃顺昌旗帜反，令兀术望之而丧气⑦。

夫军国大事，诸公处之绰绰，彼魂悚悚惊形，心惄惄发悸者，
真所谓千奴共一胆者也⑧。然暴虎冯河⑨，夫子不与，临事而惧者，
与之则惧，在所不废。吁，此"胆欲大心欲小"之说也。医家之论脉
也，曰"心脉欲细、欲紧、欲洪，反是者不治"。余尝细察大心之人，

一一误事，不免此魔，岂特其脉为然。故真正英雄，从战战兢兢中来。此乃降伏二魔之密咒，不烦照珠斩剑，而彼自束手侍卫矣。

① "若童贯"二句：宋宣和七年（1125），金国名将粘罕南侵，要求割让两河地区。宦官童贯时为河北宣抚，却携财宝从太原逃回京城。

② "侯景"二句：南朝梁侯景举兵叛变，攻破建康后面见梁武帝，梁武帝神色自若，问他："卿在戎日久，无乃为劳。"接连问了好几个问题，竟让侯景不知所措。事后他对部下说："我踞鞍临敌，矢石交下，未曾怖畏，今见萧公，使人畏惧不已！"

③ "宣宗"二句：昭帝死后霍光迎立昌邑王刘贺为帝，旋即废，又迎立汉宣帝，掌权摄政，权倾朝野。《汉书·霍光传》载："宣帝始立，谒见高庙，大将军光从骖乘。上内严惮之，若有芒刺在背。"

④ "从珂"二句：敬瑭谋反，诸臣劝帝李从珂出征，李从珂心里畏惧，常怕说敬瑭事，每戒人曰："尔无说石郎，令我心胆堕地！"石郎，即石敬瑭，五代十国时期后晋开国皇帝。

⑤ "不然"诸句：淝水之战中，苻坚率大军攻晋，其人数之众号称投鞭于江，足断其流。后遭谢玄所率晋军重创，见八公山上草木，听到风声鹤唳，皆以为晋兵至，遂大败而归。

⑥ "兵数十万"诸句：诸葛亮第六次出兵祁山，蜀魏于渭水边的北原对峙。司马懿坚守不出，诸葛亮便命人送去妇人的头巾和发饰激之，部将讥笑道："公畏蜀如虎，奈天下笑何！"

⑦ "战于"诸句：宋金顺昌一役中，宋将刘锜大败金兀术。金兵对刘锜畏若猛虎。次年柘皋之战中，刘锜的增援部队到，金兵见旗帜上的"刘"字，惊

呼："此顺昌旗帜也！"不战而退。

⑧ 千奴共一胆：指乌合之众胆量不大。

⑨ 暴虎冯河：比喻冒险蛮干，有勇无谋。语出《诗经·小雅·小旻》。暴虎，空手打虎；冯河，徒步涉河。

无事忧容

天地之气，暖则生，寒则杀。春和气融，勿论盛卉茂木，即枯木废草，亦发新枝，生嫩芽。迨至秋冬，勿论不能生枝发芽，且将并向所生发者，剥落殆尽。故性气清冷者，面带忧容，受享亦凉薄。即在富贵之家，亦必不福，以天下未有气寒而不杀者。性气和悦者，运时将至，即暂厄困，必能发达，以气暖则无不生也。

又况丈夫汉，敢于世上开眼，肯向人前皱眉。有不喜，喜则青天白日，和风庆云，可掬可爱；有不怒，怒则狂风电雷，山崩水涌，千军万马，人人俱废。何乃终日长戚戚，儒家谓之真小人、佛家谓之地狱种。不知我于世间，何事可带忧容？青山是主我是客，岂有客代主忧之理？我于世间，何人可带忧容？子孙为政我告老，岂有告老之人而代为政者忧？杞人忧天①，漆室忧国②，人笑其迂，岂斯人之徒与？且不必其如相家所云，面带忧容，不病即死，不死即凶。而即此无事之时，忽存一大忧之貌，此其悖理痴惑，不可灵解。果若有事，水到渠成，自有可处。则此之忧，其贪得无厌者耶？其为儿孙作马牛者耶？"人生不满百，常怀千岁忧"③，吾知天下享福之人，必不如是，但可怜其虚生一世也。

① 杞人忧天：典出《列子·天瑞》，比喻不必要的忧虑。
② 漆室忧国：典出《列女传·鲁漆室女》。鲁穆公时，君老太子幼，国事危急，
　漆室有女子忧国忧民，倚柱悲吟而啸。漆室，春秋时鲁国邑名。
③ "人生"二句：语出《古诗十九首·生年不满百》："生年不满百，常怀千岁忧。"

携 俗 友

　　天下无不可医之病，而骨髓之病不可医。俗子之病，则入骨髓
矣，不可医矣，不可医而携之，是我日与病人对，而不自知也；是
我亦在病中，而靡有瘳日也①。其故者何？人生有三要，一尊生，
一做人，一读书。三要之中，又有四目，俗子皆有犯，安得复可医。
即如尊生，俗子非不尊生也，尊生而不得其道，反有甚于残生者也。
尊生之目在戒色，好色者必死，俗子则溺之为爱河，不畏之为苦海。
故阎王未曾相唤，乃自求押到矣。在节酒，滥觞者必死，俗子不滥
觞席上，便呕吐筵边，不止"人杯我箸，人箸我杯"矣②。在节劳，
好劳者必伤，俗子非以妄念劳心，便以妄境劳形，如此劳佚无节，
惟恐怕饿死，无以为子孙千万年计矣。在息怒，忿怒者不久，俗子
不喝奴骂坐，便索斗好争，如此忿怒烈火，识者已必其不久，鬼幽
鬼躁矣③。若是者，可医不可医？
　　即如做人，俗子非不做人也，做人而不得其理，反以不成人终

也。做人之目在智识，俗子惟奸狡心肠一副，大智真识无半厘矣。在择交，俗子惟憸夫佞人满坐[4]，正人君子无半个矣。在谦虚，俗子遇平交则刻薄凌傲，无所不至；遇权势即过为趋承，反惹不欢矣。在敦厚，俗子则好做身分，不谈人中冓，便攻人阴事；不弃故迎新，便恃富骄贫矣。若是者，可医不可医？

即如读书，俗子非不读书也，读书而不得其神髓，反不如不读书者之可以节取也。读书之目在讲议[5]，俗子则妄论是非，蜂起满堂，不者言语无绪，吃吃不能出诸口矣。在看古书，俗子不深搜其精旨，唯粗猎其糟粕，不者以为难读，而束之高阁矣。在做文，俗子不猥拾宋人遗唾，便剥割左、马皮肤[6]，不者两眼徒白，阁笔不能下矣。在涉趣，俗子非强作知音，乱敲檀板，便席间博弈，宾主不礼。不者曲无腔板，倚醉号呶，作色漏焉[7]，备诸丑态矣。若是者，可医不可医？

余尝与诸俗子饮矣，有正襟危坐、俨若木雕者；有不论生熟、一味谐谑者；有逢人诉穷、竟席不欢者；有多方推故，遇贵辄饮者；有频瞩宠幸，防人调戏者；有知人量浅，故罚深杯，求人寄杯，索还动气；有志在佞主，遇馔必褒，草具酸溲[8]，递相苦劝；有行令必差，屡提不记，分曹行令，越俎搀预[9]；有醒务木讷，醉转唠嘈，心事发泄，托醉鼾睡；有不知音律，妄加褒贬，强人歌唱，及唱不听；有专打瞌睡，涎流满席；有自己兴尽，辄便起身。诸如此类，种种可憎。

孰谓俗子而无妨于携？噫！人携俗子，则其人可知已。即余与俗子饮，则其人亦可知已。是皆病也，皆不可医者也。或笑曰："天湖子过矣，诸俗人方望天湖子为大药王，乃天湖子亦自以为不可医，不亦自诬乎？"试问或人：诸俗子自以为有病乎？无病乎？其不自以为病也，故不求药，不求药，则不可医。天下无不可医之病，天下岂有舍药而可医之病？余唯知其病之不可医也，日日以俗子为药，庶几扁卢之不望而却走者⑩，其在斯哉？若余自以为无病，则不待人医矣，不待人医，斯不可医矣。矧能尊生以读书，读书以做人也？

① 瘳（chōu）：病愈。

② "人杯我箸"二句：语出明屠本畯《酒鉴》。意为别人喝酒我吃菜，别人吃菜我喝酒。不与人同步。箸，筷子。

③ 鬼幽鬼躁：指不好的面相，不久于人世。

④ 憸（xiān）夫佞人：奸邪诌媚之人。

⑤ 讲议：阐释书籍的义理。

⑥ 左、马：左丘明和司马迁的合称。

⑦ 作色：脸上变色，指发怒。

⑧ 草具：粗劣的食物。　酸溲（sōu）：酸臭变质的饭菜。溲，同"馊"。

⑨ 越俎挽预：超越己职而胡乱参与。

⑩ "庶几"句：事见《韩非子·喻老》。扁鹊见蔡桓公，多次提醒其病情在不断加重，皆不听。后成了不治之症，扁鹊远远地看见桓公便掉头就跑。扁卢，即扁鹊，家于卢国，因称之卢医。

诋　佛

　　或见佛祖舍富贵好日不会受用，而乃十二年雪山，一麻一麦[1]，坐令乌鹊巢其顶，受尽许多苦楚，世间便以为极痴极拙者是此流人。不知佛此痴拙，不换转轮圣王之位[2]，以转轮圣王恃此位重，若佛且无其身，身既能无，身乃不坏，说甚么轮回，说甚么地狱？乃茫茫宇宙，人眼如豆，不解佛理，妄诋佛名，岂悟佛性人人各具？余性好奉佛，非好佛也，自奉吾之真性也。佛唯拙痴，乃登彼岸，常得清静。譬之嗜茶，茶能清心而使滞去，一见佛像，便觉心清而使俗除。是茶，清味也；佛，清品也。般若黄花与紫茸绿芽[3]，均能涤我尘土，见我性真。彼尸秽之士，哓哓诋为佞佛[4]，余无容置喙也，但勿令吃茶。

① 一麻一麦：指佛祖苦修时，每日只吃一麻一麦。

② 转轮圣王：佛教指太平盛世功德无量的帝王。

③ 般若（bō rě）黄花：宋释普济《五灯会元》："青青翠竹，尽是真如。郁郁黄花，无非般若。"指草木尽具佛性，这里代指佛理。　紫茸绿芽：指茶叶。

④ 哓哓：多言喧嚷貌。　佞佛：沉迷于佛教。

凌　僧

　　父母生子，望其得力。出家儿割弃父母，灭绝妻子，只为此爱河欲海，沉没了几多英雄。故一钵一瓶，觉性大千界内；无药无病，悟空不二门中。欲觅亲生爷娘，自不得顾此生身爷娘，安得凌其异端①，而不见赐紫衣以光梵刹，荣承御殿之恩②，请玉带以镇山门，笑屈翰林之辩乎③？况世有先觉士夫，功名念重，慕亲念轻，纵风中之烛，灭在顷刻，犹闻拜疾趋，世人恬不为怪，而反凌彼出家儿，何颠倒也！故余性爱寻僧，非寻僧也，自寻吾之本体也。僧惟奉佛，得居清宇，念彼灵经，譬之赋诗，诗能阐性，而令意豁。与名僧谈，亦觉心开，而令体爽。是诗，雅韵也；僧，诗奴也。谈经说法，与拈韵赋诗，均能触发性灵，自得本体。乃尘劳之夫，以此等割离恩爱，叱为异流，余无用与辨也，但勿与赋诗。

① 异端：古代儒家称持不同见解的学派为异端。后泛指不合正统者。

② "而不见"二句：宋高似孙《史略》载，唐武则天朝，赐僧法朗等紫袈裟。僧之赐紫衣，自武后始。

③ "请玉带"二句：宋蔡正孙《诗林广记》载，苏轼赴杭路过金山寺，便服入方丈室与佛印相见，佛印说："内翰何来？此间无坐处。"苏轼戏称："暂借和尚四大，用作禅床。"佛印说："山僧有一转语，内翰言下即答，当从所请；如稍加思考，所系玉带，愿留以镇山门。"苏轼应允，便解玉带置几上。佛

印说："山僧四大本无，五蕴非有，内翰欲于何处坐？"苏轼一时答不上，佛印急呼侍者："收此玉带，永镇山门。"苏轼笑而与之，佛印遂取衲裙僧衣相报。

狎　友[①]

谈者曰："千古有君臣，无朋友。"噫嘻，甚矣！无朋友者，无可师之友也。古人知朋友所系之重，特加"师"字于友之上，以见所友无不可师。若不可师，即不可友，矧可狎耶？此古人取友必取可师，盖可为吾师之友，必不甘为吾狎，甘为吾狎之友，必不盖于吾身。自世可狎者多，遂令千古有君臣无朋友之语，甘受知言，可为痛哭。故余性好觅友，非觅友也，自觅吾之天机也。譬之点香，香能薰人而使酣畅，友能赏心而使神流。夫香，奇馥也；友，臭味也。良朋胜友与鸡舌龙涎[②]，均能薰彻胸臆，荡我天机。奈何翻手如云覆手雨，此道今人弃如土[③]。余不胜作《绝交书》也，但勿令点香。

① 狎（xiá）友：对待朋友态度轻浮。狎，轻佻。

② 鸡舌龙涎：皆为香料名。鸡舌香，又名丁香。

③ "奈何"二句：出自唐杜甫《贫交行》："翻手作云覆手雨，纷纷轻薄何须数。君不见管鲍贫时交，此道今人弃如土。"

虐　妓

可怜旖旖旎旎 ①，笑口轻含，冶容可掬，巧偷鹦鹉舌，颜吐海棠花。虽歌欺莫愁、舞蹀阳阿 ②，然委质胭花，徒有绕梁音以博缠头锦耳 ③。谁有如左公疏狂，爱翠翘之艳 ④；建封魁伟，纳盼盼之妍 ⑤；师中豪侠，慕爱卿之觅也 ⑥。即使有之，亦必落俗子手，与虐之者何异？必卓卓荤荤 ⑦，若李靖于红拂 ⑧，风风流流，若坡公与琴操 ⑨，乃称不虐。彼恼乱刺史之肠 ⑩，与攀折他人之手者 ⑪，虽是才子缘轻，亦由红颜命薄。看诸名家，皆不为虐，则余之携妓，非惑溺也，所以自养其胸次也。譬之饮酒，酒能遣兴，而使意适；妓能畅情，而使怀开。故酒，美酿也；妓，妙姿也。青州从事与红粉佳人 ⑫，均能淘洗俗气，廓我胸次。今之虐妓者，余无所用罚也，但勿与饮酒。

① 可怜：可爱。　旖（yǐ）旎（nǐ）：柔美轻盈貌。

② 莫愁：传说石城（今湖北钟祥）有女子名莫愁，善歌谣。古乐府有《莫愁乐》。　阳阿：古代著名倡优，善舞。《淮南子·俶真训》："足蹀阳阿之舞，而手会绿水之趋。"

③ 缠头锦：用作缠头的罗锦。借指买笑寻欢的费用。

④ "谁有如"二句：明进士左公钟情名妓王翠翘。翠翘为海寇徐海所掳掠受宠，力劝徐海归降明帅胡宗宪。降后胡杀徐海，而将翠翘赐给某将，翠翘不屈

319

而死。

⑤ "建封"二句：唐代名臣张建封晚年得姬人盼盼，十分宠幸，在徐州府第造燕子楼给她居住。

⑥ "师中"二句：宋陈师道《后山诗话》载，韩琦帅陕西，李师中曾为官妓贾爱卿赋诗，有"功成不用封侯印，只向君王乞爱卿"之句。

⑦ 卓卓荦（luò）荦：卓绝出众。

⑧ 李靖于红拂：见卷三《携妓》注。

⑨ 坡公与琴操：见卷二《得意花》注。

⑩ 恼乱刺史之肠：见卷三《携妓》注。

⑪ 攀折他人之手：唐孟棨《本事诗》载，唐天宝年间，才士韩翃在长安与妓女柳氏相爱，立有婚约。后韩调出长安，三年后题《章台柳》一词赠柳氏。词曰："章台柳，章台柳，往日青青今在否？纵使长条似旧垂，亦应攀折他人手。"

⑫ 青州从事：见卷二《盆花》注。

不 知 足

波斯胡者①，尝得一蛊，青质而善面②，其巨胡识之曰："是宝媒也。"则与诸胡携之南海上，丛戟自卫，构巨鼎，燂油而火之，三日夜不休。海人出于波，以珊瑚之长丈者赂焉，曰："请宽是。"胡裹珊瑚而载之去也。复火之三日夜，鲛人出于波，以明珠之围七寸者赂焉，曰："请宽是。"胡裹明珠而载之去也。复火之三日夜，龙女出于波，以若月之璧、若日靺鞨赂焉③，曰："请宽是。"胡裹璧若靺鞨而又戴之，且叱之曰："去！吾不尽而父藏不止。"龙父惧，走而诉上帝。下震霆雹，急击巨胡死，众宝流离人间。

天湖子曰：甚哉！足不可不知也。不知足，斯不足矣。况天地间何物不足？风月足供我之吟弄也，山水足供我之登临也，鸟兽草木足供我之日用也。既无不足，而又何足之不知？

① 波斯胡：事见明王世贞《弇州山人四部稿》卷一百十一《波斯胡》。

② 善面：喜好食面。

③ 靺鞨（mò hé）：宝石名。为靺鞨所产，故名。

好 夺 爱

米元章在真州，尝谒蔡攸于舟中，攸出右军《王略帖》示之，元章惊叹，求以他画易之，攸有难色。元章因大呼，据船舷欲堕，攸遂与之①。及其守涟水，地接灵璧，蓄石甚富。杨次公为察使，因往廉焉。米径前，于左袖中取一石，嵌空玲珑，峰峦洞穴皆具，色极清润，宛转翻覆以示杨，曰："如此石安得不爱？"杨殊不顾，乃纳之袖。后出一石，叠嶂层峦，奇巧又胜，又衲之袖。后出一石，极天划神镂之巧，顾杨曰："如此石安得不爱？"杨忽曰："非独公爱，我亦爱也。"即就米手攫得之②。

天湖子曰：甚哉！爱不可夺也，夺人还自夺矣。况天地间何物可爱？聋瞽即耳目，非可爱也^③；痿痹即手足，非可爱也^④；喑噎即唇齿喉舌，非可爱也^⑤。既无可爱，而又何爱之可夺？

① "米元章"诸句：事见宋叶梦得《石林燕语》。米元章，即米芾，见卷二《名帖》注。真州，今江苏仪征市。蔡攸，字居安，宋兴化军仙游（今属福建）人，以荫补入仕，崇宁三年（1104）赐进士出身。

② "及其守涟水"诸句：事见《何氏语林》。涟水，县名，位于今江苏北部。灵璧，县名，今属安徽。盛产灵璧石。杨次公，即杨杰，字次公，宋无为（今属安徽）人，著有《无为集》。廉，考察。攫，夺取。

③ 聋瞽（gǔ）：耳聋目盲。

④ 痿痹：肢体不能动作。

⑤ 喑噎（yīn yē）：缄默，无法说话。这里指哑巴。

妄臧否人物文章^①

天下有真人品，即有真文章。人品文章如良金美玉，自有定价，岂可以意爱憎妄为臧否？尝观宋朝朱文公之臧否^②，宜足为人文定价，乃列荆公于《名臣传》^③，臧其道德文章甚至。夫荆公误国，出于误任小人，其心则青天白日，朱臧之是矣。而秦桧何臧？至今提其名犹令人切齿，朱公反臧其有骨力，岂众论纷纷，秦力主和，能不移耶？至于岳飞，则否其横。飞而横也，十二金牌何为不拒？忠肝义胆如飞者，亦且见否，或武弁作事^④，朱自有见。乃东坡公人品如日月星辰之丽天，文章如山河大地之昭世，有目尽睹，有识尽闻，何至如朱所云："大用当不止安石之误国也。"⑤岂真以坡公好诋道学，朱为洛党出气耶⑥？胡为一坡公不识，妄为否之如此，又况千百世之人品文章乎？

　　近如李卓吾者⑦，亦好臧否人文也。《焚书》不论，论其《藏书》，窃怪天下大矣，万古远矣，无一人得免者。虽知恶知美，瑜瑕自不可掩，而人非圣贤，事事安能尽善？乃卓吾则于瑜者亦必吹求其瑕，于圣贤亦必苛责其短。或有逐臭者，谓此乃卓吾之高。噫！卓吾之高，正不在此。如此以为高，则必若殇子方可免讥⑧，举世尽皆殇乎？则必如蚓始可无议⑨，举世能如蚓乎？故圣人见人物之不易臧否也，曰："视其所以，观其所由，察其所安。"⑩又曰："观过知仁。"⑪见文章之不易臧否也，曰："有德者必有言。"⑫又曰："论笃是与，君子者乎？色庄者乎？"⑬即其作《春秋》，何尝不操臧否之权，又何尝妄作臧否之意？

　　今日读其书，其所臧者，的可为天下万世之所法；其所否者，的可为天下万世之所戒。使当时妄臧一人，妄否一人，孔子岂不能者，然此何以为孔子？朱、李者，学孔子者也，何不以孔子之臧否为臧否，而乃自以其意作臧否？夫臧否如其人与文，犹恐不得当，况以吾一人之意而意天下人之意，又况以吾一时之意而意千万世之意？则臧否从取快于吾意，而不取当于其人与文，毋怪古人灭名逃世，欲以其书藏之名山，而咨嗟感慨于骊黄牝牡之外者也⑭。吁！以文公道学为世宗，卓公聪明为世仰，犹不免妄意臧否之失，则今人以管窥豹、以蠡测海⑮，见一奇书，张目汲汲，不能字句，况天下大奇人哉？而欲效颦于月旦评也 ⑯。

① 臧否（zāng pǐ）：品评，褒贬。臧，善。否，恶。

② 朱文公：即朱熹，谥文，故世称朱文公。品评王安石、秦桧之言见其《朱子语类》。

③ 荆公：即王安石，曾被封为荆国公，故称王荆公。 《名臣传》：指朱熹所作《名臣言行录》，包括《五朝名臣言行录》及《三朝名臣言行录》。

④ 武弁（biàn）：武官。

⑤ "大用"句：语出朱熹《三朝名臣言行录》。

⑥ 洛党：宋哲宗时，反对王安石新法的朝臣中，有所谓"元祐三党"（洛党、蜀党、朔党）。洛党以程颐为领袖，朱光庭、贾易等为羽翼。因程颐为洛阳人，故称。

⑦ 李卓吾：见卷二《〈藏书〉〈焚书〉》注。

⑧ 殇子：指未成年而死者，短命的人。

⑨ 蚓：指廉洁、杰出之士。《孟子·滕文公下》："夫蚓，上食槁壤，下饮黄泉。"

⑩ "视其所以"三句：语出《论语·为政》。

⑪ 观过知仁：语出《论语·里仁》。

⑫ 有德者必有言：语出《论语·宪问》。

⑬ "论笃是与"三句：语出《论语·先进》。论笃是与，称赞（某人）言论笃实。

⑭ 骊黄牝牡：亦作"牝牡骊黄"。《淮南子·道应训》载，秦穆公使九方皋求马，三月而返，报曰："已得马矣，在于沙丘。"穆公曰："何马也？"对曰："牝而黄。"使人往取之，牝而骊。喻指事物的表面现象。

⑮ 以管窥豹：从竹管的小孔中看豹，只看到豹身上的一块斑纹。 以蠡测海：

用贝壳来量海。蠡，贝壳做的瓢。均比喻观察和了解很狭窄片面。

⑯ 月旦评：东汉末年许劭与其从兄许靖喜欢品评当代人物，常在每月的初一发表对当时人物的品评，故称"月旦评"。

妄低昂书画①

夫相马者，必得之于骊黄牝牡之外，斯为神识②，矧书画乎？坡公云："论画以形似，见与儿童邻。作诗必此诗，定知非诗人。"③是书画不贵形似，非有神识，孰能物色？而近代称书画高手者，又无一笔不肖古人。夫无不肖，即无所肖，此又从何处低昂也。苏公跋子骏楚辞，谓彼必尝从事于此，而后知其难且工④，则欧阳率更、阎立本尝从事于此者也⑤。一见索靖碑，驻马观之，良久而去，数百步复还，席地坐观，留宿其下⑥。一见僧繇画，以为浪得虚名，已而再往，犹以为近代佳手，至三往，始服名下无虚士⑦。况未尝从事于此者，而敢妄为物色也。虽然，郭敬言之听伎人歌也，不识曲而云佳，曰："譬如见西施，何必识姓名，然后知美？"⑧若敬言者，可谓卓识。非若庾翼之家鸡野鹜，旋乃以为伯英再生者也⑨。然则能得之骊黄牝牡外者，世能有几？故低昂书画者，必若九方皋之相马，斯可矣。

① 低昂：指品评高下好坏。

② "夫相马者"三句：见本卷《妄臧否人物文章》注。

③ "论画"四句：见苏轼《书鄢陵王主簿所画折枝二首》其一。

④ "苏公"三句：语出苏轼《书鲜于子骏楚词后》。子骏，即鲜于侁，字子骏，北宋阆州（今四川阆中）人。为诗平淡渊粹，擅作楚辞。

⑤ 欧阳率更：即唐代书法家欧阳询，字信本。唐潭州临湘（今湖南长沙）人。曾为太子率更令，故称欧阳率更。　阎立本：唐代画家，雍州万年（今陕西西安）人。与兄立德以善画齐名，立本尤精肖像。

⑥ "一见索靖碑"诸句：事见宋释惠洪《石门文字禅》。索靖，晋书法家，见卷二《名帖》注。

⑦ "一见僧繇画"诸句：事见宋洪迈《容斋诗话》。僧繇，即张僧繇，见卷二《名画》注。

⑧ "郭敬言"诸句：事见宋李昉辑《太平御览》。郭敬言，即郭讷，字敬言，西晋末官员，曾任太子洗马。

⑨ "非若"二句：宋谢维新《事类备要》载：晋庾翼书法初与王羲之齐名，后来羲之书盛行，自己儿辈都学王的书法。庾翼很不服气，在给友人信中，曾有"小儿辈厌家鸡，爱野雉"的话。后来见了王羲之的作品，大为佩服，以为是张芝（字伯英）再生之作。

叙 门 第①

大冶铸民为奇男子②，便当自我作祖，何但懦叙门第？夫门第亦何常之有，志气苟立，即有门第，益显故家之门第；即无门第，亦可为作祖之门第。如无志气，又安见朱门饿殍③，可加白屋公卿也^④？奇男子但当问志气之立不立，不当问门第之高不高。余尝见门第高者，往往遭不肖子孙，嫖赌几尽，风范何存？而子孙尚乃使势，犹自叙曰："我故家子弟。"呜呼！故家子弟宁有记耶？其辱祖玷宗，识者且有以议其祖宗矣。我不能光祖荣宗，反使祖宗为我受议，何如祖宗无此门第之为无荣无辱也。

历观从来立门第者，皆非有门第之人，则有门第者，当思所以保振之不暇，而乃如谚云："自家无志气，徒把祖宗夸。"无知可鄙，一至于是。尝笑一故相远派在姑苏游，书其壁曰："大丞相再从孙某至此。"后有李章好讪谑，题其旁曰："混元皇帝三十七代孙李章继至。"^⑤观此益可鄙无知自叙者。吾愿有志子弟，幸而当门第隆盛，愈加进修，守其故家风范；不幸赤身特起，便以高大门第为己任，斯之谓奇男子，斯不负大冶铸。

① 门第：家世。

② 大冶：技术高超的工匠。此处喻指造化。　铸民：造人。　奇男子：不同常人的杰出男子。

③ 朱门饿殍：富贵子弟沦落至贫苦潦倒。

④ 白屋公卿：贫寒家庭出了显贵的大人物。白屋，用茅草盖的房子，代指贫民之家。

⑤ "尝笑"诸句：事见宋《中吴纪闻》《梦溪笔谈》等。讪谑，讥笑（别人）。混元皇帝，指道家创始人老子。

好 华 饰

近世侈靡成风，纷华日盛，无知子弟，踵未蹑一名山巅，眸不接一意气友，听莫哝哝兔园数册[①]，操举业活套[②]，与目不识丁、腹无墨汁者，角技较胜。或偶中主司，即修饰边幅，扬扬市里，酣呼狂叫，自谓承前启后，雄视么魔[③]。居则曰雕槵刻桶，丹漆黝垩[④]，文窗绮几，锦帏绣幄，大丈夫之所为也。安能土壁茅檐，绳枢瓮牖[⑤]，匡床席门，仅容俯仰，效窭人乎[⑥]？狐袖豹襦，烹肥脍腴，青红夺目，甘膬沦肤[⑦]，大丈夫之所为也。安能被褐束韦[⑧]，饭糗茹藜[⑨]，粗粝淡薄，仅御饥寒如贫士乎？推此好也，淡薄不必明志，纷华足以欣心。宁可败絮其中，何可不金玉其外。唯大豪杰立身高、处世淡，自视此辈若粪花石火[⑩]。倘立身不高一步立，如尘里振衣，泥中濯足，如何能超达华饰之外？处世不淡一步处，如飞蛾投烛，羝羊触藩[⑪]，如何能安乐恬淡之中？故与奢宁俭，诚立身处世第一法。

① 哝哝（nóng nóng）：形容言多而声细。　兔园：即兔园册子，本是唐五代时私塾教授学童的课本，内容肤浅，被士大夫轻视。后指读书不多的人奉为秘本的浅陋书籍。

② 举业：科举考试的课业，这里指八股文。　活套：习用的格式。即写八股文套用的模板。

③ 么魔：微不足道的人，指小人物。

④ 丹漆黝（yǒu）垩（è）：漆以红色，涂以黑色和白色。

⑤ 绳枢瓮牖（yǒu）：用绳子系门来代替转轴，用没底的破瓮做窗户。形容住房条件十分简陋。

⑥ 窭（jù）：贫寒。

⑦ 甘膬：即甘脆，味美的食物。

⑧ 褐：粗布衣服。古代贫贱者所穿。　韦：韦带。古代平民所系的无饰皮带。

⑨ 饭糗茹藜：吃干粮、野菜。形容生活清苦。

⑩ 粪花石火：形容难登大雅之堂，闪现极为短暂的小角色。

⑪ 羝（dī）羊触藩：公羊角钩在篱笆上。喻进退两难。

易 咒 誓

　　大丈夫所恃者，心耳。心果青天白日，便可与天知，便可对人言。人即我疑，我心无愧。不惟无待咒誓，亦且无可咒誓。易咒誓者，必小人也。必其心不可与天知，不可对人言者也。是彼不能自信其心，又安能使人共信其心？既不能使人共信其心，而且假咒誓以使人必信其心，将谁欺乎？使神明而可欺，则十目十手，洋洋乎如在其上，如在其左右矣。使神明不可欺，则其质之以为证，引之以为盟，欲明逃人非，自不得不幽丛鬼责也。不思世有不可信之人，无不可信之心。彼丈夫之所以行蛮貊者何在①？丈夫之所以格豚鱼者何在②？此为咒誓者与？为忠信者与？奈何不信人而并不信心也。信心则无自欺，无自欺而人尚我欺乎？人不我欺，而我不益自慊乎③？

易咒誓者，欲掩其不善而著其善者也。于此自欺，又安望其慎独哉？故正心莫要于慎独，丈夫最当吃紧。

① 行蛮貊(mò)：言语忠实诚信，行为敦厚敬肃，即使在蛮夷之邦也可以行得通。语出《论语·卫灵公》："言忠信，行笃敬，虽蛮貊之邦，行矣。"

② 格豚鱼：语出《周易·中孚》："豚鱼吉，信及豚鱼也。"对猪、鱼这样的小动物都讲信用，形容诚信昭著。

③ 自慊(qiè)：自足，自快。

好 言 贫

贫可言乎？言于贵人，必谓求荐；言于富人，必谓求庇。胡文定家贫①，于亲友间，非唯口不道，手亦不书。尝戒子弟，对人言贫者，意将何求？是言贫者，皆由无学无识，遂不免开口告人。尝读段柯古《送穷文》②，而知莫贫于才歉升窄③，胲肠哕喀④，儿童其笔⑤，燥心汗滴。莫贫于开卷数幅，空心妨目，袭经攻史，方寸日蹙。又莫贫于议古酌今，左凌右浸⑥，麓埕酒涔⑦，短浅不禁。若夫嚲馕历戚⑧，循阴索隙，胬荤沦饼⑨，直胠涎沥⑩，寒哭蒇怜⑪，败衣网身，恶观墙间，冷啸凄辛者，吾不言贫。贫且不言，如何好言？此其无学无识，可鄙可羞。东坡云："诗日益工，贫日益甚。"⑫故士患诗不工，果能日益工，吾且不以让倚顿⑬，矧其不久黔娄也⑭。

① 胡文定：即胡安国，字康侯，谥文定，宋建宁崇安（今福建武夷山）人。高宗时任给事中，兼侍读，专讲《春秋》。世称"武夷先生"。

② 段柯古：即段成式，字柯古。见卷二《唐诗》注。

③ 才歉升窄：指才思匮乏。

④ 朘（juān）肠哕喀（yuě kǎ）：谓搜肠刮肚也写不出好的作品来。朘，缩。哕喀，干呕。

⑤ 童：秃。

⑥ 左凌右浸：形容盛气凌人。

⑦ 麓垤（dié）：山脚下的小山丘。　酒涔：形容酗酒。

⑧ 巇：同"馋"。　嚈：贪食。

⑨ 膋（liáo）：脂肪。

⑩ 直腔涎沥：伸直脖颈流口水，刻画贪馋之貌。腔，脖颈。

⑪ 蔟（cù）怜：形容聚集在一起求人怜悯。蔟，同"簇"，丛聚。

⑫ "诗日益工"二句：概出苏轼《答陈师仲书》："其诗日已工，其穷殆未可量。"

⑬ 倚顿：春秋时期鲁人，以经营盐业致富。这里代指富贵。

⑭ 黔娄：战国时齐隐士。家贫，不求仕进，齐鲁之君聘赐俱不受，死时衾不蔽体。这里代指贫困的处境。

翻乱书籍

　　吾辈之爱书籍，犹贾竖之爱货贝也①。贾竖穷山入海以求之，十袭珍藏以重之②，其爱护有不可言者。而一种粗心子弟，借父兄营致，不劳己力，不费己财，反视此书不如货贝，其智出商贾下多矣。有嗔翻乱书籍者曰："自书籍不幸，一烬于秦，再溃于莽，三燹于卓、傕，四毁于湘东，五佚于巢，六窜于宣和③。阛阓之家④，所余几何？乃复遇此翻乱之徒，是亦佚窜之遗焰、书籍之一厄。"噫，翻乱书籍者，念此能不惕然！原其故，皆粗心所使，即此粗心，决无成器。虽使之为贾竖，且不可守货贝，况可列士君子之林乎？

① 贾竖：对商人的贱称。　货贝：货物，金钱。

② 十袭珍藏：把物件一层层裹起来。形容很珍重地收藏。

③ "自书籍不幸"诸句：语出明王世贞《弇州山人续稿》卷六十三《二酉山房记》。烬于秦，指秦焚书坑儒。溃于莽，指王莽之乱，宫室图书，皆遭焚烬。燹（xiǎn）于卓、傕，指董卓、李傕之乱，典策文章，焚烧殆尽。毁于湘东，指侯景之乱时梁湘东王萧绎焚书。佚于巢，指黄巢起义时书籍于战乱中焚毁。窜于宣和，指靖康之难中有大量宫廷藏书毁于战火。

④ 阛阓（huán huì）：街道。借指民间。

借书不还

天下惟理不容私，书所以载理也。我既可读，人亦可借。乃杜暹之书，皆自题跋以戒子孙曰："清俸买来手自校，子孙读之知圣教。鬻及借人为不孝。"①嗟夫！积书以遗子孙，子孙未必能读。吾见子孙化为大虫者有矣，又能保其不化为虫鱼也？

余性爱书，有李永和癖②，每得一异书，便即圈抹批点，竟夕不寝，阅毕乃安。初未尝为子孙计，则亦不必为子孙计也。其中遇得意语，喜以示人，人从而借，亦所不禁。乃有借之不还者，批抹快意，家无兼本，永和当年便以为坏我百城③，何以异御人国门而夺之宝？夫书，公物也，遇如此人，复安得公？若果有仲宣之才，余便当尽以付与，孰谓千秋下无伯喈其人者④？惟借而不还，此其人可知已，非可以书籍付与明矣。噫，不还而私以自娱，虽贤于束之高阁者，则又何如共相批阅之为尤贤乎？

① "乃杜暹"诸句：事见宋王辟之《渑水燕谈录》。杜暹（xiān），唐濮州濮阳（今河南濮阳）人。明经及第，开元十四年（726）拜黄门侍郎、同平章事，任宰相。鬻（yù），卖。

② 李永和：即李谧，字永和，北魏赵郡平棘（今河北赵县）人。少好学，博通诸经，周览百家。杜门却扫，弃产营书，手自删削，公府辟召皆不就。

③ "永和"句：典出《魏书·李谧传》："（李谧）每曰：'丈夫拥书万卷，何假南面百城。'"

④ "若果有"三句：事见《三国志·王粲传》："献帝西迁，粲徙长安，左中郎将蔡邕见而奇之……邕曰：'此王公孙也，有异才，吾不如也。吾家书籍文章尽当与之。'"仲宣，即王粲，字仲宣。见卷二《唐诗》注。伯喈，即蔡邕，字伯喈。见卷三《临帖》注。

苛　礼

礼缘人情，苛则非情。有云"礼岂为我辈设"者^①，是不知礼者也。不知礼，则不近人情矣。人情好安^②，由于礼则安；人情好佚^③，由于礼则佚。或曰："莫苦于礼，何安之有？莫劳于礼，何佚之有？"噫，是非吾之所谓礼也！吾所谓礼者，性也。性由中出，不从外入。性从天降，不从人得。性则当然而然，而莫知其所以然；非性则有所为而为，而强于其所不可为。于是莫安于礼，而世自苦之；莫佚于礼，而世自劳之。故曰："圣人不死，大盗不止。"^④圣人死而盗犹不止者，则以圣人之礼不与之俱死也。吾所谓不与之俱死者，非死此原来本具之礼，死此添设强民之礼也。人人原自有个礼在，命之天，率之性，不学不虑，不思不勉，不识不知，遇父便孝，遇长便悌，遇君便忠，遇上便敬。不信观之虎狼，彼何知父子，而父子之礼，若圣人所齐；观之蜂蚁，彼何知君臣，而君臣之礼，若圣人所齐；观之蛰虫，彼何知长幼，而长幼之礼，若圣人所齐。

则礼也，人之所以为人也。人既具耳目手足为人矣，而复益之以耳目手足，曰："如此者为人。"人有两耳目，两手足乎？人既已，各自本来有礼矣，而复设之礼以强民，曰："如是者为礼。"是本来一礼，所设者又一礼，何礼之多也。犹之耳目手足，我不得与人，人不得与我，各相安而不相借，两相顺而两相恋。故圣人之礼何法？曰："法天。""天何法？"曰："法婴儿^⑤。""婴儿何法？"曰："法鹄卵^⑥。"皆言自然也。圣人因人之自然，而人始求之于不当然而然，而礼始苛矣。文王谓鹖冠子曰："敢问诈之所始？"鹖冠子对曰："始于一二。"文王曰："一二，奇偶自然之数也。恶乎诈？"鹖冠子曰："有一二即有千百，有千百即有计算，有计算即有文字，有文字而天下之机变不可胜穷。"⑦况复创言一礼以为诈根乎？语云"礼多必诈"，言苛礼也。乃余所谓添设强民者也。夫子曰："民可使由之，不可使知之。"⑧是余所谓原来本具之礼也，性也，缘人情者也。故缘人情谓之礼，不缘人情谓之苛，此非臆说也。试取验于君臣父子之间，日用起居之际，必自了了矣。

① "礼岂为我辈设"：语出《世说新语·任诞》："阮籍嫂尝还家，籍见与别。或讥之，籍曰：'礼岂为我辈设也？'"

② 安：这里指安稳有序。

③ 佚：同"逸"，安乐。

④ "圣人"二句：语出《庄子·胠箧》。庄子认为所谓的孝、悌、仁、义、忠、信、贞、廉等等，都是人为标榜出来的东西。若人皆循道而生，而没有外在标准的束缚，天下井然，何来大盗，何须圣人。

⑤ 婴儿：这里指天然不染世俗之物。

⑥ 鹄卵：鹤之卵。这里指于卵中无闻无见的混沌天然状态。

⑦ "文王"诸句：见明袁宏道《广庄·应帝王》。文王，即周文王。鹖冠子，相传为战国时期楚国的隐士。

⑧ "民可使由之"二句：语出《论语·泰伯》。

争　道

　　人情世态，倏忽万端，谁输谁赢，不宜认得太真，以致纷纷多事。故就一身了一身者，方能以万物付万物；还天下于天下者，方能出世间于世间。如此则输赢不着，天下享无事之福。若必欲存一有赢无输之心，拘拘然以天下为事，勿论天下不治，即治一家，家亦必扰。夫天下本无事久矣，庸人纷纷，几何不以天下侥幸也。王安石以赢心宰天下事，闻其与人弈，见势将输，即以手乱局，作诗曰："莫将戏事扰真情，且可随缘道我赢。"[①] 夫必道我赢，谁当其输者？又曰："讳输宁断头，悔误仍批颊。"[②] 以此心宰天下，毋怪罗景纶之言："宋家一统之业，其合而遂裂者，王安石之罪也；其裂而不复合者，秦桧之罪也。渡江以前，王安石之说浸渍士大夫之肺肠，不可得而洗涤；渡江以后，秦桧之说沦浃士大夫之骨髓，不可得而针砭。"[③] 噫，安石误国之罪，虽不容诛，何至与秦桧作配也！

　　安石初心，欲事必赢，一子之差，遂致满盘俱错，何尝有误国之心？若桧者，残贼小人，主意误国者也，安石惟自恃其无误国之心，故胆张志决，一意执拗，莫可挽回，反不若有意误国者，自知其罪莫逃，犹时或折于正人君子之论，得以解救。乃安石既已误下错子，又不许旁人指破，既不许旁人指破，又欲其局之必赢，世有是理也哉？而犹曰"且可随缘道我赢"，随缘道赢，其赢乎？假赢乎？"且可随缘"四字，误了安石一生。盖有且可随缘之心，便把天下事轻易担当，而况出之以必赢意气，安得不误事乎？东坡观弈有云：
"胜固欣然，败亦可喜。"④真看破人情世态，以天下还天下者矣。故
湖自游，事自了。若令东坡当国，安石还须让老苏下此一着也。呜
呼，为天下者为之堂上，安可眷眷与天下争输争赢！

① "王安石"诸句：事见宋蔡正孙《诗林广记》。王安石，宋神宗熙宁二年
（1069）拜相，曾主持变法。见卷三《清谈》注。

② "讳输"二句：语出王安石《用前韵戏赠叶致远直讲》。

③ "罗景纶之言"诸句：语出宋罗大经《鹤林玉露·二罪人》。罗景纶，即罗大
经，字景纶，见卷二《茶鼎》注。沦浃（jiā），深入，渗透。

④ "胜固欣然"二句：见宋苏轼《观棋》。

对 景 无 酒

　　杀风景六事，一曰对景啜茶，夫对景何必不啜茶，啜茶何必不
对景？噫，我知之矣！若有酒，何必不对景，何必不啜茶也？若无
酒，又何必对景，何必啜茶也？余每逢良辰美景，无不携酒以从，
兴至便倾杯而醉，醉后耳热，便击箸而歌，歌竟抚掌大笑，笑竟仰
天大恸。叹美景之现在，哀良辰之无多。怀渊明于黄菊篱边，吊太
白于鲸鱼背上①。注秦坑，扶醉日，排天狱，出酒星②。视彼钱虏名
奴，驹隙粪英③，浪吞几万个于胸中，不能满吾寸胃，更可当酒具
脯羞④，大啮细嚼，此等助景添兴，讵可以啜茶了事也。人亦有言：

"百年三万六千日，一日须倾三百杯。"⑤余谓酒可千日而不用，不可对景而不醉。盖人生几何，对景当饮，对酒当歌。非徒为风流乐事，亦求不贻笑古人。

① "吊太白"句：相传李白酒醉之时骑鲸捉月而亡。唐杜甫《送孔巢父谢病归游江东兼呈李白》诗："若逢李白骑鲸鱼，道甫问讯今何如。"

② "注秦坑"四句：语出五代王定保《唐摭言·酒失》："宋人卫元规酒后忤宋州丁仆射，书谢略曰：'自兹囚酒星于天狱，焚醉目于秦坑。'人多记之。"

③ 驹隙粪英：指转瞬即逝、渺小卑微之物。

④ 脯羞：干制的肉类食品，这里指下酒菜。

⑤ "百年"二句：语出唐李白《襄阳歌》。

虚度佳节

人生石火光中，能几度良辰美景。幸而百岁犹可屈指，不幸而三十、四十，真虚过一生也。今之名利奴则曰"待我名成利遂"，第恐名未成、利未遂，而阎王勾帖将来相推。都只为名关利锁，误此赏心乐事。不知何月无节，何节可虚。

其在履端之辰①，是日也，浴五木汤②，馈五辛盘③，食胶牙饧④，饮屠苏酒⑤。洞庭春色，岂特黄柑为酿，而椒柏之进⑥，先少后老，令人得失之间惨然。惟是人日⑦，可命驾登山，寓目原畴。嗣而元夕，火树合银花，星桥开钱锁，凤扶辇下，鳌驾山来，当此金吾不禁之夜^⑧，长安士女踏歌入云，诚为太平盛际。而唐人之诗又云："富家一碗灯，太仓一粒粟。贫家一碗灯，父子相聚哭。风流太守知不知？惟恨笙歌无妙曲。"^⑨何其弊流至此。

仲春举趾^⑩，则勾龙不可不祀^⑪，设墠结宗^⑫，社饭相遗，酌而社酒^⑬，可以治聋。陈平于此宰肉，识者已卜其有宰天下之度^⑭。

时而暮春三日，曲水流觞，修禊踏青。是日也，上踏青鞋履，清明前后，士女艳妆，翩翩游赏，乃孝子顺孙，起追远之思，祭扫兴焉。独冷烟之节，火食不举，人皆寒食，用杨桐冬青之叶，染色作青精饭。乃刺史周举移书子推^⑮，殊为可笑，何如魏武之直禁民禁烟也^⑯。

四月维夏，八日诸寺浴佛，宜作放生。乃江梅欲雨，陇麦先秋，荷知有暑先擎盖，柳为无寒尽脱绵。陶潜葛巾野服^⑰，羊欣着新练裙^⑱。

时维五月，天中之节^⑲，续命辟兵^⑳，兰汤蒲饮，而九子之粽^㉑，龙舟斗草，说者以为吊屈原、曹娥^㉒。呜呼！屈原、曹娥自甘沉溺，使佳节千年不改，江流万古如斯，则忠孝之名，亦将与汨罗、会稽之水争清洁。乃俗之所忌，以是日得子者弃之，则田文、王凤、胡广、镇恶之流^㉓，皆能高其户、兴其宗，孰谓是日不祥哉？

暑入三伏，道路无行车，程晓闭门谢客^㉔，河朔避暑会饮^㉕。以瓜镇心、以脚踏冰者^㉖，何当一夕金风发，为我扫除天下热乎^㉗？

时届七夕，天上佳期，人间巧节，阮咸曝竿上之衣^㉘，郝隆晒腹中之字^㉙。望日中元，目连度母^㉚，子孙于是日当虔心清醮，普度祖考。

八月四日，以彩丝就北辰星下，祝求长命。十五中秋，月色平分，庾亮之楼可登[31]，袁宏之渚可泛[32]。不尽太液池玩月之意，即筑来年妃子望月之台[33]。孰邻长安成妇，夜半捣衣，对此清光而不动玉关情者[34]，非妇也。

九月九日，登高泛菊，孟嘉帽落[35]，白衣酒来[36]。戏马台之游[37]，滕王阁之宴，固一时佳会，而今安在？诵"明年此会知谁健，醉把茱萸仔细看"之句[38]，愀然悲心。

十月之交，爨松燧火，作暖炉会，橙橘缀金丸，香粳春玉粒。冬至之日，阳德方亨，百僚称贺，古人谓比亚岁，群黎庆同新年。纹添五线，乐陈八能[39]，况梅开雪盛，浩然于焉而寻，陶穀于焉而烹[40]，殊觉风致不冷。

腊月八日，释迦成道，作浴佛会[41]。未几而故岁新岁，介在一夕；馈岁分岁，情洽一朝。乃小儿但喜新年至，头角长成添意气。老翁把杯心茫然，增年翻是减吾年。吁！今岁今朝尽，明年明日来。而一年佳节，尽于斯矣。

余尝悲名利之徒，每遇佳节，不得置酒燕集，是彼以名利为佳节，以图名贪利为度佳节。不思古人秉烛夜游乎[42]？故四时之节，俱不可虚掷。余乃详著于篇，凡堕名利臼中者，俱当读一过也。宁直苏子所云"人生惟寒食、重九，慎不可虚掷"哉！[43]

① 履端：年历的推算始于正月朔日，谓之"履端"，即一年之始，新春佳节。

② 五木汤：指用柳、槐、桃、楮和桑五种树枝煎成的汤液。

③ 五辛盘：即在盘中盛上大蒜、小蒜、韭菜、芸苔、胡荽五种带有辛辣味的

蔬菜，作为凉菜食用，意在尝新。

④ 胶牙饧：即麦芽糖，食之黏齿。

⑤ 屠苏酒：春节时饮用的酒品，故又名岁酒。以大黄、白术、桂枝、防风、花椒、附子等中药入酒中浸制而成。

⑥ 椒柏：椒酒和柏酒。正月初一用以祭祖或献之于家长，敬酒时要求年少者先，依次至年岁大者。

⑦ 人日：旧俗以农历正月初七为人日。《荆楚岁时记》："正月七日为人日。以七种菜为羹，剪彩为人，或镂金箔为人，以贴屏风，亦戴之头鬓。又造华胜以相遗，登高赋诗。"

⑧ 金吾不禁：指元宵节彻夜游乐。金吾，汉置官名，掌管京城戒备，巡徼传呼，禁人夜行。惟正月十五夜及其前后各一日敕许金吾开放夜禁。

⑨ "富家"六句：见宋陈烈《题灯》诗。北宋元丰年间，福州太守刘瑾正月十五元宵佳节强令每户人家捐灯十盏，不论贫富。陈烈题此诗为百姓吐冤。作者云"唐人"或是误记。

⑩ 举趾：抬起脚来开始耕作。

⑪ 勾龙：相传为共工之子。能平水土，后代祀为后土之神。

⑫ 设墰（wéi）：设置四周筑有矮墙的社坛。

⑬ 社酒：春秋社日祭祀土神，饮酒庆贺，称所备之酒为社酒。

⑭ "陈平"二句：汉陈平年少时，乡里祭社，陈平分配肉食均匀，父老曰："善，陈孺子之为宰！"平曰："嗟乎，使平得宰天下，亦如是肉矣！"惠帝时为左丞相。后与太尉周勃合力，尽诛诸吕，迎立文帝。

⑮ "乃刺史"句：汉周举仕并州刺史，见太原士民冬中整月寒食，老小不堪，乃作吊书置介子推之庙，以宣示愚民，使还温食。

⑯ "何如"句：指魏武帝曹操当政后，下《明罚令》禁止太原地区寒食："令到，人不得寒食。犯者，家长半岁刑，主吏百日刑，令长夺一月俸。"

⑰ 葛巾野服：陶渊明归隐后常身着粗布衣服，头戴葛巾。《宋书·陶潜传》："值其酿熟，取头上葛巾漉酒。漉毕，还复着之。"

⑱ "羊欣"句：羊欣夏月着新绢裙昼寝，王献之书裙数幅而去。

⑲ 天中之节：即端午节。

⑳ 续命辟兵：五月五日系五彩丝线以祈求平安。

㉑ 九子之粽：即九子粽，将九只粽用九种颜色的丝线连成一串，有多子多福之意。

㉒ 曹娥：东汉时孝女。相传其父曹盱五月五日迎神，溺死江中，尸骸流失。娥年十四，沿江哭号十七昼夜，投江而死。

㉓ 田文、王凤、胡广、镇恶：四人皆为五月五日生。田文即孟尝君，战国四公子之一。王凤字孝卿，汉成帝立，以大司马大将军领尚书事，益封五千户。兄弟五人同日封侯，称为五侯。胡广字伯始，拥立汉桓帝有功，封安乐乡侯。历官至太傅。镇恶即王镇恶，东晋名将，曾北伐后秦。

㉔ "程晓"句：晋诗人程晓曾作《嘲热客诗》："平生三伏时，道路无行车。闭门避暑卧，出入不相过。"以示因暑热而闭门谢客。

㉕ "河朔"句：指夏日避暑酣饮。《太平御览》载："《典论》曰：大驾都许，使光禄大夫刘松北镇袁绍军，与绍子弟日共宴饮，常以三伏之际，昼夜酣饮，极醉，至于无知。云以避一时之暑，故河朔有避暑饮。"

㉖ 以瓜镇心：《南史·郑灼传》："（灼）苦心热，若瓜时，辄偃卧，以瓜镇心。" 以脚踏冰：宋黄裳《大暑》："赤脚踏冰疑未稳，且寻林下泛清泠。"

㉗ "何当"二句：语出唐王毂《苦热行》。

㉘ "阮咸"句：《晋书·阮咸传》："咸与籍居道南，诸阮居道北，北阮富而南阮贫。七月七日，北阮盛晒衣服，皆锦绮粲目，咸以竿挂大布犊鼻于庭，人或怪之，答曰：'未能免俗，聊复尔耳！'"阮咸，字仲容，阮籍之侄，竹林七贤之一。

㉙ "郝隆"句：《世说新语·排调》："郝隆七月七日日中仰卧，人问其故，答曰：'我晒书。'"郝隆，字佐治，东晋名士，生性诙谐。有博学之名。

㉚ 目连度母：目连为释迦牟尼的十大弟子之一。相传其母死后堕饿鬼道中，目连于七月十五设盂兰盆供奉十方僧众，入地狱救母。佛教中元节由此而来。

㉛ 庾亮之楼：见卷一《杨花溪》注。

㉜ 袁宏之渚：晋袁宏曾于月夜在船中吟咏诗文，谢尚微服泛江，闻之大为欣赏，便请他到船上彻夜交谈，自此名誉日茂。

㉝ "不尽"二句：事见《开元天宝遗事·望月台》："玄宗八月十五日夜，与贵妃临太液池，凭栏望月不尽。帝意不快，遂敕令左右：'于池西岸别筑百尺高台，与吾妃子来年望月。'后经禄山之兵，不复置焉，惟有基址而已。"

㉞ "孰邻"四句：语出唐李白《子夜吴歌·秋歌》："长安一片月，万户捣衣声。秋风吹不尽，总是玉关情。"

㉟ "孟嘉帽落"：见卷二《竹舆》注。

㊱ 白衣酒来：南朝宋檀道鸾《续晋阳秋》："陶潜尝九月九日无酒，宅边菊丛中，摘菊盈把，坐其侧久，望见白衣至，乃王弘送酒也，即便就酌，醉而后归。"

㊲ 戏马台：项羽自立为西楚霸王后所建，位于今徐州。宋武帝刘裕北伐之际路过，曾于戏马台前大会僚属并赋诗。

㊳ "明年"二句：见唐杜甫《九日蓝田崔氏庄》。

㊴ 八能：指调和阴阳，律历五音。

㊵ "浩然"二句：指唐孟浩然踏雪寻梅，宋陶榖烹雪煎茶之事。

㊶ "腊月八日"三句：相传释迦牟尼食用牧女所奉乳糜后悟道七天七夜，于腊月八日成道。故佛教徒于腊八作浴佛会，煮腊八粥供佛施众。

㊷ 秉烛夜游：语出《古诗十九首·生年不满百》："生年不满百，常怀千岁忧。昼短苦夜长，何不秉烛游！"

㊸ "人生"二句：见宋苏轼《与李公择》。

居无花竹

心是一颗活泼泼、常惺惺的物①，藏在灵台丹府不可见，每每见之花竹，以花竹之生意，即心也。有友家花竹甚盛，数月未往，剁除几尽。余骇问之，为妨阴削去。如此破琴烹鹤，岂独杀风景，有以知其中生意之不存矣。

苏子瞻谪黄州，寓居定惠院，院东有海棠一株，每岁盛开，必为携客置酒，已五醉其下②。王子猷暂寄人空宅住，便令种竹，曰："何可一日无此君。"③夫寓居暂寄，犹不可已，况家居乎？世人不识，谓苏、王得花竹之趣，而不知苏、王直得其心之趣。心若无趣，便是牛心马心，即牛马之心，亦各有趣。但人得趣多，牛马得趣少耳。心趣者何？性是也。故性从生从心，心之生处即性，所谓寻孔颜乐处者寻此④，所谓异于禽兽几希者异此⑤。若友人之削去花竹，不惟无得其心之趣，亦且不得花竹之趣。居心不净，生意索然，真为行尸走肉耳，岂其得趣少者耶？

① 活泼泼：充满生机，不呆板。　常惺惺：佛教语，指心不昏昧，常保持清醒。

② "苏子瞻"诸句：事见宋蔡正孙《诗林广记》。定慧院，北宋古刹名，今址在
　 湖北省黄冈市黄州区，苏轼因乌台诗案被贬黄州的最初居所，留有诸多名篇。

③ "王子猷"诸句：见卷一《水竹居》注。

④ 孔颜乐处：指孔子、颜回超脱物质生活的困窘，寻求精神生命满足的处世
　 态度与人生境界。

⑤ "所谓"句：化用自《孟子·离娄下》："人之所以异于禽兽者几希，庶民去
　 之，君子存之。"

扇无诗画

　　今人笑不识字者曰"酒囊饭袋"，嗟夫，识字何容易？若不识字
而有酒可囊，有饭可袋，又何必识字乎？若识字而有囊无酒，有袋
无饭，又何必不识字乎？故使人号之曰"没字碑"①，反不如寒山一
片石②，堪与语矣。今人但取有酒肉，便足了一生，岂不曰有字也
是一个碑，无字也是一个碑，不管其堪与语否也。吾于此而有感于
扇无诗画者。

　　夫一扇也，有诗画风不加多，无诗画风不加少。而人必欲其有
诗画，何也？噫！此其故可思已。王右军画老姥六角扇，各为五字，
便值百钱③。苏文忠画负绫绢者白团夹绢木石，人偿千钱④。小小一

扇，一经名公品题，如许增价，况人而可以酒囊饭袋终乎？可曰没字也是一个碑乎？蜀有富人，赍钱十万，求载一名《法言》中，杨子谓其如圈中之鹿、栏中之牛，不得妄载⑤。富人岂酒不足于囊、饭不足于袋者，竟以不识字故见拒。吾以是并记以见不识字者，与扇无诗画等。

① 没字碑：比喻有仪表而不通文墨的人。

② 寒山一片石：见《雪庵清史叙》注。

③ "王右军"三句：事见《晋书·王羲之传》："尝在蕺山见一老姥，持六角竹扇卖之。羲之书其扇，各为五字。姥初有愠色，因谓姥曰：'但言是王右军书，以求百钱邪。'姥如其言，人竞买之。他日，姥又持扇来，羲之笑而不答。"

④ "苏文忠"二句：事见宋何薳《春渚纪闻·写画白团扇》："先生（苏轼）职临钱塘江日，有陈诉负绫绢二万不偿者。公呼至询之，云：'某家以制扇为业，适父死，而又自今春已来，连雨天寒，所制不售，非故负之也。'公熟视久之，曰：'姑取汝所制扇来，吾当为汝发市也。'须臾扇至，公取白团夹绢二十扇，就判笔随意作行书草圣及枯木竹石，顷刻而尽。即以付之曰：'出外速偿所负也。'其人抱扇泣谢而出。始逾府门，而好事者争以千钱取一扇，所持立尽。"

⑤ "蜀有富人"诸句：事见汉王充《论衡·佚文》。圈中鹿、栏中牛，指为富而无仁义之行，与牛鹿等动物无异。

文士不能诗

　　彭渊材五恨，一恨时鱼多骨，二恨金橘带酸，三恨莼菜性冷，四恨海棠无香，五恨曾子固不能诗①。夫子固文士也，如何作此缺典事②。吾闻文士者，倾滟滪、瞿塘于笔底③，昭回万丈光芒；纳石渠、天禄于胸中④，组织一家机轴。岂能口吐白凤⑤，而乏冻雪骑驴之怀⑥；咽吞丹篆⑦，而无春日听鹂之致⑧；采笔生花⑨，而少孤山访鹤之思⑩？是必西塘春草⑪，兴不减于东阁官梅⑫；郑子鹧鸪⑬，名且并于谢生蝴蝶也⑭。安有干将莫邪之锋，不能夺锦龙门⑮；崇岩峭壁之势，不能价售鸡林⑯；拔地倚天之雄、生马长蛇之活⑰，不能诗冠中朝乎？噫！此其文可知也。故吾不必责其逸兴如渊明之诗宗，放达如禹锡之诗豪，清新如阆仙之诗祖⑱。第以劚贾垒、短刘墙、薰班香、摘宋艳者⑲，而令人有驴鸣狗吠之悲⑳，亦足羞矣。若子固有非不能诗，其才凝于文，无暇于诗，至令彭生有恨。则今人文不如子固者，讵可借口也。吾又幸其有此不能诗一节，少一能，藏一拙。不然，文既糠粃，诗复鄙俚，不尤来人"驴鸣狗吠"之诮哉？

① "彭渊材"诸句：事见宋释惠洪《冷斋夜话》。彭渊材，又名彭几，宋筠州新昌（今江西宜丰）人，官至协律郎。曾子固，即曾巩，字子固，宋建昌南丰（今江西南丰）人。工文章，以简洁著称。为唐宋古文八大家之一。《后山诗话》载："世语云曾子固短于韵语。"

② 缺典事：憾事。

③ 滟滪（yàn yù）：即滟滪堆，位于白帝城下瞿塘峡口。　瞿塘：即瞿塘峡，为长江三峡之首。

④ 石渠：即石渠阁，汉初萧何造，以藏入关所得秦之图籍。其下砻石为渠以导水，因为阁名。　天禄：即天禄阁。汉殿阁名，皇家藏书之所。

⑤ 口吐白凤：相传扬雄著《太玄经》时，梦吐凤凰在《太玄经》上。后以称颂才华或文字之美。

⑥ 冻雪骑驴：指唐孟浩然冒雪骑驴寻梅之事。

⑦ 丹篆：指仙道之书。唐柳宗元《龙城录》载，韩愈常说少时梦人与丹篆一卷，令强吞之。

⑧ 春日听鹂：指晋戴颙春携双柑斗酒，往听黄鹂声之事。

⑨ 采笔生花：喻才情横溢。相传李白曾梦到自己用过的毛笔笔头上生出花来，从此才思敏捷，下笔如有神。

⑩ 孤山访鹤：指宋林和靖隐居孤山，梅妻鹤子之事。

⑪ 西塘春草：指南朝宋谢灵运《登池上楼》："池塘生春草，园柳变鸣禽。"

⑫ 东阁官梅：南朝梁何逊曾任建安王水曹，居扬州时所住官舍前有梅花一株，常在其下吟诗。杜甫《和裴迪登蜀州东亭送客逢早梅相忆见寄》："东阁官梅动诗兴，还如何逊在扬州。"

⑬ 郑子鹧鸪：唐代诗人郑谷作《鹧鸪》一诗，以此得名，人称"郑鹧鸪"。

⑭ 谢生蝴蝶：宋代诗人谢逸因曾作咏蝶诗三百首而得名，人称"谢蝴蝶"。

⑮ 夺锦龙门：指文才出众。《新唐书·宋之问传》："武后游洛南龙门，诏从臣赋诗，左史东方虬诗先成，后赐锦袍，（宋）之问俄顷献，后鉴之嗟赏，更夺袍以赐。"

⑯ 价售鸡林：唐元稹《白氏长庆集序》载唐白居易的诗歌流传甚广，鸡林国的宰相通过商人以高价收购，其中如果有伪作，宰相也能辨别。鸡林，即新罗国，在今朝鲜半岛。

⑰ 生马长蛇：形容诗文激宕顿挫，奇气迅发。

⑱ 阆（làng）仙：即贾岛，字阆仙。见卷二《唐诗》注。

⑲ 劘（mó）贾垒、短刘墙：语出杜甫《壮游》："气劘屈贾垒，目短曹刘墙。"形容心志不输屈原、贾谊，才气可比曹植、刘桢。　薰班香、摘宋艳：语出杜牧《冬至日寄小侄阿宜》："高摘屈宋艳，浓薰班马香。"形容文辞华美可兼辞赋与史书二者之长。

⑳ 驴鸣狗吠：南朝梁庾信用以形容北方文士作品之词。

骚客不会饮

余尝笑不善饮者曰："会饮酒，又会吟诗作文，此为上等上人品。会饮酒，不会吟诗作文，不失上等中人品。不会饮酒，只会吟诗作文，则为上等下人品。若不会饮酒，又不会吟诗作文，此之谓无品。"嗟夫，会字岂易言乎？若真正会饮酒的人，决是会吟诗作文的人。历观从来韵士高人，有一不从会饮中来，酒饮一斗，诗成百篇，非虚语也。盖其人果有登高作赋之襟怀，必不辞金罍①，碎玉碗；其人果有日倾百杯之丰度，必能笔生花，云作彩。彼毕吏部之夜中盗饮②，与李翰林之醉后捉月③，谓之不会饮亦可。虽然，今世能饮酒者不少，求以吏部郎夜盗比舍酒者，毋论今人不肯为，即今人亦不能为。非得酒中妙趣，恶能如是洒脱？使今人为之，不胜丑恶矣。李公以一代骚雅，竟醉入月府。人生皆有尽头，彼寿久者，在世间做得甚事？反多费了世上几年米盐。余谓二公者，可称上等上人品，与渊明二三君子同列矣。如今所称骚客者，内既无实，外以窃名，幸有此不会饮一节，得做个无品自在人。不然，诗既不成，而饮复无量，不益出丑乎？饮者纷纷求一会饮者，了不可得，得见上等下者，斯可矣。

① 金罍（léi）：泛指酒盏。
② "彼毕吏部"句：事见南朝宋何法盛《晋中兴书》："（毕卓）太兴末为吏部郎，常饮酒废职。比舍郎酿酒熟，卓因醉，夜至其瓮间取酒饮之。掌酒者不察，执而缚之。郎往视之，乃毕吏部也，遽释其缚。卓遂与主人饮于瓮间，取醉而去。"
③ "与李翰林"句：五代王定保《唐摭言》载，李白身着宫锦袍，游采石江中，傲然自得，旁若无人，因醉入水中捉月而死。

茶无火候

性好清苦，独与茶宜。幸近茶乡，恣我饮啜。乃友人不辨三火三沸法①，余每过饮，非失过老，则失太嫩。致令甘香之味，荡然无存。盖误于李南金之"砌虫唧唧万蝉催，忽有千车捆载来。听得松风并涧水，急呼缥色绿瓷杯"②。夫火候至松风涧水，则过老矣。何如罗玉露之"松风桧雨到来初，急引铜瓶离竹炉。待得声闻俱寂后，一瓯春雪胜醍醐"③，乃为得火候也。

友曰："吾性惟爱读书，玩佳山水，作佛事，或时醉花前，不爱水厄④，故不精耳。"前人有言："释滞消壅，一日之利暂佳；瘠气耗精，终身之害斯大。获益则归功茶力，贻害则不谓茶灾。"⑤甘受俗名，缘此之故。噫，茶冤甚矣！不闻秃翁之言："释滞消壅，清苦之益实多；瘠气耗精，情欲之害最大。获益则不谓茶力，自害则反谓茶殃。"⑥且无火候，不独一茶。读书而不得其意，玩山水而不会其情，学佛而不破其宗，好色而不饮其韵，皆无火候者也。岂余爱茶而故为茶吐气，亦欲此清苦之味，与故人共之耳。

① 三火三沸：谓不同火候煮茶时的不同表现。陆羽《茶经》载：水煮至初沸时，冒出如鱼目一样大小的气泡，稍有微声，为一沸；继而沿着茶壶底边缘像涌泉那样连珠不断往上冒出气泡，为二沸；最后水面整个沸腾起来，如波浪翻滚，为三沸。烧得再过，皆水老不可食也。

② "砌虫"四句：见宋李南金《茶声》诗。意在用声音来辨别一沸、二沸和三沸。李南金，字晋卿，自号三溪冰雪翁，乐平（今属江西）人。

③ "松风"四句：见宋罗大经《茶声》诗。罗玉露，即罗大经，著有《鹤林玉露》一书，故称"罗玉露"。

④ 水厄：三国魏晋以来，渐行饮茶，不习饮茶者戏称为水厄。

⑤ "前人有言"诸句：见唐毋旻《代饮茶序》。

⑥ "不闻秃翁"诸句：见明李贽《焚书·茶夹铭》。

间断妙谈

太极既剖，谈论横生。虞廷谈精一[①]，洙泗谈仁义[②]，佛老谈空无，诸子谈天，晋人谈玄，唐谈诗，宋谈理学，我明谈帖括[③]，总之皆妙谈也。要皆谈文章、谈经史、谈道德性命、古今生死、天地帝王，俱不容间断者也。若可间断，便非妙谈。何者？惟其第一也。天下惟第一不可说，说且不可，何容间断。

故谈文章则会文切理，阐发圣真，或时千百言，或时寥寥数语，靡不深中理、曲中情、英华中色、雅澹中态，令人解颐荡心，舌强目眩。即有涛张之士[④]，欲以艰深钩棘、牛鬼蛇神之语，从旁挠之，亦自卷舌，是名文章第一之谈，至矣妙矣，无容间矣。谈经史则帝王之建中[⑤]，四始之歌咏[⑥]，三千三百之秩叙[⑦]，六十四卦之画列，二百四十二年之劝惩[⑧]，诸子百家之诙奇。虽人人一椎凿[⑨]，家家一宫墙，无非统一圣真，绍明来学。令谈者尽声而吐，听者致志不忘，是名经史第一之谈，至矣妙矣，无容间矣。

谈道德性命，虽宗旨工夫、入门结果种种不同，然本体即工夫，工夫即本体，入门即结果，结果即入门。谁耳食目听、舌臭鼻尝、掌步趾攫乎？自后世标旨立名，聚讼不决，头上安头，梦中说梦，吾唯衣钵尼山[⑩]，谁不言下自了，是名道德性命第一之谈，至矣妙矣，无容间矣。

谈古今生死，此个关头，孰能勘破。得是解者，一切大椿朝菌、鹏鸟蚊虻、焦螟嵩山、须弥芥子、毫光六合，太山为砺石，黄河为衣带，沧海为桑田，宫室为陵谷。商之盘、周之刀、秦之碑、汉之鼎、魏晋之名帖、宣德之窑、祝唐之书画⑪、李秃之禅、王瞿之举业⑫，天地一坏，万期一瞬，泰山一秋毫，彭祖一殇子⑬。谁古谁今，谁生谁死。是名古今生死第一之谈，玄矣妙矣，不容言矣。

谈天地帝王，气运还旋，理数自定，化工不能卑天而高地，冷日而热月，霜夏而蒸冬，流岳而峙河，走鸟而飞兽，则必不能令五霸之世为春，三王之世为秋，五帝之世为夏，三皇之世为冬。故无怀葛天⑭，尧禅禹继，汤伐秦争，自自然然，无可移动。是名天地帝王第一之谈，玄矣妙矣，不容言矣。

故曰："妙谈不容间断，间断便非妙谈。"以其第一不可说也。惟第一则谈文章，便为天下第一篇文章；谈经史道德性命，便为天下第一件理学；谈古今生死、天地帝王，便为天下第一等绝顶之谈，第一等无上之妙。此时堪着一些间断否？如其有着，蛇足蛇足，乱谈乱谈。

① 虞廷谈精一：语出《尚书·大禹谟》："人心惟危，道心惟微。惟精惟一，允执厥中。"虞廷，指上古尧舜二帝时期。精一，精粹纯一。

② 洙泗：孔子居于洙泗二水之间，教授弟子。后人因以洙泗作为儒家的代称。

③ 帖括：唐代明经科以"帖经"试士，考生因取偏僻隐幽的经文，编为歌诀，熟读记忆，以应付考试，叫帖括。这里指明代的八股文。

④ 诪（zhōu）张：虚诳放肆。

⑤ 建中：谓建立中正之道，以为共同的准则。

⑥ 四始：郑玄《毛诗传笺》以《诗经》中的风、小雅、大雅、颂为王道兴衰之所由始，故称四始。

⑦ 三千三百：指古代礼仪。《礼记》："礼仪三百，威仪三千，待其人而后行。"

⑧ 二百四十二：指春秋时期，共二百四十二年。

⑨ 椎凿：槌子和凿子，比喻乖违不合，有自己的见解。

⑩ 尼山：孔子的别称。

⑪ 祝唐：明代吴门书画家祝允明和唐寅的合称。

⑫ 王瞿：王鏊和瞿景淳的合称，二人皆为明八股名家。王鏊，字济之，明苏州吴县人。成化间乡试、会试皆第一，廷试第三。官至户部尚书、文渊阁大学士。瞿景淳，字师道，明苏州常熟（今属江苏）人。嘉靖二十三年（1544）榜眼，累官礼部侍郎，兼翰林院学士。

⑬ "泰山"二句：语出《庄子·齐物论》："天下莫大于秋毫之末，而太山为小；莫寿于殇子，而彭祖为夭。天地与我并生，而万物与我为一。"

⑭ 葛天：即葛天氏，传说中伏羲之前的古帝名号。其治不言而自信，不化而自行，古人认为是理想中的自然、淳朴之世。

廿 肉 食

"肉食者鄙，未能远谋。"① 非肉食者皆无远谋，大要无远谋者，多出肉食辈耳。故咬得菜根之人，何事不经历胸中，何事不运诸掌上。真西山论菜有云："百姓不可一日有此色，士大夫不可一日不知此味。"② 盖百姓有此色，正缘士大夫不知此味。士大夫若知此味，必能清廉，彼甘肉食之人，安望其清廉也？不清廉则爱一文，不值一文从来有，名士不用无名钱，究其人皆由菜根中得来，故菜根滋味，须要尝些。天下惟菜根可久，愈久愈不厌，而不闻"藜口苋肠者，多冰清玉洁；膏粱玉食者，甘婢膝奴颜"③。前人有言："志以淡薄明，节从肥甘丧。"④岂诳我哉？

① "肉食者鄙"二句：语出《左传·庄公十年》。
② "真西山"三句：事见宋罗大经《鹤林玉露·论菜》。真西山，即真德秀，字景元，后改希元。宋建州浦城（今福建浦城）人，世称西山先生。其学以朱熹为宗。
③ "藜口"四句：语出明洪应明《菜根谭》。藜口苋（xiàn）肠，指以藜苋充饥。藜藜，灰菜；苋，苋菜，皆野菜。
④ "志以"二句：语出明洪应明《菜根谭》。

旁　客　促

　　君子作宾王家，为公卿大臣，为正宾，为百司执事，为旁客①。汤之时，伊尹为正宾②，汝鸠、仲虺为旁客③，然卒佐汤有升陑之役、鸣条之战④，竟何人哉？非伊尹不可也，未闻汝鸠、仲虺促客于其间也。武王之时，太公望为正宾⑤，太颠、闳夭辈为旁客⑥，然卒佐武有牧野之誓、白旗之悬⑦，果何人哉？非太公望不可也，未闻太颠、闳夭辈促客于其间也。使汝鸠、仲虺，太颠、闳夭辈，得促客其间，何异主人设席，敬意正宾，正宾无能，反使旁客得代辞让，勿论非主人所以待正宾之心，亦甚非正宾之所以自待，则又安用正宾为矣。后世主人不待宾，宾虽有忧主人之心，亦嗫而不敢吐，徒令远在旁客者，愤愤于其下，极力进言，以触主怒。夫主人不怒无言，而怒有言，是终无敢言也。客惟不至弹铗足矣[8]，何乐呶呶为[9]？余谓为正宾者，当如伊尹、太公望，使旁客若汝鸠辈，各承主意，以陪正宾，乃无负主人待宾之心。不然，则有乘白驹以逍遥而已[10]，安能复坐旁客上，徒占主筵也。

① "君子"五句：以正宾代指公卿重臣，以旁客代指百司执事等普通臣子。

② 伊尹：见卷二《古鼎》注。

③ 汝鸠：商汤时期的贤臣。　仲虺（huǐ）：姓任，又名莱朱、中垒，薛方国君主。与伊尹并为商汤左、右相，辅佐其完成大业。

④ 升陑（ér）之役：《尚书·汤誓序》："伊尹相汤伐桀，升自陑。"升，登上。陑，即雷首山，在今山西永济。　鸣条之战：商汤率领军队与夏军在鸣条（今山西夏县）所进行的一场决战。

⑤ 太公望：即姜太公吕尚。见卷三《钓弋》注。

⑥ 太颠：周文王时大臣。曾参与援救被纣王囚禁在羑里的周文王。后在兴周灭商的过程中，立下功劳。　闳夭：与散宜生、姜尚等人辅佐周武王灭掉商朝。

⑦ 牧野之誓：指周武王联军与商军于牧野（今河南淇县西南）进行决战前誓师。　白旗之悬：相传周武王打败商纣王后，用黄钺将纣王的脑袋砍下，悬挂在太白旗上。

⑧ 弹铗（jiá）：弹击剑把。《战国策·齐策四》载，孟尝君的门客冯谖未得到赏
识，便弹铗而歌，后受到重用。

⑨ 呶呶（náo náo）：多言，即唠叨。

⑩ 乘白驹以逍遥：指徒失贤才。语出《诗经·小雅·白驹》："皎皎白驹，食
我场苗。絷之维之，以永今朝。所谓伊人，于焉逍遥？"朱熹《诗集传》言：
"为此诗者，以贤者之去而不可留。"

秽手拭器

　　天地间何物最洁？曰眼不见最洁。则凡眼可得而见者，皆器也，
皆器则皆秽也。试举一身：青娥白妍，莫秽而目；乌喙鸢唇①，莫
秽而口；穰穰鲍肆②，逐逐海边，莫秽而鼻；北里塞聪③，咬蛙注
听④，莫秽而耳；染指刀泉⑤，攘臂铢两，屈膝要路，濡脚榷门，莫
秽而手足；么荷失守⑥，茅塞不开，谷种无收，空花竞彩，莫秽而
心。皆器也，则皆秽也。以秽手而拭秽器，有何不可？虽然，秽洁
生于媸妍⑦，媸妍生于真妄⑧，真妄生于无常。而不见铜雀嵯峨⑨，
金谷壮丽⑩，秾艳瞬息，荒落亿祀⑪；又不见五陵侠少，七雄豪贵，
快身歌舞，埋骨苍麓。噫！蓬迷孤冢，蒿掩断碑，肉润草根，脂流
林莽。生时费心求洁，终归于腐秽而莫能免，则秽岂独一手，胡生
秽洁观也？然则秽手拭器者，听之乎？曰："非彼有秽，因我有眼。
我不眼观，彼不手拭。大家自在，总归无事。"

① 乌喙鸢唇：乌鸦的嘴，老鹰的唇。

② 鲍肆：出售咸鱼的店铺，常有腥臭气味。

③ 北里：指委靡粗俗的曲乐。

④ 咬蛙（wā）：声音繁杂细小的俗乐。

⑤ 刀泉：货币。

⑥ 么荷：即"幺荷"，莲心。此喻初心。

⑦ 媸妍：这里指好坏、贤愚。

⑧ 真妄：佛教教义，"真"指真实、真心，"妄"指虚妄、妄识。

⑨ 铜雀：指铜雀台，汉末曹操所建宫殿，故址在今河北临漳县西南。高十丈，周围殿屋一百二十间。于楼顶置大铜雀，舒翼若飞，故名铜雀台。

⑩ 金谷：即金谷园，西晋石崇的别墅，在今河南洛阳金谷洞内。

⑪ 亿祀：亿年。

歹扇索书①

扇固不可无诗画，而歹扇又何必有诗画也。歹扇而与之书画，则是无品骨之人②，而皆可与之品题矣③。盖天下惟无品骨者，百事不可为，我虽费心培植，彼反忘义背恩，何者？其品不成品，骨非真骨，我以真人品、真气骨待之，彼不知真人品、真气骨为何物，且以我待彼者为不啻薄矣④，势不至忘恩背义不止者。虽曰一经品题，便作佳士，然亦须其堪为品题。彼伯乐一顾⑤，价不增重乎？亦须有千里马，伯乐始一顾，价始增十倍耳。若非千里马，使其妄指曰"此千里马也"，人有不始信再疑，终笑伯乐为狂悖丧心者哉！彼无品骨者，而索人妄题其为千里马，是以歹扇索书而人书之也，不待费坏人笔墨，人将因扇以议书，因书以议人，则我亦一无品骨者流耳，安能复为人作扇书？

① 歹扇：品相不好的扇子。

② 品骨：风骨。

③ 品题：品评人物，定其高下。

④ 不啻：无异于。

⑤ 伯乐一顾：指受人赏识。典出《战国策·燕策二》："人有卖骏马者，比三旦立市，人莫之知。往见伯乐，曰：'臣有骏马，欲卖之，比三旦立于市，人莫与言。愿子还而视之，去而顾之，臣请献一朝之费。'伯乐乃还而视之，去而顾之，一旦而马价十倍。"

必索爱食

人莫不饮食，鲜能知味。凡遇食而多所嫌择爱索，此皆识神所为①，迷误终身，不知正味。故禅家谓食有二种，有智食，有识食，此等皆识食也。自智者观之，兰膏珍髓与粝饭粗羹，过喉皆成秽物，有何高下？而苦苦将心分别，必索所爱。夫不耕而食，已觉薄福难消，矧终身饱食，不知农父之艰；一箸不工，便觅庖人之过。甚至有憎嫌他馔②，自携供具者③，不思饥易为食，渴易为饮乎？此由无学无识子弟，日用饮食不知惭愧，或倚父兄之贵而得食，或恃祖宗之富而得食，徒知顾口，不识祖宗父兄之所以致此食者甚难。将日食日爱，日爱日索，"宁塞无底坑，莫塞鼻下横"④，非虚语也。慈觉禅师云⑤："饮食于人日月长，精粗随分塞饥仓。才过三寸成何物，不用将心细忖量。"知味哉，知味哉！

① 识神：佛教语，心识，心灵。
② 馔（zhuàn）：饭食，食品。
③ 供具：这里指酒食。
④ "宁塞"二句：见明范立本《明心宝鉴》。
⑤ 慈觉禅师：即长芦慈觉禅师，讳宗赜，号慈觉，宋襄阳人。

执 物 穷 价

物不可齐①，则价不得不贰。余尝鄙执物穷价者，之有愧于渔父舟子也。伍胥奔吴，追者在后，至江，江上有一渔父，乘船知胥之急，乃渡胥。胥既渡，解其剑曰："此剑值百金，请予父。"父曰："楚国有法，得伍胥者赐粟五万石，爵执珪，岂值百金剑耶？"不受②。宋丞相文山公脱京口，趋仪真，舟不可得。以白金千两求诸人，其人曰："吾为大宋脱一丞相，事成岂止百金千两哉？"强委不受，竟得舟而渡③。

夫天下之物，莫大于忠孝，天下之价，又孰重于忠孝。二公执忠孝以求济，此虽穷苦一时，而价重天下后世，何止粟五万石、爵执珪、位丞相、白金千两已也！使当时有执物穷价者，与之一剑不许，与之千金不许，一公将奈何？吾知忠孝虽切，名价虽高，而河水茫茫，终难一苇，则千秋节义，有付之流水已矣。是此辞剑渔父、却金舟子二人千古奇人，二事千古奇事。惜史皆不载其名，几令人不知有当时事者。使辞剑却金大节，不得与长江同流，则余之所悲也。余高其人，欲为之传，以见豪杰作事，不与人同，而且以愧夫世之执物穷价者。或曰："渔父、舟子，河伯、海若所变也[4]。"噫，果是河伯、海若变化，则其事益奇，而其人益当传矣！

① 不可齐：不能够齐全。

② "伍胥奔吴"诸句：见卷二《古剑》注。

③ "宋丞相"诸句：事见宋文天祥《文山集》。宋丞相文山公，即文天祥，号文山，宋德祐年间任右丞相。受命出使与元军谈判被扣留，后脱险返回真州。兵败被俘，不屈，作《正气歌》以见志。京口，位于今江苏镇江市京口区。仪真，今江苏仪征市。

④ 河伯、海若：古代神话中的河神、海神。

恣　睢

尝笑天地一唾壶也[1]，日月河山，何者非唾物？人鬼鸟兽，又日月河山中之唾物也。六经骚雅，何者非唾余[2]？而诗赋古文词，又六经骚雅中之唾余也。皆唾也，则今之人皆从唾中觅唾者也。今人见日月河山，则意其清；见六经骚雅，则意其奇；见有恣唾者，辄鄙其秽，不知皆唾也。清则皆清，奇则皆奇，秽则皆秽者也。乃有云"咳唾落九天，随风生珠玉"者[3]，是皆作意尚奇，绝俗求清，余谓能脱俗便是奇，不合污便是清，总之皆唾也。即余所谓能脱俗不合污者，亦于唾中觅唾者也。噫！安得王处仲铁如意，碎此唾壶[4]，令世无清奇秽污之观，可乎？

① 唾壶：即痰盂。

② 唾余：唾液之余，比喻别人的点滴言论。

③ "咳唾"二句：语出唐李白《妾薄命》。

④ "安得"二句：《世说新语·豪爽》："王处仲每酒后辄咏'老骥伏枥，志在千里。烈士暮年，壮心不已'，以如意打唾壶，壶口尽缺。"王处仲，即王敦，见卷二《羽扇》注。

搅　　睡

王长公谓："山栖是胜事，稍一营恋，则亦市朝。书画赏鉴是雅事，稍一贪痴，则亦商贾。杯酒是乐事，小一徇人，则亦地狱。好客是快事，一为俗子所娆，则亦苦海。"[1] 余谓清睡是怡神事，一为俗物所搅，则亦阿鼻[2]。或以为甚，曰："搅睡有三，正欲就寝，忽尘事鞅掌[3]，夺我华山片席[4]，使不得梦入邯郸[5]，此亦徇人，名曰地狱。力倦神疲，方作栩栩，曾未睡侧而屈，觉直而伸，却被丸泥翁唤醒⑥，此亦俗子所娆，名曰苦海。若乃花竹幽窗，午梦正长，偶为俗隶催科，逋负责券，此段碌碌火煎，都因一生贪痴营恋，不能早自解脱，堕落轮回，岂非阿鼻狱乎？"昔潘大正欲清卧，闻搅林风雨，遂起题壁云"满城风雨近重阳"，忽催税人至，意兴索然，不能成句⑦。嗟乎！此等俗障，宁直梦魂不清，直令诗肠搅乱。

① 王长公：即王世贞。"山栖"数语出自其与徐中行尺牍中，见《弇州山人续稿》卷一百九十。徇人，指曲从或迎合他人。娆（rǎo），烦忧。

② 阿鼻：佛教传说中八大地狱中最下、最苦之处。

③ 鞅掌：谓事务繁忙。

④ 华山片席：宋陈抟曾隐居华山云台观，每寝处，百余天不起。后人称之为"睡仙"。

⑤ 梦入邯郸：用黄粱梦之典。此处指进入香甜的梦乡。

⑥ 丸泥翁：指头脑，此谓突然惊醒。

⑦ "昔潘大正"诸句：事见宋释惠洪《冷斋夜话》。潘大正，当作潘大临，字邠老，一字君孚。宋江西派诗人。

涂几砚

　　性好读书，每着单衣，胸前辄以指画穿，而不自知其为癖。明窗净几，见友辈又有涂几砚殆遍者，此其为癖更恶也。余谓顾其人何如耳。王子敬爱羊敬元，元年十二，夏日着新练裙昼寝，子敬为书数幅而去，更复着此求书[1]。右军尝诣门生家，见棐几滑净，因书之，真草相半，后为其父误刮去，门生惊懊累日[2]。若在他人，便以涂污其几砚、染坏其练衫为恨，安有更复着此求书，而其父误刮去、惊懊累日者？然则人第恨不为王家父子耳，若是王家父子，又安见涂几砚之为恶癖也。

[1] "王子敬"诸句：见本卷《虚度佳节》注。
[2] "右军"诸句：事见《晋书·王羲之传》。右军，即王羲之，见卷二《名帖》注。棐（fěi）几，用棐木做的几案，泛指几案。

摘花香

人生如树上花，世事如空中花，虽香不久，故丈夫汉不可碌碌松花泛砚[1]，徒从万卷中作蠹鱼，亦当万里觅封，胡霜拂剑，方不失男儿气概。不然，"眼花落井水底眠"[2]，亦可不虚花一生也。总之，功名富贵皆眼前花，鼻孔间有无不定，则有不待其自落而早摘之者，故摘花香者，不念及此，念及此，手不能下矣。温公二十登科，趋阙喜宴，独不簪花。同年以君赐不可违，不得已簪一花而出，后来事业，尽见当时[3]。夫花且不欲簪也，忍摘之乎？羊欣访王武仲，仲曰："君可去，吾不可启关。恐踏碎满径落花。"[4]夫落花且不忍踏也，忍摘其香乎？先君子见人摘花者辄不欲，曰："树中生意，安忍残折？犹之好人，一旦早夭。"闻此令人惕心。彼摘花香者，其杀风景又有甚于花上晒衣者矣。

① 松花泛砚：语出黄庭坚诗："松花泛砚摹真行。"松花指墨汁。

② "眼花"句：语出唐杜甫《饮中八仙歌》诗。

③ "温公"诸句：事见《宋史·司马光传》。温公，即司马光，封为温国公。

④ "羊欣"诸句：事见宋周密《续澄怀录》。王武仲，南朝时隐士。

卷五

清福

生　圣　朝

　　予尝按古地图及次传记所载，三代以还①，圣迹几何②？自秦来千八百年之间，所当侯王战争兵革之迹，不可胜数。迨元以腥膻污我中夏，秽德彰闻，天命不假。肆我圣祖，应运而兴，天戈所向，乾清坤宁。蕞尔犬羊③，拔角脱距④，东暨蟠木⑤，西抵崆峒⑥，朔交南北，来享来同。炎海冰天⑦，孰非什五⑧，被发椎题⑨，尽为编户。列圣相承，齿繁俗易，四郊之间，不识兵垒。民生其际，所习者小，吏治租赋、岁时伏腊⑩、宴饮之社⑪，及闾里庆吊赈赙⑫、斗鸡走马、蹴鞠游冶之戏而已。问故时侯王所伏尸流血处，盖已晏然，禾黍桑枲⑬、人烟市廛之相压于其境。草莽之臣，追仰古先圣明，若诗书所刻，百世之下，光景常新，犹勤欣慕，而况身被其泽，目睹其盛，使得饱读诗书，左唐右汉，如取如携也。何以颂之？臣拜稽首，天子令名⑭。基之构之，乃登太平。臣拜稽首，天子万龄。不解于德，万国来庭。

---

① 三代：指夏、商、周。

② 圣迹：圣人的遗迹。

③ 蕞（zuì）尔：形容小。　犬羊：对外敌的蔑称。

④ 拔角脱距：拔去兽角，脱掉鸡爪。比喻去其利器而挫败之。

⑤ 蟠木：传说在东海中的山名，为神荼、郁垒所居。

⑥ 崆峒：山名，在今甘肃平凉市西。

⑦ 炎海冰天：南海炎热之地与极北苦寒之地。

⑧ 什五：即什伍，古代户籍以五家为伍，互相担保，十家相连，叫什伍。军队以五人为伍，二伍为什。

⑨ 被发椎题：古时少数民族发式，这里指边疆人民。被发即披发，椎题即椎髻。

⑩ 岁时伏腊：指四季时节更换之时。岁时，一年四季。伏腊，伏日和腊日。

⑪ 社：祭祀土神之所，即社宫、社庙。

⑫ 庆吊赈赙（fù）：指庆贺喜事，协助丧事。

⑬ 桑枲（xǐ）：桑麻。

⑭ 令名：美好的声誉。

大 有 年①

岁将凶，小民餐必倍，俗谚谓之"作荒"②，此天地之气先见者也。故岁欲丰，甘草先生谓荠；岁欲苦，苦草先生谓苈；岁欲恶，恶草先生谓水藻；岁欲旱，旱草先生谓蒺藜；岁欲雨，雨草先生谓藕；岁欲病，病草先生谓艾；岁欲流③，流草先生谓蓬。师旷之占也，以杏多实不虫者，来年秋禾善④。盖五木，五谷之先，欲知五谷，先视五木。择其本盛者，来年多种，万不失一。由此而观，有年自难，况大有年。则大有年之为福也，诚不可量。

余尝行田间，见秋稻已秀，翠色染人，因忆耕者胼胝辟草莱⑤，且溉且粪，不余稽力，积劳至膏沃。旅亚旅钱镈⑥，翘首望纳稼期，不啻欲揠苗起。农之勤苦至此，使得大有年，庶不负胼胝也。吾辈坐享其食，而不思为无负计，岂不为天地罪人？如何可无负？曰："吾辈亦自大有年，舌耕笔识，不特农人也。"

① 大有年：大丰收之年。

② 作荒：旧指荒年将至，百姓饭量增大的现象。

③ 流：指动荡不安。

④ "师旷"三句：事见北魏贾思勰《齐民要术》。传说师旷善卜卦推演。

⑤ 胼胝（pián zhī）：手掌脚底因长期劳动而生茧。

⑥ 旅亚：这里指众农夫。语出《诗经·周颂·载芟》："侯亚侯旅。" 庤（zhì）：储备。语出《诗经·周颂·臣工》："命我众人，庤乃钱镈。" 钱镈（bó）：古代两种农具名，后借指农事。

尊　生①

天下莫尊于生，是生原自尊，不待人有以尊之而后尊也。待人有以尊之而后尊，则生始失其尊矣。生失其尊，而世始纷纷以尊生为事矣。于是愚者执而徇之②，曰："是生也，尊之则得，弗尊则失。槁形极虑③，尊之之事也，富贵安佚，生之之徒也，不遗余力以尊此生，而生尊矣。"智者闻而笑之曰："是适足苦生也，奚尊之有？节嗜欲则生尊，谨视听则生尊，时劳佚则生尊④。"噫！此养生也，徇者失矣，养者亦未为得也。

　　夫养生起于贪生，人生几何，终归于尽。贪亦死，不贪亦死，但贪则养，养则可缓斯须耳。故贤者闻而笑之曰："生，尊之云尔，养之云乎？尊则无夭，虽夭不戚；尊则无寿，虽寿不欣。是夭寿不贰者也。然此犹见生在夭寿之中，不见生超夭寿之外。"道家又闻而笑之曰："是恶足以语尊生？善尊生者外其身，而身存外其身者，不有其身者也。不有其身，斯能实有其身。夫生无内外，以外其身为尊生，则分内外见矣。"释氏又闻而笑之曰："呜呼，是皆以生尊生者也，安知天下之生，原自无乎？凡物属之有形者有生死，有生死即有荣辱，有荣辱斯可得而尊卑。吾知天下虽有万生，终不能生此原无生 ⑤，不能生此原无之生，则生何甚尊也。天下虽有万死，终不能死此原无生，不能死此原无之生，则生益见其尊矣。尊生者，夫亦尊此原无之生。"

　　天湖子又闻而笑之曰："何纷纷也？生原自尊，尊之者，亦于其原自尊者尊之，不许有一毫作为于其间，若有一毫作为于其间，便非原自尊之生矣。即如释言无生，勿论愚者不信，即贤智者亦必不以为然也。以明明有个生，释氏必欲空之形骸外，是以虚空为生，以虚空不坏为尊生，其言生者大矣，其言尊生者至矣。此唯佛祖能知此生为可尊，即其徒亦将觅此生何在，而不知尊也。人人有生，必如佛祖之知方能尊，则又何贵此原无生也。反不如居易以俟命者为尊生，行险以徼幸者非尊生 ⑥，流芳百世者为尊生，遗臭万年者非尊生，乃为人人易悟，人人易晓，人人易尊矣。何纷纷也！"

① 尊生：珍重生命。

② 徇（xùn）：顺从，附和。

③ 槁形极虑：形体枯槁，殚精竭虑。槁，同"槁"。

④ 时劳佚：适时劳逸。

⑤ 无生：佛教谓万物的实体无生无灭。

⑥ "反不如"二句：语出《礼记·中庸》："君子居易以俟命，小人行险以徼幸。"俟命，静候天命。徼幸，同"侥幸"。希求分外之得或意外成功。

闻　道

　　诸先大儒以释氏说空，道家说无，既无着落，而尧曰执中①，孔曰一贯②。又无处寻，恐人下手不得，故种种标宗立旨，曰敬、曰静、曰良知、曰止修③，把一个道，分出许多法门。若人从敬道，便得敬法门，而闻敬道；若从静道，便得静法门，而闻静道；若从良知，便得良知法门，而闻良知；若从止修，便得止修法门，而闻止修。夫敬、静、知、止，皆道的本体，即尧之中、孔之一，亦皆于本体中画出一个影样，今又从影样里去画影样，则后来道学诸公，亦必自立一宗旨，盖敬既可做宗旨，彼仁义礼智信，何者不可做宗旨？静既是道，动又何尝不是道？良知既是道，彼不识不知，何尝不是道？止修既是道，彼诚意正心，又何尝不可以标宗，何尝不可以立旨？若曰道实不外一敬，然道何尝外静与良知、止修也，标敬为目，则敬即是道；标静为目，则静即是道；标知止为目，则知止即是道。

宋杲论禅云:"人载一车兵器,弄了一件,又取一件来弄,便不是杀人手段。我则只有寸铁,便可杀人。"④诸先大儒皆是于一车中各取一件来弄,各能降魔,各能得力。至于寸铁杀人,在昔尧舜得其实,故曰:"尧舜之道,孝弟而已矣。"后又孔子得其全,故曰:"夫子之道,忠恕而已矣。"释氏得其玄,老子得其妙,故一曰空,一曰无。此皆能寸铁杀人者。

后人种种分别,种种好听,信如汤先生嘉宾所谓:"三教分明一个漆桶,是谁打破,捏道是佛、是老、是孔,一至病偏枯,兼三病聋肿,东家曳驴,西家发冢,总不如一笔抹杀,终朝阛茸。也须还我自堂堂,不向他边收骨董。"⑤噫!道既如此,闻得是,闻不得是。此时大地山河已属微尘,而况尘中之尘,血肉身躯,且归泡影。而况影外之影,一了百了,一彻尽彻。无闻无不闻,无静无不静,无敬无不敬,无知无不知,无止无不止。

晦堂老子尝问山谷以"吾无隐乎尔"之义,山谷诠释再三,晦堂终不然其说。时暑退凉生,秋香满院,晦堂因问曰:"闻木樨香乎?"山谷曰:"闻。"晦堂曰:"吾无隐乎尔。"⑥故才就筏,便思舍筏,方是无事道人⑦,若骑驴又复觅驴,终为不了禅师⑧。悟得去,五湖烟月皆入寸衷,千古英雄尽归掌握,何必敬、静、知、止,纷纷分别。虽说得好听,终不若脚下承当。孔子云:"朝闻道,夕死可。"⑨盖闻得便去行,行得便是道,行不得便不是道,去行便是道,不去行便不是道,道无不在,行之即是,又何必标宗立旨,乃为道学家乎?余在武夷,尝以此意质见罗先生⑩,先生惟大笑而已矣。

① 执中：公平适中，不偏不倚。

② 一贯：用一种道理贯穿于事物之中。《论语·里仁》："子曰：'参乎，吾道一以贯之。'"

③ 止修：以"知止"为原则，以"修身"为目的。

④ "宋杲"诸句：语出宋罗大经《鹤林玉露·杀人手段》。宋杲(gǎo)，即大慧宗杲禅师，俗姓奚，号大慧，宣州宁国（今安徽宁国）人，南宋高僧。

⑤ "信如"诸句：语出明汤宾尹《睡庵稿·三教逸史图赞》。汤先生嘉宾，即汤宾尹，字嘉宾，明南直隶宣城（今安徽宣州）人，官至南京国子监祭酒。阘(tà)茸，卑贱。

⑥ "晦堂老子"诸句：事见《鹤林玉露·吾无隐乎尔》。晦堂老子，名祖心，宋高僧。住江西修水黄龙寺，名其方丈为晦堂，因称晦堂老子，谥宝觉禅师。黄庭坚曾师事于他。吾无隐乎尔，意为无所隐瞒。语出《论语·述而》："子曰：'二三子以我为隐乎？吾无隐乎尔。吾无行而不与二三子者，是丘也。'"

⑦ 无事道人：指不为外物所羁绊、已悟道的人。

⑧ 不了禅师：不懂佛理的和尚。

⑨ "朝闻道"二句：语出《论语·里仁》。

⑩ 见罗先生：即李材，号见罗。见卷一《石室》注。

课　儿

　　儿子之贤不肖系诸人，儿子之富贵贫贱系诸天。系诸人者，人不以为忧；系诸天者，人反以为忧。何也？彼盖于天人分上未明也。

惟于天人分上未明，故恐畏儿子之贫贱，不吝作马牛以求富贵之，是明以富贵为人力可致，而贤不肖则诿之于天[1]，颠倒妄悖[2]，大惑不解。有人于此，日忧其儿高堂之不安[3]，刍豢之不适[4]，至于课劳苦、课事业，并不注念，则曰："天也。"又有人于此，则使其儿犯风雨，冒霜雪，以从师取友于数千里之外，必课之以劳苦，必课之以事业，凡古英杰所能为者，则曰："此皆大夫所当为者也，率也。"此一人者，不辨菽麦[5]，顽嚚无知[6]，不问而知其为不课诿天者之子也。彼一人者，克振家声，为世名儒，不问而知其为日课尽人者之子也。

当诿之天而不诿之天，当尽之人而不尽之人，毋怪忤逆横生，愚痴满世。余谓苟其能尽，夫在人自可邀之于在天。曾见世有课儿，能克振家声、为世名儒者，犹忧其不富贵乎？曾见世有日忧其儿不富贵，而置之不课者，不顽嚚无知，不辨菽麦乎？故子弟生大富大贵之家，多是不幸。惟富贵则性傲，千罪百恶皆从傲上来，为子而傲便不孝，为弟而傲便不友，只是一傲字，便结果了一生。父兄必是不屑教诲他的，朋友必是不敢谏诤他的，做个天地间极恶大罪人，因父兄不早课，至此时悔之已晚。况富贵之家，其所为狎友门客之类甚多，不肖子弟勿论，即贤子弟当此，鲜不习与性成也，可不大哀！然则为父者，尚忧不能取富贵以为子孙谋，是不欲子孙之贤也，且子孙贫贱，亦何患乎？课子者，须使他知贫贱的意味，古来大圣大贤，何人不从贫贱忧苦中来，惟贫贱则思自立，思自立则百事皆可为，又何忧儿子不富贵。

余看世人既不早自课儿，使其儿日从恶朋佞友游，及陷于不肖，则曰"没处"⑦。嗟夫！彼儿子之不富贵，独有处乎？唐元徵云⑧："今天下有三事没处法：燕都中士大夫得病无良医；秦晋人种田无时雨；三吴缙绅子弟读书无家教。一味但靠天耳。"夫无医则保养，无雨则穿渠，无家教则慎交游，此便是没处法中处法也，可诿之天哉！虽然，课儿须择明师。庸工误器，器可他求；庸妇误衣，衣可别置；庸师误子弟，子弟可复胚乎？如无明师，宁可自课，慎勿藉口"不责善"、"易子而教"之说⑨，为教学先生作地步也。

① 诿（wěi）：推委，托付。

② 妄悖：狂妄荒谬。

③ 高堂：指华屋。

④ 刍豢（huàn）：牛羊犬猪之类的家畜，泛指肉食。

⑤ 不辨菽麦：分不清豆子和麦子。形容缺乏实际知识。

⑥ 顽嚚：愚妄奸诈。

⑦ 没处：无法解决。

⑧ 唐元徵：即唐文献，字元徵。明松江府华亭（今属上海）人，万历十四年（1586）状元。

⑨ "不责善"二句：语出《孟子·离娄上》："古者易子而教之，父子之间不责善。责善则离，离则不祥莫大焉。"责善，以好的行为标准去苛责。

弄　孙

　　先大父三子，曰传、曰杰、曰佐。杰，余父也，年十四与伯传同补弟子员①。时伯年十七，其明年夭，无嗣。而先君子及叔佐俱晚子，先大父未及弄孙而卒②。先君子生余，又晚子，亦未及弄孙而卒。余年未半百，已长孙枝。昔陈太丘诣荀朗陵，令元方将车、季方持杖，时其孙长文尚小，载着车中。既至，荀使叔慈应门，慈明行酒，余六龙下食，其孙文若亦小，坐着膝前。于时太史奏："真人东行。"③余愧太丘、朗陵，又安知孙能长文、文若。乃马援有璘④，不坠先业；龚茂有良⑤，永继美绪；李广有陵⑥，克绍祖风；如晦有颖⑦，弘恢相业。有是祖宜有是孙，有是孙自不愧是祖。余非能必一代胜似一代，但喜吾儿之又有儿，割甘以分，含饴以弄，娱義之目前⑧，开伊山笑颜⑨，恨不令吾祖吾父见之也。虽然，得孙不在早晚，贵于能贤，余儿未是谢琰，余孙未必灵运⑩，可免张苍梧以子戏父之诮⑪。第异日者兰芳玉立，但得若顾家敷、张家玄，使其越席提耳，不意衰宗复生此宝足矣⑫。

① 弟子员：县学生员。

② 先大父：指已故祖父。

③ "昔陈太丘"诸句：事见《世说新语·德行》。陈太丘，即陈寔，东汉颍川（今河南许昌）人，桓帝时为太丘长，故称。荀朗陵，即荀淑，字季和。汉

颍川（今河南许昌）人。桓帝时为朗陵侯相。长文，指陈群，字长文，陈寔
之孙。叔慈，指荀靖，字叔慈，荀淑第三子。慈明，指荀爽，字慈明，荀
淑第六子。余六龙，指荀淑其余六个儿子。荀淑共有俭、绲、靖、焘、汪、
爽、肃、旉八子，都很有才华和名气，时人称其为"八龙"。文若，指荀彧，
字文若，荀淑之孙。见卷三《栽花》注。太史，指皇宫中负责观测星象的官
员。真人，谓有才德的人。

④ 马援：字文渊，汉扶风茂陵（今陕西兴平）人。先仕王莽，后归刘秀。因
南征立功，封新息侯。　　璘：马璘，字仁杰，马援后裔，唐代名将。《旧唐
书·马璘传》："璘少孤……年二十余，读《马援传》至'大丈夫当死于边野，
以马革裹尸而归'，慨然叹曰：'岂使吾祖勋业坠于地乎！'"

⑤ 龚茂有良：或是指龚茂良，字实之。宋绍兴八年（1138）进士，时年十八岁，
称"榜幼"。累官参知政事，并以首参代行宰相事务。为官勤廉，直言敢谏。

⑥ 李广：汉名将，见卷三《赏鉴》注。　　陵：指李陵，李广长孙。见卷二《唐
诗》注。

⑦ 如晦：指杜如晦，字克明，唐朝初年名相。　　颖：杜元颖，杜如晦叔父杜
淹六世孙，唐穆宗时位至宰相。

⑧ 娱义之目前：明彭大翼《山堂肆考》："晋王羲之牵诸子，抱弱孙，一味之
甘，割而分之，以娱目前。"

⑨ 开伊山笑颜：按"伊山"当作"伊川"，指宋理学家程颐。其《伊川文集》卷
八《家世旧事》载其祖父程羽笑容罕见，"惟长孙始生，一老妪白曰：'承旨
新妇生男。'微开颜曰：'善视之'"。

⑩ "余儿"二句：谢奂，本名谢庆，陈郡阳夏（今河南太康）人。东晋大臣，车
骑将军谢玄长子。史载其"生而不慧"，而其子谢灵运却为著名诗人。

⑪ "可免"句：事见《世说新语·排调》。张苍梧是张凭之祖，尝语凭父曰："我不如汝。"凭父未解所以。苍梧曰："汝有佳儿。"凭时年数岁，敛手曰："阿翁，讵宜以子戏父！"张苍梧，即张镇，字义远，三国吴吴郡（今苏州）人，曾任苍梧太守。

⑫ "但得若"诸句：事见《世说新语·夙慧》。司空顾和与时贤共清言。张玄之、顾敷是中外孙，年并七岁，在床边戏。于时闻语，神情如不相属。瞑于灯下，二儿共叙客主之言，都无遗失。顾公越席而提其耳曰："不意衰宗复生此宝！"顾家敷，即顾敷，字祖根。张家玄，即张玄之，字祖希，均为东晋吴郡人。

家庭孝友

家庭之间有两大根本，"父兮生我，母兮鞠我"①，是为一大根本。即"伯氏吹埙，仲氏吹篪"②，亦一根本也。何也？虽至关系如妻子，亦必兄弟翕③，乐且耽。妻子和，兄弟翕，而后父母顺。则两大根本，譬之树然，根本一培，枝叶自盛，未有不培根本而枝叶不凋残者也。根本何以培？曰孝，曰友。为子而不孝，为弟而不友，则根本伤矣。其斩伤此根本者，却有斧子两把，一为逞虚名，一为积厚利。世人日受两斧戕伐，但有能以名与我，以利归我者，便以为德，便思报德，至于"昊天罔极"之德④，总付度外；但有友导我以名，诲我以利者，便如手足，虽有兄弟，不如友生，至于同胞之亲，反置勿顾。即此不孝不友，天性泪没，良心尽死。间有贤者，虽不汩没，然一涉此途，势不容己，又被他赚了许多天伦至乐。勿论逐利远出，梯山航海⑤，即父子兄弟俱登科第，沉没仕途，飘泊异境，如何勾得承欢膝下，追随步趋。古之孝子，二白垂堂不敢以身许人者⑥，正恐远聘王途，忘却家庭至乐。

虽然，父母一体，人犹知慕，乃兄弟则一体而分，余观世人，鲜不猜者。法昭禅师偈云："同气连枝各自荣，些些言语莫伤情。一回相见一回老，能得几时为弟兄。"⑦罗景纶云："人伦有五，唯兄弟相处之日最长。君臣遇合、朋友会聚，久速难必。父之生子，妻之配夫，其早者皆以二十岁为率，惟兄弟或一二年，或三四年，相继而生，自竹马游戏以至鲐背鹤发，其相与周旋多者，至七八十年之久。若恩意浃洽，猜间不生，其乐固无有量。"⑧余谓能孝友者，必能为忠臣、为信友。根本既培，自然有许多茂盛的枝叶，天下大名大利，反从此根本出，如何只图些小名小利，伤戕了这个大根本，不思"欲报之德，昊天罔极"。凡今之人，莫如兄弟乎？若能时时念此，则时时受福，未闻孝友之家子孙不昌盛者也。岂待为吾等清福，天必福之矣。

① "父兮"二句：语出《诗经·小雅·蓼莪》。鞠，养育，抚养。

② "伯氏"二句：语出《诗经·小雅·何人斯》。伯氏，指大哥。埙（xūn），用陶土烧制的吹奏乐器。仲氏，指二弟。篪（chí），管乐器。此二句形容兄弟友爱。

③ 翕（xī）：和合。

④ 昊天罔极：语出《诗经·小雅·蓼莪》："欲报之德，昊天罔极。"比喻父母恩

德极大。

⑤ 梯山航海：登山航海。比喻长途跋涉，经历险远的旅程。

⑥ 二白垂堂：指家中父母二人年事已高。

⑦ "法昭禅师"五句：事见宋罗大经《鹤林玉露·兄弟偈》。法昭禅师，宋临济宗高僧，因开法于汝州宝应院，世称宝应法昭。

⑧ "罗景纶"诸句：事见《鹤林玉露·兄弟偈》。罗景纶，即罗大经，见卷二《茶鼎》注。鲐（tái）背鹤发，形容人年老高寿。鲐背，谓老人背上生斑如鲐鱼之纹。

骨肉无故

凡事属之天者不可强，属之人者皆可为也。父母具存，兄弟具迕，此属之人乎？天也。天则不可为，故古来大圣大贤，如孔氏不知父墓，孟氏独有母存，皆天也。虽仰不愧，俯不怍，得天下英才而教育①，总不能补此终天之憾。每读"蓼蓼者莪"、"有杕之杜"②，彼何人哉！念此未尝不罢卷痛哭也。噫！绿字残碑，陇头之血③，无日不挥；声断影灭，毛里之怀④，何时能已。乃愚夫愚妇，得享其全而不知乐；名夫利奴，知有其乐而不能享。甚有听长舌之妻，得罪我父母，离间我兄弟，做个天地间极恶大罪之人。不思上古圣人，尚沥历山之泣⑤，吊羽泉之魂⑥，鸣浚井之琴⑦，破东山之斧⑧，当此大故，犹自有处。此吾所谓属之天者不可强，属之人者皆可为。若属之人而不可为，则必其生来不孝不友，究其不孝之故，在于见父母有不是处。原其不弟之因，在于见兄弟为易得的。若有人知天下无不是的父母，识人间最难得者兄弟，方完全得个骨肉无故⑨。

① "虽仰不愧"三句：语出《孟子·尽心上》："君子有三乐，而王天下不与存焉。父母俱存，兄弟无故，一乐也；仰不愧于天，俯不怍于人，二乐也；得天下英才而教育之，三乐也。"怍，惭愧。

② 蓼(lù)蓼者莪(é)：语出《诗经·小雅·蓼莪》，言父母恩情。　有杕(dì)之杜：语出《诗经·唐风·杕杜》，言兄弟亲情之可贵。

③ "绿字"二句：用断碑残字、将士血染边塞之景来表现亲人离散之悲。

④ 毛里：语出《诗经·小雅·小弁》："不属于毛，不离于里。"喻父母之恩。

⑤ 历山之泣：典出《尚书·大禹谟》："帝（舜）初于历山，往于田，日号泣于旻天，于父母。"

⑥ 羽泉之魂：羽，指羽毛化升仙，死亡的婉辞。泉，指九泉。

⑦ 浚井之琴：舜之弟象设计谋害舜，在其淘井时堵塞了井口。没想到回来发现舜安坐床上弹琴，并仍以兄弟之礼相待。见《孟子·万章上》。

⑧ 东山之斧：周武王死后，周公辅佐周成王。周公诸弟管叔鲜、蔡叔度散布流言，说周公的摄政将不利于幼侄成王，周公只好避居东都。后成王觉悟，迎回周公。管、蔡恐惧，挟纣子武庚叛，成王命周公讨伐，杀管、蔡。周公东征时作过《东山》一诗，周大夫又作《破斧》诗来赞美周公。后以东山之斧来形容兄弟无故的不易。

⑨ 故：指嫌隙。

佳儿佳妇

儿妇何与人事，而必欲其佳，唯佳则虽贫可以自立，奚但芝兰玉树，欲其生于庭阶也。然佳又在教，王敬弘未尝教子，学问各随所欲，人问之，答曰："丹朱不应乏教，宁戚不闻被棰。"①噫！是何言与？世不教而佳者，应自有数，教而佳者，滔滔皆是也。教则知孝知弟，儿子有和顺之气，积于胸中，他日受用，宁有尽日，如是者佳儿；教则知诚知朴，儿子虽有十分聪明，亦须带五七分古拙，如是者佳儿；教则知谦知谨，儿子若是真正豪杰，决能若无若虚，舍己从人，如是者佳儿。

黄鲁直云："人生须辍生业之半，养一佳士，教子弟为十年之计，乃有可望。"②既得佳士，便当尊敬，久而不倦，始能收得士之报。然亦有不教而佳者，如林下诸贤，何尝教儿？然其各有佳儿也。籍子曰浑③，器量弘旷；康子曰绍④，清远雅正；涛子曰简⑤，疏通高素；咸子曰瞻⑥，虚夷有远志；瞻弟曰孚⑦，爽朗多所遗；秀子曰纯、曰悌⑧，并令淑有清流；戎子曰绥⑨，有大成之风。苗而不秀，惟伶子无闻⑩。王荆公教元泽也，求馆宾须博学善士，或谓："发蒙何必尔？"公曰："先入者为之主。"⑪由此观，儿何必不教乃佳也。若夫头玉硗硗⑫，迥异凡品；掌珠特特，远迈庸流。俾见者不惊宁馨，则指英物；不讶龙驹，则称凤雏；不羡石麟，则叹神骥。是必昴宿毓其秀，长庚孕其瑞，岁星泄其精，崧岳降其神⑬。

　　然有此佳儿，自宜有此佳妇。佳妇者，讵必王夫人林下风，顾家妇闺中秀哉[14]？即柏谷老妪，杀鸡谢客，一何哲[15]；晋室叔姬，埋羊示使，一何洁[16]。孟光之举案齐眉[17]，少君之提瓮汲井[18]，乐羊氏之激夫断机[19]，佳哉妇也，是岂在色？如以色，则采桑瘿瘤，劣于容而优于德，闵王何必爱而不衰[20]；丑容许妇，欠于色而备于行，许生何必敬之不衰[21]。盖教家之道，惟妇为难化，《书》曰："牝鸡无晨，牝鸡之晨，维家之索。"[22]《诗》曰："妇有长舌"，"为枭为鸱"[23]，自出妻之令不行，闺门之内无警，然不去恶妇，又何以成身成家也。

　　历观古之恶妒，如绝贾充之嗣[24]，秃任瑰之妃[25]，牝鸡鸣敬通之室[26]，狮子吼季常之家[27]。呜呼！是恶得为佳妇？裴炎尝言人妻有三畏[28]，彼刘伯玉之妒津[29]，王文穆之畏堂[30]，王导驱车[31]，谢安闭帷[32]，是皆表表男子，亦复如是。真生菩萨耶？九子母耶？鸠盘荼耶？妇而畏夫，斯为佳妇，夫而畏妇，何贵佳儿？人生既得佳儿，复得佳妇，诚古今之盛事，天地所独私。如二者不可得兼，则宁有佳儿而已。妇之佳不佳，自有七出之条在[33]。

① "王敬弘"诸句：事见《南史·王裕之传》。王敬弘，即王裕之，字敬弘，琅邪临沂（今山东临沂）人，南朝宋大臣。丹朱，帝尧之子。尧因丹朱不肖，禅位于舜。宁戚，春秋时卫人。因家贫为人挽车。至齐，喂牛于车下，扣牛角而歌。齐桓公以为非常人，召见，拜为上卿。

② "人生"四句：语出宋黄庭坚《答晦夫衡州使君书二》。

③ 浑：阮浑，字长成，陈留尉氏（今河南开封）人，阮籍之子，有父风。

④ 绍：嵇绍，字延祖。晋谯郡铚（今安徽宿州）人，嵇康之子，官至侍中。

⑤ 简：山简，字季伦，河内怀县人，山涛之子。西晋时期名士。

⑥ 瞻：阮瞻，阮咸之子。见卷三《鼓琴》注。

⑦ 孚：阮孚，字遥集，晋陈留尉氏（今河南尉氏）人，阮咸次子。历任显官，以继承父亲和叔祖的任性旷达见称，时人称"诞伯"。

⑧ 纯、悌：向秀之子向纯、向悌。

⑨ 绥：王绥，王戎之子。字万子，又称王万，有大成之风，然年十九而早逝。

⑩ 伶：即刘伶，见卷二《诗瓢》注。《世说新语·赞赏》言："唯伶子无闻。"

⑪ "王荆公"诸句：事见宋晁说之《晁氏客语》。元泽，即王雱，字元泽，宋宰相王安石之子。

⑫ 头玉硗（qiāo）硗：头骨如玉石一样莹润坚硬。硗硗，头骨隆起。

⑬ "是必"四句：昂宿、长庚、岁星皆星宿名。嵩岳降其神，语出《诗经·大雅·崧高》："崧高维岳，骏极于天。维岳降神，生甫及申。"崧，同"嵩"。

⑭ "讵必"二句：语出《世说新语·贤媛》："王夫人神情散朗，故有林下风气。顾家妇清心玉映，自是闺房之秀。"王夫人，即谢道韫，王凝之的妻子，聪识有才辩。顾家妇，指张彤云，名士张玄之妹。东晋才女。

⑮ "柏谷老姬"三句：相传汉武帝夜宿柏谷客店，店主聚少年十余人，持弓矢刀剑，意有所图。店主之妇见武帝非比常人，便灌醉众人，自缚其夫，杀鸡为食以谢客。后武帝回宫，赐其千金，擢其夫为羽林郎。见《太平御览》引《汉武故事》。谢，致歉。

⑯ "晋氏叔姬"三句：羊舌子为人正直，不容于晋，带妻儿住到小邑。邑人偷羊赠，其妻叔姬说："如果拒绝，恐不容于邑人，不如收。"羊舌子想煮羊肉给儿子叔向、叔鱼吃，叔姬说："孩子不能食不义之肉，不如埋了，表明我们没参与偷羊。"后事发，都吏挖出埋下的羊，道："君子哉，羊舌子！不与

攘羊之事矣。"

⑰ "孟光"句：东汉梁鸿之妻孟光在梁鸿面前从不仰视，总是把盛食物的托盘
　　高举到眉毛处给梁鸿食用。

⑱ "少君"句：《后汉书·列女传》载，汉鲍宣的老师将女儿桓少君嫁给他，鲍
　　宣认为自己贫贱，不敢迎娶。桓少君就穿上粗布衣服，跟其回家拿着罐子
　　出门去提水，以示自己能与夫同过贫寒的生活。

⑲ "乐羊氏"句：汉乐羊子的妻子剪断正在纺织的布匹来激励丈夫求学，让其
　　不要半途而废。

⑳ "则采桑"三句：事见《列女传·齐宿瘤女》。闵王，齐宣王之子，战国时期
　　齐国第六任国君。

㉑ "丑容"三句：事见《世说新语·贤媛》。许生，即许允，字士宗，三国高阳
　　（今河北高阳）人，曹魏大臣、名士，官至中领军。

㉒ "牝鸡无晨"三句：语出《尚书·牧誓》。言妇女不掌朝政。

㉓ "妇有长舌"二句：语出《诗经·大雅·瞻卬》。为枭为鸱，指《诗经·国
　　风·鸱鸮》。

㉔ 绝贾充之嗣：晋贾充的后妻郭氏酷妒，儿子黎民才满周岁，贾充回家从乳
　　母手中亲了儿子。郭氏远远看见，以为贾充爱上乳母，把她杀了。儿悲思
　　啼泣，不肯吃别人的奶，遂死。郭后终无子。

㉕ 秃任瑰之妃：《太平广记·任瑰传》："唐初，兵部尚书任瑰。敕赐宫女二，
　　女皆国色。妻妒，烂二女头发秃尽。"

㉖ "牝鸡"句：《后汉书·冯衍传》："冯衍字敬通，京兆杜陵人也……衍娶北地任
　　氏女为妻，悍忌，不得畜媵妾，儿女常自操井臼，老竟逐之，遂埳壈于时。"

㉗ "狮子"句：见卷二《丹鼎》注。

㉘ 人妻有三畏：唐张鷟《朝野佥载》记载，裴炎曾言人妻有三畏，少时如生菩萨；中年儿女满前，如九子母；及老，脂粉凋谢，或青或黑，如鸠盘荼。生菩萨，即观音菩萨。九子母，女神名，传说能佑人生子。鸠盘荼，梵语，啖人精气之鬼。常以喻妇人丑状。裴炎，字子隆，绛州闻喜人。唐高宗时任宰相。

㉙ 刘伯玉之妒津：晋刘伯玉妻段光明甚妒忌，伯玉尝诵《洛神赋》，曰："娶妇得如此，吾无憾矣！"其妻恨曰："君何得以水神美而轻我？我死，何愁不为水神？"乃投水而死，后因称其投水处为"妒妇津"。相传妇人渡此津，必坏衣毁妆，否则即风波大作。

㉚ 王文穆之畏堂：王文穆的妻子甚是悍妒，文穆曾筑堂，名之曰"三畏堂"。杨文公看见后戏言道："请您改为'四畏堂'吧！"王文穆不明其意。杨文公笑着解释："兼畏夫人。"

㉛ 王导驱车：见卷二《麈尾》注。

㉜ 谢安闭帷：谢安喜爱看歌舞表演，谢安夫人便用帷帐将家伎们围起来，使谢安暂见便放下帷帐，谢安请再开，夫人云："恐伤盛德。"事见《世说新语·贤媛》。

㉝ 七出：古代男子遗弃妻子的七种借口：无子，淫佚，不事公婆，口舌，盗窃，嫉妒，恶疾。

冰 清 玉 润

　　有婚姻则有夫妇，有夫妇即有翁婿，皆缘也。缘则月下老检书①，宫中女题叶②，冰下人传言③，不能逃其缘也。虽有仇敌，莫易于赤绳之系矣；虽隔仙凡，不计于玉杵之捣矣④。乃虞翻《与弟书》曰⑤："求妇惟远求小姓，足使生子，天其福人，不在贵族，芝草无根，醴泉无源。"虞公之见虽卓，然不有贤父，安得贤女？故择妇须择妇之父，未有其父冰清而女泥浊者。郗太傅之求婿也，但取东床上坦腹卧如不闻者，得此玉润⑥，胜矜持者，奚翅百倍⑦。故竹笥往嫁⑧，卖犬以遣⑨，苟有得于冰清，奚嫌门不盈烂⑩？又况其人皆玉润也。蓝田之玉，种之得白⑪；绣幕之丝，牵之得红⑫；有妫之凤，卜之协吉⑬；窦屏之雀，射之中目⑭。如此快婿，非冰清之妇翁孰能识之？乐广之得卫玠也⑮，曹公之爱丁掾也⑯，百中未有一焉，岂但缘哉？然虽不但缘，总不外为婚姻，不外为夫妇，不外为翁婿，皆在缘之中，虽欲谓冰清玉润，为不但缘也，不可得矣。

① 月下老检书：《续幽怪录·定婚店》载，韦固年轻时路过宋城，在月光下见一老人倚囊翻检书。韦固问看什么书，回道："为天下人之婚姻簿。"并说囊中有"赤绳"，暗系在男女双方的脚上，便能使他们成为夫妇。又告知韦固其妻之所在，经年后二人果然结成夫妻。

② 宫中女题叶：唐孟棨《本事诗》载，顾况在洛阳游苑流水上得大梧叶，上有宫女题诗，顾况次日也于上游题诗叶上，泛于波中，以此传情。

③ 冰下人传言：《晋书·索𬘓传》载，晋人索𬘓，精通阴阳卜筮之术。孝廉令狐策梦见自己立于冰上，与冰下人说话，便去找索𬘓解梦。索𬘓说此梦预示其将为人做媒，不久令狐策果然助人成就了一桩美满婚姻。

④ 玉杵之捣：事见唐裴铏《传奇·裴航》。裴航为唐长庆间秀才，路过蓝桥驿，见一织麻老妪，航渴甚求饮，妪呼女子云英捧一瓯水浆饮之，甘如玉液。

航见云英姿容绝世，很想娶她为妻，妪告："昨有神仙与药一刀圭，须玉杵臼捣之。欲娶云英，须以玉杵臼为聘，为捣药百日乃可。"裴航找到月宫中玉兔用的玉杵臼，得娶云英。婚后夫妻双双入玉峰，成仙而去。

⑤ 虞翻：字仲翔，三国会稽余姚（今浙江余姚）人。历事孙策、孙权。讲学不倦，门徒常数百人。

⑥ "郗太傅"三句：郗太傅在京口，遣门生与王导丞相书，求女婿。王导曰："君往东厢，任意选之。"门生归，白郗曰："王家诸郎，亦皆可嘉，闻来觅婿，咸自矜持。唯有一郎，在东床上坦腹卧，如不闻。"郗公云："正此好！"访之，乃王羲之，因嫁女与焉。事见《世说新语·雅量》。郗太傅，即郗鉴，字道徽。历仕晋惠帝、元帝、明帝、成帝四朝，官至太尉。

⑦ 奚翅：亦作"奚啻"，何止，岂但。

⑧ 竹筒往嫁：指嫁妆简陋。典出《后汉书·戴良传》："良五女并贤，每有求姻，辄便许嫁，疏裳布被，竹笥木屐以遣之。"

⑨ 卖犬以遣：卖犬嫁女。事见《晋书·吴隐之传》："隐之将嫁女，（谢）石知其贫素，遣女必当率薄，乃令移厨帐助其经营。使者至，方见婢牵犬卖之，此外萧然无办。"

⑩ 盈烂：谓婚娶之铺张奢侈。

⑪ "蓝田"二句：事见晋干宝《搜神记》，杨伯雍在蓝田的无终山种出白玉，并以白璧五双做聘礼，迎娶了徐氏女。

⑫ "绣幕"二句：五代王仁裕《开元天宝遗事》载，郭元振少时，美风姿，有才艺，宰相张嘉贞欲纳为婿。其女各有姿色，不知将哪个许配给郭才好。便令五个女儿站在绣幕之后，每人手持一条红线，让郭任意牵扯，郭元振最终牵得第三女为妻。

⑬ "有妫（guī）"二句：事见《左传·庄公二十二年》，春秋时期齐懿仲想把女儿嫁给陈敬仲，占卜时得到"凤皇于飞，和鸣锵锵。有妫之后，将育于姜"的吉语。后因以"卜凤"为择婿之典。

⑭ "窦屏"二句：《旧唐书·高祖太穆皇后窦氏》载，窦氏才貌无双，其父窦毅于门屏画二孔雀，诸公子有求婚者，辄与两箭射之，潜约中目者许之。前后数十辈莫能中，高祖（李渊）至，两发各中一目，遂得娶窦氏为妻。

⑮ "乐广"句：唐白居易《白氏六帖事类集》谓乐广、卫玠二人："妇翁冰清，女婿玉润。"乐广，卫玠丈人。二人事迹见卷三《清谈》注。

⑯ "曹公"句：曹公，指曹操，曾有意将女儿许配给丁仪。丁掾，即丁仪，见卷三《赏鉴》注。

宅 心 厚①

心为事业之基，未有基不固而栋宇坚久；心为后裔之根，未有根不植而枝叶荣茂。固基植根，惟在于厚。心厚则如春风煦育，万物遭之而生；心薄即如朔雪阴凝，万物遭之而死。故仁人心地宽舒，便福集而庆长，事事成个宽舒气象；鄙夫念头迫促②，便禄薄而泽短，事事得个迫促规模。妙哉心也！为几希，为方寸，存之为君子，去之为庶民，远之为禽兽。夫宅心至如禽兽，则薄之极矣。而语又云："猛兽易伏，人心难降；溪壑易填，人心难满。"③何也？岂非以古人兽面人心，今人人面兽心耶？总之，兽有人心，人有兽意，判于厚薄之间。人惟厚，则此心常看得完满，天下自无缺陷之世界；

此心常放得宽平，天下自无险侧之人情。韩魏公自言其平生未尝见一不好人④，故为相日，每见人文字有攻人隐恶，必手自封记，不令人见此，其宅心何如者？夫心厚，则无所不厚，势能济物。则遇故旧之交，意气愈新；处隐微之事，心迹愈显；待衰朽之人，恩礼愈隆。势值贫穷，遇人痴迷，出一言提醒；遇人急难，出一言解救。如此便是上福。余见积书积金者，皆无所用，但留此方寸地与子孙，耕者福乃无穷。

① 宅心：居心。

② 念头：心思。

③ "猛兽"四句：语出明洪应明《菜根谭》。

④ 韩魏公：韩琦，见卷三《栽花》注。

能 忍 耐

世界原自缺陷，能忍耐便补得一半。自古成大事、立大功者，何人不从忍耐中来。若韩淮阴一生穷困，方其漂母进食，即少年胯下，亦且忍耐得过，及佩大将印，一下齐城，便欲自王，一时不能忍耐，卒基女子之祸①。可见能忍耐便得力，便可为大将；不能忍耐便不得力，便死女子之手。是世界颇不缺陷淮阴，淮阴乃自缺陷世界。留侯初欲为韩报仇，不能忍耐，于一击，大索，几得碎身祖龙，直至老人纳履教以忍耐法，斯能功成仇雪，便自超超②。可见不能忍耐，几误大事，一能忍耐，卒成自安、安刘之业，是留侯处缺陷世界而能补者也。

善乎娄师德之唾面自干③，真饱谙世故，一任覆雨翻云，总慵开眼，会尽人情，随教呼牛唤马，只是点头。语云："登山耐仄路，踏雪耐危桥，闲居耐俗汉。"④则忍耐之乐，受福宁有量哉！盖世界缺陷，一忍耐便能退步。甘清淡，争先的径路窄，退后一步，自宽平一步；浓艳的滋味短，清淡一分，自悠长一分。张公艺九世同居⑤，亦是此忍耐得力，孰谓忍耐补不得一半也？然忍耐之功，全由智识，无智识而妄为忍耐，则是懦弱不振之夫，世界益为缺陷矣，要知要知。

---

① "若韩淮阴"诸句：事见《史记·淮阴侯列传》，韩信曾受漂洗丝绵的老妇赠饭之恩，又经同乡人的胯下之辱。封侯后赠漂母百金并任命曾侮辱自己的同乡为中尉，认为是忍受了这样的侮辱方有今之成就，但最终被吕后杀死在长乐宫的钟室里。韩淮阴，即韩信，见卷三《钓弋》注。

② "留侯"诸句：事见《史记·侯世家》，留侯张良家族五世相韩，秦灭韩，良散家财以复仇。得一力士，狙击秦始皇于博浪沙中，误中副车。侥幸逃过搜捕后，张良流亡下邳，遇一老人，授之奇书曰："读此则为王者师矣。"张良后果协助刘邦灭秦，大仇得报。留侯，即张良，见卷二《太湖石》注。

③ 唾面自干：事见《新唐书·娄师德传》：娄师德得武则天赏识，遭人嫉妒，便嘱咐在外做官的弟弟做事要处处忍让。弟弟说："就算别人把唾沫吐在我脸上，我擦掉就可以了。"娄师德回道："这样还不行，你擦掉就是违背别人的意愿，要想让别人消除怒气就当让唾沫在脸上自己干掉。"娄师德，字宗

仁，唐郑州原武（今河南原阳）人。武后时，官至同凤阁鸾台平章事，掌理朝政。

④ "登山"三句：语出明陈继儒《岩栖幽事》。

⑤ 张公艺：郓州寿张（今河南台前县）人，历北齐、北周、隋、唐四代，寿九十九岁。其家族九辈同居，和睦友爱，传为美谈。

知　节

节者，俭之别名，大要是悭耳①，而文之美名，目为节俭。天湖子曰：悭何尝不是美名哉！悭于言语便少祸，悭于理间便少非，悭于嗜欲便少病，悭于饮酒便少过，悭于交游便少累，悭于作事便少劳。悭何尝不美？而必文以美名曰"节俭"也。即此节俭美名，使俗人为之，即做出一个教化模样来，反把此美名坏了。古来贤达，何尝不悭，悭又何尝不美。

李若谷为长社令，日悬百钱于壁，用尽即止②。东坡谪齐安，日用不过百五十，每月朔取钱四千五百，断为三十块，挂屋梁上，平旦用画叉挑取一块，即藏去叉。以竹筒贮用不尽者，以待宾客，云此贾耘老法也③。张无垢云："余平生穷困，处之亦自有法，每日用度不过数十金亦自足，至今不易也。"④郑亨仲日以数十金悬壁间，椒桂葱姜皆约以一二金，曰："吾平生贫苦，晚年登第，稍觉快意，便成奇祸。今学张子韶法，要见旧时齑盐风味甚长久也。"⑤林和靖隐居孤山，种梅三百六十株，梅熟售价，一株作一封，供一岁之用⑥。

又有一禅僧，种芋三百六十科，日用足以给食，尤省而易办。夫口腹之欲，何穷之有，每加节俭，便觉有余，矧万事皆然也，则节之为福大矣哉！

① 悭（qiān）：省俭，吝啬。

② "李若谷"三句：事见宋罗大经《鹤林玉露》。李若谷，字子渊，宋徐州丰（今江苏丰县）人，官至资政殿大学士、吏部侍郎，追赠为太子太傅。长社，古县名，在今河南长葛东。

③ "东坡"诸句：事见《鹤林玉露》。齐安，古郡县名，故治在今湖北黄冈。贾耘老，即贾收，见卷三《作画》注。

④ "张无垢"诸句：事见《鹤林玉露》。张无垢，即张九成，字子韶。见卷三《读书》注。

⑤ "郑亨仲"诸句：事见《鹤林玉露》。郑亨仲，即郑刚中，字亨仲。宋婺州金华（今浙江金华）人。累官至监察御史，迁殿中侍御史。治蜀有绩，秦桧怒其在蜀专擅，累贬封州卒。齑（jī）盐，切碎后腌渍的菜，借指素食，也喻清贫生活。

⑥ "林和靖"诸句：事见明高濂《遵生八笺》。

不　贪

　　古有以不贪为宝者，夫不贪何以为宝？凡人贪，则思天下无一物可少，极力营求，积怨丛祸，不至杀身不止者。若不贪，则天下何物不可少，试举种种嗜好，此可少乎？不可少乎？有一人焉，始也不悟，而今也悟，则自今日无一物不可少者，追视向时所为无一物可少者，未始不哑然自笑也。佣工乞人，微幸得十数钱，则买看市酒，一笑大醉，自以为天下之乐，莫逾于己；而千金之子，苦身仡仡，以程锱铢^①，日夜苦不足。令此两人易地而观，亦未始不哑然自笑也。人之所爱而最不可少者，莫如七尺之躯。其住于世也，能泣能笑，能挈能擎，无一不能，无一不有。而其聚诸有以住于世也，则又有修有短，而卒无不腐为野土，化为瓦砾而后已者。则此七尺之躯，亦终不得自有矣。夫七尺之躯且不得自有也，又何必役役于贪，而欲种种嗜好以为己有哉！

有贾于京师者，放舟中流，货积万斛，江涛汹涌，几欲覆之。旁有渔艇，客号泣曰："渔者能生我耶？宁以万斛易！"渔者挽客入小艇，客已惊怖如丧心人。须臾风弱，万斛亦幸免，其客大喜，登舟议谢，乃举一敝裘，且吝且予。渔者笑曰："裘值万乎？"客曰："生而死之则惜命，死而生之则惜财。"噫嘻！贪者之不知足若是乎。此特贾者也？乃有读书客亦然。卢坦为河南尉，杜黄裳为尹，谓坦曰："某家子与恶人游，破产，公为捕盗，盍察之？"坦曰："凡居官廉，虽大臣无厚蓄，其能多积者，必剥下以致之。如其子孙善守，是天富不道之家，不若恣其不道，以归于人。"^②夫贪者之心，本欲多积金钱玩好，以厚遗子孙，使子孙世世勿穷也，孰知反使其子孙多藏厚亡哉^③！甚矣，读书客者犹不知也。苏子有言："念有生之归尽，虽百年其必至。惟有文为不朽，与有子为不死。"^④嗟夫！身如浮云，无去无来，无亡无存，则夫不死与不朽者，又安足云？孰是可贪之物为不可少者？此余所以三复古言，而慨夫贪者之役役也。

① 仡仡（yì yì）：勤苦貌。　程锱铢：形容很少的钱也要计较。

② "卢坦"诸句：事见《新唐书》。卢坦，字保衡，唐洛阳人。仕为河南尉，累官刑部侍郎、盐铁转运使。卒赠礼部尚书。杜黄裳，字遵素，京兆杜陵（今西安）人，莱国公杜如晦后裔。

③ 多藏厚亡：意为聚财过多而不能施以济众，必引起众怨，最终损失更大。

④ "念有生"四句：见宋苏轼《祭文与可文》。

衣 食 粗 足

　　富莫富于常知足，人惟不知足，便于衣食外增了许多营求，添了许多烦恼，安能脱俗？贵莫贵于能脱俗，能脱俗则不俗，此非有大见识、大骨力者不能也；贫莫贫于无见识，无见识则是非莫晓，贤否不分，不过一黑漆漆之人①，惟知华其衣、美其食而已；贱莫贱于无骨力，无骨力则待人而行，倚势乃立，倚门傍户，不知羞耻，安知衣食粗足者之乐乎？昔一士人，贫穷无措，日夜焚香致祷。一日，闻空中有神问曰："汝日勤拜祷如是，意将何求？"士人曰："某非敢过望，但求衣食粗足，逍遥终身，某愿足矣。"天神大笑曰："此乃上界神仙之乐，何可易得？若求富贵，吾不吝与耳。"②

　　夫世人之所骇为难得者，莫如富贵。孰知富贵不惜，粗足难求，天神以为上界神仙之乐，余独信之，何也？人若衣食粗足，则无世事烦恼，又不必劳心营求，但见有达无穷，有寿无夭。况心无一贤曰穷，朋来四方曰达；得志一时曰夭，流芳百世曰寿。知足何事不可为，何忧身无一闲；何俗不可脱，何忧朋不远来。方且有识见、有骨力，可为万世永赖，为衣食万世之人，何论百岁荣华，一时得志也。即此便是上界神仙之乐，何可易得？

① 黑漆漆：形容懵然无知。

② "昔一士人"诸句：事见宋费衮《梁溪漫志·士人祈闲适》。

官私无负

先大父琼山公，一丘一壑，绰有余乐，尝曰："诗书勤课子，赋税早输官①，吾无忧矣。"又曰："移借不还者，其人必不忠。"若先大父者，可谓官私无负矣。余谓无负之本在于节俭，一知节俭，便可致富，富则好施，奚复有负？况俭乃众妙之门，无求于人，寡欲于己，可以养德；淡薄明志，清虚毓神，可以养志；刻苦自励，节用少求，可以养廉；忍不足于前，留有余于后，可以养福。善哉俭也！公私完足，外则春秋之期，有牲醴足以供祭②；一日之餐，有蔬食足以为尝；昼则杜门有琴藉，足以为娱；夜则寄卧有蒲榻，足以为安。昔文文山先生茅屋三间，在万山深处，借书沽酒外，一毫不为公私挠。独峙松百亩，日骑牛扣角其间，吏不打门，犬不夜吠，猿呼虎啸，各适其适③。先大父盖庶几得古人遗意云④。

① 输：缴纳。

② 牲醪（láo）：同牲醴，祭祀用的牲口和甜酒。

③ "昔文文山"诸句：见宋文天祥《与吉州缪知府元德》。文文山，即文天祥，字文山。莳（shì），栽种。

④ 庶几：相近，差不多。

尝得无事

　　人生孰能无事，但能了得此心，便觉尝得无事。即千古英雄，鲜能一二觑破者。盖人世穿衣吃饭，所费几何，此外尽为长物，尽为他人。白乐天云："故旧欢娱僮仆饱，始知官爵为他人。"① 岂惟官爵，凡一应多积而此身无用者，尽为他人造业而自己招报也。故富贵之胜于贫贱者，都是无要紧事。如食以止饥，衣以御寒，此诚不可阙；若衣而华，食而精，此于身心有何要紧？至于大利害如生老病死，虽侯王不能令人替得，宜早料理，得清清闲闲，不必役役多事，终身为他人忙也。英雄念此，泪自不休，心自灰冷。东坡云："无事闲静坐，一日是两日。若活七十年，便是百四十。"② 此老深得无事之福。

① "故旧"二句：见唐白居易《自感》。

② "无事"四句：见宋苏轼《司命宫杨道士息轩》。

竹 窗 茶 话

　　昔人云："月团百片，消磨文字五千。"① 每于水源轻重，辨如淄渑②，火候文武，调若丹鼎。自汤社茗战之会③，标帜邾莒④，各立胜场。真如语所云："穷《春秋》，演《河图》，不如载茗一车者耶？"⑤尝读陶通明"不为无益之事，何以悦有涯之生"⑥，又自悲矣。故仲祖嗜茶，目为水厄⑦；王肃喜茗，诧为漏卮⑧。是恶知幽人韵士，耗壮心，送日月，奚必登高望远，即桧雨松风，一瓯春雪，堪寄高斋幽赏，岂曰酪奴⑨？嗟乎，世无慕巢⑩，何能赏识？季疵已矣⑪，谁是知音？欲知花蕊清冷味，须是眠云卧石人。可亟呼入竹窗作茶话。

① "月团"二句：语出明夏树芳《茶董》。月团，茶名。

② 淄渑：即山东淄水、渑水二水名。相传二水味异，分开能辨，合则难辨，惟春秋齐国易牙能辨之。

③ 汤社：聚会饮茶之称。宋陶谷《清异录·汤社》载："和凝在朝，率同列递日以茶相饮，味劣者有罚，号为汤社。" 茗战：即斗茶。

④ 标帜邾莒（zhū jǔ）：指各立门派。

⑤ "穷《春秋》"三句：见宋高似孙《纬略·茗一车》。

⑥ 陶通明：即陶弘景，字通明。

⑦ "故仲祖"二句：事见宋李昉《太平御览》："晋司徒长史王蒙（字仲祖），好饮茶，人至辄命饮之。士大夫皆患之，每欲往候，必云今日有水厄。"

⑧ "王肃"二句：事见南北朝杨衒之《洛阳伽蓝记》："肃初入国，不食羊肉及酪浆等物，常饭鲫鱼羹，渴饮茗汁。京师士子道：'肃一饮一斗，号为漏卮。'"王肃，字子雍，三国魏东海郯县（今山东郯城北）人。王朗之子，其父兄为南齐皇帝所杀，遂奔洛阳投北魏拓跋氏。

⑨ 酪奴：南北朝时北魏人不习惯饮茶，而好奶酪，戏称茶为酪奴。

⑩ 慕巢：即杨汝士，字慕巢，唐虢州弘农（今河南灵宝）人，白居易好友。白居易喜好饮茶，其《睡后煎茶》诗云："不见杨慕巢，谁知其中味？"

⑯ 季疵：即茶圣陆羽。见卷二《博山炉》注。

得 心 友

余任真黜诈以涉世①，见世无不可交之人，见人无不可与之友。故余交亦多矣，而未见有一心友者。想不独余未见有以心友者，即天下亦自难见也。是以慷慨徘徊，怀情上古，意欲于梦寐中得之，何也？余任真，天下人未必皆真，间有真者，反以余为假，彼真者未肯即信我为真，亦以大假似真，谓天下人未必皆真也。余黜诈，天下人未必不诈，间有不诈者，反以余为诈，是不诈者，不敢即信我为非诈，亦以大诈似诚，疑天下人未必皆不诈也。如此，则心友何自而得？

余尝得一多闻者矣，九丘八索②，靡不穷搜；往古来今，错综了了。此一种人，益吾孤陋，可曰"耳友"。又尝得一多识者矣，纤微曲折，情莫能遁；上下四旁，物罔不彻③。此一种人，益吾朗鉴④，可曰"目友"。又尝得一能言语矣，谈言微中，议论风生；说法讲经，石皆点头⑤。此一种人，最开歧吃⑥，可曰"口友"。又尝得一知香臭者矣，忠告善道，不可则止，廉隅自励⑦，识义知耻。此一种人，最利廉节，可曰"鼻友"。又得一执友，握手论交，中心乾乾⑧，知非下石，落井接引，律之心友，终为有间，命曰"手友"。又得一自立之士，举足不忘，步趋可则，知非懦软，力量可法，方之心友，尚或有隔，可曰"足友"。

是六友者，都则非心，心友云何？非耳非目，非口非鼻，非手非足，浑浑沦沦，金石一片，有耳有目，有口有鼻，有手有足，相视莫逆，奚计其益，如此之友，得何容易？得既不易，将无友乎？我能任真，真在即友在，凡天下之真者皆吾友；我能黜诈，诚处即友处，凡天下之不诈者皆吾友。若是，何关于金兰⑨？《诗》云："我思古人，实获我心。"⑩安知后之视今，不异于今之思古云？

① 任真：率真任情，不加修饰。　黜诈：摈弃欺瞒奸诈的行径。

② 九丘八索：相传为古代书名。各说不一，如张衡认为八索即周礼的八议，九丘即周礼的九刑。

③ 彻：通。

④ 朗鉴：明察。

⑤ 石皆点头：典出晋无名氏《莲社高贤传》。见卷二《太湖石》注。

⑥ 歧吃：形容人不善言。

⑦ 廉隅：比喻人的行为、品性端方不苟。

⑧ 乾乾：敬慎貌。

⑨ 金兰：指相投合之友。

⑩ "我思古人"二句：出自《诗经·邶风·绿衣》。

知 己 谈

谈何容易？非谈之难，知己之难。惟知己难，则谈愈难。何也？以天下未必皆知己之人也。夫既不皆知己矣，谈何容易。今世称知己者，大约知己以势耳，知己以利耳。以势知，与之谈势则合，势去则反；以利知，与之谈利则趋，利尽则疏①，是恶足语知己？知己者，不惟无势无利，亦且无彼无己，彼即是己，因彼有己，以己知己，知何须谈；己即是彼，因己有彼，以己谈己，谈不必知。吾知吾己，势来如是，势去如是；吾知吾谈，利至如是，利尽如是。虽然，吾非敢以世之知己者皆势利，以世之谈者未必皆知己也。知己相谈，惟孔子之于七十子方可称也②，何也？七十子所欲谈之物，惟孔子能之，他人不能也。孔子所能谈之物，惟七十子知之，他人不知也。他人不能，故终七十子之身，不得舍孔子之谈；他人不知，故终孔子之身，不能加七十子之知。盖七十子之知，非势非利，故孔子之谈，有悦无违，斯方称真正相知。非若虞仲翔死，以青蝇为吊客，而抱恨于天下无一人知己也③。噫！谈何容易。果遇知己，虽孔门七十不为多，仲翔一人不为少。如其不然，徒资天下人谈柄耳，谈何容易！

① 疏：疏远。

② 七十子：指孔门七十二贤。儒家传说孔子有学生三千人，第一等的有七十
来人。《孟子·公孙丑上》作七十人，《史记·孔子世家》作七十二人，《史
记·仲尼弟子列传》作七十七人。称七十是取其整数。

③ "非若虞仲翔"三句：即虞翻，字仲翔。三国吴会稽余姚（今浙江余姚）人，
初为会稽太守王朗功曹，历事孙策、孙权，屡屡犯颜进谏，遭流放交州。
曾自白："自恨疏节，骨体不媚，犯上获罪，当长没海隅，生无可与语，死
以青蝇为吊客，使天下一人知己者，足以不恨。"事见《三国志·虞翻传》裴
松之注所引《虞翻别传》。

架 插 万 轴

"丈夫拥书万卷，何假南面百城。"惟李永和知得此趣，说得此
言。以其杜门却扫，绝迹下帷，弃产自营，手自删削①。若不能删
削，纵拥书万卷，亦奚以为？然邢子才架插万轴，每有错误，不即
校雠，尝谓误书思之，更是一适。其妻弟李节不识，问："思误书，
何由便得？"邵曰："若思不能得，便不劳读书。"②崔浩广积书籍，
自言其禀性劣弱，力不及健妇人，惟是专心思书，至梦与鬼争议③。
始知古书有虚有实，妄语者多，真正者少，如此方无负于万轴。沈
攸之尝叹曰："早知穷达有命，恨不十年读书。"④不然，天下奇秘，
世所罕有者，皆在张华所⑤。使张华而不博物洽闻，亦奚贵架插万轴
也。乃倪若水之藏书，列架不足，叠床安置，借书者先投束脩羊⑥。

孰如孙蔚家世好学，有书七千余卷，远近来读者，恒有百余人，蔚为办衣食⑦。较之投束脩羊者，孰优劣也？世有如此好主人，天湖子心不胫而走矣。因录架插万轴诸人，以为藏书者千万莫作书奴也。

① "丈夫"诸句：事见《魏书·李谧传》。南面，古代君王面南而坐，故以南面为尊位。李永和，即李谧，见卷四《借书不还》注。下帷，放下悬挂的帷幕，指闭门苦读。

② "邢子才"诸句：事见《北齐书·邢邵传》。邢子才，即邢邵，字子才，见卷四《蹈袭诗文》注。架插万轴，形容藏书颇丰。校雠（jiào chóu），谓核对书籍，纠正其误。误书思之，思考书中的错误之处。

③ "崔浩"诸句：事见《魏书·崔浩传》。崔浩，字伯渊，北魏清河东武城（今河北故城）人。仕魏三世，军国大计多所参赞。

④ "沈攸之"三句：语出《南史·沈攸之传》。沈攸之，字仲达，南朝宋吴兴武康（今浙江德清）人。出身行伍，晚好读书，手不释卷。

⑤ 张华：字茂先。强记默识，博学多闻，藏书甚富。《晋书·张华传》："天下奇秘，世所希有者，悉在华所。"

⑥ "乃倪若水"四句：事见唐冯贽《云仙杂记·束脩羊》。倪若水，字子泉，恒州藁城县（今河北石家庄藁城区）人，唐时良吏。束脩羊，用作束脩的羊。泛指束脩，即从师的酬礼。

⑦ "孰如孙蔚"诸句：《晋书·范平传》载："范平，字子安……三子奭、咸、泉……泉子蔚，关内侯。家世好学，有书七千余卷，远近来读者恒有百余人，蔚为办衣食。"孙蔚，指范平之孙范蔚。

得 读 奇 书

世有贫不能享客而好客，老不能徇世而好维世①，穷不能买书而好读奇书，如此等人，是名何品？曰："此乃今之古人，人之君子。"其家虽贫，其品甚富，具此富品，好客维世，无往不宜，无施不可。独彼奇书，振天动地，气夺山川，色结云霞。故为宇宙间奇男子，须读宇宙间奇书，作宇宙间奇文。然此奇书，何可易得？余尝屈指五经外，如漆园蒙叟②，谈空说有，喝骂圣贤，奇奇怪怪，不可方物，是名奇人，乃为奇书；汨罗大夫③，爱君忠国，何意为文，真精所结，变幻综错，为汨罗语，是一奇书；若鬐素臣④，古古雅雅，典博浑厚，为一种书；如腐太史⑤，虚虚实实，奇正横生，又一种书；如柳柳州、苏翰林、李观察、卓和尚⑥，开人不能开之口，又开人不敢开之口。天地以来，其书有数，余皆饥当食、寒当衣，第不知后之作者，竟属何人。若果奇书，余见必笑，大笑不已，继以呼呵，呼呵不足，继以恸哭，恸哭云何，与我意合，意合我者，即名奇书，此而得读，福不可量。世界茫茫，安绝此书，吾抱《清史》，歌呼俟之。

① 徇世：形容屈从世俗。　维世：维系世教。
② 漆园蒙叟：庄子为战国宋蒙人，又曾为漆园吏，故称。
③ 汨罗大夫：屈原投汨罗江而亡，故称。

④ 瞽（gǔ）素臣：指左丘明，孔子据《鲁史》修《春秋》，汉人称为素王。左丘
　 明又据《春秋》作传，故后人尊之为素臣。左丘明晚年失明，故称瞽。

⑤ 腐太史：即司马迁，因其曾受腐刑，故称。

⑥ 柳柳州：即柳宗元，官终柳州刺史。　苏翰林：指苏轼，哲宗时曾任翰林
　 学士。　李观察：指唐代文学家李翱。文宗时曾任湖南观察使。　卓和尚：
　 指李贽，号李卓吾，又兼爱佛，自名卓和尚。

能 文 章

　　文章，经国大业，不朽盛事。宋子相尝谓："朝廷可使无文章之
士，则灵鸟不必鸣岐山，而麒麟为梼杌。"①知言哉！乃今世作者，
于鳞谓其："惮于修辞，理胜相掩，忘其鄙倍，取合流俗，见能为左
氏、司马文者，则又猥以不便于时制，徒敝精神。何乃有此不可读
之语，且安所用之？嗟夫，彼岂以左丘明所载为皆侏离之语，而司
马迁叙事不近人情乎？"②天下风靡之士，复从而咤之曰："彼能文
章？"此何异涂之群瞽，取道一夫，则相与拍肩随之，累累载路，称
培塿则皆桥足不下③，称污邪则皆曳踵不进④，而虽有步趋，终不自
施者乎？又何怪李于鳞痛其"夜虫传火，不疑于日"也⑤。则后生学
士，人人自为宗工，家家负为哲匠，竽滥不可区别，有能超乘而上
者，是必神品仙骨，人望而不可及者也。

　　人有戏言，尘刹中有三种神仙：一者贵人，一者美人，一者才
人。贵人纡紫施金，前呵后殿，人望而不可及；美人玉质花容，嫣

视宜笑，人望而不可及；才人聪明绝世，高步词坛，人望而不可及。望而不可及者，皆神仙也。况阛阓诗书之中⑥，能超乘而上，则天下之大贵大美在我矣。经国不朽之业，孰大于是？其福宁有量哉！

① "宋子相"四句：见明李攀龙《送宗子相序》。岐山，用"凤鸣岐山"之典。周朝将兴盛前，岐山有凤凰栖息鸣叫，时人认为凤凰是因文王德政而至，是周兴盛的吉兆。这里以灵鸟不鸣岐山比喻国将衰亡。梼杌，传说中的凶兽名，为不吉之兆。宋子相，当为宗子相之误。宗臣，字子相。

② "惮于修辞"诸句：语出明李攀龙《送王元美序》。表达对文坛重"理"而轻"辞"，或以"理"掩"辞"习气的质疑。鄙倍，浅陋背理。侏离，古时形容异族的语言文字怪异，难以理解。

③ 培塿（lǒu）：小土丘。

④ 污邪：地势低下的田。

⑤ "夜虫传火"二句：语出《送王元美序》。夜虫传火，形容萤火虫的细小微光。

⑥ 阛阓（huán huì）：指市肆。

行 胸 臆

　　世人一落世界，自非有大识力者，便受世界束缚。若生富贵家，便受缚富贵；生贫贱家，便受缚贫贱。若夷狄患难，无入不束缚，无时得行其胸臆。盖世界原是不得行胸臆的，故小儿堕地，便叫号呱呱，可见人生带来不得如意，不如意而强求如意，愈见束缚，不得解脱。今人处不如意事，不亟料理，徒自坐烦恼障中，于事无益。

细而思之，世界自宽，人心自隘，古来能自行胸臆者，夫岂乏人？此非世界外又另有一世界也。同此世界，但彼能看破耳，看破何由束缚也。看破之法，苏子瞻后来得之，故其言曰："水到渠成。"[①]若早自看破，而并不染指者得一人焉，其陶元亮乎[②]？元亮惟看得破，故爱做官便做官，爱归田便归田，爱饮酒便饮酒，爱作诗便作诗，不受世界一毫束缚，真可谓善行胸臆者。萧南郡云："人生不得行胸臆，虽寿百岁犹为夭也。"[③]知言哉！奈何今人徒取必于在外之功名富贵，以为能行胸臆耶？夫在外之功名富贵，便受世界束缚，彼束缚者，可以语清福否？

① "苏子瞻"三句：见宋苏轼《答秦太虚书》："至时别作经画，水到渠成，不须预虑。"

② 陶元亮：即陶渊明，字元亮。做官八十余日便弃职归隐。

③ "萧南郡"三句：语出《宋书·萧惠开传》。萧南郡，即萧惠开，南朝刘宋南兰陵（今江苏武进）人，征西将军萧思话长子。性情刚直，少有风气，涉猎文史。终以不得志，发病呕血卒。

名 山 游

李青莲一生好入名山游[①]，严君平"州有九游其八"以为恨[②]。高人韵士，往往于此处留情，故司马子长少年足迹遍天下[③]，向子平欲以婚嫁毕游五岳④，一壮游，一晚游。白乐天每入名山，辄写景数律⑤。谢东山围棋赌墅，尝以妓随⑥，一诗游，一妓游。王子猷山阴雪夜之舟，苏子瞻乘月怀民之访⑦，一兴游，一夜游。宗少文凡平生所履，皆图于室，谓人曰："抚琴动操，欲令众山皆响。"⑧又以卧游矣。柳子厚登高山，意有所极，梦亦同趣⑨，则又以神游矣。羊太傅之于岘山也，欲其百岁后，魂魄犹应登此⑩。嗟乎！若羊叔子者，则又死游之矣。余少年颇效子长，今学向子，愧未即逮。然四时登眺，诗酒声妓之娱，何山不游，何游不乐？但未能乞得闲身，探兰台石室之藏⑪，委宛丹书之秘⑫，问燕赵故墟，访邹鲁遗俗⑬，走塞外吊古战场，勒石燕然而返⑭。然后五湖烟月，尽落吾手，十洲奇胜，入我吟橐⑮。庶几哉毕吾志以了此游。

① 李青莲：即李白，号青莲居士。

② 严君平：西汉晚期道学家，见卷一《红雨楼》注。

③ 司马子长：即司马迁，字子长。其《太史公自序》自言年二十岁南游江、淮，浮于沅、湘，北涉汶、泗，讲业齐、鲁之都，乡射邹、峄，厄困鄱、薛、彭城，过梁、楚，又奉使西征巴蜀以南，南略邛、笮、昆明等地。足迹遍及大江南北。

④ 向子平：即向平，字子平。见卷一《洞天》注。

⑤ "白乐天"二句：事见宋李昉《太平御览》。

⑥ "谢东山"二句：用谢安赌墅之典，见卷三《围棋》注。

⑦ "王子猷"二句：用王子猷雪夜访戴之典，见卷一《杨花溪》注。苏轼因乌台诗案被贬黄州时曾月夜访友张怀民，并作《记承天寺夜游》一文以记之。

⑧ "宗少文"诸句：事见《宋书·宗炳传》。宗少文，即宗炳，字少文。南朝宋南阳涅阳（今属河南）人。尝西陟荆巫，南登衡岳。后因病还江陵，将所历山水，绘于室中，曰："老疾俱至，名山恐难遍睹，惟当澄怀观道，卧以游之。"

⑨ "柳子厚"三句：出自唐柳宗元《始得西山宴游记》："日与其徒上高山，入深林，穷回溪，幽泉怪石，无远不到。到则披草而坐，倾壶而醉。醉则更相枕以卧，卧而梦。意有所极，梦亦同趣。"

⑩ "羊太傅"三句：事见《晋书·羊祜传》。羊太傅，即羊祜，见卷三《寻真》注。

⑪ 兰台石室：汉代宫中藏书之所。

⑫ 委宛：据传大禹藏书之处。

⑬ 邹鲁：指孔孟之乡。

⑭ 燕然：燕然山，即今蒙古国境内的杭爱山。东汉永元元年（89），窦宪大破北单于，曾登此山。

⑮ 橐（tuó）：盛物的袋子。

遇 故 知

　　故知者，非朝夕相握手之人，即平居相往来之戚。日相握手，日相往来，此时即乐亦不可见，安见其不可离也？乃人生非麋鹿，安得长聚首？一旦离矣，离且久，不得遇矣，勿论其离群索居，孤陋寡闻。即此情之所钟，正在我辈，必遇则喜，不遇则悲；遇则不悲，即悲亦喜；不遇则不喜，即喜亦悲。余尝空山无人，闻跫然足音而喜①；余尝远游海滨，闻乡人语而喜。夫跫然足音，何如此故知也；闻乡人语，又何如遇此故知也。今且有人于此，遇古书籍，泗涕交流，慷慨悲歌，此何以故？岂非以古人心若事与我心若事有相同耶！今又有人于此，遇涂之人②，性情卓越，意气横秋，便思与友，此又何以故？岂非以涂人之性气与我之性气有助益者耶！况此故知之遇，非远如载籍所传，非疏若途中所见，其发吾慷慨悲歌之情，增吾寂寞无聊之感，有千万倍于此者。故独坐无赖，忽然一遇，则悲喜交集。其悲也，乃其所以喜也；其喜也，斯所以为福也。人生知己难逢，语曰："白头如新，倾盖如故。"③此世俗交，吾所痛恶。

① 闻跫（qióng）然足音而喜：语出《庄子·徐无鬼》。指长居荒凉寂寞的地方，对别人的突然来访感到欣悦。

② 涂之人：路人，谓陌生人。涂，道路。

③ "白头如新"二句：语出《史记·鲁仲连邹阳列传》。白头，白了头发，指认识时间很长。倾盖，古人行道相遇，由于车盖倾斜而露面一见，于是停车交谈。指初次相逢。

澹　味①

性爱种竹，雅好良朋。齑盐之家②，不能享客，客每过予，止具一味。有牲不肉③，有肉不鱼，匪曰宽胃，以养财福。东坡留客，一爵一肉，尊客盛馔，乃馐三品。宁损勿增，取可常继。人或召我，预此告知。主人不从，过兹不食④。子猷寄居，便令种竹，无竹不居，无友不乐⑤。竹窗茶话，安用食肉？肉食则瘦，笋食则肥。我性已然，客宜见亮。倘罪菲亵⑥，我则不辞。如不见罪，共此澹味。肉食者鄙，可自回避。不揣临况⑦，逃之竹内。作此淡箴⑧，以告我友。我友召予，亦复如是。不如是者，不名我友。

① 澹味：淡薄之味，这里指清淡的饮食。

② 齑盐之家：形容家境清贫。

③ 有牲不肉：有供祭祀用的肉，就不再准备肉食。

④ "东坡留客"诸句：事见宋祝穆《事文类聚》。一爵一肉，喝一杯酒，吃一种肉食。盛馔，丰富的饮食。饷三品，增加至三倍。

⑤ "子猷寄居"诸句：事见《世说新语·任诞》。

⑥ 菲亵：这里指饮食微薄，轻慢来宾。菲，微薄。

⑦ 不揣临况：不考虑，贵客临门。临况，称显贵的人亲临自己家。

⑧ 箴：文体名。以规戒为主，多用韵语。

小　饮

性既喜澹，雅好清谈，正闻客至，忽报花开。倒屣迎之①，向泉对弈，一局未了，家人出醑②。止一古碗，品无兼味③，岂以口腹，作此烦费。任意所如，或歌或咏。有琴在席，有酒在樽，有麈在手，有榻在旁。弹罢以饮，谈罢以寝，神情既涤，梦魂亦清。友或召予，仍作是观。或延俗客，勿劳相召，不赴方命④，赴之损趣。与其损趣，毋宁方命。士故有癖，交贵知心。知心之友，清淡茶饭，愈嚼不厌，愈久益亲。畏途交结，譬大筵席，珍错陆离，终非常食。仓皇下咽，气味索然。惟是小饮，胜彼大酗。

① 倒屣：倒穿着鞋。古人家居，脱鞋席地而坐。客人来到，因急于出迎，以致把鞋穿倒。后以倒屣形容主人热情迎客。

② 醑（xǔ）：美酒。

③ 兼味：两种以上的菜肴。

④ 方命：违命。

开 新 酿

酒者，天之美禄①，人之欢伯②。除忧来乐，无贵贱，无贤愚，无夷夏，共甘而饮之。余于山中取薏苡仁，同绿豆蒸酿，更取白莲花风干作曲③，名曰"莲酒"。以佛吐丹同糯米、桂花而酿，名曰"桂酒"。又用早秫同细辛、橘叶、砂仁，捣和烧酒，浸以柏枣，名曰"柏酒"。是三种酒，每于风晨月夕，兴到客来，便令开之。作诗清谈，了有饶趣。

因忆古之酿品，郢曰富水，乌程曰若下，剑南曰烧春，荥阳曰土窟春，富平曰石冻春，宜城曰九酝，浔阳曰溢水，岭南曰灵溪、博罗，河东曰乾和蒲萄，京城曰西市腌，虾蟆陵曰郎官清，河漠曰三勒，法书波斯，三勒曰庵摩勒、曰毗黎勒、曰诃黎勒④。朱崖曰椒花⑤，扶南曰石榴⑥，辰溪曰钓藤⑦，赤土国曰甘蔗⑧。又夷酿曰柳花、曰椰子、曰槟榔、曰树头、曰停花。河中曰桑落、曰索郎⑨。隋炀帝有酒曰玉薤，此酒本学酿于西湖人，岂得大宛之法⑩。如司马迁所谓富人藏万石蒲萄酒，数十岁不败者乎⑪？

乃酿饮诸名，则又有异者，酒母曰酴，浑汁曰醪，三薰曰酎，一宿成曰醴，旨曰醑，清曰醥，厚曰醹，薄曰醨，白酒曰醙、曰醆，买曰沽，当肆曰垆，漉酒曰醡，相饮曰酏，相强曰浮，饮尽曰釂，使酒曰酗，甚乱曰酱(音咏)，病酒曰酲，饮而面赤曰酡，不醉而呶曰嬰(音婢)，共饮曰醼，独饮曰酹，赐民同饮曰酺，主人进酒于客曰酬，客酌主人曰酢。故天垂酒星，地列酒泉，人著酒德，所自来矣。

余安得刘玄石之中山千日酒，一醉三年，三年一开也⑫。陈暄有言："周伯仁渡江，惟三日醒，吾不以为少。郑康成一日三百杯，吾不以为多。譬之酒犹水也，可以济舟，亦可以覆舟。"⑬江咨议又谓："酒犹兵也，兵可千日而不用，不可一日而不备。酒可千日而不饮，不可一饮而不醉。"⑭噫！吾安得饮中趣如江、陈者若而人，当不惜开余新酿三种酒，与之大饮数日，今不可得矣。余独无饮乎？则虽贵人、贱人、贤愚人、夷夏人，皆可与饮。皆宜开新酿，何可以欢伯，乃复纷纷取择为。

① 美禄：美好的赏赐。

② 欢伯：酒的别名。因酒能给人带来欢乐，故称。语出汉焦延寿《易林》："酒为欢伯，除忧来乐。"

③ 曲：酿酒时用于发酵的药料。

④ "因忆古之酿品"诸句：语出唐李肇《唐国史补》。三勒，即源自波斯的"三勒浆"。

⑤ 朱崖：位于今海南省海口市。

⑥ 扶南：南海古国名。亦作"夫南"。在今柬埔寨。

⑦ 辰溪：县名，今属湖南省。

⑧ 赤土国：古南海国名，在今马来西亚。

⑨ 河中：今乌兹别克斯坦全境和哈萨克斯坦西南部。

⑩ "隋炀帝"三句：事见东晋王嘉《拾遗记》。大宛，古西域国名。在今费尔干纳盆地，盛产葡萄。

⑪ "如司马迁"二句：事见《史记·大宛列传》："宛左右以蒲桃为酒，富人藏酒至万余石，久者数十年不败。"

⑫ "余安得"三句：事见晋张华《博物志》。刘玄石于中山酒家酤酒，酒家予以"千日酒"，忘言其节度。玄石归家后大醉，家人不知，以为死也，葬之。酒家计千日满，往视之。开棺，玄石醉始醒。

⑬ "陈暄有言"诸句：语出《南史·陈庆之传》。陈暄，南朝陈文学家。周伯仁，即周顗，字伯仁，永嘉南渡时随晋元帝司马睿渡江。郑康成，即郑玄，字康成，东汉大儒，"一日三百杯"事见《世说新语·文学》"郑玄在马融门下"刘孝标注。

⑭ "江咨议"诸句：语出《南史·陈庆之传》。江咨议，即江淹，曾任骠骑咨议参军，故称。

报 花 开

　　花看半开，酒饮微醉，此中大有佳趣。若至烂漫酕醄[1]，便成恶境。山中无事，每于黄鸡正肥，白酒初熟时，便呼朋侪，清谈小饮。酒意半酣，诗兴不浅，山童报花开，遂与羯鼓催之[2]，益令毫挥玉屑[3]，樽开珀光[4]。乃知七贵五侯[5]，不过一番黄粱梦，一本玉壶冰[6]；金谷华林[7]，不过一滴草头露，一瞬眼前花。诗不云乎："眼看春色如流水，今日残花昨日开。"[8] 履盈满者宜思之[9]。

① 酕醄（máo táo）：大醉貌。

② 羯鼓催之：用唐玄宗羯鼓催花之典，见卷三《栽花》注。

③ 玉屑：比喻华美的文辞。

④ 珀光：形容美酒酒液清亮。

⑤ 七贵五侯：泛指权贵显宦。

⑥ 玉壶冰：形容荣华富贵转瞬即逝。

⑦ 金谷华林：金谷园与华林园，泛指豪华的园林。

⑧ "眼看"二句：语出唐崔惠《宴城东庄》。

⑨ 履盈满者：指荣显至极者。

景中送酒

魏肇师曰："徐君房年随情少，酒因境多。"①可谓知言。因忆往年三月三日，大雨淋漓，兰香满阶前，独与儿子煮茗花坞，何异元亮公九日无酒，乃于篱边摘菊盈把也②。心念安得白衣送酒人？忽闻雨滴笠声，至则献庭家叔遣奚奴以豆酒相饷③，亟呼儿子热之而饮，不觉颓然倾倒。诗云："何处难忘酒，朱门美少年。春分花发后，寒食月明前。小院回罗绮，深房理管弦。此时无一盏，争过艳阳天。"④余遇此处，安得不酒多？叔名明俏，精八法⑤，为人雅饬浑厚⑥，不喜与俗子作伍，亦不以俗事经怀，今年六十矣，时人称其长者。

① "魏肇师"三句：事见唐段成式《酉阳杂俎·语资》。魏肇师，东魏使臣。徐君房，南朝梁人。武定三年（545），梁使徐君房、庾信于魏。

② "何异"二句：事见南朝宋檀道鸾《续晋阳秋》。

③ 奚奴：奴仆。

④ "何处"诸句：语出唐白居易《何处难忘酒》七首其三。

⑤ 八法：汉字书法有侧、勒、努、趯、策、掠、啄、磔八种基本法则，此指书法。

⑥ 雅饬（chì）：谓言行合乎礼制。

对 酒 当 歌

歌言志也，人有意郁气结，不得直行其志。欲告之人，人无可告语；欲诉之天，天漠不闻声。一旦对酒，不觉慷慨淋漓，悲歌自伤，故以孟德奸雄，犹曰："对酒当歌，人生几何。"① 既知人生几何，何不脱任归山，终身为汉家一故吏，日与名士饮美酒，赋佳什②，不亦潇潇落落，以乐余年。计不出此，乃今日与吴争，明日与蜀战，以无几何之身，造业作孽，周文王如是乎？赤壁对酒，悲歌自怜，英雄志气，陡露于此。吁嗟悲兮！人生如薤露③，真易晞矣④。露晞明朝更复落，人生一去不复归，又露之不如矣。据孟德当日，意驾三王，气齐五帝，终不免代司马家儿为驱除难，反不如即时一杯酒，清歌一曲也。吁嗟悲兮！"对酒当歌，人生几何"，孟德之志，有可怜矣。倘骑虎之势不得下者耶？抑赤火已灰，治世良臣不得不变为乱世奸雄，虽欲脱任归山，无人可托，此其志亦良苦。对酒当歌，其意郁气结，不得告人，不能诉天矣。至今赤壁之上，徒令人悲英雄之已往，慨人生之无多，而慷慨淋漓之志，有遥想足哀者。吁嗟悲兮！固一世之雄也，而今安在哉！此桓子野之所以每闻清歌，辄唤"奈何奈何"⑤，奈何谁能解此？

① "对酒当歌"二句：见三国魏曹操《短歌行》。

② 佳什（shí）：此指优美的诗作。

③ 薤（xiè）露：薤叶上的露水。形容人生短暂。

④ 晞：晒干。

⑤ "此桓子野"二句：见《世说新语·任诞》。桓子野，即桓伊，字叔夏，小字子野（一作野王），东晋谯国铚县（今安徽濉溪）人，历任淮南太守、豫州刺史。清歌，挽歌。

婢 仆 拙

　　玉川先生一奴长须不裹头①，一婢赤脚老无齿，真得古人意。古人所任者皆噩噩之人②，所行者皆闷闷之政③，故司马公家仆婢，惟取其朴直谨愿，勤于任事，至出言不雅，礼度未闲，固不计也④。自人家子弟，不知温饱所由来，不求自己德业出众，而求仆之黠慧，婢之娇俊，动曰"郗家奴""郑家婢"⑤。噫！郗奴何如方回，郑婢敢望康君？独不曰巧者拙之奴乎？盖仆婢巧则生事，生事则主人当之，亦何贵费财以蓄此生事之辈。然拙者亦自可爱，拙则可与同甘苦，可与共安乐，吾当爱之若子若女，何可贱之为奴为婢。乃有一种无智主人，日为仆婢作奴，可笑也。余家仆婢，布衣短褐，以给薪水而已。吾安知吾之客有苏子者，好个仆而不为吾教坏也⑥？

① 玉川先生：即卢仝，号玉川子，见卷二《茶鼎》注。唐韩愈《寄卢仝》："玉川先生洛城里，破屋数间而已矣。一奴长须不裹头，一婢赤脚老无齿。辛勤奉养十余人，上有慈亲下妻子。"

② 噩噩：淳朴。

③ 闷闷之政：指自然无为之政。

④ "故司马公"诸句：此处事见宋袁采《袁氏世范·仆厮当取勤朴》。司马公不详，概误用。

⑤ 郗家奴：见卷二《文僮》注。　郑家婢：《世说新语·文学》："郑玄家奴婢皆读书，尝使一婢，不称旨，将挞之，方自陈说，玄怒，使人曳着泥中。须臾，复有一婢来，问曰：'胡为乎泥中？'答曰：'薄言往诉，逢彼之怒。'"郑玄，字康成，故称康君。见本卷《开新酿》注。

⑥ "吾安知"二句：明冯梦龙《古今谭概》："司马温公家一仆，三十年止称'君实秀才'。苏子瞻学士来谒，闻而教之。明日改称'大参相公'，温公惊问，仆实告，公曰：'好一仆，被苏东坡教坏了。'"

得佳梦

　　或谓梦为因为想，余谓梦非因非想。人生俱在大梦中，谁为先觉？且觉即是梦，梦即是觉，故至人无梦①，非无梦也，无可认之以为梦也。无可认之以为梦，又安得于梦中认之以为佳？闻之梦南柯者②，一树功名富贵，即觉中之功名富贵；闻之梦黄粱者③，一炊终身究竟④，即觉中之终身究竟；闻之梦蝴蝶者⑤，一物自喻适志⑥，即觉中之自喻适志。吾安知觉者之非梦？梦者之非觉？又安知梦者之为佳？觉者之为佳？噫！觉既是梦，梦既是觉，则佳而不佳也奚辨，不佳而佳也又奚辨？

惟至人其心如镜，照见此身为梦中身，照见世境为梦中境，照见世事为梦中事。故牧羊者，得佳梦为国君⑦。夫为国君是梦，则牧羊非梦耶？夜梦国君为快活三万六千场，则日间牧羊，不更快活三万六千场耶？然则梦非假也，而觉非真也。从古至今，觉在世者几人，不久皆入长夜大梦中。是觉者短，而梦者长也。即余真假长短之说，亦梦也，余方且梦中说梦，又何能执此为佳不佳也。佳亦梦，不佳亦梦，梦固梦，觉亦梦，世有能知无佳无不佳，无觉亦无梦者，此之谓至人，此之谓清福，又奚必纷纷于为因为想之辨。

① 至人：道德修养达到最高境界的人。

② 梦南柯：见卷三《拂石》注。

③ 梦黄粱：见卷三《参禅》注。

④ 究竟：完结，至极。

⑤ 梦蝴蝶：用庄周梦蝶之典，见卷二《石枕》注。

⑥ 自喻适志：愉快适意的样子。喻，同"愉"，快乐。适志，快意。

⑦ "故牧羊者"二句：《列子》载：周代尹氏产业颇大，手下仆役日夜不得休息。有一老仆役晚上疲倦睡去，梦见做了国君，快乐无比。有人安慰他，他说："人生百年，昼夜各分。吾昼为仆虏，苦则苦矣。夜为人君，其乐无比，何所怨哉！"《列子》所载之事为老仆役，非牧羊者，或为作者误记。

暑雨后凉飔

气候有凉暑时，人心则无暑无凉，若有暑凉，皆念想造成。故释氏云："利欲炽燃，即是火坑；贪爱沉溺，便为苦海。"[1] 机息即有月到风来，不必苦海人世；心远自无车尘马迹，何须痼疾丘山。韩持国许昌私第，凉堂深七尺，盛夏犹以为不可居。常颖士自郊居来，因问："郊居凉乎？"曰："凉。"持国诘其故，曰："野人无修檐大厦，旦起不畏车马尘埃之役，胸中无他念，露形挟扇，投足木床，视木阴东摇则从东，西摇则从西耳。"语未竟，持国亟止之曰："汝勿言，吾心亦凉矣。"[2] 奚必暑后雨，雨后凉飔也[3]。盖胸中无他念，便是凉的本体。本体一得，无暑非凉，无凉非飔，奚待雨哉！惟人不得其本体，即于凉中亦生暑见，种种念想，如何解脱？譬之优人，傅粉调朱，效妍丑于毫端，俄而歌残场罢，妍丑何存？譬之弈者，争先竞后，较雌雄于着子，俄而局尽子收，雌雄安在？人常念此，则时时暑雨，时时凉飔，不必郊居，何怕凉堂。

① "利欲"四句：概出宋真德秀《跋杨和父印施普门品》。

② "韩持国"诸句：事见宋叶梦得《玉涧杂书》。韩持国，即韩维，字持国，开封雍丘（今河南杞县）人。曾任翰林学士。凉堂，建于水畔的楼阁。常颖士，即常器之，名颖士。宋代医家。

③ 飔（sī）：凉风。

曝背观古帖

冬月晓起推窗，风檐尽白，霜华厌浥侵人①，奚奴吹茶灶，爇火炉。既乃东角阳熹，移榻就日，披览魏晋拓本②、《淳化阁帖》③，后先骈集，灿若卿云④，整如鱼丽⑤。大抵天下法书，其点撇屈曲，力送一身，丰骨骏劲，心手相应。故其运笔之妙，或晻暧斐亹⑥，极有好势；或风流绰约，独步当时；或作戈如弩，点如堕石；或作牵如藤，纵如惊蛇；或如危峰阻日，孤松一枝；或如孤蓬自振，惊沙坐飞；或如大娘舞剑⑦，低昂回翔。乃知古人书法，皆精神命脉所寓，以故上下五百年，纵横一万里，举无此书，岂欺我哉！维是时和气煦，神怡务闲，披阅之余，令人胸中飞洒，笔下神奇。故曝背观帖，为人世一奇趣。

① 厌浥：潮湿。

② 拓本：用纸墨从铸刻物上拓印出其文字或图画的墨本。

③ 《淳化阁帖》：宋法帖名。见卷二《名帖》注。

④ 卿云：彩云。

⑤ 鱼丽(lí)：古军阵名，如鱼游之队形。典出《左传·桓公五年》。

⑥ 晻暧(ǎn ài)斐亹(wěi)：形容气势宏大。晻暧，盛貌。斐亹，文采绚丽。

⑦ 大娘：指公孙大娘，唐开元间教坊的著名舞伎，善舞剑器浑脱。杜甫《观公孙大娘弟子舞剑器行》："观者如山色沮丧，天地为之久低昂。㸌如羿射九日落，矫如群帝骖龙翔。"

暮雪围炉

雪庵之前，蹲踞而玲珑者数石，呼为"贞友"；拳曲而穿石者数梅，呼为"清友"。得此二友，时常与谈，可使点头①，可发暗香，为之快赏。未几冬隆，六花缤纷②，从事围炉，呼我二友，不觉贞友头白，清友魂消。二友如此，我将奈何？然三日不谈，舌本间强③，亟呼鼎儿、鼐儿，携尊玩咏，高谈玄谛。玉屑霏霏，真如雪消春水，固不亚红炉点雪也④。忽而花飞炉中，香满雪上，顾二儿曰："不是一番寒彻骨，怎得梅花扑鼻香。"⑤二儿颇有所悟。是日酒兴淋漓，如登琼岛。因忆撒盐空中、柳絮风起⑥，彼时景致，千载如睹。

① 点头：用石皆点头之典，见卷二《太湖石》注。

② 六花：指雪花。典出唐贾岛《寄令狐绹相公》诗："自着衣偏暖，谁忧雪六花。"

③ 舌本间强：舌根发硬。

④ 红炉点雪：见卷二《博山炉》注。

⑤ "不是"二句：语出唐裴休《宛陵录·上堂开示颂》。

⑥ "因忆"句：用谢道韫咏雪之典，见卷一《林雪》注。

获 未 见 物

楚昭王与吴战，亡其踦履，行越舍还取之，曰："吾悲与之俱出，而不与之俱入也。"[①]孔子游少原之野，见妇人亡簪，哭甚哀，孔子曰："何悲也？"曰："吾非悲亡簪，不忍亡故也。"[②]夫簪与履，其小者也，江汉之君，越舍以取；少原之妇，怀故而哀。则其忠风厚谊，足以动人。千载之下，奈何人心不古，徒以目所未见之物得获为庆，而怀履哭簪，此道今人弃如土矣。不知目所未见之物，则天下奇物也，获一奇物，即获一奇祸。而不见东吴之子以书画杀其父乎？则象箸奇，商祚亡[③]；鹤蠹奇，卫懿灭[④]；鼋味奇，子公杀[⑤]；西施奇，吴宫沼[⑥]；绿珠奇，季伦诛[⑦]。祸起目睫，往事昭昭，如以获此为福，是余之所谓获一奇祸者也，焉得智。

① "楚昭王"诸句：汉贾谊《新书·谕诚》载，楚昭王与吴人战，楚军败，昭王逃走时丢了一只鞋，走了三十多步又回去找。左右问曰："王何曾惜一踦履乎？"昭王曰："楚国虽贫，岂爱一踦履哉！思与偕反也。"自是之后，楚国之俗无相弃者。踦（jī）履，单只的鞋。

② "孔子"诸句：事见汉韩婴《韩诗外传》。簪，头饰，此处作感情信物。

③ "则象箸"二句：事见《韩非子·喻老》：商纣王用象牙筷子，纣王的叔父箕子感到恐惧，认为既然使用了象牙作筷子，就必然用精美器皿以配，必食用旄象豹胎等山珍海味，必穿绫罗绸缎，居住高楼。后商朝果因奢靡而亡。

④ "鹤骞"二句：用卫懿公好鹤之典，见卷二《白鹤》注。

⑤ "鼋味"二句：《左传·宣公四年》载，楚人献鼋，郑灵公因食鼋小事与公子宋（字子公）斗气，最后被杀。

⑥ "西施"二句：汉赵晔《吴越春秋》载，越王勾践败于会稽，命范蠡求得美女西施，进于吴王夫差，吴王许和。越王卧薪尝胆，终得灭吴。

⑦ "绿珠"二句：《晋书·石崇传》载，石崇（字季伦）有美妓名绿珠，善吹笛。孙秀使人求之，崇不予。秀怒，矫诏收崇，石崇及母兄妻子皆被害。

薄　醉

　　世事翻翻覆覆，吾人不可太自认真，只好随缘饮酒，以乐余年。即此饮酒，亦不可认真，认真则太醉，太醉则神魂昏乱，在《书》为沉湎①，在《诗》为童羖②，在《礼》为豢豕③，在史为狂药④。何如但取半酣，与风月为侣。历观古之醉者，若东方生海鸥武皇，小遗便殿⑤；蔡中郎横卧道上，名曰"醉龙"⑥；毕吏部盗饮被缚⑦，刘伯伶动则挈榼提壶，而以二豪为蜾蠃⑧，狂于醉者也。若吴衍之因酒失，痴汉忍断杯中物⑨；祖台州之"通人达士，累于此物"⑩；卫元规醉失，欲从此囚酒星于天狱，焚醉日于秦坑⑪，猖于醉者也。若荆卿游于酒人，易水一歌，悲风萧萧，声莽天地；渐离酒酣击筑，旁若无人⑫；郦生以高阳酒徒，而谈笑下齐，猛于雄兵百万⑬，勇于醉者也。若徐景山时复中圣人⑭，毕茂世拍浮酒池中⑮，孔思远二十九日醉⑯，刘公荣非类共饮⑰，贪于醉者也。若颜延之醉甚可畏，使何尚之望见便佯卧⑱；高季式车轮刮颈⑲，马武面折同列，无所避忌⑳；胡综推引杯觞，搏击左右㉑，嗔于醉者也。若饶德操之登屋痛哭，达旦乃下㉒；艾子四脏可活，唐有三藏㉓；檀长卿醉作沐猴舞，与狗斗为乐㉔，痴于醉者也。

若夫阮仲容跨马倾欹，观者谓乘船行波浪中㉕；李青莲骑鲸上天，而呼吸通于帝座㉖；嵇中散醉倒傀俄，如玉山之将倾㉗；石学士沉冥自品，为鹤饮、了饮、鳖饮、囚饮、鬼饮，得醉之态㉘。若老羌姚世芳，一厕圊，醉后善说王者兴亡事㉙；曹山普化，一水田和尚，而或以颠酒说法，或醉后喜作驴鸣㉚，得醉之情。若使酒骂坐，腐胁酣身㉛，哺其糟而啜其醨者㉜，得醉之皮。若青山可埋，则锸可荷㉝；步兵厨熟，则礨魂可浇㉞。天命苟如此，则头上之巾可漉㉟，若是者，得醉之骨。

噫！刘忘埋，未忘锸；毕忘盗，未忘瓮。是皆未若薄醉者之可以自适其适也。狂醉乎？狷醉乎？勇醉乎？贪嗔痴醉乎？其得醉态耶？得醉情耶？得醉之皮与骨耶？孰为真，孰为假，任世事之翻翻覆覆，忘物我之真真假假。盖太醉近昏，太醒近散，非醉非醒，非真非假。浩浩乎，荡荡乎！华胥无国，混沌无谱，真假半真不真，假不假亦半，故但取半酣，无真无假，自是一壶天地，何愧高阳酒徒。

① 沉湎：指嗜酒。《尚书·泰誓上》："沉湎冒色，敢行暴虐。"

② 童羖（gǔ）：无角的公羊，指不存在的事物。《诗经·小雅·宾之初筵》："由醉之言，俾出童羖。"

③ 豢豕（shǐ）：喂猪。《礼记·乐记》："夫豢豕为酒，非以为祸也。"意为本以飨

祀养贤，而小人饮之善酗，以致狱讼。

④ 狂药：《晋书·裴秀传》："长水校尉孙季舒尝与（石）崇酣燕，慢傲过度，崇欲表免之。（裴）楷闻之，谓崇曰：'足下饮人狂药，责人正礼，不亦乖乎！'崇乃止。"

⑤ "若东方生"二句：《汉书·东方朔传》载，东方朔曾醉入殿中，在殿上小便，被治不敬之罪。海鸥或是海瓯，大酒杯。

⑥ "蔡中郎"二句：事见晋裴启《语林》。蔡中郎即蔡邕。

⑦ 毕吏部：见卷四《骚客不能饮》注。

⑧ "刘伯伶"二句：语出晋刘伶《酒德颂》。挈榼提壶，手提酒器和酒壶。榼，酒器。螺蠃（guǒ luǒ），产卵于螟蛉（蛾）幼虫体内，其后代即从螟蛉幼虫体内孵出，古人误以为螺蠃养螟蛉为子。此处以二虫比喻《酒德颂》中的"贵介公子"与"搢绅处士"。刘伯伶，即刘伶，字伯伦。

⑨ "若吴衍"二句：宋谢维新《事类备要》载："吴衍好饮后醉诉权贵，遂戒饮。阮宣命饮，衍曰：'近断饮。'宣以拳殴其背，曰：'看看老癖痴汉，忍断杯中物耶？'抑而饮之。"

⑩ "通人"二句：语出晋祖台之《与王荆州书》。祖台州，即祖台之，字元辰，祖冲之曾祖，官至光禄大夫。

⑪ "卫元规"三句：见卷四《对景无酒》注。

⑫ "若荆卿"诸句：事见《史记·刺客列传》。

⑬ "郦生"三句：见《史记·郦生陆贾列传》。

⑭ "若徐景山"句：《三国志·徐邈传》载："徐邈，字景山，燕国蓟（今北京市附近）人也……魏国初建，为尚书郎。时科禁酒，而邈私饮至于沉醉。校事赵达问以曹事，邈曰：'中圣人。'"时称清酒为"圣人"，浊酒为"贤人"，"中

圣人"即喝醉了。

⑮ "毕茂世"句：《世说新语·任诞》："毕茂世云：'一手持蟹螯，一手持酒杯，拍浮酒池中，便足了一生。'"毕茂世，即毕卓，字茂世。晋新蔡鲖阳（今安徽临泉）人。初为吏部常，因饮酒废职。

⑯ "孔思远"句：《宋书·孔觊传》载，孔觊，字思远，虽醉日居多，而明晓政事，醒时判决，未尝有误。众人都说："孔公一月二十九日醉，胜他人二十九日醒也。"

⑰ "刘公荣"句：《世说新语·任诞》："刘公荣与人饮酒，杂秽非类，人或讥之，答曰：'胜公荣者不可不与饮，不如公荣者亦不可不与饮，是公荣辈者又不可不与饮。'故终日共饮而醉。"

⑱ "若颜延之"二句：事见《南史·颜延之传》："尚之为侍中，在直，延之以醉诣焉。尚之望见便阳眠，延之发帘熟视曰：'朽木难雕。'尚之谓左右曰：'此人醉甚可畏。'"颜延之，见卷二《唐诗》注。何尚之，字彦德，刘宋时官至左光禄大夫中书令。

⑲ "高季式"句：《北齐书·高季式传》载，高季式豪率好酒，黄门郎司马消难曾寻季式酣饮。季式贪杯，为留下消难共饮，命左右索车轮括消难颈，又索一轮自括颈。消难不得已，欣笑而从之，方乃俱脱车轮，更留一宿。高季式，字子通，北魏北齐时期将领。

⑳ "马武"二句：《后汉书·马武传》载："武为人嗜酒，阔达敢言，时醉在御前，面折同列，言其短长，无所避忌，帝故纵之，以为笑乐。"马武，字子张，东汉"云台二十八将"之一。

㉑ "胡综"二句：《三国志·胡综传》载："性嗜酒，酒后欢呼极意，或推引杯筹，搏击左右，（孙）权爱其才，弗之责也。"胡综，字伟则，汝南固始（今安

徽临泉）人。三国时东吴官员。

㉒ "若饶德操"二句：事见宋陆游《老学庵笔记》。饶德操，即饶节，字德操，自号倚松道人。宋临川（今属江西）人，诗僧。

㉓ "艾子"二句：旧题宋苏轼《艾子杂说》："艾子好饮，少醒日。门生相与谋曰：'此不可以谏止，唯以险事怵之，宜可诫。'一日，大饮而哕。门人密抽彘（猪）肠致哕中，持以示曰：'凡人具五脏方能活，今公因饮而出一脏，止四脏矣，何以生耶？'艾子熟视而笑曰：'唐三藏（脏）犹可活，况有四耶？'"艾子，作者假托之智士。

㉔ "檀长卿"二句：事见《汉书·盖宽饶传》。沐猴，猕猴。

㉕ "阮仲容"二句：事见宋祝穆《事文类聚》。

㉖ "李青莲"二句：唐冯贽《云仙杂记》："李白登华山落雁峰，曰：'此山最高，呼吸之气想通天帝座矣，恨不携谢朓惊人诗来搔首问青天耳。'"

㉗ "嵇中散"二句：《世说新语·容止》："嵇叔夜之为人也，岩岩若孤松之独立。其醉也，傀俄若玉山之将崩。"傀（guī）俄，倾颓貌。

㉘ "石学士"三句：宋张舜民《画墁录》："苏舜钦、石延年辈有名曰鬼饮、了饮、囚饮、鳖饮、鹤饮。鬼饮者，夜不以烧烛；了饮者，饮次挽歌哭泣而饮；囚饮者，露头围坐；鳖饮者，以毛席自裹其身，伸头出饮，毕复缩之；鹤饮者，一杯复登树，下再饮耳。"石学士，即石延年，字曼卿。宋宋城（今河南商丘）人。官至太子中允，与欧阳修为至交。

㉙ "若老羌"三句：《事文类聚》载，晋有羌人姚馥，字世芳，每醉中好言王者兴亡之事。常云九河之水不足以渍曲糵（酒曲），八薮之木不足以为薪蒸，七泽之麋不足以充庖俎。言渴于酒，群辈呼为渴羌。

㉚ "曹山普化"四句：宋释道原《景德传灯录》："镇州普化和尚者，不知何许

人也……尝暮入临济院，吃生菜饭。临济曰：'遮汉大似一头驴！'师便作驴鸣。"

㉛ 腐胁：沉湎于酒而使胸部溃烂。

㉜ "哺其糟"句：语出《史记·屈原列传》。谓吃酒糟，饮酒汁。

㉝ "若青山"二句：《晋书·刘伶传》载，刘伶常乘鹿车，携一壶酒，使人荷锸（铁锹）而随之，曰："死便埋我。"

㉞ "步兵"二句：《晋书·阮籍传》载，阮籍闻步兵校尉缺，厨多美酒，营人善酿酒，求为校尉，遂纵酒昏酣，遗落世事。后人以"步兵厨"代指美酒。礧魂（lěi kuǐ），石块，代指胸中郁结。

㉟ 头上之巾可漉：指陶渊明饮酒事。见卷四《虚度佳节》注。

清　睡

　　世人皆于醒时作浊事，安得睡时有清身？若欲睡时得清身，须于醒时有清意，此睡诀也。余逢暑日，抛书昼寝，睡起莞然一笑。西窗没日无多，不知醒之清，睡之清，但觉人于醒中有睡意，余于睡中有醒情耳。岂如蔡季通睡诀：先睡心，后睡眼，睡侧而屈，觉直而伸者耶①？李愚告人："予夙夜在公，不曾烂游华胥国。欲于洛阳买水竹，作蝶庵，令得谢事居庵中，以庄周为开山第一祖，陈抟配食，不许忙者注籍供职。"②此老真得睡趣者也。虽然，以庄周为开山第一祖，则当如周之为蝴蝶乃可。彼醒者方且作牛作马，奔奔逐逐，何能睡时化蝴化蝶，栩栩蘧蘧③。若其有化，是必为粪蛆，士君子以麟凤之身，而至于睡以粪蛆化也。可不大哀？

① "岂如"五句：事见宋周密《齐东野语》。蔡季通，即蔡元定，字季通。南宋
　　建州建阳（今属福建）人。著名理学家、律吕学家、堪舆学家。
② "李愚"诸句：语出宋陶穀《清异录》。李愚，字子晦，渤海郡无棣（今属山
　　东滨州）人。后唐宰相。华胥国，相传黄帝曾梦游华胥氏之国，学得治国之
　　道。此处比喻酣甜梦乡。陈抟，后人称"睡仙"，见卷三《围棋》注。
③ 栩栩蘧蘧：悠然自得貌。

远　归

　　远归何以为福？曰："知止，难也。知止则不殆。"张季鹰在洛见
秋风起，思吴中菰菜羹、鲈鱼脍，曰："人生贵适意耳，何能羁宦数
千里以要名爵。"遂命驾归①。其归也，岂真为菰羹鲈脍哉！陶元亮
为彭泽令，郡遣督邮至县，吏白应束带见之，元亮曰："吾不为五斗
米折腰，事乡里小儿。"即解印归②。其归也，又岂怕管束者哉！惟
知止，故远归。惟远归，故为福。此非有大智者不能也。
　　偶看张循王老卒事，而窃笑世之贪位，至老不知归者。循王游
圃，见一老卒卧日中，王蹴之曰："何慵眠如是？"卒曰："无事可
做，只得慵眠。"王曰："汝会做甚事？"对曰："诸事薄晓，如回易
之类，亦粗能之。"王曰："汝能回易，吾以万缗付汝。"对曰："不
足为也。"王曰："付汝五万。"对曰："亦不足为也。"王曰："汝需

几何？"对曰："不能百万，亦五十万乃可耳。"王壮之，予五十万。老卒乃造巨舰，极其华丽，市美女能歌舞音乐者百余人，广收绫锦奇玩及黄白之器，募紫衣吏轩昂闲雅若书司、客将者十数辈，卒徒百人，乐饮逾月，忽飘然浮海去。逾岁而归，珠犀香药之外，且得骏马，获利几十倍。时诸将皆缺马，惟循王得此马，军容独壮。大喜，问其何以致此，曰："到海外诸国，称大宋回易使，谒戎王，馈以锦绫奇玩，为招其贵近，珍羞毕陈，女乐迭奏，其君臣大悦，以名马易美女。且为治舟载马，以犀珠香药易绫锦等物，是以获利如此。"问能再往乎？对曰："此戏也，再往则败矣，愿仍为退卒老园中。"③

呜乎！若退卒者，真能知止者也。是大英雄，是大豪杰，能做得如此事，更有何事可做乎？然其最不可及，我所大服者，在其不肯再往。若是今人一往有利，决不肯收，不尽丧其五十万不止者。何意一老卒大才如是，而且有大智如是也！且曰："此戏也，再往则败。"今世名利客，惟把做一件真实事去做，故往往至败不悔。夫天下事何者不是戏？老卒把此等事做当戏看，是以得利而归，得享退老之福。彼张季鹰、陶元亮辈，盖得此意者也。吾故曰："此非大才不办，非大智不决。"彼不知归者，有愧老卒多矣。如以从远方来为归，福岂在是？

① "张季鹰"诸句：事见《晋书·张翰传》。张季鹰，即张翰，见卷二《唐诗》注。

② "陶元亮"诸句：事见《晋书·陶潜传》。

③ "循王游圃"诸句：事见宋罗大经《鹤林玉露》。循王，即张俊，字伯英，宋

成纪（今甘肃天水）人。抗金屡立功，与韩世忠、刘锜、岳飞并称"中兴四将"。死后追封"循王"。回易，交易买卖。紫衣吏，南北朝以来，紫衣为贵官公服，这里指高级随员。书司，即司书，负责财计核算及文书档案管理工作。客将，亦称典客，负责接待宾客、出使等外交职责的武官。

病　起

　　苦海有八[1]，病其一也。第人知病之苦，而不知病之乐。病何以乐？病深理方悟，所以乐也。今年病矣，病且不起矣。床褥百日，呻吟发屋，数旬之食，不当廉将军一餐[2]，炯炯外傲骨一具。危乎，危乎，庶其有瘳乎？有友从京师来者，得《清供》诸目一纸，余瞿然起曰[3]："此愈我病！"乃取诸目，删而广之，复借诸目，以寄余病中语，非敢曰此大药王可以医世，聊以自医而已。时万历甲寅五月六日也，起自是日，成于仲秋，共得语若干。为日既少，兼以病腕，故不工。噫！病起成福矣，复于病中作此病语，吾安知吾之所为福，非人之所为祟耶？则又安知吾之所谓乐，非人之所为苦耶？第病百日而成此书，此书成而病起。未知其福与否，乃病则实起我矣。甲寅中秋日，书于雪庵之醉石。

① 苦海有八：佛教宣扬人有八苦，即生、老、病、死、恩爱别离、怨憎会、求不得、忧悲（一说五蕴盛）。

② 廉将军一餐：《史记·廉颇蔺相如列传》："赵以数困于秦兵，赵王思复得廉

颇，廉颇亦思复用于赵。赵王使使者视廉颇尚可用否……赵使者既见廉颇，廉颇为之一饭斗米，肉十斤，被甲上马，以示尚可用。"

③ 癯（qú）然：消瘦貌。

清 史 跋

往余与公悚君交[①]，知天湖子最。公悚语余曰："家大人傲骨一具，不以俗念营怀，时唯携酒听鹂，囊诗策蹇而已[②]。"余每听其言，萧条高寄[③]，一被容接[④]，未有不爽然自失者也。乃今得其病中《清史》读之，泠泠然尘土俱尽，而实本人情，切物理，真实不虚。吾知世且以为衡鉴[⑤]，且以为蓍龟[⑥]，天湖子盖真儒哉！不佞方慨世多伪学，孰知此中得真儒。因书此以遗公悚，便可简《清史》后。

吉郡四拙刘起汉拜手撰[⑦]

① 公悚：乐纯长子乐世鼎。卷二《古鼎》："余名长儿曰世鼎，字曰公悚。"

② 囊诗策蹇：形容以袋子贮放诗稿，驾跛足驴去寻找诗思。

③ 萧条高寄：逍遥闲逸，志怀高远。

④ 容接：谓结交。

⑤ 衡鉴：衡器和镜子。喻楷模。

⑥ 蓍龟：比喻值得借鉴的人或物。

⑦ 刘起汉：字四拙，明吉安府永宁县人，崇祯间岁贡生，曾任雩都县训导。